Mauvaise compagnie

DU MÊME AUTEUR

Cette nuit-là, Belfond, 2009 ; J'ai lu 2011.

Les voisins d'à côté, Belfond, 2010 ; J'ai lu 2012.

Ne la quitte pas des yeux, Belfond, 2011; J'ai lu 2012.

Crains le pire, Belfond, 2012 ; J'ai lu 2013.

Mauvais pas, Belfond, 2012 ; J'ai lu 2013.

Contre toute attente, Belfond, 2013 ; J'ai lu 2014.

Mauvais garçons, Belfond, 2013 ; J'ai lu 2014.

Fenêtre sur crime, Belfond, 2014 ; J'ai lu 2015.

Mauvaise compagnie, Belfond, 2014 ; J'ai lu 2015.

Celle qui en savait trop, Belfond, 2015 ; J'ai lu 2016.

Mauvaise influence, Belfond, 2015 ; J'ai lu 2016.

La fille dans le rétroviseur, Belfond, 2016 ; J'ai lu 2017.

En lieux sûrs, Belfond, 2017 ; J'ai lu 2018.

Vous pouvez consulter le site de l'auteur
à l'adresse suivante : www.linwoodbarclay.com

LINWOOD BARCLAY

Mauvaise compagnie

Traduit de l'anglais (Canada)
par Daphné Bernard

J'AI LU

Ce livre est une œuvre de fiction. Les noms, les personnages, les lieux et les événements sont le fruit de l'imagination de l'auteur ou utilisés fictivement. Toute ressemblance avec des personnes réelles, vivantes ou mortes, des événements ou des lieux serait pure coïncidence.

TITRE ORIGINAL
Lone Wolf

ÉDITEUR ORIGINAL
Bantam Books, New York

À ma famille de Green Acres
À ceux qui sont encore avec nous
À ceux qui ne le sont plus

1

Ce mardi-là, pendant que nous déjeunons, Trixie Snelling semble préoccupée. Pour tuer le temps, elle me raconte qu'elle écume les boutiques de déguisements afin de se procurer une arête osseuse frontale et satisfaire un client qui aime être dominé par une Klingon.

— Dans la série *Star Trek*, il y avait bien ces deux nanas klingon et ce chauve qui était le commandant ? me demande Trixie, qui sait que je suis une sorte d'autorité en matière de science-fiction.

— Ouais. Lursa et B'Etor Duras. Deux sœurs humanoïdes. Elles essayaient d'éliminer le chancelier Gowron du Haut Conseil klingon.

Je marque une pause avant d'ajouter :

— Elles aimaient le cuir et les décolletés pigeonnants.

— De ce côté-là, ça va, rétorque-t-elle avec un petit mouvement de tête qui m'indique que mes connaissances approfondies ne l'impressionnent pas.

Parfois, je me demande pourquoi le cerveau rejette des informations importantes pour ne conserver que des bêtises.

— J'ai tellement de trucs en cuir dans mon placard que j'ai peur qu'ils retournent un jour à l'état de vache. Un jour, je te les montrerai.

Si Trixie porte en ce moment un pull bleu marine, un jean de créateur et des bottes à hauts talons, il est facile de l'imaginer en grande tenue professionnelle. À l'époque où nous étions voisins, je l'ai vue habillée en dominatrice une seule fois – mais pas en tant que client, je précise. Depuis que Sarah, les gosses et moi, nous avons déménagé, je garde le contact avec Trixie. Nous nous retrouvons régulièrement pour un déjeuner entre copains ou un café. Pourtant je ne me suis jamais habitué à sa façon de gagner sa vie.

— Me préparer pour ce client n'est pas une mince affaire, poursuit-elle. Je dois d'abord me coller cette arête sur le front pour avoir l'air d'être née avec. Ensuite je me badigeonne d'un fond de teint qui me donne la couleur d'une fille qui se serait endormie sous une lampe à bronzer ! Quel cirque ! Où sont les mecs qui veulent juste se faire fouetter par leur voisine ? Et en plus, il veut que je le torture sans froisser son uniforme de Starfleet.

— Il vient en uniforme ? Quel grade a-t-il ?

— Capitaine. Il a juste quelques grains d'or sur le col qui correspondent à son rang, mais il tient à ce que je lui donne du « capitaine ». Ça ne me dérange pas puisqu'il paye. Heureusement qu'il ne me demande pas de l'appeler « vice-amiral » ! Ça pourrait prêter à confusion !

— Je pense que tu es largement récompensée pour le mal que tu te donnes.

Trixie sourit à moitié.

— Absolument.

Son sourire disparaît aussi vite qu'il est venu. Elle farfouille dans sa salade d'épinards pendant que je m'active sur mes fettuccine à la carbonara.

— Qu'est-ce qui te tracasse ?

Elle secoue la tête et plonge le nez dans son assiette.

— Rien du tout. Et toi ? Comment ça va ? Avoir Sarah pour patronne n'est pas un problème ?

Je hausse les épaules. Après m'être rendu compte que je n'avais pas les moyens de survivre en restant chez moi à écrire des romans de science-fiction, je suis entré voilà un an au *Metropolitan* où je suis grand reporter. J'ai été placé sous les ordres de Sarah qui, parmi ses responsabilités de rédactrice en chef aux informations générales, veille sur un tas de chroniqueurs névrosés ou égocentriques ou égocentriquement névrosés, et sur moi, son obsédé et emmerdeur de mari.

— Bien sûr, elle a des envies de meurtre à mon égard mais à part ça, nous nous entendons bien.

J'avale une bouchée de pâtes.

— Je fais partie de la commission de sécurité de la rédaction.

— Ça ne m'étonne pas.

— C'est tout ce qu'il y a de plus sérieux. Nous devons veiller à la qualité de l'air, au niveau de radiations émises par les écrans des ordinateurs, par…

— Attends ! Il faut que tu m'expliques. Tu travailles pour un grand quotidien qui envoie des reporters en Irak, en Iran, en Afghanistan et Dieu sait où encore, lesquels dévoilent les méfaits de motards meurtriers, grimpent en haut de gratte-ciel avec les laveurs de carreaux pour rapporter des histoires de première main et tu te préoccupes de la qualité de l'air et des radiations ?

— Tu me fais passer pour une couille molle !

Une fois encore, Trixie m'adresse un demi-sourire.

— Ça ne gêne pas Sarah que nous soyons copains ?

— À ta place, je me préoccuperais d'abord de ma réputation. Ça ne te gêne pas de traîner avec un journaliste du *Metropolitan* ?

— Comment était votre périple ? Vous êtes allés quelque part, non ?

— De l'histoire ancienne. Un petit tour à Rio.

— Sympa ?

— Un peu fatigant. Je ne suis pas un grand voyageur, je l'avoue.

— Et Angie, ça boume ?

À dix-neuf ans, ma fille est en deuxième année à Mackenzie University.

— Tout baigne pour Paul aussi. Il vient d'avoir dix-sept ans et termine le lycée.

— Ce sont de braves gosses.

J'ai l'impression que les yeux de Trixie se voilent. Puis elle détourne la tête et regarde dans le vide.

— Tu as l'air préoccupée. Dis-moi ce que tu as sur le cœur.

Trixie se tait et respire un grand coup. S'il lui faut du temps pour se donner du courage, je peux attendre.

— Voilà. Tu connais le journal local d'Oakwood ? Le *Suburban* ? Il y a ce...

Mais elle n'a pas le temps de m'en dire plus car je suis obligé de prendre un appel sur mon portable.

— Une seconde, fais-je à Trixie.

Je sors l'appareil, l'ouvre et écoute.

— Ouais ?

— Zack ?

— Oui, Sarah ?

— T'es où ?

— Je déjeune avec Trixie. Je te l'ai dit, tu te souviens ?

— Alors tu n'es pas au volant ?

— Non. Je suis assis.

Je pense tout de suite à Angie et à Paul. Quand on a des ados et qu'on va vous balancer de mauvaises nouvelles, c'est sûr, ou à peu près sûr, que ça les concerne.

— Quelque chose est arrivé aux enfants ?

— Non ! Non ! se dépêche de répondre Sarah. À ma connaissance, ils vont bien.

Je pousse un gros soupir.

— Bon, il y a une pigiste que j'utilise parfois, Tracy McAvoy, tu vois, elle est dans la région de Fifty Lakes. Quand il se passe quelque chose dans son coin et que nous n'avons pas le temps d'envoyer un reporter, elle nous pond un article. Tu te rappelles le crash de cet hydravion et ces chasseurs qui sont morts ?

C'est le blanc total mais je réponds :

— Bien sûr.

En fait, je me rappelle sa signature à la fin de certains papiers. La région de Fifty Lakes se situe à une heure et demie au nord de la ville et comprend des tas de lacs (sans doute une cinquantaine), des collines, des chalets, des barques et de la pêche, et tout ce qui se rapporte à ce genre de vie en plein air. Un coin recherché par les citadins qui y possèdent des maisons de vacances. Mon père, par exemple.

— Je viens d'avoir Tracy au téléphone, poursuit Sarah. Elle m'a parlé d'un ours qui aurait attaqué quelqu'un. Un sale truc, apparemment.

Je vois où elle veut en venir. Tracy est une reporter capable de rédiger un article de base, mais le journal veut du vécu avec plein de couleur locale. Éventuellement de quoi faire une pleine page dans l'édition du dimanche. Ma spécialité, quoi !

— Allez, Sarah, accouche !

— La ferme et écoute-moi ! Ça s'est passé à Braynor, ou plutôt dans les bois juste en dehors de Braynor.

— D'accord. C'est là que mon père possède des chalets et des barques qu'il loue à des pêcheurs.

— Je sais. Bon, il faut que je te mette au courant. On a trouvé le corps d'un homme dont il ne reste pas grand-chose à identifier. Juste à côté de Crystal Lake. Dans un bois, derrière chez ton père.

— Bon Dieu ! Il faudrait que je lui passe un coup de fil.

Je marque une pause et ajoute :

— Je ne me souviens même plus de la dernière fois où je lui ai parlé. Y a un bon bout de temps.

Sarah hésite avant de continuer :

— Écoute-moi bien. Personne n'a vu ton père depuis un moment. Et on n'a pas encore pu identifier le corps.

Je frissonne.

— J'ai téléphoné chez lui mais personne n'a répondu.

Je range mon portable dans ma poche et demande à Trixie de m'excuser.

— Désolé d'interrompre ton récit, mais il est arrivé quelque chose.

2

Lorsque nous étions gosses, mes parents nous emmenaient, ma sœur aînée, Cindy, et moi, dans la région de Fifty Lakes. Nous avons dû y aller deux ou trois étés de suite, quand mon père s'absentait pendant une semaine de sa boîte de comptabilité. Il y avait là des campings aménagés pour les caravanes – des Airstream et autres – avant que les motor-homes que l'on conduisait au lieu de les tirer ne deviennent à la mode.

Nous n'avions rien d'aussi haut de gamme qu'une Airstream. Papa avait fait une bonne affaire en rachetant à un de ses collègues une caravane pliante qui ressemblait à une remorque aplatie quand on roulait. À destination, l'engin s'ouvrait et son toit s'élevait suffisamment pour qu'on puisse se tenir debout. Il était équipé d'un grand lit à chaque extrémité et d'un évier au milieu. Cindy et moi n'étant pas encore des ados, nos parents nous laissaient dormir ensemble dans un des lits, tandis qu'ils occupaient l'autre. Je passais la plus grande partie de la nuit à effleurer le cou de ma sœur du bout du doigt pour lui faire croire que son sac de couchage était plein d'araignées. Quand elle se réveillait en hurlant, je feignais de sortir d'un sommeil aussi profond que celui de mes parents. Ils lui criaient si fort de se taire qu'ils dérangeaient souvent nos voisins. Le plus difficile était alors de me tourner sur le côté en évitant de me faire pipi dessus à force de rire.

C'est ce que je trouvais le plus drôle de tout le séjour. J'aimais bien la natation et la pêche. Mais papa passait tellement de temps à imposer des règles pour nous empêcher de nous faire mal ou d'abîmer notre matériel d'occasion que le plaisir des vacances était très limité. Exemples : fermez bien le zip pour que les moustiques n'entrent pas ; ne vous appuyez pas contre les parois en toile, ou vous allez les déchirer ; ne courez pas sur la jetée avec les pieds mouillés ; enfilez vos gilets de sauvetage ; même si le bateau est encore à quai dans cinquante centimètres d'eau, mettez vos gilets de sauvetage ; faites attention aux hameçons, bon sang de bonsoir, si vous vous en enfoncez un dans le doigt, il s'infectera et vous serez morts avant le dîner.

Il n'y a pas à dire, Arlen Walker était un anxieux, et je vous comprends si vous trouvez ça amusant. Mais cet état d'angoisse permanente irritait Evelyn Walker, sa femme et ma mère. De la même façon, mon goût inné pour les scénarios catastrophe est un calvaire pour mon épouse, Sarah.

— Bon Dieu, Arlen ! s'écriait maman, ouvre la soupape et laisse la pression s'échapper.

Si les voyages en famille étaient source de terribles angoisses pour papa, il se plaisait près de

Fifty Lakes, loin de la ville et de son bureau. Lui qui était incapable de se détendre manifestait là-bas quelques éclairs de ce qui pouvait passer pour du bonheur. Je me souviens de l'avoir vu les fesses posées sur un rocher au bord de l'eau, les pieds plantés au fond du lac, l'eau léchant ses chevilles, ses chaussures, contenant chacune une chaussette bien roulée, posées côte à côte sur le ponton le plus proche.

Je m'étais approché de lui dans l'espoir de lui soutirer un demi-dollar qui nous servirait à acheter des tablettes de chocolat à la buvette du camping. Là, au lieu de me gronder pour une mauvaise action que je n'avais pas encore commise, il m'avait serré la main et ébouriffé les cheveux :

— Un jour, m'a-t-il dit en souriant et en regardant l'autre rive.

Rien de plus.

« Un jour » est arrivé huit ans plus tard. Maman était déjà morte depuis quatre ans quand papa a décidé qu'il était temps de changer de vie. Il a démissionné de sa boîte, vendu la maison où Cindy et moi avions grandi et qui n'était plus hypothéquée et il a acheté au sud d'une petite ville nommée Braynor, dans la région de Fifty Lakes un terrain de dix hectares avec une centaine de mètres en bordure de Crystal Lake.

Ce n'était pas seulement un lieu de détente. Il avait également acquis une petite affaire appelée Les Chalets de Denny, du nom du premier propriétaire qui l'avait créée dans les années 1960 : cinq chalets rustiques, quelques pontons, une demi-douzaine de barques de pêche en aluminium munies d'un petit moteur hors-bord. Quand l'envie lui prenait d'aller pêcher – ce qui n'arrivait pas souvent –, il y en avait toujours une disponible. Mais même s'il ne taquinait pas le goujon tous les jours, il aimait la tranquillité de la vie au bord d'un lac.

Je n'y suis allé que deux fois. La première, quand il l'a acheté, parce que j'étais curieux de voir dans quoi il s'était engagé. Le domaine disposait aussi d'une ferme d'un étage et d'une grange à deux cents mètres du lac, mais papa avait décidé de ne pas l'habiter, préférant s'installer dans le plus grand des cinq chalets. Il l'avait aménagé pour l'hiver, meublé de neuf, avait refait les sols, remplacé les appareils ménagers afin de vivre toute l'année au bord de l'eau, même quand le lac gelait, quand le vent soufflait en tempête et qu'il ne voyait que des scootéristes des neiges en perdition ou les cantonniers qui entretenaient le chemin menant à la route principale. Vivre dans la ferme trop vaste lui aurait rappelé à quel point il était seul.

Lors de ma seconde visite, un an plus tard, j'ai emmené Paul. Il avait onze ans. Dans ma grande naïveté, je pensais qu'une partie de pêche avec mon fils serait de nature à resserrer nos liens à jamais. Grave erreur ! Les enfants habitués à mitrailler des extraterrestres sur un écran de télé ne sont pas faits pour rester sans bouger dans une barque pendant cinq heures à attendre qu'il se passe quelque chose. En outre, ayant téléphoné à papa pour lui louer un chalet le week-end, j'ignorais qu'il me blâmerait pendant deux jours d'affilée de ne pas avoir traité notre Camry à l'antirouille :

— Maintenant, tu aurais aussi vite fait de te procurer une perceuse et d'achever le travail.

Franchement, dépenser autant d'argent pour une voiture et ne pas l'entretenir, ça me dépasse !

— Papa, on est maintenant assuré contre les dégâts dus à la rouille.

— Tu parles ! Comme si tu allais arriver à te faire rembourser !

Nous nous parlons de temps en temps au téléphone, mais pas souvent. S'étant acheté un ordinateur, il m'envoie un mail d'une ligne pour accompagner la photo d'un gros maskinongé ou d'un brochet qu'il a pêché. Pour un homme âgé qui résistait au changement, il a embrassé certaines nouvelles technologies avec enthousiasme. Je pense que ses hivers longs et glacés ont sans doute contribué à le faire évoluer, lassé d'être aussi isolé. Son ordinateur le relie au monde d'une manière qu'il n'aurait jamais crue possible.

Et voilà que maintenant, d'après ce que je comprends, mon père pourrait être mort.

J'explique rapidement à Trixie ce que Sarah m'a annoncé. En me serrant contre elle, elle n'a qu'un mot :

— Vas-y !

Une fois sur l'autoroute qui m'emmène vers le nord, derrière le volant de notre Virtue hybride que je pousse à son maximum, je rappelle Sarah pour qu'elle me répète tout ce qu'elle sait.

Tracy, la pigiste, avait appris le drame en même temps que les autorités. Elle était chez le médecin pour un mal de gorge, un vieil homme qui aurait dû prendre sa retraite depuis des années mais qui continuait à soigner ses patients car il était difficile d'attirer de nouveaux généralistes dans un endroit aussi paumé que Braynor. Il faisait également fonction de médecin légiste pour la région de Fifty Lakes. Bref, Tracy était présente quand on avait prévenu le médecin qu'un corps salement mutilé et probablement attaqué par un ours avait été trouvé près de Crystal Lake. Tracy lui avait proposé de l'emmener dans sa voiture. Puis elle avait appelé Sarah au *Metropolitan* car elle avait pensé qu'elle tenait une histoire qui intéresserait un public plus étendu que les seuls lecteurs du *Braynor Times*. Au départ, en parlant à Sarah, elle ne se doutait pas qu'il existerait un lien personnel entre le mort et nous.

Si personne ne savait qui gisait dans les bois, il n'y avait aucun signe d'Arlen Walker.

— Écoute, Zack, continue Sarah en pesant chaque mot, cela vient de se produire. Quand tu arriveras, le corps sera sans doute encore sur place. En fait, je crois que Tracy leur a annoncé ta venue et il y a de grandes chances qu'ils ne touchent à rien, pour t'aider, disons, à l'identifier.

— D'ac.

À la vitesse où je roule, il va me falloir au moins une heure et quart.

— Je te rejoindrai, me promet Sarah, et je ne doute pas qu'elle soit sincère.

— Laisse-moi y aller le premier pour voir ce qui s'est réellement passé et je te tiendrai au courant.

Comme je ne suis pas du genre à voir le bon côté des choses ou à attendre d'avoir tous les éléments avant de paniquer, je dresse déjà dans ma tête une liste des personnes à prévenir. Ma sœur. Le directeur des pompes funèbres. L'avocat. L'agent immobilier. Sarah me sera d'un grand secours pour tout ça.

— Et Cindy ? demande Sarah.

— Je l'appellerai dès que j'en saurai plus.

— Si j'ai plus de détails, je te téléphone, m'assure-t-elle.

Le paysage évolue si lentement que je m'en rends à peine compte mais, à une demi-heure de Braynor, je remarque malgré mon état de stress que les collines sont plus escarpées, les forêts de pins plus denses, les maisons plus espacées. On se retrouve fréquemment entre deux murs de rochers déchiquetés, vestiges du gros obstacle qu'il a fallu dynamiter pour percer la route. Un peu plus loin, nouveau changement. Je longe le bord d'un lac et, quittant la route des yeux, j'aperçois des bateaux au loin, certains voguant à grande vitesse, d'autres immobiles, occupés par des hommes d'âge mûr penchés sur leurs cannes à pêche.

Voyant un panneau : BRAYNOR, 7 km, je commence à chercher le chemin qui mène au camp de pêche de mon père. Je sais qu'il se trouve à cinq kilomètres au sud de la ville. Peu après, j'aperçois l'écriteau peint à la va-vite en lettres jaunes sur fond marron qui indique : CHALETS DE DENNY : PÊCHE, APPÂTS, BARQUES. PROCHAINE À DROITE.

Je ralentis, trouve une ouverture entre les arbres, emprunte le chemin. Ce n'est qu'une suite d'ornières parallèles séparées par des hautes herbes qui frottent contre le châssis de la voiture. L'herbe est écrasée aux endroits où les conducteurs ont dû se ranger pour laisser passer un véhicule venant d'en face.

Un peu plus loin, le chemin se divise en deux. À gauche, une allée mène à la ferme que papa a choisi de ne pas occuper. De toute façon, je ne pourrais pas l'emprunter car, à quelques mètres de l'embranchement, le passage est bloqué par un portail massif en bois flanqué de part et d'autre d'un grillage d'un mètre cinquante de haut.

La lourde porte est couverte de pancartes. Certaines en bois et recouvertes d'inscriptions écrites d'une main maladroite, d'autres, métalliques, achetées dans le commerce et percées de trous comme si elles avaient servi de cibles à des carabines à air comprimé. Les mises en garde vont de DÉFENSE D'ENTRER à PROPRIÉTÉ PRIVÉE et à ATTENTION ! CHIENS MÉCHANTS. Sur cette dernière, à l'origine au singulier, quelqu'un a ajouté des « s ». Et comme si ces avertissements n'étaient pas assez dissuasifs, un autre écriteau spécifie : LES INTRUS SERONT ABATTUS !

En passant, je jette un coup d'œil à la ferme et à la vaste grange avant de m'engager sur l'allée de droite qui redescend vers le lac, où la forêt s'éclaircit. Cinq petits chalets se présentent à moi, telles des maisons de Monopoly.

Je découvre aussi une voiture de police, une ambulance et deux autres véhicules garés n'importe comment dans l'allée et sur la pelouse derrière les chalets. Les gyrophares tournent au ralenti.

Quelques personnes se tiennent à côté de l'ambulance. Deux d'entre elles fument une cigarette : on a l'impression qu'elles attendent quelque chose. Je me range et sors de ma voiture. J'ai les jambes molles, non seulement parce que j'appréhende ce que je vais apprendre, mais parce que j'ai passé pas mal de temps derrière le volant.

Les gens me dévisagent. Il y a deux hommes en blouse d'infirmier, une jeune femme brune avec un carnet de notes à la main – sans doute Tracy, la pigiste –, un type aux cheveux blancs, au costume sombre, portant cravate et lunettes, qui doit être le médecin faisant fonction de légiste, trois autres gars en chemises à carreaux et pantalons olive, sûrement des pêcheurs, et une femme dans la soixantaine en pantalon et veste de chasse avec un fichu sur la tête.

Enfin, la police est représentée par un homme dans les trente-cinq ans en bottes noires, portant bomber en cuir et chapeau en feutre réglementaire. Il fait un pas vers moi :

— Je peux vous être utile ?

De plus près, je remarque son menton fuyant, son cou étroit, ses yeux qui cillent sans arrêt. Il émane de lui quelque chose de familier qu'il m'est impossible de situer.

— Je m'appelle Zack Walker, dis-je en me raclant la gorge. J'ai reçu un coup de téléphone. Cette propriété appartient à mon père.

La jeune femme au carnet de notes intervient :

— M. Walker ? Le mari de Sarah Walker ?

Elle est presque joyeuse.

— Exact.

— Et moi, je suis Tracy McAvoy.

Elle se tourne vers le flic :

— C'est lui. Sa femme est rédactrice en chef du journal.

Il lève la main pour qu'elle se taise, comme s'il voulait lui dire J'ai compris.

— Je suis le chef de la police, Orville Thorne.

Nous nous serrons la main. La sienne est chaude et humide.

— J'ai appris que vous n'aviez pas réussi à localiser mon père et que vous aviez un corps…

J'échoue à trouver les mots dont j'ai besoin :

— Il y a… Vous avez…

Thorne acquiesce et tourne sept fois sa langue dans sa bouche avant de répondre. J'imagine qu'il se demande si je suis capable de surmonter l'étape suivante.

— Monsieur Walker, un accident s'est produit. Le corps d'un homme a été découvert dans les bois tout près d'ici.

Il pointe son doigt vers la forêt, dense et inquiétante.

— Un des occupants d'un chalet l'a découvert ce matin en se promenant. Nous n'avons pas été capables de déterminer de qui il s'agissait. Il ne manque aucun des locataires du camp de pêche. En revanche – Orville Thorne a du mal à déglutir –, nous n'arrivons pas à localiser votre père, Arlen Walker.

— Il est peut-être en déplacement. Vous y avez pensé ?

— Oui, mais son pick-up est ici.

Effectivement, son Ford est parqué près du chalet n° 1.

— D'après les occupants du camp, il ne manque aucune barque.

— Je vois.

— J'ai une chose difficile à vous demander : si ça ne vous dérange pas trop, vous pourriez y jeter un œil ? dit-il en inclinant son chapeau de flic en direction des arbres.

Je me sens tout faiblard.

— Bien sûr.

Il me guide à travers bois tandis que les autres nous suivent sans un mot, comme s'ils se rendaient déjà au cimetière. L'air se rafraîchit à mesure que les arbres m'encerclent.

Au milieu d'une petite clairière, une bâche d'un mètre sur deux est étendue au sol. Elle recouvre ce qui pourrait être n'importe quoi sauf un cadavre.

— Vous vous sentez bien ? s'inquiète le policier.

Bien ? Certainement pas. Mais je réponds :

— Ouais.

Thorne s'approche d'une extrémité de la bâche dont il soulève un coin avec précaution, découvrant ainsi ce qui me semble être un corps, de la tête au torse.

Le vrai peut ne pas être vraisemblable, comme on dit.

Ce que je vois semble avoir été déchiqueté par les pales d'un hélicoptère. Des bribes de chair, des os à vif, des mares de sang.

Des mouches se régalent.

Je fais demi-tour en me demandant si je vais être malade. Il est inimaginable qu'on puisse mourir ainsi. Mais si c'est son propre père…

Thorne reprend la parole :

— Je sais qu'il est impossible de reconnaître qui que ce soit. Mais avez-vous noté quelque chose dans ses vêtements, un détail qui pourrait vous faire dire s'il s'agit de votre père ?

Les pins environnants semblent se balancer sous l'effet d'un vent violent alors qu'il n'y a pas un souffle d'air. Le ciel bleu s'étend sous moi, l'herbe est au-dessus de ma tête. Quelques secondes plus tard, tout a repris sa place habituelle.

— Non, j'affirme.

— Comme nous n'avons trouvé aucune pièce d'identité sur lui, je me demandais…

J'émerge des bois comme si je sortais d'un immeuble en feu, en cherchant à reprendre mon souffle. Je me rends à ma voiture, me penche sur le capot, m'appuie dessus. Je tente de respirer à fond. Un des infirmiers me parle mais je ne distingue pas ce qu'il me dit.

J'entends au loin un véhicule approcher, ses pneus crissent sur le gravier. En regardant vers le haut de la colline, j'aperçois une voiture bleue. En clignant des yeux, je déchiffre « Braynor Taxi » sur le signal lumineux du toit.

Le véhicule s'arrête derrière ma Virtue. Un homme que je reconnais émerge de la banquette arrière, contourne le taxi pour donner deux billets au chauffeur qui a baissé sa vitre.

— Merci !

Ce n'est qu'en se retournant qu'il remarque l'activité ambiante : l'ambulance, la voiture de police, les gens agglutinés.

— Qu'est-ce qui se passe, bon sang de bois ? s'écrie-t-il alors que le taxi reprend sa route.

Puis il remarque ma présence.

— Zachary !

Éberlué, je le regarde.

— Bonjour, papa !

— Tu as une nouvelle voiture ? demande-t-il en pointant un doigt vers ma Virtue qui continue à me soutenir.

— Pas vraiment, je réponds en retirant mes mains du capot.

— J'espère que tu l'as traitée contre la rouille.

— La plupart des panneaux sont en plastique. C'est inutile.

— Ouais, on verra bien.

Il remarque enfin le policier.

— Seigneur, Orville, c'est quoi toute cette agitation ?

— Salut, Arlen. J'avoue que c'est un plaisir de te voir. Mais, pour l'amour du ciel, où étais-tu passé ?

Papa se hérisse.

— Oh ! Juste en ville !

Il me paraît être sur la défensive.

— Tu es parti de bonne heure ? Ça fait un bout de temps que nous sommes là.

Orville Thorne me semble lui aussi un peu sur la défensive.

— Tu as passé la nuit en ville ? insiste-t-il.

Papa pousse un soupir d'exaspération :

— Orville, faut-il que je te fasse un dessin, bon sang de bois ? D'ailleurs, qu'est-ce qui se passe ici ?

Les autres – les infirmiers et le médecin en tout cas – reluquent Orville d'un air désapprobateur, comme s'il avait oublié une chose à laquelle il aurait dû penser. Il doit s'en être aperçu car il est pris d'une toux nerveuse.

— Oh merde, Arlen ! Il y a quelque chose dans les bois que tu devrais venir voir.

Alors que papa regarde vers les arbres, Orville lui prend le bras pour l'entraîner. Mais papa bute contre le pied du policier et, manque de chance, s'étale par terre.

Il hurle de douleur. Quand il tente de se relever, il n'y arrive pas.

— Ma foutue cheville ! Je crois que je l'ai tordue.

Les gens hochent la tête, lèvent les yeux au ciel.

— Bien joué, Orville, commente un des infirmiers.

3

Je me précipite, évitant le vieil homme en costume et cravate qui, dès qu'il se penche pour aider mon père, craque comme une porte d'un autre âge. Le visage anguleux de papa est déformé par la douleur. Il tente de se soulever en s'appuyant sur une main tout en cherchant à toucher son pied de l'autre. Bien sûr, il n'y arrive pas.

— Oh merde ! s'exclame-t-il. La douleur est atroce.

— Ne cherche pas à te lever, je lui conseille.

— J'en suis bien incapable !

Il s'adresse à l'homme en costume :

— Alors, Doc, ça gaze ?

— Arlen, du calme !

Il me jette un coup d'œil :

— Je suis le Dr Heath. Le médecin traitant de votre père.

— Bonjour !

Je me recule pour laisser Heath et les ambulanciers faire leur boulot, me postant près de Thorne qui semble mal à l'aise.

— Désolé, Arlen ! Je n'ai pas fait exprès.

— Bien sûr, Orville, l'excuse papa en frissonnant. Je sais. Les accidents arrivent sans raison.

— Je voulais juste t'aider.

Soudain, il me paraît bien jeune avec sa peau très blanche et ses quelques taches de rousseur autour des yeux.

Les spectateurs n'en perdent pas une miette. Parmi eux, la femme au fichu et à la veste de chasse qui frise la soixantaine – sans doute une locataire – agrippée à un homme de son âge, tous deux plutôt petits. Les traits empâtés de la femme reflètent une certaine anxiété alors que son compagnon, dont l'expression est neutre, ne fait que regarder la scène. À côté de lui, à peine plus grand, un homme à casquette de base-ball en feutre vert foncé. On dirait qu'il cache un ballon de basket-ball sous son polo à rayures et son coupe-vent ouvert. Il a dû mettre le paquet pour s'offrir des vêtements qui améliorent son allure à ce point. Même en tenue sport, il est le mieux habillé de nous tous. La Cadillac STS garée devant un des chalets doit lui appartenir.

Le type à la bedaine est flanqué d'un vieux loup de mer. Grand, le visage buriné, un cure-dents s'agitant entre ses lèvres, habillé d'un pantalon olive et d'une chemise en flanelle à carreaux. Il me sourit quand nos regards se croisent.

— Bob Spooner, fait-il en me tendant une main que je prends. Je suis bien content que votre père soit vivant.

— Moi aussi.

Je pivote pour faire face à Thorne à qui je demande sans m'énerver :

— Personne n'a téléphoné en ville pour savoir si mon père y était ? Vous vous tutoyez, vous vous appelez par vos prénoms, vous vous connaissez donc bien. En deux heures de route pour arriver ici, j'ai cru avoir une ribambelle de crises cardiaques tellement je m'attendais au pire. Vous auriez pu vous renseigner, non ?

Sa langue gonfle sa joue. Il prend son temps pour méditer une réponse, comme si ma question le prenait au dépourvu. Au bout de quelques secondes, il se lance :

— Monsieur Walker, nous sommes en pleine enquête. Notre premier souci a été d'identifier le corps, et comme nous n'avons pas réussi à localiser immédiatement votre père, eh bien, vous pouvez comprendre que nous ayons été inquiets.

— Vous n'avez pas répondu à ma question. Vous auriez pu téléphoner un peu partout !

— Son pick-up étant garé ici et tous les bateaux étant rentrés, nous n'avions aucune raison de penser qu'il était en ville.

— Pourquoi est-il rentré en taxi ? Il aurait pu prendre son pick-up.

Thorne se tait. À quelques mètres de nous, toujours immobilisé à terre, papa gémit :

— Saperlipopette ! Je souffre le martyre !

Thorne rejette son chapeau en arrière de quelques millimètres et me lance :

— Désolé pour le dérangement, monsieur Walker.

— Un dérangement ? Me traîner dans les bois pour me montrer un cadavre qui aurait pu être celui de mon père ? C'est ce que vous appelez un « dérangement » ?

Le rondouillard bien sapé intervient :

— Orville, vous n'avez pas passé un coup de fil à votre tante pour lui demander si elle savait où Arlen se trouvait ?

Orville tousse à nouveau. Je dis :

— Votre tante ? Pourquoi aurait-elle su où était mon père ?

Je ne m'explique pas mon exaspération. Je viens d'apprendre que mon père est en vie et devrais donc être soulagé, voire joyeux. Je devrais même hurler de bonheur. Au lieu de ça, je suis furieux que ce plouc incompétent m'ait obligé à regarder un cadavre couché sous une bâche et m'ait amené à croire, même pendant un court moment, que mon père avait été passé au hachoir à viande. Peut-être suis-je encore tout retourné d'avoir perdu un de mes parents puis de l'avoir récupéré, le tout en quelques minutes. Après tout, ce n'est pas tous les jours qu'une histoire pareille vous tombe dessus.

Quelle qu'en soit la raison, mon sang-froid est en train de m'abandonner.

— Monsieur Walker, poursuit Thorne en essayant de prendre un ton autoritaire et en plaçant une main sur mon bras, vous devriez vous calmer et…

— Lâchez-moi !

Je dégage mon bras, ensuite – j'ignore comment tout s'enchaîne – je le repousse alors qu'il me serre de plus en plus. Son pied se prend dans un petit rocher, et voici qu'il dégringole en m'entraînant dans sa culbute ! Ce type est un spécialiste de la chute des corps !

Alors que je me contente de tomber avec lui, Thorne a l'impression que je l'attaque. Il se dégage de toutes ses forces et rampe en crabe sur le côté, hors de lui et tête nue. Soudain, il me menace d'un revolver en me criant dessus d'une voix haut perchée :

— Ne bougez plus !

Je me fige. À l'exception de mes membres qui sont pris de tremblote. Ce n'est peut-être pas visible, mais j'ai la trouille.

L'arme de Thorne tremble aussi. Bras tendus, il la tient maintenant à deux mains pour l'affermir. Il ressemble à Barney Fife, le personnage grotesque de la télé qui joue les redresseurs de torts. Pas aussi maigrelet que lui mais tout aussi imprévisible. Il n'a sans doute pas l'intention de m'abattre, mais il pourrait tout de même le faire !

— Ne bougez pas d'un pouce ! crie-t-il en ne me quittant des yeux que pour voir où est son chapeau.

— Pas de souci !

La chute m'a coupé le sifflet. Je tourne la tête de droite à gauche très lentement, levant mes deux paumes pour suggérer une trêve.

— Bon sang de bois, Orville, range ton arme ! hurle mon père, toujours allongé par terre. C'est mon fils, tu m'entends !

— C'est lui qui a commencé ! se plaint le policier.

Malgré sa cheville tordue, mon père a la force de lever les yeux au ciel.

— Orville, bon Dieu, je te répète de ranger ton arme avant de te blesser.

Thorne se met debout, baisse son revolver en prenant son temps et le glisse dans son holster. Il brosse sa veste. Je vais chercher son chapeau que je lui tends.

— Mes excuses, je murmure.

Thorne s'empare de son couvre-chef, qu'il visse sur sa tête assez bas pour cacher son regard. Il ne digère pas d'avoir été réprimandé par mon père.

— Bon, ça va ! admet-il.

— Voilà, j'ai d'abord cru que mon père était mort. Puis il a débarqué en voiture. Avec tout ça et l'état du mort, j'ai piqué une crise.

— Bien sûr.

Je lui tends la main. Comme je ne vois pas ses yeux, je ne suis pas sûr qu'il ait remarqué mon geste, alors je m'avance d'un pas.

— Allons, Orville, dit mon père, serre-lui la main.

Il s'exécute à regret. Chacun de nous a sans doute de bonnes raisons d'être gêné, mais Thorne est le plus rouge de nous deux.

— Bon, maintenant que c'est réglé, continue papa, quelqu'un aurait-il l'obligeance de m'expliquer la cause de ce foutoir ?

Bob Spooner se dévoue :

— Arlen, il y a un cadavre dans les bois. Celui d'un homme.

— Fichtre ! Qui est-ce ?

— On ne sait pas encore, intervient Orville. Pas quelqu'un d'ici, en tout cas. Maintenant que tu as réapparu, vous êtes au complet dans le camp de pêche.

— Pendant un moment, on a cru que c'était toi, je précise.

— Je n'étais pas là, réplique papa. On m'a emmené en voiture en ville hier. J'avais bu un peu de vin pendant le dîner et je n'ai pas voulu conduire.

Mon père tout craché. Depuis que je le connais, il lui suffit d'absorber une goutte d'alcool pour refuser de prendre le volant.

— Je ne comprends pas. Tu allais où ? Tu étais avec qui ?

Il se tient sur une jambe, soutenu par deux infirmiers prêts à l'escorter jusqu'à l'ambulance.

— Je crois deviner, affirme Bob en affichant un sourire rusé.

— Bob ! s'écrie papa comme une menace en le fusillant du regard.

Bob demeure impassible.

— Façon de parler.

La femme plus âgée et son mari ont disparu dans les bois. Je les aperçois près de la bâche. L'homme en soulève une extrémité pour que sa femme – j'imagine que c'est sa femme – puisse mieux voir.

Des vampires, me dis-je.

— Toubib !

Papa interpelle le Dr Heath tandis qu'il s'approche de l'ambulance :

— Et si je rentrais m'allonger chez moi avec une poche de glace ?

— Arlen, va aux urgences. On te fera une radio pour s'assurer que tu n'as rien de cassé et que c'est juste une foulure.

Je me souviens que Braynor possède un petit hôpital.

Papa proteste :

— Mais je dois m'occuper de cet endroit. Il faut que je prépare les barques, coupe du bois. Un camp de pêche comme le mien, ça ne marche pas tout seul.

— Je te préviens que tu ne vas pas pouvoir t'appuyer sur cette cheville pendant quelques jours. Plus longtemps encore si c'est une fracture.

Papa ferme les yeux en grimaçant.

— Formidable ! Le pied !

Alors les mots sortent de ma bouche avant même que je m'en rende compte :

— Papa, ne te fais pas de souci. Je vais m'en occuper jusqu'à ce que tu ailles mieux. Je peux prendre quelques jours de congé.

Il me dévisage, pesant le pour et le contre :

— C'est un sacré boulot ! Pas comme rester toute la journée assis devant un ordinateur.

Je vois. Mon offre lui plaît tellement qu'il va me cajoler pour que je ne change pas d'avis.

Je fais semblant de ne pas avoir entendu son sarcasme et le regarde droit dans les yeux en attendant sa réponse. Il prend une grande respiration, comme si sa cheville le faisait terriblement souffrir. Détournant la tête, il laisse tomber :

— Bon, d'accord.

— Et je vais t'accompagner à l'hôpital.

— Non, non, reste ici. Je vais devoir poireauter pendant des heures. Je t'appellerai quand j'en aurai terminé pour que tu viennes me chercher.

J'acquiesce au moment où on le met dans l'ambulance. Dès qu'ils auront déposé mon père, me préviennent les infirmiers, ils reviendront chercher le corps, le légiste ayant eu le temps de l'examiner. Ils mettent le gyrophare en route mais pas la sirène. Nous regardons l'ambulance grimper la pente et disparaître après le premier virage.

— Eh bien, je dis, alors que je me tiens à côté de mon nouvel ami le chef de la police, Orville Thorne, il ne reste qu'une chose à élucider.

— Et quoi donc ?

Je désigne le corps gisant dans les bois :

— C'est qui, ce mec ?

4

Pour répondre à ma question, nous décidons à l'unanimité en dodelinant de la tête comme des extraterrestres de retourner dans la forêt pour examiner le cadavre une fois de plus. Le groupe comprend le type qui s'est présenté comme Bob Spooner, occupant d'un des chalets du camp, Tracy la reporter, Orville Thorne, le flic incompétent, le Dr Heath, qui a préféré rester ici plutôt que d'accompagner papa à l'hôpital de Braynor et enfin le bedonnant et pourtant élégant propriétaire de la Cadillac.

L'homme et la femme du couple plus âgé, postés en sentinelle auprès du corps, nous regardent approcher. Nous marchons sans faire attention, écrasant l'herbe sous nos pieds, chamboulant ce qui serait considéré – en d'autres circonstances – comme une scène de crime, mais Thorne ne semble pas s'en soucier. Combien de preuves faut-il pour accuser un ours, si c'est vraiment cette bête qui est coupable, et non une armée d'écureuils enragés ?

Cette fois-ci, sachant que le mort n'est pas mon père, je me sens plus à la hauteur. Avec précaution, Thorne soulève un coin de la bâche, la rabat vers l'arrière et découvre entièrement le cadavre.

La femme au fichu y jette un nouveau coup d'œil : elle n'est pas aussi dégoûtée que l'on pourrait s'y attendre, comme si elle avait l'habitude d'être en présence de macchabées.

— Dis-leur ! lui murmure son mari.

— C'est pas mes affaires ! répond-elle à voix basse en se détournant.

J'ignore si je suis le seul à les avoir entendus, mais en tout cas personne ne bronche.

— Je retourne au chalet, annonce-t-elle haut et fort pour bien se faire entendre.

— Je t'accompagne, mon chou.

Ils s'éloignent sans faire de bruit.

Un second regard ne m'apporte pas grand-chose de neuf. Malgré son pitoyable état, la taille et la corpulence du corps indiquent qu'il s'agit d'un homme d'à peu près un mètre quatre-vingts. La majeure partie de son visage a été dévorée, ainsi que son cou. La bête semble s'être régalée de son torse. Seules ses jambes, au-dessous des genoux, sont intactes. L'homme portait des boots noires à lacets et un pantalon de camouflage. Mais sa tenue n'en fait pas pour autant un militaire, vu que de nos jours les gamins peuvent acheter des tenues de para chez le fripier.

— Orville, il n'y a pas grand-chose pour nous aider, tu ne trouves pas ?

— Bob, toi qui es souvent dans les parages, tu ne vois pas qui ça peut être ?

— Non.

— On est au moins sûrs que ce n'est pas quelqu'un du camp ?

— Oui, acquiesce Bob. Je suis installé dans le chalet n° 2, le n° 3 n'est pas loué pour le moment.

Il indique d'un coup de menton le couple qui retourne vers le lac et poursuit :

— Les Wrigley occupent le n° 4 et ce monsieur ici présent est dans le n° 5, n'est-ce pas ?

En parlant, il désigne le mastoc bien habillé.

— C'est exact, acquiesce ce dernier d'un ton aimable en s'adressant à Thorne. J'y suis seul. Je pêche et j'inspecte des terrains en vue d'un projet de développement immobilier. Je cherche une quinzaine d'hectares au bord du lac pour créer une importante station de vacances pour les pêcheurs qui voudront…

Thorne lève la main comme s'il arrêtait une voiture au milieu d'une rue.

— D'accord, peu importe ! Bon, on a compté tout le monde ?

— Ouais, opine Bob. Je suis là depuis trois semaines et j'ai rencontré tous les gens qui habitent au camp.

— Personne n'attendait d'invités ?

— Non, marmonnons-nous en chœur.

— Dans ce cas, c'est un mystère, conclut Thorne.

— Et là-haut ? je demande en me tournant vers la ferme aux multiples mises en garde.

Vue de là où nous sommes, elle est à moitié cachée par les arbres.

— Je ne pense pas que ce soit quelqu'un de là-bas, répond le flic.

Je m'étonne en silence mais demande tout haut :

— Comment en êtes-vous si sûr ? Il y a vingt minutes, vous pensiez que c'était mon père.

— Je dis seulement que ça n'a pas l'air d'être quelqu'un de là-haut. Ça ne collerait pas.

Un flic qui ne se décarcasse pas, qui n'envisage pas toutes les hypothèses pour découvrir l'identité d'un type qui a été mis en pièces ? C'est à en perdre son latin. J'insiste :

— Vous pourriez au moins y monter et interroger ceux qui y vivent.

— Oui, Orville, insiste Bob d'une voix douce, il faut que tu ailles leur poser quelques questions.

— Où est le problème ? Je ne comprends pas. Pourquoi vous n'allez pas leur parler ? je répète.

Bob sourit d'un air compatissant.

— La dernière fois qu'Orville a voulu discuter avec ces gens, ils lui ont piqué son chapeau.

— C'est faux ! s'insurge Thorne en enfonçant son précieux feutre de quelques centimètres sur sa tête. On chahutait, c'est tout. Il n'y a pas eu de dégâts.

— Orville, personne ne t'en veut. C'est une drôle de bande. Écoute, moi aussi, ils m'intimident. On peut t'accompagner. Ils ne te prendront pas ton chapeau si nous sommes tous avec toi.

Bien que Bob ne mette aucune condescendance dans ses propos, on pourrait s'y tromper.

Quoi qu'il en soit, Thorne réfléchit. Il est clair qu'il n'a aucune envie de se rendre seul à la ferme.

— D'accord. Viens donc avec moi, Bob.

— Moi aussi, j'aimerais vous accompagner.

Thorne refuse en me dévisageant.

— Je ne pense pas que ça soit nécessaire, monsieur Walker.

Dans ses yeux passe une lueur qui ne m'est pas inconnue. C'est la seconde fois depuis mon arrivée que j'ai le sentiment de l'avoir déjà rencontré.

J'ai envie de lui demander si, par hasard, on ne se serait pas vus auparavant, quand j'ai rendu visite à papa, par exemple. Au lieu de quoi, je rétorque :

— Ce corps se trouve sur le domaine de mon père et, en son absence, il me semble que j'ai le droit de savoir ce qui se passe.

Bien sûr, c'est de la couillonnade ! Thorne représente la loi. Il peut à son gré emmener ou laisser en plan qui bon lui semble. Dieu merci, il ne semble pas connaître ses prérogatives.

— Bon, d'accord !

Nous empruntons tous les trois le chemin en silence jusqu'à ce que Thorne, d'un ton accusateur, me lance :

— Alors, comme ça, vous venez de la ville ?

— Oui.

Il émet une sorte de reniflement, comme si ma réponse expliquait tout. Bob Spooner pose gentiment sa main sur mon épaule pendant un instant.

— Votre père m'a souvent parlé de vous.

— Ah bon ?

— Vous avez écrit des tas de bouquins. Comment ça s'appelle ? Des trucs de science-fiction. Des aventures dans l'espace, quoi !

— Quelques-uns. Mais c'est fini. Maintenant, je suis grand reporter au *Metropolitan*.

— Ah oui, il m'a mis au courant. Un bon journal. Je ne l'achète pas souvent mais quand je l'ai, il y a beaucoup à lire.

Après un petit virage, nous approchons du portail décoré des nombreux avertissements ayant pour but de mettre les intrus en fuite.

— Les visiteurs n'ont pas l'air d'être les bienvenus, je remarque.

— Les gens de la ferme n'aiment pas grand-chose, confirme Thorne.

Nous nous tenons tous les trois contre le portail. Bob s'appuie dessus. À cinquante mètres de là s'élève la ferme qui, d'après mes souvenirs, ne ressemble pas à ce qu'elle était quand papa l'a achetée. À l'époque, les volets tenaient en place, la pelouse était tondue, le jardin bien entretenu. Ce n'est plus le cas. Une vieille camionnette blanche est garée près de la grange, deux pick-up en piteux état ainsi qu'une petite bagnole toute rouillée stationnent devant la ferme. Un lit à ressorts également corrodé repose contre un frigo abandonné sur un côté du bâtiment, une collection d'enjoliveurs est clouée sur un autre mur, et une demi-douzaine de grosses bonbonnes de gaz éparpillées un peu partout complètent ce sinistre décor.

— Mon père a vu ça ? je demande à Thorne et à Bob. On dirait une décharge publique !

— Ça l'inquiète un peu, répond Bob. Et par un peu, je veux dire énormément. Mais il ne sait pas bien comment gérer la situation.

— Beaucoup de gens vivent ici ?

Thorne intervient :

— Ça dépend des jours, je crois. Mais en ce moment, il y a le vieux, qui n'est pas si âgé mais qui est le chef de famille. Timmy Wickens.

— Timmy ?

— Et Charlene, la femme de Timmy. Ils ont deux fils, dans les vingt ans. D'après Arlen, ce sont les enfants de Charlene, d'un précédent mariage. Ils s'appellent Dunbar. Et puis May, la fille de Timmy, qui doit avoir dans les trente, trente-deux ans. Elle a un fils d'une dizaine d'années qui habite là aussi. Il paraît qu'elle a un amoureux qui vit avec eux mais je n'en suis pas certain. Et puis ils ont plein d'amis dans leur genre qui vont et viennent.

— Ça veut dire quoi, « dans leur genre » ?

Il hausse les épaules.

— Vous avez vu les écriteaux ? Ils aiment rester entre eux. En plus, ils sont persuadés que le monde leur en veut. Et ils n'ont pas une folle passion pour le gouvernement, fédéral ou local. Ils ont eu souvent maille à partir avec les gens du cru. D'ailleurs, ils ont eu tellement de problèmes avec leurs derniers voisins qu'ils ont été obligés de s'installer ici. Parfois, il est plus facile de les laisser tranquilles que d'avoir affaire à eux.

— Pourquoi mon père a-t-il accepté de louer la ferme à ce tas de barjos ?

Bob prend la parole :

— Il ignorait à quoi il s'engageait. Timmy est venu le voir quand la ferme était disponible, bien propre, bien entretenue. Ce n'est que plus tard que votre père s'est rendu compte qu'il s'était passé la corde autour du cou.

— C'est vraiment moche ! je m'exclame en regardant autour de moi et en découvrant une vieille machine à laver derrière le frigo. Alors, on entre ?

— Si on les avertissait d'abord ? propose Thorne.

Il se redresse, met ses mains en porte-voix autour de sa bouche et crie :

— Bonjour ! Il y a quelqu'un ?

Il attend quelques secondes avant de récidiver :

— Bonjour ! Monsieur Wickens ? Bonjour !

Pas de réaction.

— Vous ne pourriez pas avancer jusqu'à la porte de la maison ? je suggère à Thorne.

Il me désigne la pancarte ATTENTION ! CHIENS MÉCHANTS.

— Vous ne savez pas lire ?

— Je ne vois pas de chiens. Et vous avez une arme. Les cabots ne vous font pas peur tout de même ?

— Laissez-moi appeler encore une fois : Bonjour ! Il y a quelqu'un ?

Aucun signe de vie. Personne derrière une fenêtre à jeter un coup d'œil. Rien ne bouge.

— Si vous n'y allez pas, j'y vais !

Posant un pied sur la traverse la plus basse et l'autre juste au-dessus, je grimpe et passe ensuite ma jambe de l'autre côté du portail. Il ne me faut que quelques secondes pour jouer les acrobates.

— Je vais aller taper à la porte.

Je suis encore dans un état de surexcitation. La découverte du cadavre, la route pour venir ici, l'erreur sur la personne m'ont secoué et font que j'ai envie d'avoir des éclaircissements. De plus, sans que ce soit très précis dans mon esprit, l'idée d'épater Thorne me plaît.

— Monsieur Walker, vous faites une grave erreur.

Mais j'ai déjà sauté de l'autre côté.

J'avance d'une dizaine de pas en direction de la ferme quand, venant de la grange, déboulent deux créatures gris-brun et floues qui foncent vers moi. Floues car elles se déplacent si vite que j'ai du mal à les identifier. Galopant ventre à terre, approchant telles des torpilles, réduisant à grande vitesse l'espace entre nous, elles halètent, grognent et produisent un son des plus menaçants.

Le panneau ne mentait pas : il s'agit bien de chiens.

— Argh ! je crie en stoppant pendant un centième de seconde avant de faire demi-tour et de prendre mes jambes à mon cou.

La distance à franchir, quelques pas, me semble aussi longue que celle d'un marathon.

— Dépêchez-vous ! crie Bob. Ne vous retournez pas !

Sautant sur le portail dont j'agrippe le rebord, je cherche un appui pour mes pieds. J'ai à peine le temps de passer le haut de mon corps que les deux molosses se jettent sous moi en grondant furieusement et en aboyant. Je baisse les yeux juste une seconde, le temps de voir deux bêtes, une brune et une noire, dont la colonne vertébrale est ornée d'une arête de fourrure.

Je replie ma jambe à l'instant où l'un des chiens happe mon pantalon et tire sur l'ourlet. Il doit être en plein vol quand il mord le tissu car son poids déplie ma jambe. Je donne un violent coup de pied, le bas de mon pantalon se déchire. Bob et Thorne m'attrapent par les épaules et me mettent en sécurité. Sans chercher à retrouver mon équilibre, je tombe dans leurs bras, leur échappe et m'écroule finalement par terre.

De l'autre côté, les chiens deviennent fous, aboyant, mordant le portail, projetant de la bave dans toutes les directions, bien déterminés à se frayer un passage pour m'atteindre.

Ils ne sont pas énormes – en fait, ils ne dépasseraient pas mon genou si je me tenais à leur côté, ce que je n'ai pas l'intention de risquer. Mais leurs gueules carrées, leurs crocs irréguliers semblent hors de proportion avec leurs corps décharnés. Ils ont des oreilles courtes, de grands yeux menaçants.

Des mâchoires sur pattes !

Thorne me tend la main pour m'aider à me relever puis me désigne une nouvelle fois la pancarte d'avertissement :

— Je vous avais prévenu de ne pas y aller !

Les chiens ont réussi là où Thorne a échoué. La porte principale de la maison s'ouvre, un homme s'avance, suivi d'un plus jeune, brun et trapu, et puis d'une jeune femme. Ses cheveux sont blonds et sales, et la veste de chasse qu'elle porte sur une blouse unie et un jean ne réussit pas à cacher sa jolie silhouette.

L'homme de tête, sans doute la cinquantaine bien sonnée, mesure un mètre quatre-vingts, a de larges épaules, un crâne chauve luisant. Il a un peu de ventre et doit peser dans les cent quinze kilos. On dirait un joueur de football professionnel qui se serait laissé aller. Il n'a plus la forme de ses vingt ans mais serait encore capable de causer des dégâts. Chaussé de bottes noires militaires, il ne porte pas un pantalon de camouflage, comme notre cadavre dans les bois, mais une tenue vert olive.

— Bonjour, Wickens ! le salue Thorne.

— Os ! Moelle ! Stop ! crie-t-il à ses bêtes.

Mais les chiens continuent à aboyer férocement. Tandis qu'il s'approche de nous, il leur ordonne encore de se taire. Ses chiens cessent leur vacarme et se retournent pour voir d'où vient cette voix. Reconnaissant leur maître, ils se tiennent tranquilles, attendant patiemment ses instructions.

— À la grange ! leur ordonne Wickens en leur montrant le bâtiment.

Sans attendre, ils retournent d'où ils venaient.

— Dougie, dit-il au jeune homme qui courait derrière lui, assure-toi qu'ils restent à l'intérieur. Je t'avais pourtant recommandé de fermer leur porte, non ?

Dougie baisse les yeux. Ses bras tombent lourdement le long de ses flancs.

— J'ai p't'être oublié. J'faisais d'autres trucs.

— Vas-y maintenant, dit Wickens avec un soupir.

Obéissant aussi docilement qu'Os et Moelle, le jeune homme fait demi-tour.

Sur ce, Wickens s'approche du portail en roulant des mécaniques, comme si la présence d'un représentant de la force publique et de deux autres hommes ne l'impressionnait pas.

Son regard, après nous avoir balayés, se pose sur Thorne avec une expression perplexe.

— Chef, en quoi puis-je vous aider aujourd'hui ?

Thorne enlève son chapeau et le coince sous son bras. En une autre occasion, j'aurais vu là une marque de respect, mais il y a fort à parier qu'il veut simplement que son feutre ne lui échappe pas.

— Monsieur Wickens, comment allez-vous aujourd'hui ?

— Jusqu'au moment où vous avez agacé mes chiens, j'allais plutôt bien. Qui est cet individu qui s'apprêtait à pénétrer sans autorisation sur ma propriété ?

Je laisse Thorne faire la causette.

— C'est Zack Walker. Le fils d'Arlen. Arlen s'est tordu la cheville et a dû aller à l'hôpital et Zack est ici pour l'aider. Et Bob, que voici, vous le connaissez. Il loue un des chalets d'Arlen.

La femme – je devine qu'elle est sa fille, May – avance à petits pas tout en restant derrière son père.

— C'est à propos de Morton ? demande-t-elle. On a retrouvé Morton ?

Timmy Wickens se retourne.

— Minute, May ! Laisse-moi voir ce dont il s'agit.

— Quelqu'un a disparu ? insiste Thorne. Qui est ce Morton ?

— Le petit ami de ma fille, répond Wickens que rien ne semble affecter sauf mon intrusion sur sa propriété, qui à proprement parler n'est pas la sienne puisqu'elle appartient à mon père qui la lui loue.

— Morton Dewart. Il est parti chasser il y a quelque temps.

— Qu'est-ce qu'il chasse ? s'inquiète Thorne.

Wickens passe une main sur son crâne dégarni, marque un temps d'arrêt comme s'il réfléchissait.

— Il faut dire qu'il y a un ours dans les parages et il est allé à sa recherche. Il furetait autour de la maison et Morton s'est mis en tête de s'assurer qu'il ne reviendrait pas dans les alentours. Ma fille a un jeune fils et Morton veut être sûr qu'il est en sécurité quand il joue dehors. Alors il a pris son fusil et a dit qu'il allait le débusquer.

— Vous l'avez vu, cet ours ?

Wickens hoche la tête lentement.

— Un gros salopard.

Et, après une nouvelle pause :

— Il lui manque une oreille, la gauche, je crois, comme si elle avait été coupée ou qu'il l'avait perdue en se bagarrant avec un autre ours, ce qui me semble plus vraisemblable.

Bob soulève un sourcil, imaginant un combat d'ours.

— Qu'est-ce qui se passe ? s'inquiète May, la voix tendue. Qu'est-ce que vous faites ici ? Il est arrivé quelque chose à Morton ? Ça fait un bail qu'il est parti.

En remettant son chapeau, Thorne déglutit avec peine. Il doit se dire que personne ne s'amusera à le lui enlever alors qu'il est question de vie ou de mort.

— Monsieur Wickens, il y a eu un accident de l'autre côté de la colline, près des chalets d'Arlen.

— Ç'a un rapport avec sa cheville ? demande Wickens.

— Euh, pas vraiment. Mais j'aimerais bien que vous veniez avec moi jeter un œil à ce que nous avons trouvé.

Il ajoute après une hésitation :

— Vous devriez laisser votre fille ici.

May s'avance.

— Non, je viens aussi.

— Madame, insiste Thorne, je ne pense pas que ce soit une bonne idée.

— Je viens ! répète-t-elle en serrant les dents.

Timmy Wickens sort un trousseau de clés d'une poche et déverrouille le cadenas. Il entrouvre le portail juste assez pour que sa fille et lui puissent passer, puis le referme et remet le cadenas en place sans le fermer.

En silence, nous prenons tous les cinq le chemin de la forêt avec Thorne comme guide. Quand May aperçoit la bâche, elle porte sa main à sa bouche.

— C'est un homme, on en est à peu près sûrs, commente Thorne. Mais il est difficile à identifier. Ce Morton, avait-il des signes distinctifs ?

May regarde droit devant elle, secouant la tête de droite à gauche, comme si elle rejetait la suite des événements.

D'une voix calme, Wickens lui pose la question :

— May, Morton a-t-il des marques, un tatouage, quelque chose de ce genre ?

Je me dis que si le type avait un tatouage, il y a de fortes chances que l'ours l'ait boulotté, à condition, bien sûr, qu'il s'agisse de Morton Dewart.

— Il a un poignard tatoué sur son, son…

Elle réfléchit :

— Son torse, sur le côté gauche.

Thorne respire bruyamment. Comme indice, ça ne va pas être suffisant.

— Il a d'autres marques sur le corps ?

— Euh, euh…, hésite May, désormais au bord des larmes. Sur sa cheville, un peu plus haut, un serpent. Sur sa jambe droite, je crois.

Thorne opine du bonnet. Cette fois, il y a une possibilité de vérification. Je me faufile à côté de lui et du Dr Heath qui attendait notre retour. Il soulève l'autre extrémité de la bâche : les boots du mort apparaissent. Prudemment, il roule une épaisse chaussette grise imbibée de sang. En effet, le serpent est bien là. En forme de S, long de près de dix centimètres.

De l'endroit où ils se tiennent, Wickens et sa fille ne peuvent voir la jambe, mais quand Thorne se tourne vers eux, son visage trahit la vérité.

— Je suis désolé.

May se blottit contre son père et se met à gémir.

5

Pendant l'heure qui précède le coup de fil de mon père me demandant de venir le chercher à l'hôpital, je ne chôme pas.

Je me rends d'abord chez lui, le premier des cinq chalets presque identiques qui bordent le lac, et me démène pour en interdire l'accès aux ours. Pas question qu'un méchant nounours vienne partager mon dîner ! Le chalet comporte une vaste pièce qui fait office à la fois de cuisine, salon et salle à manger, deux chambres dont une que papa utilise comme bureau, et une salle de bains. J'inspecte toutes les fenêtres pour m'assurer qu'elles sont bien fermées. Côté lac, une porte communique avec une véranda entourée de moustiquaires. Comme j'imagine qu'elle n'offre pas de protection solide contre les ours, je ne m'en occupe pas trop. En revanche, je boucle à double tour l'autre porte qui donne sur l'extérieur et celle qui ouvre sur l'espace cuisine. Peut-être que les ours sont assez malins pour actionner une poignée de porte, mais en tout cas, ils n'ont pas les clés.

Je fouille dans la cuisine à la recherche d'une bouilloire et de sachets de thé afin de me confectionner une boisson chaude. Je grelotte, ce que j'attribue autant à ce que je viens de vivre qu'à la température extérieure. Le coin salon comporte un vieux canapé et deux fauteuils usés autour de la télévision, un poêle à bois avec un tuyau montant droit au plafond qu'il traverse. Afin d'y vivre toute l'année, papa a installé une chaudière, mais c'est le poêle que j'allume avec des brindilles et des bûches soigneusement empilées à proximité.

Ce chalet, c'est papa tout craché. Les bûches sont disposées de façon à ne présenter aucun danger – impossible de trébucher dessus. Un extincteur est accroché sur le mur du fond, près de la porte de la cuisine. Dans le panier du lave-vaisselle, les couteaux sont tournés pointe vers le bas. Un tapis antidérapant empêche de glisser sous la douche.

Muni de ma tasse de thé, je m'installe dans le bureau. Un ordinateur trône seul sur la table de travail. Papa étant non seulement un obsédé de la sécurité, mais également un maniaque du rangement, il n'a rien laissé traîner. Les étagères qui garnissent un mur contiennent entre autres choses des casiers bien étiquetés. Manipulant la souris, je redonne vie à l'ordinateur : l'écran du bureau est aussi ordonné que la table en bois. Je clique sur le rond bleu marqué « E » et branche Internet.

J'en suis à lire un troisième article concernant « une attaque d'humains par des ours » fourni par Google quand le téléphone sonne.

Je décroche :

— Allô ?

— Zack ?

— Salut, Sarah !

— J'ai essayé de t'appeler sur ton portable mais tu ne répondais pas.

Elle est à la fois inquiète et mécontente.

Je cherche à me dédouaner :

— Par ici, ça manque de réseau. Désolé. Mais j'allais te téléphoner.

Ce n'est pas un pieux mensonge. J'en avais l'intention.

— Qu'est-ce qui se passe ? Est-ce que ton père, est-ce...

— Il est vivant. Il va bien. Il s'est juste tordu la cheville, mais ça n'a rien à voir avec l'ours.

— Alors qui...

— Un voisin. Ou plutôt un ami d'un voisin. Il était parti à la recherche d'un ours, mais l'animal l'a trouvé le premier, on dirait.

Je fais un rapport détaillé à Sarah. Sur la façon dont papa s'est blessé, sur la confusion des identités et l'attitude peu courageuse d'Orville Thorne, le chef de la police locale.

— Ça signifie que tu reviens directement ?

— Pas vraiment. J'ai proposé à papa de rester quelques jours ici pour l'aider, le temps qu'il récupère.

— Oh ! s'exclame Sarah d'un ton hésitant. Tu trouves que c'est une si bonne idée que ça ? Avec un ours qui rôde dans les parages ?

— Je serai prudent. J'ai déjà été sur Google pour me renseigner sur les attaques d'ours et, en allant chercher papa en ville, j'achèterai un spray anti-ours.

— Tu te fiches de moi ?

— Pas du tout, je l'ai lu sur le Net. C'est un aérosol à base de poivre. Si on en pulvérise en direction de l'ours, il te fiche la paix.

— Tu es sûr ?

— En tout cas, il paraît qu'il ne faut jamais s'enfuir en courant.

— Interdiction de courir ? Donc, si un ours s'avance vers toi, tu restes au garde-à-vous. Et tu es censé lui dire quoi ? Que tu es un pote de Yogi Bear ?

— Non, il faut lui lancer un truc. Pour lui faire peur.

— Tu parles !

— Ou on lui donne un coup de poing. Sur le nez !

Sarah se tait un instant :

— Ah, ça ! Je te vois en train de le boxer ! J'aimerais être au premier rang !

— En réalité, les ours attaquent rarement les êtres humains, dis-je en citant un des articles que j'ai parcourus. La plupart du temps, ils cherchent même à les éviter. Sauf s'ils ont faim.

Sarah change de registre :

— Dis-moi, il n'y a personne qui pourrait aider ton père ?

— Peut-être que si. Mais je dois rester au moins deux jours. Tu arriveras à convaincre le journal de me donner quelques jours de congé, non ?

— Sans doute. Tu travaillais sur quoi jusqu'à maintenant ?

Quand j'écris pour les informations générales, Sarah est souvent ma patronne, mais je dépends aussi d'autres rédacteurs en chef pour des rubriques spécifiques. Telle est l'existence d'un grand reporter du *Metropolitan* placé sous l'autorité de plusieurs maîtres qui se bagarrent entre eux pour passer en priorité. Durant l'année écoulée, plusieurs de mes collègues se sont trouvés pris entre des feux croisés, pour leur plus grand malheur.

— Je prépare un sujet sur les gens qui ne sortent plus le soir. Chez eux, ils ont des home cinémas dernier cri, des jacuzzis, enfin, tout le bazar du cocooning.

— Waouh ! Quelle bonne idée ! On n'a pas dû sortir un papier là-dessus depuis au moins deux mois. C'est un article qui revient deux fois par an depuis dix ans.

— C'est pour le supplément week-end. Pour eux, c'est flambant neuf !

— Je vais en parler à Magnuson, dit Sarah en citant le nom du grand manitou qui, moi, me terrorise. C'est idiot, ce truc, ça sent le réchauffé !

— Donc je ne m'en occupe plus ?

— Absolument. Mais promets-moi de faire attention.

— Aurais-tu oublié à qui tu parles ?

Je sens que Sarah sourit à l'autre bout de la ligne.

— Je sais, avoue-t-elle d'un ton las. Mais tu as eu des blancs, dernièrement.

Je raccroche. Une minute plus tard, nouvelle sonnerie.

— J'en ai enfin terminé, m'annonce papa. Tu peux venir ?

— Bien sûr.

— Tu as l'intention de prendre ta petite voiture ou bien mon pick-up ?

Je soupire intérieurement.

— Papa, elle est solide. Et elle respecte l'environnement. C'est une hybride.

— Nom d'une pipe, n'ajoute rien ! Prends donc le pick-up. Les clés de secours sont dans le tiroir. J'aurai plus de place pour étendre ma jambe qui me fait un mal de chien.

— J'arrive dans vingt minutes. Mais au retour, il faudra faire des achats.

— Quoi donc ?

— Je t'en parlerai plus tard.

Je raccroche.

Son pick-up est à l'image de son chalet : immaculé. En dehors de quelques feuilles sur le tapis de sol du conducteur, pas un grain de poussière. Comme de bien entendu, la jauge d'essence indique un réservoir à moitié plein. En effet, depuis qu'il possède un véhicule, papa n'a jamais laissé l'aiguille descendre au-dessous d'un demi réservoir. Ado, quand je lui empruntais sa voiture, je m'arrangeais toujours pour laisser le réservoir aux trois quarts plein.

— Il faut être prêt à tout, disait-il. Même en cas de grave pénurie d'essence, toi, tu peux rouler.

L'hôpital régional de Braynor est facile à trouver. Il est posé au sommet d'une colline sur la route quittant Braynor par le nord. En arrivant du sud, on voit de loin le « H » bleu surplombant le bâtiment. Papa m'attend à l'entrée des urgences, assis dans un fauteuil roulant, une paire de béquilles coincée sous ses aisselles.

Laissant le moteur tourner et le pot d'échappement crachoter, je franchis les portes automatiques.

— Tu n'as pas coupé le contact, se plaint mon père. Tu es fou ?

— Papa, relax, je ne le quitte pas des yeux…

— Quelqu'un pourrait arriver en courant et démarrer !

— Bon Dieu, papa, nous sommes à moins de dix mètres. Arrête de stresser.

J'emporte ses béquilles que je place dans le pick-up derrière les sièges avant et retourne auprès de lui.

— On emporte le fauteuil roulant ?

— Non, quand tu m'auras amené à la voiture, tu le rapporteras ici.

Acquiesçant, je roule le fauteuil jusqu'au pick-up, ouvre la portière du passager, rapproche encore le fauteuil. Papa se penche en avant, agrippe la poignée intérieure et se hisse tout seul, refusant mon aide.

— J'y arrive, crie-t-il, en ne s'appuyant que sur un pied.

L'autre est emmailloté dans une grosse chaussette qui recouvre les bandages entourant sa cheville.

Après avoir vérifié qu'il est bien assis et qu'il a bouclé sa ceinture, je rapporte le fauteuil à la réception.

— Il y a un bon magasin de sport dans les parages ? je demande à papa en passant la première.

— Comment ? Tu ne vas pas m'aider ? Tu es juste là pour t'amuser à pêcher ?

Du calme, je me dis.

— Non, je veux me procurer une bombe de défense. C'est un spray à base de poivre. Un copain de tes voisins a servi de dîner à un ours de ta forêt. J'ai donc pensé que si tu ne veux pas être son petit déjeuner de demain, il serait prudent de se procurer une ou deux bombes.

Mon père considère ma proposition.

— Ce n'est pas une mauvaise idée, concède-t-il, tout surpris que j'aie pu en avoir une. On n'est jamais trop prévoyant.

— Nous sommes bien d'accord !

6

Nous envisageons d'acheter cinq sprays, un par chalet, mais quand j'apprends qu'ils coûtent cinquante dollars pièce, je suis sûr que papa sera soulagé de savoir qu'il n'en reste que deux en stock. Ils sont couverts de poussière, preuve que le magasin n'en vend pas tous les jours.

Je fais un saut dans une boutique pour hommes de Main Street afin de me procurer les sous-vêtements et les chaussettes que je n'ai pas eu le temps d'emporter. En remontant dans le pick-up, j'apprends que papa a l'intention d'inviter ses locataires à boire des bières et à dîner.

— Ce qui s'est passé a dû les secouer, m'explique-t-il. Ce pauvre mec bouffé par un putain d'ours. Je ne veux pas qu'ils se tirent tous en me laissant sur les bras des chalets déserts. Le n° 3 est déjà vide. Tu peux en profiter.

— Merci.

Papa me désigne l'épicerie de Henry, un peu plus haut dans la rue, où je trouverai ce dont j'ai besoin.

— Je vais rester dans le pick-up. Au fait, tu sais faire les courses ou c'est Sarah qui s'en charge ?

— Elle m'emmène parfois et m'installe dans le petit siège du chariot pour faire mon éducation.

— Si la pêche a été bonne, Bob nous apportera du poisson. Il n'y aura qu'à le faire frire.

Mais papa veut également des hamburgers surgelés, des petits pains, de la salade, des chips et des litres de bière. Mais pas n'importe quoi.

— Surtout pas de petits pains avec des graines de sésame par-dessus. Elles se coincent dans mes dents. Je déteste ça. Et prends du faux-filet haché, pas n'importe quelle viande sortie d'on ne sait où.

— Très bien.

— Et pas de bière allégée. Personne n'a envie de boire de la pisse d'âne.

— Vu.

— Je t'ai parlé des graines de sésame ?

— Oui, papa.

— Deux fois valent mieux qu'une.

— Et les Wickens ? Tu les convies à ta bamboula ? Ils en ont pris plein la tronche. L'ours s'est régalé du petit ami de la fille.

Papa regarde droit devant lui :

— Il est préférable de respecter leur chagrin. Ils doivent avoir envie de rester en famille.

— À propos, c'est quoi, ce cirque ? Les panneaux DÉFENSE D'ENTRER, le portail, les fils barbelés... Ils sont chez toi, non ?

Papa continue à fixer une devanture bleue au loin. Il serre son poing droit.

— Zachary, ne te mêle pas de ça !

— J'aimerais juste savoir *qui sont* ces gens. Leur coin, on dirait un tas d'ordures. Des vieilles bagnoles, un frigo qui pourrit dehors et, bon Dieu, tu as vu leurs pitbulls ? Ils ont failli me bouffer une jambe quand je suis allé leur rendre visite, accompagné de Bob et du flic. Pour avoir chez soi des chiens comme ça il faut être cinglé, c'est clair. Tu as vu leurs crocs ? Entre nager avec des requins et frapper à leur porte, je préfère…

— Zachary ! Ça suffit !

— Mais papa, ils sont sur ta propriété. Tu leur loues ta ferme. Si tu as des ennuis avec eux, tu devras t'en occuper.

La réaction ne se fait pas attendre :

— Est-ce que je t'ai parlé des ennuis qu'ils me causent ? Est-ce que je me suis plaint à toi ? T'ai-je dit un seul mot à leur sujet ?

Je claque la portière et remonte Main Street vers chez Henry. En chemin, je remarque des affichettes accrochées aux lampadaires annonçant la foire d'automne qui commencera samedi prochain, c'est-à-dire dans quatre jours, par un défilé. D'autres affichettes, fixées sous les précédentes et au-dessus, exigent « Une parade sans pédales ! ».

J'ignore ce que ça veut dire. Les vélos seraient-ils interdits ? Des bicyclettes auraient-elles semé la pagaille parmi les chars au cours des défilés précédents et perturbé l'esthétique du défilé ? Mais je ne m'arrête pas pour lire le reste de l'affichette. J'ai une mission à accomplir.

Une fois chez Henry, je prends un chariot dont les roues avant sont si mal alignées, si mal équilibrées que je me demande si Braynor a été construit sur une ligne de faille. Sans liste établie, je parcours le magasin en piochant ici un cœur de romaine, là des croûtons, là un sachet de petits pains sans graines de sésame – pas la peine de susciter le courroux paternel.

Au bout d'une allée, je manque d'entrer en collision avec un homme mince en blouse blanche. Mon premier réflexe est de croire qu'il s'est échappé d'un laboratoire, mais l'absence d'une panoplie de stylos dans sa pochette et la présence de taches de sang me font penser qu'il vient de quitter le rayon boucherie. Puis mon attention est attirée par le nom « Charles » cousu à son revers et par le bloc de papier qu'il tient.

Il me regarde par-dessus ses lunettes cerclées de fer.

— Bonjour !

Je hoche la tête.

— Charles Henry, se présente-t-il en me tendant la main.

Je la serre sans avoir le temps de vérifier qu'elle n'est pas pleine de sang.

— Je suis le directeur du magasin. Je ne crois pas vous avoir déjà vu.

Ça n'a rien d'étonnant. Mais je me rappelle que je suis dans une petite ville où l'épicier local connaît tout le monde.

— En effet, je suis en visite chez mon père.

Il fait la grimace de quelqu'un qui renifle une mauvaise odeur mais comme je ne sens rien d'anormal, j'en déduis que c'est son expression habituelle.

— Ça ne veut pas dire que vous ne pouvez pas signer la pétition. Tout le monde est le bienvenu.

— Pardon ?

Il me fourre son bloc sous le nez.

— On veut que le défilé reste familial. Signez au bas de la feuille. Nous avons déjà pas mal de noms, mais il nous en faut plus si nous voulons que la maire revienne sur sa décision.

Il a droit à un gentil sourire de ma part accompagné d'un refus poli.

— Je ne suis au courant de rien mais merci quand même et bonne chance !

Quand je cherche à le contourner, il me demande :

— L'outrage aux bonnes mœurs, ça ne vous gêne pas ?

Je trouve qu'il exagère mais je pressens que ce n'est pas le moment de le lui dire.

— Écoutez, je vous souhaite vraiment bonne chance, mais je suis pressé.

Je passe à côté de lui et tandis que je pousse mon chariot dans l'allée, je sens son regard me vriller le dos.

De retour au pick-up avec mes précieuses courses, sachant que papa va vouloir tout inspecter et vérifier que je n'ai rien oublié, je place les sacs de provisions derrière mon siège, hors de sa portée. Le visage anxieux, il se tortille deux ou trois fois sur son siège, mais avec sa cheville douloureuse, il n'arrive pas à se retourner tout à fait.

— J'ai fait la connaissance de M. Henry, dis-je en démarrant.

— Ah bon !

Il n'a pas encore digéré notre léger différend.

— Il fait toujours cette tête ?

Papa ne me répond pas. C'est donc en silence que nous rentrons chez lui.

Quand nous arrivons au chalet, un groupe de gens nous accueille. Je les reconnais tous au premier coup d'œil : le couple plus âgé, le rondouillard sapé comme une gravure de mode et Bob Spooner.

Ils ouvrent la portière de papa et l'aident à descendre. Repérant les béquilles derrière les sièges, Spooner s'en empare et les place sous les bras paternels.

— Allez, Arlen, tu rentres à la maison.

Je ne me presse pas pour quitter le volant. Tout le monde semble vouloir l'aider. Visiblement, ils le portent dans leurs cœurs. Particulièrement Bob et le couple plus âgé. Je me rends compte que le camp de pêche de papa n'a rien du banal camping où les gens s'adressent à peine la parole. Ici, les locataires forment une famille.

Réunissant les provisions, mes nouveaux sous-vêtements et les bombes anti-ours, je me dirige vers le chalet tout en jetant un coup d'œil par-dessus mon épaule. La nuit tombe, les arbres perdent leur individualité pour ne plus former qu'une grande ombre se détachant à peine du ciel assombri. Je m'arrête un instant, tendant l'oreille. Seul le bruit d'une légère brise soufflant dans les sapins me parvient. Dans cette semi-obscurité, il est difficile de déterminer où gisait le corps. Il a été enlevé après que May Wickens s'est jetée dans les bras de son père. Le drame me paraît désormais appartenir au passé. Comme s'il n'était jamais rien arrivé.

Papa invite ses amis à revenir dans une heure. Bob Spooner lui promet des brochets fraîchement pêchés qui attendent dans une bourriche au bord du lac et qu'il lui faut vider. Les autres lui proposent tout ce dont ils disposent. Avant de les laisser regagner leurs chalets respectifs, papa insiste pour me les présenter officiellement, bien que j'aie déjà fait leur connaissance.

— Bob, re-bonjour, dis-je en lui serrant la main.

— Voici Hank et Betty Wrigley, m'explique papa. Ils viennent tous les automnes de Pennsylvanie et louent le n° 4 pour trois semaines.

Enfin, le rondouillard élégant, vêtu entièrement en Eddie Bauer, prend ma main dans sa paume moite et la secoue trois secondes de plus que nécessaire. Un vendeur pur jus !

— Je m'appelle Leonard Colebert et je fais dans les garnitures antifuites pour adultes ! annonce-t-il, fier de lui.

Les autres hochent la tête ou lèvent les yeux au ciel : ce n'est pas la première fois qu'ils l'entendent, celle-là.

— Sans blague ! je m'exclame.

— Sérieusement. Je suis le propriétaire de Colebert Enterprises, fabricant de couches pour bébés, enfants, incontinents nocturnes, adultes. Tout ce qui vous vient à l'esprit. Si vous ne pouvez pas vous retenir, nous le ferons pour vous !

Il éclate de rire.

Discrètement, j'essuie sur ma fesse la sueur que sa main moite a laissée sur la mienne. Vais-je devenir allergique aux poignées de main ?

— Alors, vous venez ici depuis longtemps ?

— Depuis seulement deux ans. Pas autant que Hank et Betty, et en tout cas moins que Bob. Bob, ça fait combien d'années ?

— Trente, trente-deux ans. Ça remonte à l'époque où Denny s'en occupait. Les chalets n'avaient pas l'eau courante ni de toilettes. Denny a vendu le camp vers 1980 à Lyall Langdon, qui l'a amélioré puis l'a revendu à votre père. Mais le nom n'a jamais changé. C'est resté Les Chalets de Denny. Avec le temps, l'endroit a acquis une certaine notoriété.

Leonard se tourne vers le couple :

— Et vous ?

D'une voix douce, Betty lui répond :

— Ça doit faire dans les vingt ans. Nous montions l'été pour une semaine, mais quand Hank et moi avons pris notre retraite, nous sommes passés à trois semaines.

Comme j'en ai assez de supporter l'interrogatoire de Leonard, j'interviens :

— Que faisiez-vous comme métier ?

— J'étais infirmière, répond Betty, et Hank était dans le bâtiment.

Hank acquiesce.

— J'avais ma propre équipe. Je construisais surtout des maisons.

— Moi, dit Leonard, je crois que je ne m'arrêterai jamais. Je suis trop amoureux de mon travail. C'est plus que de l'amour, c'est de la rage. Mais j'adore prendre le large. Je pourrais m'offrir des voyages n'importe où, mais j'aime être ici.

Papa le toise et je devine ce qu'il pense : quel connard !

Bob Spooner s'adresse à mon père :

— Arlen, tu devrais passer un coup de fil à Orville, voir si lui et les autres veulent être des nôtres.

Papa balaye l'idée d'un revers de la main.

— Je verrai.

Et, préférant changer de sujet, il déclare :

— Écoutez-moi ! Nous avons acheté des bombes anti-ours. Si vous désirez les emprunter, dites-le-moi.

Bob sourit.

— J'ai mon Smith & Wesson dans ma boîte d'hameçons. Il va peut-être falloir que je le trimballe partout avec moi.

Génial ! On va tous s'armer et se balader avec un pistolet à la ceinture.

Les locataires conviennent de revenir dans une heure. Après avoir installé papa à l'intérieur, Bob m'appelle et me demande de l'accompagner à son chalet.

— C'est une bonne chose que vous soyez resté, votre père a besoin de vous, dit-il en chemin.

Bob est grand, genre un mètre quatre-vingt-cinq. Bien qu'il ait vingt ans de plus que moi, j'ai du mal à marcher aussi vite que lui.

— Ouais, quoique son accueil laisse à désirer.

— C'est vrai qu'il est un peu rigide. Mais il a nettement amélioré cet endroit depuis qu'il l'a acheté. Langdon, le précédent propriétaire, l'avait rénové au début, mais les dernières années, il l'avait laissé aller à vau-l'eau. Des planches pourries sur les pontons, des marches de perrons foutues. Il fallait faire gaffe de ne pas trébucher et se casser la gueule.

— Lorsqu'il est question de sécurité, papa ne plaisante pas.

J'ignore si je suis réconforté ou accablé à l'idée que ma phobie des risques puisse venir de lui.

En longeant le lac et en écoutant le clapotis de l'eau sur la rive, nous passons devant une petite table haute en bois. En son centre, un trou donne accès à une poubelle métallique fermée par un couvercle.

— À quoi ça sert ?

— C'est là que nous vidons le poisson. Les détritus tombent directement dans la poubelle. Elle doit être vidée tous les jours. Maintenant que j'y pense, ça peut attirer un ours. Il faudra que j'en parle à Arlen.

Je jette un coup d'œil nerveux alentour. Puis je me penche et soulève le couvercle pour regarder à l'intérieur. Un œil tenant encore à une tête me dévisage.

Je referme la poubelle vite fait.

— En tout cas, poursuit Bob, votre père a conservé ce qui était en bon état et réparé ce qu'il fallait et je lui en suis reconnaissant. Ce lac où je viens année après année, j'y tiens comme à la prunelle de mes yeux. Les poissons ne mordent pas autant qu'avant, le nombre des pêcheurs a augmenté, mais c'est toujours magnifique. Je passe ici trois semaines par an et pendant les quarante-neuf semaines restantes, j'en rêve. Maintenant que ma femme n'est plus – elle est morte d'un cancer il y a quatre ans : une épreuve terrible –, je projette de rester ici tout l'été. Et si votre père me donne le feu vert, je vendrai ma maison, j'aménagerai le chalet n° 2 pour l'hiver comme il l'a fait et je viendrai vivre ici à l'année.

— Vous devriez lui en parler. Je parie qu'il acceptera.

— Ouais, mais d'abord, il va falloir qu'il trouve une solution en ce qui les concerne.

D'un coup de menton, il désigne la ferme.

— Une source d'ennuis !

— Papa refuse de m'en parler.

— C'est qu'il ne sait pas par quel bout prendre le problème. Et ça le gêne.

— Et quel est le problème, exactement ?

— Ils me rappellent le clan de Waco, vous vous en souvenez ?

J'acquiesce.

— Ils se coupent du reste du monde, croient que la terre entière veut s'en prendre à eux et, par conséquent, se préparent à se défendre contre des assaillants.

— Quels assaillants ?

— Surtout les fonctionnaires du gouvernement. Si ce n'est pas eux, c'est les Noirs, les homosexuels, les communistes, etc. La jeune femme, celle dont le petit ami a été mangé par un ours, eh bien, elle a un fils de dix ans. Il ne va pas à l'école. Ils l'éduquent chez eux. Vous imaginez le genre de poison qu'ils inoculent à ce gosse ?

Une situation sans issue, je me dis.

Bob me précède sur l'un des cinq pontons. D'un côté, amarrée avec une corde tressée en nylon blanc, une barque en aluminium de quatre mètres et demi de long bourrée de cannes à pêche, de boîtes d'hameçons et d'appâts, de filets, de coussins faisant office de gilets de sauvetage.

— C'est mon domaine, précise Bob.

À part une chaîne métallique qui descend dans l'eau le long d'un pilier, l'autre côté du ponton est vide. Bob tire sur la chaîne et une bourriche apparaît. C'est un panier métallique muni de gros crochets qui se referment comme des épingles de nourrice dans la tête des poissons et les conservent au frais jusqu'à ce qu'ils soient vidés.

Avant de la sortir du lac, Bob me demande :

— Et si je vous emmenais taquiner le poisson demain matin ? De bonne heure, avant que vous soyez occupé par les tâches domestiques de votre père. Ça vous dirait ?

— Très sympa, oui.

Ça me paraît amusant. Plus amusant que la partie de pêche avec mon fils, Paul, qui se plaignait de ne pas avoir emporté sa Game Boy.

Bob lève son pouce :

— Attendez de voir ce que j'ai rapporté aujourd'hui. On va se régaler, promis juré...

Il sort sa bourriche. Malheur ! Il ne reste que cinq têtes de brochet qui ont été sauvagement décapités.

— Bon Dieu de bon Dieu ! jure Bob en secouant la tête. Ces putains de chiens ! Une fois de plus !

Il se tourne vers la ferme.

— Ils adorent bouffer mon poisson !

7

— Désolé ! se plaint Bob en entrant chez papa un peu plus tard. Pas de poisson. Ils se sont carapatés.

— Tu te fous de moi ! répond papa qui, assis à la table de la cuisine, dispose des feuilles de romaine dans un saladier. Ils ont quitté ta bourriche ?

— Incroyable, non ? Je l'ai sans doute mal refermée. Je suis trop bête.

Bob m'a prévenu qu'il ne parlerait pas des pitbulls à papa.

« Il en a déjà assez bavé pour aujourd'hui avec le cadavre trouvé sur son domaine et sa foulure à la cheville. »

Quand je lui ai demandé comment il pouvait être sûr que c'était Os et Moelle, les chiens des Wickens, il m'a expliqué :

« Timmy ou un des garçons amène souvent les pitbulls au bord du lac et leur enlève leurs laisses pour qu'ils barbotent dans l'eau. Une ou deux fois, j'ai vu ces petits salauds sortir de la flotte un poisson dans la gueule, le mâchonner et l'avaler comme des croquettes ! Quand nous allons vérifier nos bourriches, il ne reste plus que des têtes !

— Vous vous êtes plaint ? »

Il m'a souri comme si j'étais un demeuré.

« Essayez donc de parler à ces gens ! »

Tôt ou tard, je sais que je vais devoir les affronter.

Avant l'arrivée de Bob avec son petit bobard, je suis retourné chez papa. Appuyé contre le comptoir de la cuisine, il détachait une clé d'un des quatre clous enfoncés dans le mur. Il me l'a envoyée et, n'étant pas très sportif, j'ai paniqué en la suivant des yeux dans les airs. Pas question de manquer un lancer paternel. Par miracle, je l'ai attrapée.

— C'est celle du chalet n° 3. Tu peux l'utiliser tant qu'il te plaira.

— Merci, mais ça m'est égal de camper sur le canapé, si tu as l'occasion de le louer. De plus, je peux t'être utile en restant ici, en te passant la télécommande, par exemple.

— Non. Vas-y. Installe-toi. Tu as besoin d'un peu d'intimité. Dans l'armoire de ma chambre, il y a des draps et des couvertures.

Parfait, ai-je pensé.

— Demain, je te montrerai les choses à faire. Dans deux jours, je serai rétabli.

— Je peux prendre tout le temps nécessaire. J'en ai parlé à Sarah et elle va s'arranger avec mes autres rédacteurs en chef.

Pieux mensonge : il m'est impossible de m'absenter très longtemps. Après un an au *Metropolitan*, je n'ai pas grimpé très haut dans la hiérarchie et je ne suis dans les petits papiers de personne.

— Comment va-t-elle, Sarah ? Tu lui empoisonnes toujours la vie ?

— Tel père, tel fils !

Ces mots ont jailli de ma bouche spontanément. Je me suis rendu compte qu'ils restaient en suspens dans l'air. Si seulement j'avais eu le moyen de les reprendre pour les fourrer à nouveau dans ma grande gueule !

Papa me fixe. Si je m'attendais à des cris et à des hurlements, c'est raté. Il me tourne le dos et se lave les mains dans l'évier.

— Papa, excuse-moi, je ne le pensais pas.

— Laisse tomber !

Il observe ses doigts comme s'il n'avait jamais rien fait d'aussi important de sa vie.

— Vraiment, je suis désolé. C'était un coup bas. Ce n'est pas ce que je pense.

Papa attrape une serviette et s'essuie :

— Bien sûr. Tu as toujours été persuadé que j'étais dur avec ta mère. Je le sais bien.

— Non, c'est faux. Quand j'étais petit, c'est vrai, tu n'étais pas toujours tendre avec elle ni avec nous. Mais depuis qu'on a grandi, je n'en suis plus si sûr.

— Tu m'en veux pour la fois où…

— Comment ? La fois où elle est partie ? Lorsque j'avais douze ans ?

Papa pivote sur un pied pour ne pas peser sur sa mauvaise cheville et suspend son torchon à un crochet au-dessus du four. Sans dire un mot.

— Elle a été absente six mois, n'est-ce pas ?

Toujours pas de réponse.

— Je me souviens qu'elle nous téléphonait tout le temps, à Cindy et moi. Mais je ne l'ai pas vue pendant, disons, deux trimestres. Tu ne nous disais rien, sauf que maman avait besoin de temps.

— Je ne veux pas revenir là-dessus.

Il se retourne, perd l'équilibre en essayant de ne pas s'appuyer sur sa cheville douloureuse et chancelle. Je me précipite, mais papa se rétablit avant que je puisse le retenir. Pour finir, je lui tends ses béquilles et il claudique jusqu'à la table.

— Passe-moi les petits pains, je vais les beurrer.

Quelques minutes plus tard, Betty et Hank Wrigley font leur apparition. Lui apporte une bouteille de vin, elle un grand bol de salade de pommes de terre recouvert d'un film transparent. Puis Bob arrive et raconte son histoire de poissons disparus. Pour finir, Leonard Colebert, le roi de la couche, arrive par la porte de la véranda, tenant au bout d'un doigt deux cartons à gâteaux noués avec un ruban rose. Il a dû se précipiter à la pâtisserie de Braynor.

Que la fête commence !

Nous cuisinons, mangeons, buvons et buvons encore. À un moment donné, je m'assieds sur la véranda, Colebert à ma gauche, Bob à ma droite. Il est évident que Leonard n'a qu'un sujet en tête dont il aime nous abreuver :

— Il y a des millions de dollars à se faire dans les garnitures antifuites. On a juste effleuré le marché.

Je questionne :

— Comment pouvez-vous dire ça ? Vous avez déjà amené les vieux à croire qu'ils ne peuvent plus s'en passer : toutes ces publicités avec ces femmes qui ont l'air d'avoir quarante ans, courent sur la plage, se mouillent les pieds, se pavanent, libérées du souci de ne pas trouver des toilettes à temps. Que désirez-vous de plus ?

— C'est juste le début, fait-il en baissant la voix, tel un conspirateur. L'important, c'est le marketing. Comme vous dites, nous avons créé ce besoin qu'ont les vieux qui auraient pu se retenir mais pensent désormais : Et puis merde ! Pourquoi s'enquiquiner ? Allons-y gaiement ! Bien sûr, il existe des gens pour qui elles sont vraiment indispensables, mais c'est un marché limité. Par contre il y a un marché potentiel : tous les autres, les hommes et les femmes d'âge moyen, ou même plus jeunes, qui s'imaginent pouvoir très bien s'en passer. Vous, par exemple.

— Moi ? Qu'est-ce que j'ai à voir là-dedans ?

— Vous êtes en voiture pour un long trajet, vous êtes pressé, vous n'avez pas envie de faire un arrêt-pipi. Donc vous portez une couche et vous roulez pendant des heures. Votre femme et vos enfants veulent aller aux toilettes ? Vous leur mettez des couches. Ça veut dire que vous arriverez à destination plus tôt et que vous prendrez du bon temps plus vite.

Pour bien se faire comprendre, il agite son index dans ma direction.

— Je parle de libération. Disons que vous regardez la télévision, par exemple le Super Bowl. Vous risquez de rater un essai en restant cloué au-dessus de la cuvette à secouer la dernière goutte de votre zizi.

Bob me jette un regard avant de contempler le reflet de la pleine lune sur le lac immobile.

Leonard continue son exposé :

— Les gens qui fréquentent les casinos en portent depuis des années. Imaginez que vous jouez devant une machine à sous. Vous ne voudriez pas qu'on vous prenne votre place pendant que vous êtes aux toilettes. Juste au moment où vous savez que vous allez gagner ! Ou alors, vous avez une bonne passe au black jack, la chance vous sourit. Vous risqueriez mille dollars pour vider votre vessie ? Si vous portez une couche, personne ne prendra votre place, vous continuerez à engranger le blé.

Il se frotte les mains, des dollars plein les yeux.

— L'astuce est d'éliminer la mauvaise image des couches pour adultes afin que les gens les utilisent sans en avoir honte. Les vieux avec des problèmes de vessie ne devraient pas être gênés. Mais les autres, surtout les jeunes, ne sont pas détendus au début.

— Vous croyez ?

— La publicité, voilà la clé du succès. Dans un spot télé, vous mettez en scène une célébrité comme Brad Pitt ou Angelina Jolie ou le sénateur Bob Dole – vous vous souvenez, il avait vanté le Viagra ? Une personnalité, ça fait sérieux.

Je regarde Bob et nous haussons les épaules de concert.

— En tout cas, quand un téléspectateur sait que quelqu'un de connu pisse dans son pantalon, il pense : Ma foi, pourquoi pas moi ?

Bob saisit sa bouteille de bière par le goulot et avale une grande lampée.

— Une chose encore, continue Leonard, les couches rapportent des fortunes. Suffisamment pour construire ici un village de vacances de luxe.

Bob se tourne vers lui.

— Leonard, quel genre d'établissement souhaitez-vous ?

— J'ai reçu une proposition pour un terrain le long du lac – il désigne le nord –, plus près de Braynor. Un jour, nous irons y faire un tour et je vous le montrerai à tous les deux.

Bob insiste :

— Vous avez mentionné un village ?

— Oui, un village aquatique. Un concept haut de gamme. Comme personne n'en a vu autour de ce lac ou même dans la région de Fifty Lakes. Du cinq-étoiles. Cinq cents chambres quand ça sera fini. On commencera par cent chambres puis on passera peu à peu à la vitesse supérieure. Cela nous donnera le temps de réaménager la rive, construire un quai…

Bob l'interrompt :

— Attendez une minute ! De quel lac s'agit-il ? Vous ne voulez pas parler d'ici ?

— Et je parle de quoi à votre avis ?

Leonard se tourne vers moi.

— Ne croyez pas que je veuille acculer votre père à la faillite. Il y aura toujours des gens sans gros moyens qui voudront venir dans un endroit modeste.

— Bien sûr.

— Chez moi, ce sera du pur luxe. Nous engagerons des guides chevronnés pour les excursions. Nous mettrons une demi-douzaine de gus par barque et nous les emmènerons pêcher. On aura une dizaine de bateaux ou plus. Mais ça devrait suffire. Des tas de gens viendront sans doute avec leurs propres canots à moteur. Il nous faudra une marina, une station-service. Bob, à propos, j'ai une idée.

— Quoi ? fait le malheureux, trop horrifié pour articuler autre chose.

— Je pourrais vous engager pour organiser les balades. Vous passeriez vos étés à emmener nos clients sur les lieux de pêche. Nul ne connaît le lac mieux que vous. Tous les coins, toutes les anses où ça mord le mieux.

— S'il en reste ! s'exclame Bob. Aujourd'hui, il y a moins de poissons qu'il y a cinq ou dix ans. Si vous construisez votre grand village, le lac sera vidé en deux coups de lancer. C'est la ruine à coup sûr.

Leonard rejette cette objection d'un revers de la main.

— Ne vous faites pas de souci. Il y aura toujours du poisson. Écoutez-moi, il faut bien que je dépense l'argent des garnitures d'une façon ou d'une autre.

Il éclate de rire.

— Puis-je vous poser une question ? je demande.

— Ne vous gênez pas !

— Vous portez une couche en ce moment ?

Il sourit.

— Vous voudriez bien le savoir, hein ?

Bob bondit sur ses pieds.

— Je rentre.

L'œil triste, il me regarde et me demande comme si c'était la dernière chose qu'il était capable de faire :

— On va toujours à la pêche demain matin ?

— Bien sûr. Je dois être prêt à quelle heure ?

— 6 h 30.

— Si tôt que ça ?

— Vous voulez prendre du poisson ou pas ?

Je soupire :

— D'accord. 6 h 30.

Leonard accroche Bob au passage.

— On ira faire un tour là-bas, n'est-ce pas ? Avant la fin de la semaine. Je vous montrerai l'emplacement de l'hôtel et du restaurant. Et un jour, peut-être, du casino. Si j'obtiens l'autorisation.

Bob part sans un mot. Le suivant des yeux, Leonard me dit :

— J'ai l'impression qu'un truc l'a dérangé.

— Sans doute. Mais je ne saurais dire quoi.

Leonard récupère vite, et le voici reparti :

— Ma société va financer un nouveau reality show. Ça fera un tabac ! Vous allez adorer ! Alors voilà : on choisit un type et on lui annonce que ses parents sont morts, tués dans un accident. Mais ils sont vivants, c'est juste une blague. Ils observent leur fils préparer leur enterrement, suivre le convoi funéraire. C'est à mourir de rire ! Puis, à la lecture du testament, le type découvre qu'il a été baisé, qu'il ne touche rien. Alors on amène ses parents qui sont toujours en vie et là, c'est le meilleur, comme nous sommes les sponsors, c'est écrit dans le scénario, tout le monde doit porter une couche, car quand le type voit son père et sa mère, il chie dans son froc. Alors, quand…

Je rentre dans le chalet, et tant pis si Leonard me prend pour un grossier personnage. D'ailleurs, il me paraît imperméable à ce genre de sentiment.

Papa, Betty et Hank sont assis autour de la table, une pile d'assiettes sales repoussée dans un coin, des dizaines de bouteilles de bière vides éparpillées un peu partout.

— Je crois que l'ours s'est trompé de proie, dis-je.

— On parlait justement de ça, m'annonce Betty.

Papa met son grain de sel :

— Allons, Betty, c'est insensé.

Je prends une bière, dévisse la capsule, m'assieds à table.

— Qu'est-ce qui n'a pas de sens ? je demande.

— Vous savez que Betty était infirmière, répond Hank.

— Vous me l'avez dit. Mais vous êtes tous les deux à la retraite.

— Pas un mot à Zack, supplie papa. Il va s'en servir dans un article.

Betty passe outre.

— Arlen, je vais lui rapporter ce que j'ai vu.

— Quoi donc ?

Je me rappelle que Betty et son mari sont retournés seuls dans les bois. Il a soulevé la bâche pour qu'elle jette un second coup d'œil au corps. Sur le moment, je les avais traités mentalement de vampires.

Papa hoche la tête, regarde Betty et comprend qu'il n'y a pas moyen de l'empêcher de me confier ce qu'elle veut me confier.

— Pendant des années, j'ai été infirmière aux urgences dans divers hôpitaux. Surtout dans des villes, mais aussi en Alaska, au début de notre mariage. Nous y avons vécu.

— Sans blague ? Je n'y suis jamais allé mais ç'a toujours été mon rêve. Depuis que j'ai vu ce film avec Al Pacino et Robin Williams où il est le tueur et où Pacino ne peut s'endormir car le soleil ne se couche jamais.

— C'est un pays magnifique, précise Hank. Il vaut le déplacement.

— Je suis sûr que Sarah l'adorerait, dit papa. Tu ne veux pas l'emmener faire une croisière, voir des baleines ?

— Je peux raconter mon histoire ? implore Betty.

Nous nous taisons tous.

— J'en ai vu de toutes les couleurs. Depuis des pêcheurs tombés de leur bateau jusqu'à des jeunes membres de gangs la tête tailladée à coups de couteau.

— Beurk ! je m'exclame.

Betty hausse les épaules et poursuit :

— Il m'est arrivé plusieurs fois en Alaska de soigner des gens qui avaient été attaqués par des ours. Vous avez peut-être vu ce documentaire sur cet homme qui vivait parmi les grizzlis et qui a été dévoré par l'un d'eux ? Vous vous rappelez, ils l'ont ramené en morceaux dans des sacs-poubelle ? J'ai été témoin de ce genre de choses. J'ai vu ce dont les ours sont capables quand ils s'en prennent aux humains, ce qui est très rare.

— Oui, ils préfèrent les éviter plutôt que de les affronter. J'ai lu ça sur Internet.

Betty ne me prête pas attention.

— Mais quand ils chargent, ils mettent leurs victimes en pièces, les écrasent, les lacèrent avec leurs énormes pattes, avec leurs griffes. Une dizaine de centimètres séparent les sillons. N'oubliez pas que les ours ont des mâchoires considérables. S'ils vous mordent, vous vous rendrez compte très vite qu'il vous manque quelque chose.

— Je vois, dis-je, soudain intéressé.

— J'ai longuement inspecté le corps de Morton Dewart. Je peux me tromper, mais à mon avis, il n'a pas été tué par un ours.

Papa intervient :

— Et si c'était un loup ? Ou un cougar ? Il y en a par ici, j'en suis à peu près sûr.

— Papa, laisse-la finir !

— Quand j'étais aux urgences en ville, j'ai vu des corps mutilés qui m'ont rappelé celui de Dewart. Il a été déchiqueté par une bête déchaînée ou par plusieurs animaux aux mâchoires plus petites que celles d'un ours.

Un frisson me descend le long du dos.

— Laissez-moi deviner : par des chiens !

Betty acquiesce.

— Évidemment, ce n'est pas à une autopsie que je me suis livrée dans les bois. Mais d'après ce que j'ai eu l'occasion d'observer pendant des années et, croyez-moi, c'était beaucoup, je dirais que oui.

Soudain, nous sommes interrompus.

Leonard Colebert bondit dans la pièce, lève les bras au ciel comme s'il avait marqué un essai.

— Je parie que vous ne devinerez jamais ce que je viens de faire !

8

Peu de temps après, je vais me coucher, mais je dors mal dans mon lit du chalet nº 3. Le milieu du matelas s'affaisse un peu, pourtant ce n'est pas le plus grave. Je n'arrive pas à chasser de ma tête les propos de Betty disant que les causes du décès de Morton Dewart ne sont pas si évidentes. Mais ce n'est pas tout. Une autre chose me tarabuste au milieu de la nuit, et j'ai hâte que le soleil se lève pour sortir et chercher une preuve qui devrait se trouver là-bas et qui nous a échappé.

Aussi, à 6 heures, je suis déjà réveillé. Je m'assieds dans mon lit, fatigué et la tête lourde.

Les rayons du soleil commencent à envahir ma chambre quand je me décide à rejeter mes couvertures et à poser les pieds sur le plancher glacial. Je trotte jusqu'à la salle de bains pour une douche rapide. Hier soir, avant de prendre possession de mon chalet, j'ai emprunté à papa des serviettes et de quoi faire mon lit. Mais en dehors de mes nouvelles chaussettes et de mes sous-vêtements, je n'ai pas d'affaires de toilette. Si seulement j'avais pensé à me procurer à Braynor une brosse à dents, un rasoir, de la crème à raser et autres babioles indispensables !

J'ai un vilain goût dans la bouche.

Certaines choses, je pourrai les emprunter à papa, mais pour le reste, il me faudra les acheter lors de ma prochaine visite en ville. Après m'être habillé et avoir peigné mes cheveux avec mes doigts, je me brosse les dents avec mon index puis je sors. Au lieu de descendre jusqu'au lac ou de me rendre chez papa pour avaler un petit déjeuner, je me dirige droit vers la forêt.

Retrouver l'endroit où se trouvait le cadavre de Morton Dewart est simple. L'herbe est écrasée autour de l'emplacement de la bâche. Sans être un chasseur ou un as de la traque, je fouille les bois en suivant tous les chemins que Dewart a pu emprunter, comme si le lieu où la mort l'attendait était le centre d'une roue et les chemins ses rayons. Je suis à l'affût d'aiguilles de pin dérangées, de branches brisées, de tout ce qui indiquerait le passage de Morton ou d'un ours.

Je ne vois rien.

J'élargis le cercle de mes investigations, partant du lieu où le corps a été découvert, les yeux rivés au sol, regardant de gauche à droite, d'avant en arrière. Je me courbe sous les branches, escalade de petits rochers, saute des fossés.

Ce que je cherche est introuvable.

De guerre lasse, je rejoins le lac qui miroite sous le soleil matinal. Bob, assis dans sa barque amarrée au ponton, choisit les appâts du jour et se prépare à sa journée de pêche.

— Bonjour ! crie-t-il.

Quelle forme à cette heure matinale !

— Je reviens dans une minute, je dis.

Je me dépêche d'aller chez mon père. Si j'arrive à trouver du dentifrice, je me brosserai avec mon index.

Sa porte n'étant pas verrouillée, je l'ouvre doucement pour ne pas le réveiller. Pas de bruit de radio, pas de bacon mijotant dans une poêle, mais des ronflements. Passant devant la porte de sa chambre, j'y jette un œil : couché sur le dos dans la partie la plus éloignée du lit double, il fait autant de bruit qu'un train de marchandises à vapeur. Papa m'a rendu service en m'envoyant dormir dans le chalet n° 3 au lieu de me laisser m'agiter sur le canapé, victime de son tonnerre nasal.

Je me glisse jusqu'à sa salle de bains et passe ma main par la porte entrouverte en espérant qu'elle ne va pas grincer sur ses gonds.

— Salut, chéri !

Une voix tout ce qu'il y a de plus féminin me souhaite la bienvenue de l'intérieur.

— Je ne voulais pas te réveiller mais…

Alors, s'apercevant de sa méprise, cette brune de l'âge de papa qui se tient au milieu de la salle de bains en soutien-gorge blanc et pantalon noir dont elle est en train de remonter la fermeture éclair pousse un cri.

Pas une clameur à vous glacer le sang, pas un *Mon-Dieu-vous-êtes-venu-me-tuer* mais une exclamation de surprise, presque une sorte de gloussement.

Je m'abstiens de jurer alors que j'aurais pu le faire. Au lieu de ça, je n'arrête pas de bafouiller :

— Pardon ! Pardon ! Je ne savais pas qu'il y avait quelqu'un ! Désolé !

Je claque la porte si violemment que je la reçois en pleine tête ! Sous le choc, je fais un vol plané dans le salon et trébuche sur le canapé avant de retrouver mon équilibre.

À ce moment, papa arrive en sautillant de sa chambre et en criant :

— Lana ! Qu'est-ce qui se passe ?

Quand il me voit, il s'appuie au mur pour ne pas tomber. Malgré son état de demi-sommeil, il commence à comprendre la situation.

— Oh merde ! laisse-t-il échapper. Qu'est-ce que tu fiches ici à cette heure ?

— Je vais à la pêche. Avant, je voulais juste prendre du dentifrice et j'ignorais que tu avais de la compagnie. Tu aurais dû m'avertir et je ne serais pas venu.

— Tu n'as pas apporté de dentifrice ?

— Non, je n'ai pas apporté de dentifrice. Quand j'ai appris que tu étais mort, je n'ai pas eu le réflexe d'acheter du dentifrice et du fil dentaire.

— Tu n'as pas non plus de fil dentaire ?

— Oh ! Papa !

— Et hier, quand tu étais en ville ? Tu aurais pu te procurer ce dont tu avais besoin ! Franchement, c'est donc impossible d'avoir un peu d'intimité par ici ?

La porte de la salle de bains s'ouvre à la volée et Lana émerge, vêtue d'une tunique rose dont elle ferme le bouton du haut.

— Arlen, je t'en prie ! Ce n'est pas grave, dit-elle.

Je lui renouvelle mes excuses :

— Je suis navré. Je ne savais pas qu'il y avait quelqu'un. Je voulais juste me brosser les dents et...

— Eh bien, la salle de bains est libre maintenant, tu peux faire ce que tu voulais faire, suggère papa.

— Je m'appelle Lana, dit celle-ci en me tendant la main. Vous devez être Zachary.

— Oui, plutôt Zack. Ravi de faire votre connaissance.

— Lana Gantry, une amie de votre père, ajoute-t-elle avec un sourire. Mais je pense que vous l'avez compris.

La lumière se fait peu à peu dans mon esprit : Lana est une amie de mon père. Elle est dans son chalet à 6 h 20 du matin alors que personne ne fait des visites à cette heure-là. Ce qui signifie qu'elle est arrivée hier soir tard, après la fin de la fiesta. Ce qui implique qu'elle a passé la nuit avec mon père ! Mon Dieu, il y a des choses auxquelles je n'ai pas envie de penser ! Pourquoi a-t-il fallu que je mette les pieds ici et comment m'en sortir élégamment ?

— Je sais tout de vous, déclare Lana toujours souriante. Vous écrivez pour le *Metropolitan*, n'est-ce pas ?

— C'est exact.

Je l'examine pour la première fois. La petite soixantaine, mince, un beau corps que je remarque sous sa tunique. Un joli visage, des lèvres pleines et déjà maquillées, des pommettes hautes, des cheveux bruns striés de subtiles mèches argentées qui descendraient jusque sur ses épaules si elle ne les avait pas ramenés en arrière et attachés.

— Quel plaisir de vous revoir. Inutile de préciser que vous avez beaucoup grandi.

Je dois paraître ahuri.

— Désolé, mais j'ai du mal à vous remettre... Attendez une seconde.

Papa ne cache pas son irritation. Il est sur le point d'intervenir quand Lana met un doigt sur ses lèvres.

— Attends de voir s'il se souvient.

Papa persiste :

— Lana, il est inutile que...

— Chut !

C'est vrai que Lana ne m'est pas totalement inconnue.

— Pouvez-vous me rappeler votre nom ?

— Gantry.

— Mme Gantry ?

— Il chauffe.

Lana sourit à papa.

— Vous habitiez la même rue que nous ? Vous avez déménagé quand j'avais à peu près treize ans ?

Nouveau sourire. Elle s'avance, m'attire dans ses bras et dépose un baiser sur ma joue :

— Tu as bonne mémoire.

Papa se lance dans une explication :

— Walter, le mari de Lana, est mort il y a quelques années. Il se trouve que nous avons tous les deux déménagé dans ce secteur. Nous sommes tombés l'un sur l'autre à Braynor. Une sorte de... disons, de coïncidence.

Papa prend ses béquilles derrière la porte de la chambre et clopine dans le salon.

— Tu as pris ton petit déjeuner ? me demande Lana.

— Euh... non. Mais je dois m'en aller. Bob m'emmène à la pêche ce matin et je ne veux pas m'imposer.

— Balivernes. Je vais te préparer quelque chose. Tu l'emporteras, si tu préfères.

Elle se dirige droit vers le comptoir de la cuisine.

— Que dirais-tu de toasts au beurre de cacahuètes ? Ou d'un sandwich à l'œuf frit ? Ça me prendra une minute.

Papa intervient :

— Lana, tu as vraiment le temps ?

Il m'explique :

— Lana tient le café en ville.

— J'en ai pour deux secondes ! Les filles ont l'habitude d'ouvrir le café. Je ne suis pas obligée d'arriver la première. Alors, un sandwich à l'œuf frit ?

— Oui, ce serait formidable, merci beaucoup.

Je n'ai pas fini ma phrase que Lana a déjà sorti une poêle et s'affaire pour récupérer des œufs dans le frigo.

— C'est incroyable que, des années après avoir déménagé, vous soyez tombés l'un sur l'autre, fais-je remarquer.

— Absolument, acquiesce-t-elle en mettant deux tranches de pain dans le toaster. Au fait, je crois que tu as fait la connaissance de mon neveu Orville.

Je sursaute.

— Le chef de la police ?

— Je sais qu'il est dans les parages en raison de cet horrible drame, l'homme dévoré par un ours. Quelle horreur ! C'est affreux !

— Oui, nous nous sommes rencontrés.

J'aurais pu ajouter : il m'a menacé de son arme, et j'ai l'impression qu'il lui manque une case.

— Je suis si fière de lui. C'est un homme accompli maintenant.

Je hoche la tête, ne sachant quoi ajouter. Mes toasts jaillissent du grille-pain. Lana les beurre et glisse un œuf frit entre eux.

— Sel et poivre ?

— S'il vous plaît.

En fait, je rumine la masse d'informations qui vient de m'être fournie en si peu de temps.

— Je ne l'ai pas coupé en deux, de peur que le jaune ne coule, précise Lana en me tendant mon petit déjeuner dans un sac en papier.

Elle dépose un léger baiser sur la joue paternelle, ce qui me gêne.

— Il faut que je me dépêche, dit-elle. Zack, quand tu passes en ville, viens manger un morceau de gâteau.

Elle me sourit, prend un trousseau de clés sur le comptoir et sort.

— Elle a l'air sympa, je dis. Des gamins de votre espèce, j'espère que vous faites gaffe !

Papa fronce les sourcils.

— Lana t'a donné un sandwich à emporter.

— D'accord, je m'en vais, dis-je en souriant. À mon retour, tu me diras ce qu'il faut faire.

Il a toujours son air renfrogné quand je sors de chez lui. Conscient d'être en retard, je cours au ponton où Bob Spooner m'attend patiemment.

— Prêt ?

J'embarque en posant prudemment mon pied au milieu du bateau pour ne pas le faire chavirer.

— Vous avez fait la connaissance de Lana ? demande Bob, sourire aux lèvres. Je viens de voir sa voiture démarrer.

— Oui, je l'ai surprise dans la salle de bains. Dommage que je n'aie pas été prévenu !

Pendant que Bob dénoue l'amarre, repousse la barque avec une des rames jusqu'à ce que le tirant d'eau soit suffisant pour descendre le petit moteur, je réfléchis.

— À votre avis, papa était avec elle quand on a cru qu'il gisait sous la bâche ?

— Sans doute. Orville aurait pu y penser et passer un coup de fil ou faire un saut chez elle. Mais non !

— Vous croyez qu'il reconnaîtrait une bombe si elle lui pétait au visage ?

Sans répondre, Bob met le moteur à l'eau. Il ouvre l'arrivée d'essence, tire sur la poignée et démarre du premier coup.

En prenant le large, nous ne nous parlons pas beaucoup. Notre *teuf-teuf* est le seul bruit sur le lac et je ne veux pas l'aggraver en criant pour me faire entendre. Il y a des années que je ne suis pas venu ici et j'ai oublié la beauté des lieux. Ce n'est pas un lac immense, trois kilomètres de large sur une dizaine de long, mais il est entièrement entouré d'arbres. Quelques chalets de-ci de-là, un camping pour caravanes à l'extrémité sud n'en font pas un lac surexploité. Quand on y est, on se sent loin de tout.

Bob ralentit lorsque nous arrivons près du rivage à deux kilomètres au nord des Chalets de Denny. Un magnifique bosquet de sapins s'élève à une cinquantaine de mètres de nous.

Élevant la voix pour couvrir le *teuf-teuf*, il dit :
— Regardez, cette plage, ce doit être là.
— Quoi donc ? je demande en me penchant vers lui depuis mon banc au centre de la barque.
— Le futur village de Leonard.
— Quel phénomène ! Vous croyez qu'il pissait tout en nous décrivant la chose ?
Bob hausse les épaules.
— Dans pas longtemps, il va falloir que je m'équipe de ces satanées couches-culottes. Du moment que je n'achète pas sa marque !
Il coupe le moteur et décroche deux cannes à pêche des tasseaux vissés à la coque. Il m'en tend une en me disant :
— Voici un des coins les plus poissonneux du lac. Des lits d'algues s'étendent ici, une vraie mangeoire à poissons. Quand je viens, je pêche à la traîne en passant une fois ou au lancer. Ou encore, je me laisse dériver.
— J'ai du mal à imaginer que les autorités locales autorisent la construction d'un village aussi énorme au bord de ce lac sauvage. Les écologistes et les environnementalistes auront leur mot à dire. Et la mairie pourra toujours mettre son veto.
— Vous croyez ? Ce type n'aura jamais le feu vert ?
Je réfléchis un instant.
— Pas sûr ! Parfois, plus un projet est farfelu, plus il a de chances de se réaliser.
— Je le crois aussi. Si Leonard met assez d'argent sur la table et s'il les convainc que son projet va générer de nouveaux emplois, les gens vont marcher.

— Mais je peux avoir tort. Regardez autour de vous : il y a très peu de constructions par ici. Un énorme village aurait un impact négatif sur la nature. Il se peut que les responsables, faisant preuve de bon sens, se soucient de l'environnement.

Bob accroche au bout de sa ligne un appât d'une douzaine de centimètres de long imitant une grenouille, auquel sont attachés trois hameçons.

— Le même vous irait ? me propose-t-il en sortant un appât identique de sa boîte à malice.

Le mien est un peu plus jaune.

— Il me semble très comestible !

Je peine pendant deux minutes pour déclipser le bout de ma ligne et y accrocher l'appât. À deux reprises, je manque de m'entailler le pouce, mais je réussis à faire en sorte que Bob ne remarque rien. D'un coup de poignet, il prend son élan en passant sa canne par-dessus son épaule puis projette la ligne en avant et le bouchon atterrit à une quinzaine de mètres de là.

— Nous allons dériver dans cette direction, me montre-t-il, alors lancez de l'autre côté.

Inquiet de mon manque de maîtrise, je suis surpris de voir ma canne voler par-dessus mon épaule et, après avoir laissé aller ma ligne, le bouchon fendre l'air et tomber non loin de celui de Bob.

— Juanita aurait adoré une matinée pareille, dit Bob.

— Juanita ?

— Mon épouse. Vous vous demandez d'où elle venait, avec un nom comme ça ? Elle était originaire du Mexique. Elle aimait par-dessus tout m'accompagner ici, tôt le matin, quand la surface du lac était aussi lisse que l'herbe et la brume pas encore tout à fait levée. Au début, voilà des années, quand nous avons commencé à fréquenter ce lac, j'ai pensé qu'elle me suivait seulement pour me faire plaisir, ce qui me chagrinait. Je ne voulais pas qu'elle reste assise pendant des heures à attendre que ça se passe. Vous me comprenez ?

— Bien sûr.

— Une année, sans rien lui dire, j'ai décidé de changer et d'aller ailleurs. J'ai mis de l'argent de côté pour l'emmener à San Francisco. Prendre les tramways, voir le Golden Gate, etc. Quand elle a appris ce que j'avais l'intention de faire, elle ne m'a pas parlé pendant deux jours. Tout ce qu'elle voulait, m'a-t-elle assuré, c'était venir ici et s'asseoir au bord du lac avec moi. Elle m'a forcé à annuler le voyage dans l'Ouest.

— La pêche lui plaisait ?

— Bof. Ce qu'elle aimait le plus, c'était flâner ici. Parfois, elle apportait un livre, se nichait dans le fond du bateau près de l'avant et lisait pendant que je pêchais. D'ailleurs, une fois, elle a lu un de vos romans.

— Vraiment ?

— Ouais, votre père en avait un exemplaire et elle le lui a emprunté. Ça parlait de ces types qui vont sur une autre planète, des sortes de missionnaires, mais à l'envers. Ils essayaient de propager l'idée que Dieu n'existe pas, mais un truc atroce leur arrivait. Ce bouquin-là.

— Ça lui a plu ?

— Je l'ignore, répond Bob au bout d'un instant. Elle ne l'a pas terminé.

Je mouline et lance à nouveau en posant la question suivante :

— Elle vous manque, non ?

— Le cancer, quelle maladie atroce. Elle a mis du temps à mourir. Je ne voulais pas la perdre, mais en même temps, j'aurais voulu pour elle que ça se termine plus vite.

Nous nous taisons un long moment et demeurons dans l'immobilité du matin à regarder se dissiper les dernières brumes. Je comprends ce qui a attiré mon père ici et l'a incité à rester. Dans ce coin, il a moins de raisons de se faire du souci, moins d'occasions de se mettre dans tous ses états.

Sauf en ce qui concerne les Wickens.

Je me décide à rompre le silence :

— J'ai dans l'idée d'emmener papa voir un avocat, lui demander ce qu'il peut faire au sujet des gens qui louent la ferme. Il pourrait les faire expulser. Vous avez vu ce qu'ils ont fait de l'endroit ?

— Ça vaut la peine d'essayer.

Il observe sa ligne qui disparaît dans l'eau, décide de la mouliner un peu puis de relâcher.

— Un avocat dirait à papa quels sont ses droits, ce qu'il…

Ma ligne se tend, le moulinet se dévide.

— Bon Dieu, qu'est-ce que c'est ? je crie. Je dois être pris dans un bout de bois.

— Non, c'est pas une putain de bûche. Vous avez attrapé quelque chose.

Ayant ramené sa propre ligne, il se concentre sur la mienne.

— Jouez avec lui. Occupez-le.

Je relève ma canne, lui donne du mou tout en moulinant de toutes mes forces pour réduire la distance entre ma prise et le bateau.

Une chose noire et luisante émerge à la surface de l'eau. Elle est longue, fine et noire, et mesure près d'un mètre, avec une large nageoire à une extrémité.

— Waouh ! s'exclame Bob.

— Quoi ? C'est quoi ?

— Un maskinongé, c'est sûr. Au moins un mètre trente. Vous parlez d'un super-brochet !

Sa tête apparaît soudain, mon hameçon enfoncé dans sa lèvre inférieure. Il remue la tête dans tous les sens avant de disparaître sous l'eau.

— Ce n'est pas n'importe quel maskinongé, précise Bob. Ça doit être Audrey.

— Audrey ?

— Je viens de remarquer une cicatrice sur sa lèvre, juste en dessous de son œil droit. Je la connais. Je l'ai ferrée une ou deux fois au cours des années. Le plus gros poisson du lac, d'après moi. Continuez à mouliner.

— Je n'y arrive pas, elle se débat comme une folle.

En réalité, il m'est impossible de mouliner.

— Bob, vous voulez tenter votre chance ?

— Non merci, elle est à vous si vous arrivez à la ramener. J'ai failli l'avoir il y a trois ans et une fois encore deux ans auparavant. C'est dans mon carnet. Cette garce est toujours là. Je n'arrive pas à le croire. Les deux dernières fois, c'était déjà dans ces parages.

Ma canne est arquée au maximum, le fil tendu à mort.

— Pourquoi l'avoir appelée Audrey ?

— À cause de mon prof de cinquième. Tous les jours, j'avais droit à des coups de règle. La pire garce sur terre. Je me suis dit que le jour où j'attraperais Audrey, je cesserais de pêcher et je mourrais heureux.

— C'est injuste qu'elle ait mordu à ma ligne. Tenez, prenez ma...

Soudain, ma canne se redresse d'un coup, la tension cesse, ma ligne mollit.

Je mouline à toute vitesse mais quand l'hameçon apparaît, il n'y a rien au bout.

Bob sourit :

— Audrey est à la fois intelligente et mauvaise. La prochaine fois, il n'est pas impossible qu'elle morde à ma ligne et pas à la vôtre.

De retour au chalet, je trouve le Dr Heath penché sur la cheville de mon père. Ce dernier est allongé sur le divan tandis que, assis sur la grande table basse, le médecin examine le bandage.

Il se tourne vers moi en m'entendant arriver.

— Bonjour, j'ai fait un saut pour voir comment se portait votre père.

— Qu'en pensez-vous ?

Le vieux toubib hoche la tête d'un air sage.

— Je le trouve bien. S'il n'appuie pas sur son pied, dans une semaine il sera rétabli.

Oh malheur ! Une semaine ? M'absenter aussi longtemps du journal, c'est pousser le bouchon un peu loin. Mieux vaut considérer la situation au jour le jour.

— Arlen, tu dois me promettre de ne pas faire de folies !

— D'accord, d'accord, ne t'en fais pas ! lui assure mon père en relevant sa grosse chaussette. Zachary va rester encore un peu.

Prenant sa trousse, le Dr Heath se dirige vers la porte.

— Je vous accompagne jusqu'à votre voiture, docteur.

Arrivé à sa Buick noire, je l'arrête.

— J'ai quelque chose à vous demander, lui dis-je.

— Si c'est au sujet de votre père, soyez rassuré. Il va très bien.

— Je suis heureux de l'apprendre, mais ce n'est pas ce que je voulais savoir. C'est au sujet de Morton Dewart.

— Quelle horrible fin !

— Vous avez autopsié son corps ?

— Bien sûr. J'ai dû spécifier la cause de la mort.

— Qu'avez-vous trouvé ?

Le Dr Heath renifle.

— Confrontation malheureuse avec un ours.

— C'est donc votre conclusion, il a été tué par un ours ?

Le Dr Heath paraît étonné.

— Bien sûr. Vous avez vu le corps. Vous pensez qu'on pourrait se tromper ?

— Mais ce n'est qu'une hypothèse, n'est-ce pas ?

— Vous avez entendu ce que M. Wickens a affirmé. Il a déclaré que Morton Dewart était sorti pour traquer l'ours et le tuer. Puis nous l'avons trouvé dans cet état horrible. Monsieur Walker, il ne faut pas être grand clerc pour comprendre ce qui s'est passé.

— Mais au cours de l'autopsie, l'examen des blessures a-t-il étayé l'hypothèse de l'ours ?

Le Dr Heath s'énerve à vue d'œil.

— Je ne comprends pas le sens de votre question. Nous avons inspecté le corps, nous avons la déclaration de M. Wickens. Au vu de ces éléments, on peut conclure que M. Dewart a été tué par un ours. C'est la voie que j'ai suivie et le corps a été rendu à sa famille, et pas aux Wickens.

Regardant le médecin de mon père droit dans les yeux, je me permets un sourire ironique. Il n'est pas dans mon intention de manquer d'égard à ce vieux monsieur, mais je me dois d'insister.

— Vous n'avez pas pratiqué une autopsie complète, n'est-ce pas ? Vous avez pensé que la mort avait été causée par un ours et non par deux chiens, par exemple. Vous n'avez donc pas cherché d'autres éventualités.

Il devient rouge comme un coq.

— Vous m'accusez ?

— Je suis navré. Je vous ai posé ces questions avec le plus grand respect. J'aimerais également avoir votre avis sur un autre aspect des choses, quoique cela soit du domaine du chef de la police Thorne plus que du vôtre.

— Quoi donc ?

Le Dr Heath s'avance jusqu'à sa voiture et saisit la poignée de la portière. Il a envie de s'en aller.

— Où est le fusil ?

— Quel fusil ? demande-t-il en fronçant les sourcils.

— Si Morton Dewart s'est battu avec l'ours qu'il pourchassait, où se trouve son fusil ? Ce matin, j'ai fouillé dans les bois autour de l'endroit où le corps a été découvert et je n'ai vu ni fusil, ni carabine, ni aucune arme.

Le Dr Heath jette sa trousse sur la banquette arrière.

— Je n'en ai aucune idée et ce n'est pas mon problème. J'ai fait mon travail au mieux de mes compétences et je vous trouve drôlement culotté de m'interroger ainsi.

— Je vous le répète, n'y voyez aucune arrogance. Simplement, si ce n'était pas un ours mais, disons, un chien, ou plus d'un…

— Vous avez un sacré toupet. Votre père est un type bien. Il aurait honte de la façon dont vous me parlez.

Il démarre sec en projetant des gerbes de gravier et commence à monter la colline.

Entendant ses pneus crisser sur l'asphalte de la route, je songe aux implications de mes questions, aux éventuelles conclusions qu'elles amènent. Au fond, ne serais-je pas plus tranquille si nous avions affaire à un ours meurtrier ?

9

— Alors, le doc et toi, de quoi avez-vous parlé ? demande papa quand je retourne auprès de lui.

Il est toujours allongé sur le divan.

— Il faut qu'on discute.

— Écoute, s'il s'agit de Lana, je n'ai pas besoin que mon fils me fasse la morale sur ma vie sexuelle.

Je ferme les yeux et dès que les images réapparaissent, je les rouvre.

— Je n'ai pas du tout l'intention de commenter tes amours.

— Non, ce sont mes affaires.

— Il n'est pas question que je t'en parle. C'est un sujet que je veux éviter à tout prix.

— Mais au cas où ça t'intéresserait, je n'ai aucun problème.

Fermant le poing, il tend le bras :

— Ça marche toujours. Sauf que ma cheville va me ralentir un peu pendant un moment.

— Papa, j'en suis enchanté. Tu pourras poser pour des pubs vantant les petites pilules bleues.

Il se renfrogne.

— Qui prétend que j'en ai besoin ? Si le Dr Heath t'a dit qu'il m'en faut, il n'a pas à faire courir ce genre de rumeur. La confidentialité entre praticien et malade, ça existe !

— Papa, je me fiche de ce que tu fais à l'horizontale, compris ? Il existe des sujets plus importants dont j'aimerais discuter.

Il attend la suite.

— Je ne suis pas tout à fait convaincu que vous ayez un problème d'ours.

— Ah ouais…

— Écoute-moi. J'ai passé une nuit blanche à songer aux révélations de Betty. Elle en a vu beaucoup dans son boulot. Elle ne croit pas du tout à un ours…

— Bon, alors c'est un loup ou un coyote ou ce genre d'animal ?

— Tu en as vu beaucoup dans les parages ? Et quand as-tu entendu dire pour la dernière fois qu'un de ces animaux avait attaqué un homme et l'avait tué ? Si ce sont des chiens, comme Betty a l'air de le croire, il ne faut pas aller loin pour en trouver. Hier, tu n'étais pas là quand ces deux molosses m'ont coursé, ils ont…

— Betty ne sait pas de quoi elle parle ! proteste papa. Elle ne pense pas à mal, mais je la connais depuis des années et je sais que c'est une angoissée, rien de plus. C'était bien un ours, nous avons notre bombe et s'il revient, nous saurons l'accueillir. Lana m'affirme que son neveu Orville est en relation avec les gens de la protection de l'environnement et qu'ils peuvent organiser des battues avant qu'il n'y ait d'autres victimes.

— Ce n'est pas tout, papa. Ce matin, j'ai fait un tour dans le coin où on a retrouvé le corps. Les Wickens prétendent qu'il était sorti pour tuer cet ours. Si c'est vrai, où est son fusil ? Orville ne l'a pas trouvé et je ne pense pas que l'ours l'ait emporté.

— Oh, tu racontes n'importe quoi ! Tu es venu pour m'aider ou pour m'empoisonner l'existence ?

— Tu sais ce que je crois ? Tu préfères avoir un ours assassin dans les parages plutôt que deux chiens meurtriers, car l'ours, ça ne dépend pas de toi. Mais si les chiens sont en cause, agissant avec la bénédiction de leur propriétaire qui vit dans une maison qui t'appartient, sur ton domaine, alors il faudra que tu t'en occupes.

Papa ne pipe pas. Se mordant les lèvres, il regarde par la fenêtre en direction du lac. Prenant place dans le fauteuil inclinable en face du canapé, je me détends sans tenter de briser le silence ambiant. Nous demeurons ainsi pendant près d'une minute. Enfin, papa reprend la parole :

— Il y a du café au chaud. Ça ne t'ennuie pas de m'en apporter une tasse ? Sers-toi par la même occasion.

— Sans sucre, n'est-ce pas ? je demande en me levant.

Papa acquiesce. Je m'exécute puis reprends place dans mon fauteuil. J'avale une première gorgée.

— Il est bon, ton café !

— T'as pris du poisson ce matin, avec Bob ?

— Non, mais Audrey est venue titiller ma ligne.

— Bon sang de bois ! Voilà des années que Bob veut l'attraper.

— Elle a filé. On a sorti un brochet chacun mais rien de plus. C'était sympa de sa part de m'emmener.

— Et comment ! Bob est un chic type, un vrai.

Nous retombons dans le silence. Papa continue à siroter son café en admirant le lac avant de laisser tomber :

— Je ne sais pas quoi faire.

— Oui, je te comprends. La situation est délicate.

— Je veux qu'ils déguerpissent. J'en perds le sommeil.

Je m'abstiens de tout commentaire.

— Ils n'arrêtent pas de tirer. Un raffut incessant, comme s'ils étaient à l'exercice. Je peux le supporter à petites doses. C'est fréquent dans les montagnes. Mais là, c'est tous les jours. Une fois, j'ai entendu des tirs de mitrailleuse. Pourquoi se servir d'une mitrailleuse ? je te le demande. En plus, ils portent des tenues de camouflage. Ils se prennent pour qui ? C'est à croire qu'ils sont en guerre. Mais qui sont leurs ennemis ?

— Tu as réagi ?

— Il y a quelques semaines, après un après-midi où ils n'ont pas cessé de tirer, j'ai appelé Orville.

— Oh !

Papa pousse un gros soupir.

— Je sais, mais c'est un peu compliqué. Il est le neveu de Lana et je ne peux pas tout t'expliquer. Il veut bien faire son boulot, mais il ne sait pas mettre la pression.

— Qu'est-ce qui s'est passé ensuite ?

Nouveau soupir.

— Il est allé là-haut seul, pensant que c'était mieux que je ne l'accompagne pas, que les Wickens pourraient m'en vouloir s'ils savaient que j'étais à l'origine de son intervention. Il était censé leur dire, sans mentionner mon nom, qu'on l'avait appelé pour des coups de feu et qu'il était venu vérifier. J'ai pris un raccourci à travers bois pour voir ce qui allait se passer. Ils l'ont laissé entrer par le portail et les fils de Charlene, la femme de Timmy – je les appelle Darryl et Darryl, pas devant eux évidemment, leurs vrais noms sont Wendell et Dougie –, ont pris le chapeau d'Orville et ont joué à se le lancer, avec Orville qui courait en zigzag pour le récupérer.

— Ils l'ont fait tourner en bourrique !

— Un spectacle lamentable. Les garçons ricanaient et se moquaient de lui. Finalement, le vieux leur a dit d'arrêter. Orville a récupéré son chapeau mais sa dignité en a pris un sacré coup. Il a détalé la queue entre les jambes.

— Bon sang ! Je vois le tableau. Mais, papa, il y a quelque chose de bizarre à son propos.

— Quoi donc ? Qu'est-ce que tu veux dire ?

— Je ne sais pas. La première fois que je l'ai vu, il m'a rappelé quelqu'un. Et cette impression persiste. Est-ce qu'il vivait dans notre quartier d'autrefois ? Est-ce qu'il rendait visite à Lana ? Il a l'air d'avoir dix ans de moins que moi, donc à l'époque, il ne devait être qu'un bébé.

— Je ne sais pas, répond papa avec prudence. Il te fait penser à qui ?

— À personne. C'est seulement le sentiment de l'avoir croisé quelque part. Peut-être en ville. Quand je travaillais pour cet autre journal, il y a des années, je l'ai peut-être interviewé.

— C'est possible. Mais quelle importance ?

Papa semble mécontent de la tournure de notre conversation.

— Laisse tomber, je dis. Revenons-en à notre sujet. Il existe sans doute d'autres façons de se débarrasser d'eux sans impliquer Orville. Tu devrais consulter un avocat. Lui demander de rédiger une lettre pour leur signifier leur congé. Accorde-leur un mois et après ça, ils seront passibles des tribunaux.

Papa réfléchit à ce que je viens de lui dire.

— Un avocat ?

— Oui.

— Je hais les avocats.

— Tu n'es pas le seul. Sarah les déteste encore plus que toi. Mais vu les circonstances, ils peuvent être indispensables.

— Pas bête. On ne risque rien à leur parler.

— Il doit bien y en avoir plusieurs à Braynor ?

— Oui, il y a celui qui s'est occupé de moi quand j'ai acheté la propriété. Je commencerai par lui.

— Téléphone-lui. Vois si on peut avoir un rendez-vous, peut-être demain. Où est l'annuaire du téléphone ?

— Je m'en occupe. Il est dans mon bureau. Je vais l'appeler.

Il inspire à fond, expire lentement.

— Bon. J'ai enfin l'impression d'avancer, dit-il.

Muni de ses béquilles, il se lève.

— D'accord, on va suivre ton plan.

En le regardant se diriger vers son bureau, j'ai l'impression de voir un homme investi d'une mission.

— Cet avocat, je crois qu'il s'appelle Bert Trench. Son étude est dans Main Street à Braynor.

Dans son bureau, il s'assied devant son ordinateur, tend la main vers l'annuaire. Criant comme si j'étais à l'autre bout de la terre alors que je ne suis qu'à cinq mètres de lui dans la cuisine, il me fait part de ses souhaits :

— Je te parie qu'il pourra m'obtenir une injonction contre eux ! Non, un arrêté d'expulsion ! Il va me décrocher une expulsion, tu ne crois pas ?

— Ce n'est pas impossible.

— Bon, voilà son numéro.

Papa le compose.

— Oui, bonjour, Arlen Walker à l'appareil. Me Trench s'est occupé de tout quand j'ai acheté les Chalets de Denny… Oui, c'est ça… J'aimerais qu'il me reçoive aussi vite que possible… Demain ? Très bien. Parfait, merci beaucoup.

Puis il précise en raccrochant :

— Demain, 10 h 30.

— Papa, c'est super. Je te conduirai.

— Tu viendras avec moi, n'est-ce pas ? Pour discuter avec l'avocat ?

— Bien sûr.

— Excellent. Je vais peut-être enfin parvenir à me débarrasser une fois pour toutes de ces salauds, toute cette satanée bande ! Quand la ferme sera vide, je la ferai nettoyer. Nous devrons louer une benne à ordures pour jeter toutes ces merdes, ces machines rouillées, ce vieux lit. Bon sang de bois, je n'arrive pas à croire qu'ils aient mis l'endroit dans un état pareil…

Quelqu'un frappe à la porte de derrière. En deux enjambées, j'y suis et l'ouvre à la volée.

Timmy Wickens !

Papa continue à jurer :

— Ces enfants de salaud devront chercher…

— Papa !

— Quoi ?

— M. Wickens est là.

Bottes noires, pantalon de treillis, veste de chasse rembourrée, le crâne luisant, il me sourit.

— J'aimerais dire un mot à M. Walker.

— Bien sûr.

Papa est déjà en train de sortir de l'espace bureau en boitillant.

— Vous voulez entrer ? je propose à Wickens, qui accepte l'invitation.

— Monsieur Walker, comment va votre cheville ?

— Oh, vous savez, ça me brûle un peu. Quelle tristesse, ce qui est arrivé à votre jeune homme.

Walker hoche la tête.

— Une tragédie. Oui, un drame. À ma connaissance, rien de semblable ne s'est jamais produit ici.

J'interviens :

— Absolument. Et comment va votre fille ?

Une étincelle brille dans l'œil de Wickens, comme si j'avais franchi une ligne rouge en osant poser une question à son sujet.

— Ça va. Elle s'en remettra. May est solide. Ainsi, vous êtes le fils de M. Walker ?

— Exact. Je reste auprès de lui pendant quelques jours pour l'aider, le temps que sa cheville aille mieux.

— Il s'est installé dans le chalet n° 3, précise mon père. Pour se sentir chez lui.

Timmy Wickens s'adresse à papa :

— Je me demandais, enfin Charlene et moi – c'est ma femme, explique-t-il en me regardant – nous demandions si vous accepteriez de venir dîner avec nous ce soir. Tous les deux ?

Je jette un coup d'œil à papa.

— C'est une invitation de dernière minute, ajoute Timmy, mais nous vous serions reconnaissants si vous pouviez vous joindre à nous. Notre vie doit revenir à la normale après ce malheur qui nous a bouleversés.

Papa joue les étonnés.

— Zachary, est-ce que nous sommes pris ce soir ?

— Pas à ma connaissance.

Papa écarquille les yeux.

— Je pense donc que nous n'avons rien de prévu pour la soirée.

— Parfait. Que diriez-vous de monter vers 18 h 30 ? dit Wickens en souriant.

— Timmy, c'est parfait. Fiston, tu ne trouves pas ça parfait ?

— Oui, c'est épatant.

— Marché conclu, déclare Wickens en gagnant la porte.

Après avoir refermé derrière lui, papa et moi nous dévisageons en silence pendant quelques secondes.

— Sarah saurait quel genre de cadeau apporter à la maîtresse de maison, dis-je finalement. Les mondanités, c'est son rayon.

— Bon, mais toi, tu as une idée ?

— Je pensais à un sac de Royal Canin. Si nous donnons à manger aux chiens, ça évitera qu'ils nous dévorent.

10

Il est temps, pour le moment, de mettre de côté les autres problèmes et de me concentrer sur les corvées qu'imposent les Chalets de Denny.

Après tout, c'était le but initial de ce séjour prolongé, même si un nombre exponentiel de complications risquent de me retenir plus longtemps que prévu.

— C'est le jour des ordures, m'annonce papa.

— Oh merde ! J'avais oublié.

— Tu es là pour m'aider ou pour jouer au con ?

J'avoue que la réponse n'est pas facile. Si c'était possible, j'aimerais faire les deux. Depuis qu'il n'a pas eu la présence d'esprit de trouver une excuse pour échapper à ce dîner avec des gens que nous cherchons à expulser, je lui en veux.

— Tu n'avais qu'à inventer un truc, me reproche-t-il.

— Il t'invitait toi. Je ne suis là qu'accessoirement.

Nous nous disputons un peu, ce qui ne mène à rien, et décidons de passer à autre chose.

— Dis-moi ce que je dois faire.

Mes tâches ne s'arrêtent pas aux ordures.

— Quand tu reviendras de la déchetterie, il faudra t'occuper du gazon, des entrailles de poisson, vérifier que nous avons une quantité suffisante de vers, les…

— Voir si nous avons des vers ?

— Des vers luisants, des appâts, bon sang ! Je les conserve au frigo dans la remise.

— Et les boyaux ? dis-je en soupirant.

— Tu as vu le seau, sous la table, qui sert à vider le poisson près des pontons ?

Qui pourrait oublier un tel spectacle ?

— Eh bien, comme on n'a pas le droit de les laisser à la déchetterie municipale, il faut nous en débarrasser nous-mêmes.

— J'imagine qu'on ne peut pas les jeter aux cabinets ?

— Emporte-les dans les bois et enterre-les.

— Tu te fiches de moi ?

— Il y a déjà une fosse recouverte d'une grosse planche. Quand tu les auras versés, jette de la terre par-dessus et remets la planche en place.

J'acquiesce sans beaucoup d'entrain.

— Tu sais conduire une tondeuse autoportée ? demande papa. J'ai remarqué que les terrains du domaine n'ont pas bonne mine. Je voulais le faire hier, mais avec tout ce qui est arrivé…

— Je pense pouvoir me débrouiller.

— Tu dois savoir que cette machine est un peu spéciale car…

— Papa, je m'en tirerai.

Il lève les bras au ciel :

— D'accord, c'est toi l'expert, moi, je ne sais rien !

— T'as raison !

— Oui, j'ai raison ! crie papa alors que je claque la porte.

J'ai envie de revenir pour lui dire : « Bon retour ! », mais décide que l'un de nous doit se conduire en adulte. Une heure auparavant, j'étais un génie et un héros avec mon idée de consulter un avocat pour faire expulser les Wickens, et maintenant, je suis redevenu le dernier des imbéciles.

Commençant par les ordures, je charge une demi-douzaine de conteneurs en plastique bourrés de sacs-poubelle à l'arrière du pick-up de papa. Leonard Colebert s'approche comme par hasard, les mains enfoncées dans les poches pour réduire le risque d'avoir à charrier quelque chose.

— Alors, c'est le jour des ordures ? demande-t-il, le sourire aux lèvres.

Trouvant qu'il ne mérite pas une réponse à la con – ça pourrait changer –, je hoche simplement la tête.

— C'était sympa hier soir, déclare-t-il en évoquant le raout chez papa. Mais je n'ai pas eu l'occasion de vous exposer un dixième de ce que représente le business des couches ou mes plans pour mon village de luxe.

— Oui, on n'a pas chômé.

Je charge un des conteneurs en vérifiant que le couvercle est bien fermé.

Il pose une main sur la poignée du passager.

— Vous permettez que je vienne avec vous ?

Incapable de trouver une excuse pour l'en dissuader, je lui fais signe de monter.

— Un jour, j'ai accompagné votre père à la déchetterie. On longe le terrain que je veux acquérir pour construire mon village. Je vais vous le montrer.

Oh malheur !

Une fois sur la route, Leonard continue :

— J'adore ce coin. Je pourrais aller n'importe où, m'offrir le Club Med, n'importe quelle île exotique. Mais c'est quelque chose d'être ici.

— Il y a une Mme Colebert ?

— Pas pour le moment, mais on ne sait jamais, ça pourrait changer, se vante-t-il en bombant le torse. J'ai eu mon lot de dames, c'est évident, mais je n'ai jamais trouvé l'oiseau rare.

Pourtant, je songe qu'il doit exister quelque part une femme prête à entendre parler de couches toute la journée.

La chaussée s'incurve légèrement vers la droite quand Leonard crie :

— C'est là ! Ralentissez !

Je me gare sur le bas-côté, moteur allumé, le pied sur le frein. Leonard désigne une forêt dense. Le lac ne doit pas être à plus d'une centaine de mètres de là, mais il n'est pas visible.

— Regardez, on entrera par ici, il y aura un grand panneau annonçant « Les Pavillons Colebert » et sans doute un immense poisson en néon jaillissant de l'eau, une ligne sortant de sa tête. Vous voyez le tableau ? Ça sera super percutant. Comme à Las Vegas, mais en plus chic.

— Très bien.

— Dans la journée, on le verra déjà de loin mais la nuit, il illuminera le ciel. Il n'y a rien de tel aux alentours, je vous le garantis.

— Vous avez raison.

— On arrachera les arbres sur un hectare pour aménager un parking, et ensuite, on aura la vue directe sur le lac où sera l'hôtel principal, au moins cinq étages, avec des restaurants, des cafés et une immense boutique d'appâts.

Il hoche la tête, émerveillé.

— Vous imaginez ça, hein ? Vous réalisez ?

— Très bien.

Me demandant de nouveau ce que Leonard porte sous son pantalon, je réussis à dissimuler mon enthousiasme.

Il ouvre sa portière.

— Venez, je vais vous montrer.

Il sort du pick-up sans me laisser le temps de refuser. J'arrête le moteur, le suis dans les herbes hautes qui poussent au bord de la route et m'enfonce dans les bois. Aussi étonnant que ça puisse paraître, j'ai du mal à ne pas me laisser distancer par ce petit type qui n'a pas l'air spécialement en forme.

— Vous croyez que nous aurons besoin d'une bombe anti-ours ? demande-t-il en se retournant vers moi.

— Tentons notre chance !

— D'accord, dit-il après avoir gagné le cœur de la forêt. Bon, l'hôtel sera ici, avec peut-être une piscine un peu plus loin, car nous aménagerons aussi une plage au bord du lac. Il y a des terrains herbeux, quelques marécages près de la rive. On va les remblayer, les paysager, et personne ne devinera qu'avant il y avait une nature sauvage.

— Waouh !

— Tenez, j'ai une idée. Je crois que j'ai réussi à convaincre Bob Spooner de travailler pour moi en s'occupant des excursions.

— Je n'en serais pas si…

— J'aurai sans doute un boulot pour vous. Vous m'aiderez à rédiger les communiqués de presse, les brochures, vous voyez ? Vous serez chargé de mes relations publiques, des contacts avec les journaux. Il faut toujours un RP dans les grands villages de vacances. Vous ne serez pas perdant.

— Je ne crois pas.

Le terrain s'élevant peu à peu, nous nous offrons une grimpette. Arrivé au sommet, je me recule instinctivement. Nous nous tenons au bord d'une falaise d'une dizaine de mètres de haut qui surplombe une épaisse forêt.

— Là en bas, nous dégagerons les arbres afin d'aménager un terrain de jeu pour les enfants. Je pense édifier une immense baleine : les gosses courront à l'intérieur en faisant semblant d'avoir été avalés par Jonas. Je mettrai une fontaine et l'eau jaillira de l'évent et ruissellera le long des flancs du cétacé pour les éclabousser. Même au milieu du lac, on entendra les cris et les rires des bambins.

Il est si fier de lui qu'il sourit.

— J'ai à votre disposition des tas de dessins pour illustrer mes idées.

Je fais demi-tour pour rejoindre la route.

— Un jour, sans doute. Mais à présent, j'ai beaucoup à faire.

Leonard me poursuit.

— Je vais amener Bob ici afin de le persuader. Je ne crois pas qu'il soit encore très chaud.

De retour dans le pick-up, je le laisse me guider jusqu'à la déchetterie, qui n'est qu'un immense trou au milieu de nulle part, gardé par un vieux bonhomme assis dans une baraque métallique. En chemin, Leonard ne cesse de me saouler avec son rêve, son village, ses couches, son reality show où une mère et un père font croire à leur fils qu'ils sont morts. Mais j'arrive à ne pas l'entendre et à hocher la tête de temps à autre tel un chien en plastique posé sur la lunette arrière d'une voiture.

Dieu merci, dès notre retour, il décide d'aller à la pêche. Aussi, après avoir garé le pick-up, j'ai la possibilité de me rendre seul à la petite grange derrière le chalet n° 4. Un modeste garage attenant contient la tondeuse autoportée, des piles de volets, des planches dépareillées et des vieux bidons d'essence. Ainsi qu'un congélateur et un frigo d'un autre âge. À l'intérieur, quelques bouteilles de bière, deux canettes de Coca et un récipient en plastique qui me paraît plein de terre.

Je le pose sur le congélateur, respire à fond et plonge ma main dedans. Immédiatement, je vois poindre des dizaines de vers qui se faufilent entre mes doigts et replongent dans leur résidence.

Bon, me dis-je. Nous avons des vers. Plus qu'il n'en faut.

Un rouleau d'essuie-tout est accroché à un des murs. J'en prends trois ou quatre feuilles pour me nettoyer les mains quand Hank Wrigley frappe à la porte pour me demander une dizaine d'asticots à déposer dans sa boîte. Je les compte et m'essuie à nouveau.

— Mettez-les sur mon compte !

Lui souhaitant bonne chance, je me plante sur le siège de la tondeuse.

Changement de vitesse au plancher, manette de l'accélérateur sous le volant, petite clé dans le contact sont à ma disposition. Papa ne doit pas avoir peur des voleurs !

Je tourne la clé et le moteur démarre aussi sec. Le tableau de bord comprend un certain nombre de boutons et de leviers qui commandent la hauteur des lames. Avant de commencer, je veux aller jusqu'à l'endroit qui a besoin d'être tondu. En fait, hier, après le dernier virage, en découvrant la propriété, j'avais remarqué ces pelouses peu soignées.

Je tire sur l'accélérateur.

Il ne m'est jamais venu à l'esprit que la conduite d'une tondeuse pouvait nécessiter un appuie-tête ! En effet, ce n'est pas le genre de véhicule qui risque de vous infliger le coup du lapin.

Pourtant elle démarre comme une fusée. Mon corps est projeté en arrière, ma main gauche lâche le volant. La tondeuse devient un missile sans but, émergeant du garage comme la Batmobile surgissant d'une sortie secrète souterraine. Il me faut un moment pour combattre la puissante accélération et me pencher vers l'avant afin de reprendre le contrôle de l'engin.

Quand je passe devant son chalet, papa ne manque pas d'observer mon visage déformé par la peur. J'avoue que, logiquement, je m'attendais à ce qu'une tondeuse de ce genre se manie comme une tondeuse, et non comme une Ferrari.

Je repousse l'accélérateur, appuie sur le frein. Quand la machine stoppe, je coupe le contact.

Papa s'approche avec ses béquilles.

— Je comprends que tu aies refusé mes conseils. On dirait que tu es né pour conduire un de ces joujoux.

Le temps de recouvrer mon souffle, je réussis à marmonner :

— Depuis quand on installe des turbocompresseurs sur ces putains d'engins ?

— Je l'ai un peu modifiée. Tout seul, ajoute papa, fier de son exploit. Par ici, les gens organisent des courses de ce genre de tondeuses. Lors de la foire d'automne. En plus, elle est très efficace pour couper l'herbe.

Extrayant ma jambe droite de sous le volant, je me dégage et annonce :

— Je vais plutôt m'occuper du seau de déchets.

— Si ma cheville n'est pas guérie avant la foire, tu pourras participer à la course à ma place. Je n'arriverai pas à appuyer assez fort sur le frein.

— Et si tu installais un parachute à l'arrière ? je suggère, en me dirigeant vers le lac sans me retourner.

C'est bien ma chance ! Non seulement j'ai droit à une ribambelle de corvées, je dois trouver une solution pour débarrasser papa de ses locataires dingos, mais il faudra encore le remplacer dans une course où tous les concurrents ont des casquettes John Deere comme casques de protection.

Le seau sous la table n'ayant pas été vidé depuis hier, il offre un spectacle effroyable : nageoires, écailles, entrailles, têtes, yeux, tout cela flotte dans un liquide nauséabond qui me donne envie de vomir le délicieux sandwich à l'œuf frit que Lana a eu la bonté de me préparer.

Avec mille précautions, je saisis l'anse couverte de boyaux et transporte le récipient en le tenant aussi loin de moi que possible, voulant éviter à tout prix qu'il frotte contre mon pantalon. En revenant du lac, j'aperçois une voiture de police garée près de la tondeuse. Orville Thorne est en grande conversation avec papa, qui a appuyé ses béquilles contre le capot et s'est hissé sur le siège.

— Bonjour, chef !

Thorne effleure le rebord de son chapeau comme s'il avait pensé l'enlever et s'était ravisé. Il découvre le seau.

— Qu'est-ce que vous trimballez ?

— Quand j'ai appris que vous veniez, j'ai préparé à déjeuner.

Papa s'en mêle :

— Orville m'annonce qu'il a trouvé deux personnes qui vont l'aider à pourchasser l'ours afin de l'abattre.

— Vraiment ?

J'imagine Orville et ses acolytes aussi doués que lui armés jusqu'aux dents. N'oubliez pas de prévoir une ambulance, me dis-je.

— Votre père m'a répété qu'à votre avis ce n'est pas nécessaire, fait-il d'un air méprisant.

Je rêve de lui enlever son chapeau et de lui infliger le supplice de la goutte d'eau.

— J'ai appris, continue Orville, que vous aviez eu des mots avec le Dr Heath. Il vous en veut.

— C'est un excellent homme, mais à mon avis, il n'a pas pratiqué une autopsie complète de Morton Dewart. Betty Wrigley doute qu'il ait été tué par un ours. Ça pourrait être des chiens.

Orville lève les yeux au ciel.

— Qu'est-ce qu'elle en sait ? Elle est infirmière, peut-être ?

— Oui, en effet !

Pris au dépourvu, il rajuste son chapeau pour se donner le temps de trouver une réplique.

— Si je vous écoute et reste les bras croisés et si vous vous êtes trompé, je vais me couvrir de honte.

— Faites ce qu'il vous plaît. Mais prévenez-moi quand vos amis et vous passerez les bois au peigne fin. Je veux pouvoir aller en ville me procurer un gilet pare-balles.

— Zachary, arrête de te comporter comme un idiot ! Orville ne fait que son boulot.

— Moi aussi, j'ai du travail, je réponds en soulevant le seau puant.

Papa me désigne un endroit derrière le chalet n° 5 :

— Là-derrière tu verras un tas de détritus, une bêche et une planche, un vieux volet en fait. N'oublie pas de tout recouvrir avec beaucoup de terre. C'est très important.

Il me sourit, puis reprend :

— D'accord ?

La scène est fidèle à la description paternelle. Posant le seau par terre, je glisse mes doigts sous le volet et le soulève. Apparaît un trou rond de soixante centimètres de diamètre et autant de profondeur. Alors que je m'attendais à découvrir une meute d'asticots en plein festin, rien ne bouge. Je vide le contenu du seau qui coule avec un bruit de gargouillis. Puis je saisis la bêche, verse une bonne couche de terre et remets le volet en place.

Quand je reviens muni de mon seau vide, Orville a disparu mais papa trône toujours sur sa tondeuse.

— Alors, ç'a marché ?

11

À pied, il ne faut pas longtemps pour se rendre chez les Wickens. Mais je n'ai pas de mal à convaincre papa et ses béquilles d'y aller en voiture. Je l'installe sur le siège passager de ma Virtue, achetée aux enchères quelques mois auparavant. Nous n'avons que deux cents mètres à parcourir sur un chemin recouvert de gravier, sans nous approcher de la grande route, mais papa boucle quand même sa ceinture.

— Tu te fiches de moi ?

— Elle n'offre pas la même sécurité que ma Ford.

— Ta tondeuse va plus vite qu'une Porsche et pourtant elle n'a pas de ceinture.

Au portail couvert de mises en garde féroces, je sors et fais de grands moulinets en direction de la ferme, espérant que l'on guette notre arrivée. Un des jeunes Wickens s'avance en courant, déverrouille la porte. Il est blond, plus petit que celui que j'ai vu quand je me suis aventuré ici avec Orville et Bob.

— Wendell, murmure papa, le moins stupide des deux.

En remontant l'allée, papa jette des coups d'œil désapprobateurs sur les appareils ménagers délabrés, les meubles pourris, le bric-à-brac épars.

— Si je réussis à les expulser, il y aura un sacré nettoyage à effectuer.

Je vérifie que sa vitre est remontée, peu désireux que les Wickens entendent ses propos.

Timmy apparaît sur le perron, descend deux marches, ouvre la portière de papa, se penche même pour extraire ses béquilles de l'arrière. Papa lui donne le pack de six bières Bud que nous avons apporté en guise de cadeau.

— Vous avez dû faire une très mauvaise chute, constate Wickens en lui tendant les béquilles.

— Ouais, c'était idiot de ma part.

Je contourne la voiture et serre la main que Timmy me tend. Il me présente le garçon qui nous a ouvert le portail – un jeune homme d'une vingtaine d'années. Large d'épaules, il a un visage carré, anguleux.

— Voici Wendell. Son frère, Dougie, va arriver.

Je lui serre la main, énorme mais mollassonne dans la mienne, comme s'il n'avait pas la force de l'étreindre.

— Salut ! dis-je.

Wendell se contente d'un hochement de tête.

Timmy nous précède à l'intérieur. Inspectant les lieux à travers la porte ouverte, je dois laisser paraître une certaine gêne.

— Qu'est-ce qui ne va pas ? s'inquiète le maître de maison.

— Oh ! J'ai un peu peur des chiens.

— Os et Moelle ? précise Timmy. Ils aiment juste s'amuser. Ils sont dans la cuisine. Ils passent le plus clair de leur temps à attendre des restes, quand ils ne dorment pas.

— J'avoue qu'hier ils m'ont fichu la trouille, dis-je avec un rire nerveux.

— Voilà ce que je vous propose. Comme je veux que vous soyez détendu, je vais les envoyer dans la grange.

— Je vous en serais reconnaissant.

— Wendell, emmène les chiots.

— Bien sûr, Timmy, dit-il en disparaissant dans le fond de la maison.

Apparaît une femme de forte corpulence, du même âge que Timmy. Vêtue d'un tee-shirt foncé et d'un pantalon en stretch, elle a des cheveux gris attachés en arrière avec des épingles. Son cou est flasque ; son nez, rouge et moche.

— Je m'appelle Charlene, je suis la femme de Timmy, annonce-t-elle en nous faisant signe de venir nous asseoir au salon.

Une pièce jonchée de chaises dépareillées, de canapés à carreaux, de tables basses croulant sous des magazines d'automobile, de chasse et d'armes.

Papa se pose dans un fauteuil et je suis prêt à l'imiter quand quelque chose attire mon attention.

Accrochée au-dessus du manteau de la cheminée, glissée dans un cadre noir bon marché, une photo de Timothy McVeigh en uniforme. Le poseur de bombes d'Oklahoma City. L'homme condamné à la peine capitale et finalement exécuté pour les meurtres de cent soixante-huit innocents. Le 19 avril 1995, il avait percuté un bâtiment fédéral avec un 4 × 4 bourré d'explosifs.

À l'instant même, je me souviens d'un cliché moins solennel où McVeigh, en uniforme orange de prisonnier, était présenté à la presse alors qu'une camionnette de police l'attendait et qu'une foule houleuse voulait le lyncher.

L'idée qu'on puisse exhiber la photo d'un tel homme me fait froid dans le dos.

Pendant un moment, je ne me rends pas compte que Timmy cherche à faire une nouvelle présentation :

— Voici May !

Me retournant, je découvre, se tenant timidement près de lui, la jeune femme qui est tombée en larmes dans les bras de son père la veille. Sans cet air las et vague, elle serait ravissante. Ses cheveux blonds et toujours sales lui mangent la moitié du visage, ce qui lui convient sans doute à l'heure actuelle puisqu'elle refuse de nous regarder dans les yeux, papa ou moi. Cependant, elle se force à nous sourire.

— Quelle tristesse, dis-je. Si j'ai bien compris, vous et M. Dewart étiez proches. C'était votre petit ami ?

Son sourire s'évanouit.

— Nous étions amis.

— Un drame horrible, horrible, répète Charlene tandis que son mari l'approuve. Tout simplement affreux pour sa famille.

— Papa dit qu'il cherchait un ours, commente May, sans y mettre beaucoup de conviction. Ça ne semble pas possible.

Timmy Wickens passe un bras autour des épaules de sa fille.

— Chérie, va donc aider ta mère pour le dîner.

Obéissante, d'une démarche de somnambule, elle se rend à la cuisine, suivie de Charlene.

— Elle est bouleversée, précise Timmy quand les deux femmes ne peuvent plus l'entendre.

— Ça se comprend, dit papa.

Pour la seconde fois, je m'apprête à m'asseoir sur le canapé quand un autre homme, celui que Timmy a désigné la veille sous le nom de Dougie, entre, flanqué d'un jeune garçon.

— Nous voilà au complet ! s'exclame Timmy. Dougie est le fils de Charlene, May est ma fille et Jeffrey, mon petit-fils, est son fils.

Dougie se contente de hocher la tête et continue droit vers la cuisine tandis que Jeffrey s'approche, le bras tendu. Il tient dans sa main gauche un chasseur TIE, un des vaisseaux aux ailes hexagonales reliées à une plate-forme ronde comme on en voit dans *Star Wars*.

— Heureux de faire votre connaissance !

Il me serre la main puis serre celle de papa.

Il est très mignon, ses cheveux blonds ramenés d'un côté, un air innocent dans les yeux.

— Bonjour, je réponds. Quel beau chasseur TIE ! Tu as un pilote de l'Empire dans le cockpit ?

Jeffrey s'illumine. Un adulte qui sait ça ?

— Waouh ! Non, je n'en ai pas. Vous aimez *Star Wars* ?

— J'adore. Et toutes sortes de science-fiction. J'ai même écrit quelques romans de science-fiction.

— Sans blague ? On en a fait des films ?

— Non.

— Mais des producteurs ont mis des options dessus, n'est-ce pas fiston ? demande papa.

— Non. Aucun.

J'ajoute pour Jeffrey :

— Mon bureau à la maison est rempli de jouets de science-fiction. *Star Trek, Perdus dans l'espace,* tous. Je n'ai jamais grandi.

Jeffrey rit sous cape.

— Je ne vous ai pas vu souvent par ici. J'ai vu M. Walker près des chalets, mais pas vous. Vous en louez un ?

— J'en emprunte un. Je m'appelle Zack Walker. C'est mon papa.

— Je pense que vous êtes au courant pour Morton, dit Jeffrey en fronçant les sourcils.

— Oui, bien sûr.

— Il cherchait un ours qui l'a tué. C'est ça qui est arrivé, affirme-t-il d'un ton convaincu.

— Jeffrey, tu as quel âge ?

— Dix ans. Je ne vais pas à l'école. J'apprends ici à la maison. Maman me fait cours et Grandpa m'aide à préparer mes leçons.

— Tu en as de la chance !

Jeffrey nous annonce qu'il doit s'en aller et court rejoindre Dougie.

Timmy s'assied sur le canapé d'un air fier en disant :

— C'est un gosse formidable.

— Qui est-ce ? demande papa en pointant le doigt vers la photo de McVeigh.

Mon Dieu, papa, ne commence pas ! me dis-je.

Timmy sourit avec respect.

— Il s'agit de Timothy McVeigh, un célèbre combattant pour la liberté. Vous avez dû entendre parler de lui.

Papa, qui n'est pas aussi accro que moi à tout ce qui touche à l'information, n'a sans doute pas reconnu le bonhomme mais il se souvient très bien du nom.

— Bon sang de bois ! Il a fait sauter cet immeuble, hein ?

Timmy hoche la tête avec tristesse.

— C'est ce qu'on veut vous faire croire, mais des tas de questions intéressantes se posent au sujet de cette journée. Vous êtes au courant ?

Nous hochons tous les deux la tête.

— Une question essentielle : pourquoi certains employés fédéraux qui travaillaient pour le FBI ne sont pas venus à l'Alfred P. Murrah Building, ce jour-là ? Hein ? Ils ont été nombreux à s'absenter du bureau le jour de l'explosion. Ils ont prétendu qu'ils étaient malades. Mais c'est parce qu'ils savaient qu'il allait se passer quelque chose, voilà !

Je me penche en avant. Je n'ai rien entendu de tel auparavant.

— Où voulez-vous en venir ? je lui demande.

— Je veux dire qu'ils ont été avertis par les militaires. Vous voyez, le type de bombe que M. McVeigh aurait eue dans sa camionnette ne pouvait pas faire de pareils dégâts. Totalement impossible. Il a fallu quelque chose de beaucoup plus puissant, mis à feu par un détonateur, en plus de la camionnette de location.

— Je ne vous suis pas, dis-je. À votre avis, les militaires, le gouvernement américain savaient que l'attentat aurait lieu et ils ont prévenu certains membres de leur personnel en laissant mourir les autres ?

— Ils n'étaient pas seulement au courant pour la bombe. C'est eux qui l'ont placée.

Je reste muet pendant plusieurs secondes.

— Le gouvernement a fait sauter ses propres fonctionnaires ?

— Incroyable, non ? ajoute Wickens comme s'il était aussi étonné que moi. Il y a des tas de points communs avec ce qui est arrivé aux Twin Towers. Vous savez comment ils se sont arrangés pour qu'elles s'écroulent comme des châteaux de cartes, étage par étage ?

Les images inoubliables me traversent l'esprit.

— Alors ?

— Parce qu'il y avait déjà des bombes dans les immeubles. C'est pour ça qu'elles se sont écroulées aussi parfaitement, comme si des équipes de démolisseurs professionnels s'en étaient chargé.

— Pourtant vous avez remarqué les deux avions ?

Timmy me sourit et agite la main pour évacuer ma question.

— En tout cas, avec l'attentat d'Oklahoma City, on voit jusqu'où le gouvernement peut aller.

— Dans quel but ? Jusqu'où ?

— Pour déconsidérer les citoyens honnêtes et travailleurs, les patriotes, les hommes comme Timothy McVeigh, les gens comme vous et moi. Vous savez, ajoute-t-il en souriant, j'ai toujours trouvé amusant que nous ayons le même prénom. Quelle coïncidence !

— J'ai du mal à vous suivre. En quoi cela a-t-il déconsidéré des personnes comme McVeigh ou vous ?

Timmy Wickens hoche la tête patiemment, comme s'il avait souvent répété son explication et qu'il était prêt à recommencer autant de fois qu'il le faudrait pour faire passer son message.

— Le gouvernement, quand il devient trop puissant et interfère trop souvent dans la vie des gens, qu'il surveille leurs allées et venues, leurs transactions financières, qu'il leur retire la capacité de se défendre en leur interdisant de porter des armes, ce gouvernement prendra des mesures drastiques pour monter le grand public contre les gens qui se battent pour récupérer leurs droits constitutionnels et empêcher ce pays de glisser vers une banqueroute morale et la cacophonie raciale.

Il agite son index dans les airs pour mieux se faire comprendre.

— Comment vivre dans un monde qui laisse les gens de couleur agir à leur guise et transformer nos villes en jungles, permet aux pédés d'avoir leurs émissions de télévision et de mener des vies de débauche ? Savez-vous qu'ici même, à Braynor, les pédés auront leur char dans la parade ? Que cette ville dont le maire est une femme blanche mariée à un Noir va leur permettre ça ? Vous imaginez un tel scandale ? Ils vont sans doute se pavaner dans un immense sac à main !

Sa blague le fait hurler de rire.

— Alors, poursuit-il, ils trouvent des gens comme Timothy McVeigh, qui combattent le gouvernement, luttent contre les suppressions de liberté, militent pour la vérité et pour la préservation des bonnes mœurs, des valeurs morales de la famille, et ils l'accusent à tort d'actes monstrueux comme ce qui est arrivé à Oklahoma City. M. McVeigh était une personne qui avait le courage de ses opinions, prêt à contre-attaquer pour apprendre au gouvernement qu'il ne pouvait pas s'en tirer ainsi.

— En fait, dis-je lentement, vous pensez que McVeigh était innocent, qu'il a été piégé, mais que c'est le genre d'acte qu'il aurait aimé accomplir et que, si ç'avait été le cas, ç'aurait été bien ?

Timmy réfléchit un moment, retrousse les lèvres, hoche la tête.

— Je vois : vous commencez à piger.

Il se donne une claque sur les cuisses, comme s'il voulait nous féliciter tous.

— Il y a des gens qui sont lents à la comprenette. Vous avez saisi tout de suite.

— Le dîner est servi ! crie Charlene depuis la cuisine.

Timmy nous fait signe de le suivre. Dès qu'il s'est éloigné, papa vient à côté de moi et tourne son index contre sa tempe, le geste universel pour dire : Il est zinzin !

— Arrête ! je lui murmure.

Dans la cuisine surdimensionnée, une longue table en bois est dressée près d'une fenêtre ouverte qui donne sur la grange. La famille est là au complet, occupée à s'asseoir.

Timmy regarde dehors et demande :

— Dougie, est-ce la camionnette, là-bas ?

L'autre se tord le cou pour voir.

— On dirait bien.

— Ne t'ai-je pas demandé de la garer dans la grange ?

D'un geste théâtral, Dougie frappe son poing contre son front.

— J'ai oublié.

— Mon Dieu, Dougie, tu oublierais ton cul s'il n'était pas déjà dans ton pantalon !

Depuis le fourneau, Charlene intervient :

— Fiche-lui la paix !

Mais Timmy continue :

— Bon, Dougie, cours là-bas, gare la camionnette et sors les chiens. On leur jettera des restes par la fenêtre.

Dougie s'excuse. Quelques minutes plus tard, j'entends Os et Moelle foncer vers la maison, se planter sous la fenêtre ouverte, grogner et gronder. Puis, s'élançant contre le mur, ils en grattent le crépi, leurs gueules pleines de bave apparaissant par instants dans le bas de la fenêtre.

— Couchés ! crie Wickens, et ils obéissent.

Lorsque Dougie revient, nous gagnons nos places, Timmy à une extrémité, Charlene à l'autre. Sa chaise est coincée contre la porte d'un garde-manger fermé à clé. Nous nous installons entre eux, May dans un des coins, près de son père, gardant la tête baissée.

Wickens s'incline, puis commence à réciter :

— Seigneur, bénis-nous et mène-nous sur le droit chemin et accueille nos invités à notre table et nous te remercions pour cette nourriture et nous te demandons une prière particulière pour notre ami Morton qui a été enlevé par une de tes créatures et nous faisons confiance à tout ce qui fait partie de ton plan divin, amen.

— Amen, reprend en chœur le reste de la famille, à l'exception de May, qui se met à pleurer.

— Allons, allons, ma chérie, murmure Timmy en l'enlaçant.

— C'était horrible, déclare Dougie. Je me rappelle qu'il m'a confié avant de partir qu'il allait trouver ce satané ours une fois pour toutes. Qui aurait pu deviner que ce serait l'ours qui l'aurait ?

Je me demande combien de fois on va nous seriner la façon dont Morton Dewart est mort.

La famille commence à faire tourner les plats. Du rôti dont quelques tranches sont déjà coupées et qui nagent dans de l'eau rougeâtre, des filets de poisson pané, des légumes bouillis et de la purée, des tranches de pain de mie empilées dans une assiette. Wickens extrait de sa poche un couteau suisse qu'il utilise pour découper la viande et nous servir. C'est un repas simple et, pour être honnête, plutôt bon. Ce n'est qu'en piochant dans mon assiette que je me rends compte à quel point j'ai faim, après ma journée de corvées.

Prenant une tranche de pain que je beurre, je demande :

— Vous aviez déjà vu l'ours dans les parages ?

— Pas moi, mais Grandpa dit qu'il l'a beaucoup vu, claironne Jeffrey.

— Encore heureux, jeune homme, que tu ne l'aies pas rencontré, sinon il t'aurait mangé pour son petit déjeuner ! plaisante Timmy.

Papa s'en mêle :

— Thorne prévoit de réunir une petite troupe pour le chasser. C'était votre idée ?

— Euh, non, mais je l'approuve tout à fait. N'est-ce pas une bonne idée, tout le monde ?

Nombreux hochements de tête autour de la table.

— Vous savez ce qui est bizarre ? poursuit papa, qui me rend nerveux dès qu'il ouvre la bouche. C'est que personne n'ait trouvé de fusil près de l'endroit où gisait Morton. Il a bien dû en prendre un avec lui s'il voulait tuer l'ours ?

À quoi est-ce qu'il joue ?

Je ne lui en aurais jamais parlé si j'avais su qu'il allait en discuter avec les Wickens. C'est le genre d'information qu'on garde jusqu'au bon moment.

Autour de la table, les conversations s'arrêtent. Wickens jette un coup d'œil à Wendell et à Dougie, sa femme regarde May, et May garde la tête baissée. Seul Jeffrey a son mot à dire.

— C'est vraiment bizarre, hein ? Le fusil est allé où ? Grandpa, où crois-tu qu'il est allé ? Tu crois que l'ours l'a emporté ? Tu imagines un ours se promenant dans la forêt avec un fusil ?

Il glousse mais comme personne ne rit, il s'excuse :

— Jeffrey, y a pas de mal, le rassure Timmy. Mais tu sais, l'ours a pu le ramasser, l'emporter dans les bois et le laisser tomber. Je suis sûr qu'on le retrouvera.

Je parie qu'il a raison. Je parierais même que ce sera demain ou après-demain.

— Parlez-moi de M. Dewart, je demande à la cantonade.

La logique voudrait que May me réponde, mais elle est trop émue, et c'est Charlene qui s'y colle :

— C'était un gentil garçon. Il venait de la ville, mais il est venu travailler par ici, a rencontré May et c'était comme avoir un troisième fils. Ils s'entendaient vraiment bien. Il aidait beaucoup, habile à réparer les choses, à régler les voitures.

— Dernièrement, il était un peu bizarre, intervient Jeffrey en faisant un puits dans sa purée.

May l'arrête :

— Jeffrey, mange ! Tu as assez parlé comme ça !

— C'était juste pour dire…

— Je t'ai dit de finir ton assiette et de garder tes pensées pour toi.

Jeffrey fronce les sourcils, avale une bouchée de purée. Le puits s'effondre et le beurre se répand.

Après ça, tout est calme. De temps en temps, Wickens ou un des garçons lance un morceau de gras ou un reste de pain par la fenêtre. Les chiens se battent pour en profiter en grondant et en aboyant.

— Donnons-leur du poisson ! propose Wickens en plantant sa fourchette dans un filet et en le balançant dehors.

Les chiens sont pris de furie. Je songe à la bourriche de Bob qui ne contenait plus que quelques têtes de brochet.

— Oh non ! s'exclame Charlene. Encore un de ces maudits rats des champs !

Elle désigne une petite souris grise qui court le long d'une plinthe.

— Silence tout le monde ! ordonne Timmy.

Il s'empare du couteau qu'il a utilisé pour couper la viande, tient la lame entre le pouce et l'index, puis, plus vite que l'éclair, le catapulte contre le mur. La lame traverse la souris, la clouant contre la plinthe où elle se tortille.

— Superbe ! crie Jeffrey qui décolle de sa chaise pour retirer le couteau du mur, la souris empalée sur la lame.

Il le remet d'un air triomphant à son grand-père. D'un coup de poignet, celui-ci envoie voler le rongeur à travers la fenêtre ouverte. Dehors, les chiens se battent pour cet extra.

Wickens essuie sa lame sur son pantalon et tranche encore un peu de rôti.

— Je vous ressers ? nous demande-t-il à papa et moi.

— Non, je vous remercie.

— Je suis rassasié, jure papa.

12

Le lendemain matin, papa n'a pas l'air dans son assiette quand je le conduis dans son pick-up chez son avocat. Il s'en explique ainsi :

— Je suis un peu gêné de consulter Bert Trench pour expulser les Wickens alors qu'ils nous ont reçus à dîner hier soir. Ce n'est pas la meilleure façon de les remercier.

Quittant la route des yeux, je prends le temps de le regarder.

— Tu te fiches de moi ? On dirait que nous n'étions pas ensemble !

— Ce n'est pas très poli, voilà tout.

— Papa, nous en avons déjà parlé. Tu t'imagines qu'ils nous ont invités parce qu'ils ont le béguin pour nous ? Ils nous jouent la comédie. Je me suis cru un soir de première à Broadway. Combien de fois nous ont-ils seriné que Dewart avait été tué par un ours ? Toute cette vacherie de famille a fait son numéro, sauf May qui n'a pas eu grand-chose à dire. Même le gamin nous a expliqué que Dewart avait été victime d'un ours. Comme s'ils voulaient tous nous implanter ça dans le cerveau. À la fin de la soirée, j'étais convaincu que *j'avais vu* Morton Dewart partir à la chasse à l'ours. Dans quel but, ce cirque ?

Papa détourne la tête.

— Papa ?

— Il est toujours possible que cela se soit passé ainsi et qu'ils aient besoin d'en parler. Tu n'en ferais pas autant à leur place ? Depuis le début, depuis que ces maudits chiens t'ont coursé et t'ont obligé à repasser le portail, tu t'es mis dans la tête qu'ils ont tué Morton et que la famille affabule. Tu es persuadé que Wickens l'a fait tuer par ses chiens, que c'était prémédité, et tu te fondes sur quoi ? Une remarque de Betty qui a jeté un coup d'œil au corps, une intuition, un fusil égaré.

— À propos, à quoi pensais-tu ?

— Comment ?

— Mettre le fusil sur le tapis. Tu as perdu la boule ?

— Je ne te comprends pas. Tu en avais fait tout un fromage. Alors j'ai pensé le mentionner et voir leur réaction.

— Papa, dis-je en inspirant un grand coup, s'il n'y a pas de fusil, c'est que Morton n'est pas allé à la chasse à l'ours, et s'il n'y est pas allé, c'est que tout ce que Timmy Wickens et sa famille de dingos nous ont raconté n'était que mensonges. Donc, il ne fallait surtout rien dire, pour ne pas leur mettre la puce à l'oreille.

— Bon, laisse échapper papa en tapotant le tableau de bord, mettons que tu sois dans le vrai. Pour quelle putain de raison Wickens aurait-il voulu faire dévorer le petit ami de sa fille par ses chiens ?

Je songe à ma fille, Angie, en deuxième année de psychologie à Mackenzie. Je m'imagine lâchant mes chiens pour qu'ils bouffent ses camarades chéris.

— Je n'ai pas de réponse. Nous allons devoir creuser le sujet.

— *Nous ?* insiste papa en me dévisageant. C'est quelque chose que *nous* devrions fouiller ? *Nous* devrions chercher pourquoi Wickens voulait la mort de cet homme ? Zachary, tu sais que la police est là pour ça. Ils enquêtent sur ce genre de choses.

— D'accord. Nous allons enclencher le signal de Batman et Orville va s'y mettre.

Papa serre le poing.

— Arrête de t'en prendre à lui.

— En quoi ça te concerne ? Qu'est-ce qu'il est pour toi ? Il faut toujours que tu prennes sa défense. C'est parce qu'il est le neveu de Lana ? Tu refuses d'admettre que c'est un corniaud de peur qu'elle te refuse de partager son lit ?

Papa écarquille les yeux de fureur. Plus il est en colère et plus j'ai envie de le titiller.

— Tu ne m'as jamais dit si vous faisiez attention. La dernière chose que je souhaite, c'est un petit frère.

— La ferme ! Bon sang de bois, ferme-la ! Gare-toi ! Stop ! Je descends !

— Pas question ! Papa, tu as des béquilles !

— Je m'en fiche. Arrête la voiture !

J'aimerais lui faire remarquer que, d'un point de vue technique, nous ne sommes pas dans une voiture mais dans un pick-up, mais je m'abstiens.

— Je continue ! Écoute, je suis désolé. Je ne me moquerai plus d'Orville.

Doutant de ma sincérité, papa me surveille du coin de l'œil. Ai-je l'air assez convaincant ? En vérité, je m'efforce de ne pas éclater de rire, comme quand je vois Sarah se cogner l'orteil et qu'il faut que je paraisse inquiet. Malgré tout, si elle repère une lueur dans mon regard, mécontente, elle me demande :

« Tu trouves ça drôle ? »

À ce moment, je fais mine d'avoir une quinte de toux.

— Je te promets de bien me tenir, dis-je pour rassurer papa. Je ne te dis pas que ce sera facile, mais je vais m'y efforcer. Je respecterai son uniforme, même si le type qui le porte ne m'inspire pas totalement confiance.

Papa me scrute pendant encore une seconde avant de décider, j'imagine, qu'il ne peut espérer mieux pour le moment. Il regarde à nouveau droit devant lui. Nous descendons jusqu'à Braynor, roulons pendant trois cents mètres dans le centre, et nous voici de l'autre côté de la ville. Je me gare devant une belle maison ancienne de trois étages, lucarnes comprises. Cette demeure victorienne est devenue un bureau d'avocat.

Contournant le pick-up pour aider papa à en descendre, je remarque un panneau en bois où sont agrafées diverses affichettes pour la foire d'automne. Certaines ne sont lisibles qu'à condition d'avoir le nez dessus, d'autres sont en grosses lettres annonçant les principaux événements, comme la parade, les courses de tondeuses autoportées dont papa m'a menacé, un somptueux dîner à base de rôti de bœuf, des épreuves sportives et des jeux.

Désignant la course de tondeuses, je demande à papa :

— Tu veux que j'y participe ?

— Je n'ai pas l'intention de t'obliger à quoi que ce soit !

Nous montons les marches du perron et entrons directement dans la vieille maison qui n'est plus une résidence privée. À l'intérieur, le charme et la beauté architecturale que j'imaginais ont disparu. L'endroit ressemble plus à des bureaux ordinaires, avec un coin pour la réception, des sièges et des magazines.

Je m'approche de la préposée, une mocheté d'âge moyen à qui j'annonce que nous avons rendez-vous avec Me Bert Trench.

— Je suis à vous dans un instant !

Papa se laisse tomber dans un fauteuil. J'occupe celui d'à côté.

— Ces magazines ont cent ans ! se plaint papa. On parle de destituer Nixon !

Une lourde porte en bois s'ouvre sur un petit chauve avec des lunettes qui vient tendre la main à papa.

Bert Trench doit avoir dans les quarante-cinq ans et, à en juger par le gros boudin de chair débordant de sa ceinture, il passe plus de temps derrière son bureau que dans une salle de gym.

— Bonjour, Arlen, ravi de vous voir ! s'exclame-t-il d'une voix grinçante. Vous n'êtes pas venu ici depuis que nous avons expédié les papiers pour votre propriété. Mon Dieu ! Qu'est-ce qui vous est arrivé ?

Péniblement, papa se lève pour lui serrer la main.

— Un truc idiot. J'ai glissé, répond-il.

— Permettez-moi de vous aider à passer dans mon bureau.

— Je vous présente Zachary, mon fils.

— Heureux de faire votre connaissance, dis-je en suivant le mouvement.

Avant de s'asseoir à sa place, Bert s'assure que papa est installé confortablement dans un des deux fauteuils en cuir capitonnés en face de sa table de travail. Une photo dans un cadre y trône, que je détaille en m'asseyant.

On y voit une brune d'une beauté à couper le souffle, d'une bonne trentaine d'années.

Trench s'aperçoit de mon intérêt pour le cliché mais fixe son attention sur papa.

— Arlen, j'ai lu dans le journal d'aujourd'hui l'article de cette Tracy au sujet de l'incident qui s'est produit sur votre propriété. Un ours ?

Papa me jette un coup d'œil, attendant un signe de ma part pour lui indiquer s'il doit approfondir le sujet ou pas. Je hoche un peu la tête. Nous ne sommes pas ici dans ce but.

— Un horrible drame ! Atroce.

— J'ai du mal à imaginer une chose pareille.

Saisissant la photo, il se tourne vers moi.

— C'est Adriana, ma femme. Arlen, sa photo ne devait pas être là quand vous êtes venu la dernière fois.

Papa sourit en haussant vaguement les épaules.

— Je ne m'en souviens pas vraiment.

— Nous nous sommes mariés il y a un an. Elle est la quatrième. Un jour ou l'autre, je devais tirer le bon numéro, et je pense que c'est elle. Certes, j'ai dit la même chose pour la première, la deuxième et la troisième. Arlen, vous avez vu les précédentes ?

Comme papa fait non de la tête, Bert sort des clichés de son tiroir et les étale devant nous : toutes des reines de beauté ! Bert doit posséder quelque chose qui attire les femmes, en plus de son gros bide, sa calvitie, sa voix grinçante et… Quelque chose de bien caché.

Il rassemble ses précieuses photos et les range.

— En tout cas, je suis heureux de vous voir. Nous vivons des moments passionnants, hein ? Vous avez lu le journal ? On dirait que les homosexuels vont participer à la parade. Le conseil municipal n'a pas trouvé de raison de les en empêcher. Soit on les autorisait, soit on annulait la parade. À mon avis, il aurait mieux valu prendre une position nette et l'annuler.

Je me rappelle les commentaires de Timmy et le gérant de l'épicerie qui voulait que je signe une pétition.

— C'est quoi, cette histoire ? je demande.

— Ah ! Désolé ! Vous n'êtes pas d'ici, n'est-ce pas ?

— De la ville.

Papa et Trench se regardent comme si être un « étranger » pouvait expliquer à l'avance beaucoup de choses susceptibles d'advenir dans la conversation.

— Il y a toujours un défilé lors de la foire d'automne, explique papa. La quincaillerie Beecham, la fanfare du lycée, l'association locale des éleveurs, le collège agricole, la course de tondeuses, l'épicerie de Henry, la coopérative de

Braynor, ils y participent tous. Mais ces militants homos veulent avoir leur char, ou au moins défiler ou agiter le poignet en cadence, enfin, n'importe quoi. Le conseil municipal ayant refusé, les gays ont menacé d'en faire une atteinte aux droits de l'homme. La mairie a reculé et décidé de les accepter.

— Ils voulaient aller devant les tribunaux pour être admis dans un défilé pareil ? je demande, éberlué. À leur place, je ferais des pieds et des mains pour y échapper !

Blessé, Bert Trench penche la tête de côté et me reluque avec suspicion.

— Pardon ? La parade de la foire d'automne est une tradition dans les parages.

— Ne vous occupez pas de lui, intervient papa. Il ne prend rien au sérieux. Pour lui, le monde entier est une farce.

— Écoute, dis-je en m'adressant uniquement à mon père, il se trouve que j'ai un excellent ami, un détective privé, qui est un…

Papa me coupe :

— Bert, j'aimerais savoir si vous pouvez m'aider. J'ai un petit problème.

— De quelle sorte ?

L'avocat m'ignore. Je me suis moqué de son défilé ! En cet instant, je le soupçonne d'appuyer sur une sonnette d'alarme cachée sous son bureau pour appeler Orville au secours.

— C'est au sujet de mes voisins. Mes locataires, en fait.

Bert fronce les sourcils.

— Rafraîchissez-moi la mémoire.

— Vous n'êtes sans doute pas au courant. Ça ne fait que deux ans que je loue la ferme, ayant rénové le chalet le plus agréable pour mon usage personnel. La ferme est maintenant occupée par les Wickens. Ils sont arrivés de Red Lake.

— Wickens ? Vous voulez parler de Timmy Wickens et de ses fils ?

— Ses beaux-fils. Il y a aussi sa femme, une grande fille et son fils. C'est le petit ami de la fille qui a été tué.

— Je vois.

Bert prend un stylo et trace des ronds sur son bloc-notes.

— Bert, ils me fichent une sacrée trouille. Ils n'arrêtent pas de tirer sur des cibles. Ils ont mis partout des panneaux DÉFENSE D'ENTRER, ils ont des pitbulls qui bouffent les poissons de mes clients dans leurs bourriches, ils laissent le terrain partir à vau-l'eau et ça va me coûter une fortune pour tout remettre en état quand ils s'en iront.

Trench avale sa salive.

— Ils partent ? Vraiment ? Ils font leurs bagages ? Voilà qui doit vous soulager.

— En fait, c'est pour ça que je suis venu vous consulter. Je veux les virer. J'aimerais votre avis sur la façon de procéder. Comment les expulser ? Quel préavis leur donner ? Je pourrais leur téléphoner, peut-être, leur annoncer que je veux rénover la maison pour y habiter moi-même, comme ça ils ne croiront pas que je leur en veux personnellement ? Je ne désire surtout pas les fâcher. Je sens mal la chose.

Bert étudie ses griffonnages et finit par avouer :

— Arlen, je ne sais pas quoi vous dire…

— Vous pourriez leur écrire une lettre, un avis d'expulsion amical ?

Je m'efforce de ne pas lever les yeux au ciel. Papa embraye :

— Un truc officiel ? J'ai le droit pour moi, n'est-ce pas ? Après tout, je suis chez moi.

— Bien sûr, vous avez des droits. Mais qu'est-ce qu'ils ont fait de mal ?

— Comment ça ?

— Ils vous ont menacé ? Fait de gros dégâts ?

— Pas vraiment. Ce sont des tas de petits trucs qui s'ajoutent les uns aux autres.

Bert griffonne encore un peu, puis, dans un geste théâtral, consulte sa montre.

— Mon Dieu, pourriez-vous m'excuser un instant ?

Il se lève, nous quitte en fermant la porte derrière lui. Nous restons seuls pendant une minute avant que papa me demande :

— Il ne tourne pas rond ou quoi ?

— Dès que tu as mentionné les Wickens, il a perdu ses belles couleurs.

— Il m'a paru bizarre, n'est-ce pas ? Je me demande si…

La porte se rouvre, Bert Trench entre mais ne se dirige pas vers sa place derrière le bureau. Debout, les mains dans les poches, il cherche à nous regarder mais fixe plutôt le sol.

— Écoutez, Arlen, et vous, monsieur Walker, enfin Zachary, n'est-ce pas ?

Je ne réponds pas.

— J'ai mauvaise conscience de devoir vous l'annoncer – j'aurais dû vous mettre au courant quand vous avez pris rendez-vous, mais il ne m'est pas possible de m'occuper de nouvelles affaires en ce moment. Je suis débordé, j'ai plus de clients qu'il ne m'en faut et ce que vous me demandez, ce que vous me chargeriez d'entreprendre pour vous m'imposerait de trop nombreuses heures de travail. Je ne serais pas en mesure de vous offrir la qualité de service que vous méritez.

— Il me faut une simple lettre, insiste papa. Vous n'avez pas le temps d'écrire une foutue lettre ?

— Comme je vous l'ai dit, je ne peux pas prendre de nouveaux clients en ce moment, répète Bert en tentant de sourire.

— Je ne suis pas un nouveau client : nous avons déjà traité des affaires ensemble.

Bert Trench préfère ne pas entendre.

— Braynor dispose d'autres cabinets d'avocats, ou vous pourriez essayer à Smithfield ou à Jersey Falls. Là-bas, quelqu'un vous aidera, c'est sûr.

Il va à la porte, qu'il nous ouvre.

Nous nous levons. Papa agrippe ses béquilles. Au moment de sortir, il s'arrête et regarde Trench droit dans les yeux pour lui dire :

— Bert, vous n'avez plus de couilles ?

La sueur perle sur le front de l'avocat.

— Arlen, je suis navré. Je ne peux rien faire pour vous.

— Pourquoi donc ?

Trench avale sa salive, baisse la tête et passe aux aveux :

— Il y a deux ans, un avocat de Red Lake a eu pour client un plombier qui avait effectué beaucoup de travaux dans la maison où vivaient les

Wickens, avant qu'ils viennent par ici et louent votre ferme.

Nous ne le quittons pas des yeux tandis qu'il poursuit :

— Il y en avait pour au moins mille dollars. Quand il a donné la facture aux Wickens, ils ne l'ont pas honorée. Le plombier va voir cet avocat, lui demande de s'occuper de l'affaire. L'avocat leur envoie une lettre.

— Aux Wickens ! je m'exclame.

— Oui. Il leur adresse cette lettre. La nuit suivante, sa maison brûle.

Papa et moi nous taisons.

— Sa famille a failli périr dans l'incendie. Il a réussi à la faire sortir juste à temps. Sa fille, paralysée à la suite d'une chute de cheval à l'âge de quinze ans, ne pouvait se déplacer et il a pu l'emporter dans ses bras au tout dernier moment.

— Ça aurait pu être une coïncidence, non ?

— Non, Zachary. Le lendemain, le plombier reçoit un coup de téléphone. On lui demande s'il veut que la même chose arrive à sa maison.

Papa, en équilibre sur ses béquilles, avance vers la porte. Je l'escorte.

— Je suis vraiment désolé, reprend Trench. Je n'ai pas envie que ça m'arrive. Mais, Arlen, la prochaine fois que vous aurez une affaire immobilière à traiter, appelez-moi et je m'occuperai de vous.

— Bien sûr, Bert. Vous serez le premier sur la liste.

13

Quand nous arrivons au café appartenant à Lana Gantry, sa chérie, j'interroge mon père :

— Alors, on fait quoi maintenant ?

En posant nos fesses sur les tabourets, nous en sommes encore à discuter de notre réunion avec Bert Trench.

— Salut, les garçons ! nous lance Lana, les coudes sur le comptoir, en se penchant affectueusement vers nous.

Papa s'efforce de ne pas loucher sur son décolleté.

— Bonjour, ma puce.

— Bonjour, Lana, dis-je.

— Comment va ta cheville, mon trésor ?

Papa vire au rouge, furieux d'être appelé « mon trésor » devant son fils.

— Ça va, ça va, répond-il avec calme.

— Si je ne devais pas m'occuper du café, je viendrais m'installer avec toi jusqu'à ce que tu ailles mieux.

Avec un sourire, elle ajoute :

— Je te donnerais tout ce dont tu as besoin.

Papa vire à l'écarlate et change de sujet :

— Tu connais Bert Trench ?

— Bien sûr, il n'arrête pas de venir déjeuner ici.

— Tu le trouves séduisant ?

— Tu fais allusion à toutes ses ex-femmes ? demande Lana avec un nouveau sourire

— Ouais.

— D'après les cancans, ce qui lui manque rayon beauté, il le compense en technique.

Je lève les sourcils.

— Et quand il en a marre d'une femme, il la largue et en prend une autre qu'il emmène au septième ciel. Tu sais pourquoi elles ne râlent pas trop quand il demande le divorce ? Elles sont crevées !

Lana tapote la main paternelle.

— Ne t'en fais pas, il n'arrivera pas à me piquer à toi.

— Hum ! Lana, aurais-tu l'obligeance de nous servir des cafés, à mon fils et moi ?

Je guigne les pâtisseries dans la vitrine derrière Lana.

— Si c'est bien ce que j'aperçois d'ici, je ne serais pas contre un morceau de tarte à la crème et à la noix de coco.

Lana revient vite avec nos cafés, l'un noir pour papa, l'autre avec deux petits pots de crème pour moi. Elle repart chercher ma tarte.

— Quelle beauté ! je m'exclame quand elle la place devant moi.

J'en goûte une bouchée : elle est divine.

Avant de s'éloigner pour parler près de la caisse à une des serveuses, elle nous prévient :

— Les garçons, si vous avez besoin de quoi que ce soit, il vous suffit de crier !

Papa poursuit sur son idée :

— Il y a sans doute d'autres avocats qui en ont assez dans le pantalon pour s'occuper de moi.

— Évite Red Lake ! Il doit y avoir des villes où un homme de loi ne tombera pas sur Timmy en prenant de l'essence ou en achetant une miche de pain. Passe des coups de fil en rentrant à ton chalet.

Je verse du sucre en poudre dans mon café.

Papa acquiesce, le regard plongé dans sa tasse.

— J'ai un copain que je pourrais appeler, dis-je. Il a plus d'expérience que moi dans ce genre d'affaire.

Papa me dévisage.

— Un avocat ?

— Non. Un ancien flic. Il est maintenant à son compte. Il s'appelle Lawrence Jones et il a une dette envers moi. Je lui bigophonerai en rentrant.

La porte carillonne et la police fait son apparition. Orville Thorne enlève son chapeau, le pose sur le comptoir, choisit le tabouret à côté de papa plutôt que de se risquer près de moi.

— Arlen, j'ai vu ton pick-up garé devant, annonce-t-il sans même me saluer.

J'ai soudain envie de lui tordre les seins, à ce mal élevé !

— Arlen, je voulais t'annoncer que j'ai réuni deux ou trois gars pour chasser cet ours. Ce sera sans doute demain, nous partirons dès le lever du soleil.

Je hoche la tête et bois une gorgée de café.

— Quelque chose le tracasse, Arlen ?

Lana revient, se penche au-dessus du comptoir et embrasse son neveu sur le front.

— Salut, chéri. Comme d'hab ?

— S'il te plaît, tante Lana.

Elle lui sert une tasse de café noir et lui apporte une petite assiette avec un doughnut au chocolat. Orville en avale une bouchée qu'il fait passer avec un peu de café. La bouche encore pleine, il me dit :

— Alors, c'est quoi, votre problème ?

Papa répond pour moi.

— Il est sceptique. Au sujet de l'ours. Il pense que c'est plutôt les pitbulls.

— Il remet ça ? fait Orville sans se rendre compte qu'une grosse miette de doughnut pendille au coin de sa bouche, minant son autorité.

— J'avoue qu'il pose une question intéressante, dit papa en haussant les épaules. Où est le fusil ? Si Morton est allé à la chasse à l'ours, où se trouve son fusil ?

Me penchant, je me tourne pour voir la tête d'Orville. À ma grande surprise, il sourit.

— Dans ma voiture.

— Quoi ?

— Timmy Wickens est passé au commissariat il y a une demi-heure et me l'a déposé. Disant que j'en aurais sans doute besoin pour mon enquête.

— Quelle aventure ! je m'exclame. Alors, Orville, il est venu ce matin vous rendre le fusil ?

— Oui, monsieur Je-sais-tout ! Tout juste.

— Monsieur Je-sais-tout ! je répète, comme impressionné. C'est ce qu'on vous apprend à l'école de police ? À répliquer vertement ? Et M. Caca ? Vous devriez essayer pendant que vous y êtes. Les gens en resteraient bouche bée !

— Vous savez à qui vous parlez ? Je peux encore vous inculper pour coups et blessures sur ma personne, ne l'oubliez pas !

— Bon Dieu ! Je ne vous ai pas agressé. Je suis tombé sur vous. Juste après que vous avez fait un croche-pied à papa et bousillé sa cheville. Après avoir découvert qu'il était vivant, ce dont vous auriez pu vous rendre compte avant qu'il apparaisse.

Je m'approche de lui pour clarifier ma pensée :

— Vous est-il venu à l'esprit de donner un coup de fil à votre tante pour savoir s'il n'était pas avec elle ?

— Bon Dieu ! s'écrie papa. Arrête ! Nous sommes dans son café, bon sang de bois !

— J'y ai bien pensé, murmure Orville. Ça ne répondait pas, ni chez elle ni au café.

Nous nous tournons tous les deux vers papa. D'abord il se tait, sentant nos regards peser sur lui. Enfin, il murmure quelque chose.

— Quoi ? je demande.

— En fait, Lana est restée un peu au chalet après le départ de tout le monde et puis nous sommes allés dans un motel. Ensuite, elle a pris sa matinée, laissant les filles s'occuper du café.

De la tête, il désigne les deux serveuses.

— Un motel ? s'écrie Orville qui n'en revient pas. Pourquoi ma tante et toi vous seriez allés dans un motel ?

Papa lève les yeux au ciel.

— Écoute, Orville, on voulait avoir un peu de temps à nous sans être interrompus, c'est tout. Tu sais que ta tante t'adore et qu'elle aime que tu passes la voir à l'improviste, mais parfois, c'est juste...

Orville semble découvrir que le lapin de Pâques n'existe pas. Sa tante et mon père se tripotant dans un motel : quelle infamie ! En plus, voilà qu'il n'est plus vraiment le bienvenu, à débarquer chez sa tante quand elle veut faire la chose avec papa.

Ça fait beaucoup à digérer.

— Écoutez, dis-je, pourrait-on reparler du fusil ?

— Quoi donc ?

— Qu'est-ce que Timmy Wickens vous a dit au sujet du fusil ?

— Qu'il l'a trouvé à quelques mètres de là où gisait Morton, sous des buissons. Nous avons dû le rater.

— Oh merde ! s'écrie papa avant de plonger dans son café. Excuse-moi !

— Tu l'as alerté. Je me doutais que Wickens produirait un fusil, mais je ne m'attendais pas à ce qu'il réagisse aussi rapidement. Tu vois pourquoi ? Cela prouve que Morton n'est jamais parti à la chasse.

Papa et Orville me dévisagent comme si je parlais une langue inconnue.

— Voyons si je pige, résume Orville. Timmy trouve le fusil de Morton, ce qui prouve que Morton n'avait pas de fusil. C'est ce que vous prétendez ? Vous savez ? Vous savez un truc ? C'était pas un ours qui a tué Morton Dewart, c'était des extraterrestres.

Pouffant de rire, il tape sur le comptoir.

— Arlen, tu m'as dit qu'il écrivait de la science-fiction, c'est ça ?

— Orville, je vais parler très lentement pour que vous me compreniez bien.

Papa me lance un regard noir.

— Qu'est-ce que ça peut faire à Timmy Wickens que nous ayons ce fusil ou pas ? Si Morton a été tué par un ours, eh bien il a été tué par un ours. Mais si ce n'est pas le cas, il est dans l'intérêt de Timmy de nous faire croire qu'il l'a été. Ensuite, Timmy va faire tout ce qui est en son pouvoir pour éviter que vous cherchiez d'autres pistes.

Orville me fixe dans les yeux pendant trois bonnes secondes puis, je l'avoue, imite parfaitement le bruit d'une soucoupe volante à l'atterrissage :

— Vou-ouu-ouu.

Il allonge la main et la fait planer au-dessus du comptoir. Puis il avance deux doigts vers la tasse de papa et, d'une voix nasale, ordonne :

— Menez-moi auprès de votre chef.

Ricanant, j'avale une gorgée de café.

— D'accord, Orville, je ne sais rien. Vous êtes trop malin pour moi. De plus, je croirai tout ce que Timmy me racontera si cela me garantit qu'il ne m'enlèvera jamais mon chapeau.

Il y a maintenant des envies de meurtre dans l'œil d'Orville. Il fonce vers papa, renverse sa tasse et le sucrier qui vole en éclats de l'autre côté du comptoir.

— Retirez ce que vous venez de dire, m'ordonne-t-il en tentant d'agripper les revers de ma veste.

Mais je me penche en arrière et, Orville ne renonçant pas à se saisir de moi, il pousse en arrière papa qui tombe de son tabouret.

— Oh merde ! s'écrie papa, incapable de se rattraper à cause de sa patte folle.

À l'instant où il entame sa chute, Orville et moi bondissons vers lui, passons nos bras sous son dos pour l'empêcher de s'affaler sur le lino craquelé.

— Vous deux, ça suffit ! beugle papa.

Rappelés à l'ordre, découvrant dans les yeux l'un de l'autre une lueur de honte, nous l'aidons à se relever. Lana bondit de derrière la caisse et fonce vers nous.

— Mon Dieu, bande d'idiots, qu'est-ce que vous lui avez fait ? Arlen, ça va ?

Il marmonne quelque chose d'incompréhensible.

C'est alors qu'elle remarque le sucre répandu, la tasse renversée, les débris du sucrier de l'autre côté du comptoir.

— À votre avis, qui va nettoyer ce bazar ? nous demande-t-elle, à Orville et moi.

Nous tendons le cou pour inspecter les dégâts. En s'écrasant par terre, le sucrier a répandu son contenu un peu partout.

— C'est sa faute ! je m'exclame en pointant un index accusateur vers Orville.

— Vous avez commencé ! se défend-il.

— Pour l'amour de Dieu ! intervient papa.

À ce moment, nous entendons la sonnerie d'un portable. Étonné d'être dérangé, Orville sort son téléphone de sa veste et répond.

Au fur et à mesure de la conversation, ses yeux s'arrondissent.

— D'accord, conclut-il, puis il referme son appareil et demande à papa : Tu connais Trip, à la coopérative de Braynor ?

Papa acquiesce lentement.

— Oui, je crois. Un grand type, l'air un peu bêta ?

— Moi, je sais qui c'est, affirme Lana.

— Ouais, eh bien il est mort.

Couvrant sa bouche de sa main, Lana tressaille.

— Mon Dieu, quelle horreur ! Il était assez jeune, non ? Il était malade ? Je crois que je l'ai vu ici il y a seulement quelques jours.

— Il allait très bien, précise Orville.

— C'était un accident ? demande Lana, perplexe. Ils ont des tas de machines agricoles, là-bas, c'est à cause d'une batteuse ? Il s'est pris dans une batteuse ?

— On dirait plutôt que quelqu'un lui a fichu un coup de couteau.

Orville regarde une nouvelle fois le désordre dont nous sommes coupables.

— Désolé, tante Lana, mais je dois partir.

Le chapeau sur la tête, il s'en va.

— Je n'arrive pas à le croire, articule Lana.

— C'est quoi, la coopérative de Braynor ? je demande à papa.

— Tout ce qu'il faut pour les fermes : fourrage, graines, outils, ce genre de choses.

— Drôle d'endroit pour se faire tuer ! j'observe. Une banque, un magasin de vin, une station-service sont des lieux plus habituels pour se faire descendre.

Papa hoche la tête, comme si les derniers événements le dépassaient.

— Bon sang de bois ! Qu'est-ce qui nous arrive ?

— Si nous sortions voir ?

— Comment ça ?

— Allons à la Coop nous rendre compte.

Papa réfléchit à ma proposition. Je m'attends à ce qu'il refuse, qu'il prétende que nous devons retourner aux chalets, qu'il y a des choses qu'il n'a pas envie de savoir, mais, ô surprise, il saisit ses béquilles appuyées au comptoir et m'annonce :

— Oui, d'accord. Lana, au revoir !

Il m'indique le chemin qui nous mène à un bâtiment construit à près de deux kilomètres au nord de la ville, légèrement en retrait de la route, avec un parking devant. Sont exposés en façade une demi-douzaine de tondeuses à gazon, des bottes de foin décoratives, des rouleaux de grillage.

— J'ai acheté ma tondeuse ici !

Derrière cette panoplie, un magasin puis un immense entrepôt. La voiture d'Orville est déjà garée là. Je me range à côté et nous descendons. Une petite foule est réunie devant la porte béante du garage qui ouvre sur le hangar : des employés en jean reconnaissables à leurs chemises vertes ornées d'un écusson « Coop Braynor », Orville et un de ses adjoints, le Dr Heath, le médecin légiste que j'ai offensé, et Tracy, du canard local. La bande habituelle.

Tracy s'approche et nous demande :

— Comment ça va ? Vous pensez que Sarah publiera un article de moi si vite après l'autre ?

— On dirait que Braynor est devenu le centre de l'actualité. On pourrait ouvrir une agence ici dont nous nous occuperions, vous et moi. Qu'est-ce qui se passe ?

— Ce matin, Trip Riley ne s'est pas présenté à son travail. Hier soir, il était prévu qu'il travaille tard, mais il devait être là tôt ce matin. Comme personne ne le voyait, on a téléphoné chez lui, parlé à sa femme, Edna – on l'a surnommé Trip parce qu'il n'arrêtait pas de s'étriper avec elle, son vrai nom était Terrence –, qui leur a dit qu'il n'était pas rentré la veille. Elle a cru qu'il s'était saoulé. Finalement, un des employés devant préparer une commande est allé chercher de l'engrais et l'a trouvé dans les stocks du hangar.

Tracy est tout excitée en me débitant son histoire. Avec la mort de Morton Dewart et maintenant celle de Trip Riley, elle vit une semaine sensationnelle sur le plan journalistique.

— Que lui est-il arrivé ?

— Il a été poignardé à mort.

Elle me montre son ventre et précise :

— Juste là. Deux fois. J'y ai jeté un coup d'œil. Il y avait du sang partout sur le sol. Le type bouffé par un ours, c'était le premier cadavre que je voyais de ma vie, et deux jours plus tard, j'en ai un autre sous les yeux. Vous pensez que ça suffira pour que le *Metropolitan* m'engage à plein temps ? Je pourrais déménager en ville. Ça ne me pose pas de problème. Je sais que vous avez beaucoup de meurtres chez vous et je pourrai en voir un par jour, s'il le faut.

— Vous devriez en parler à Sarah.

À l'intérieur, Orville interroge un employé âgé en chemise verte. Je prends congé de Tracy.

M'éloignant d'elle, j'avance dans le dos d'Orville pour écouter ce qui se dit sans qu'il pique une crise.

— Il a travaillé tard hier soir, raconte le type de la Coop. Nous n'avons pas d'agent de sécurité ou de gardien, ça ne nous a jamais paru nécessaire. Trip était heureux car il n'allait pas rentrer trop tôt chez Edna. Il y avait beaucoup de choses à ranger, alors il a proposé de rester et de faire des heures supplémentaires. Il fermerait à clé quand il aurait fini. En arrivant ce matin, je n'ai rien vu d'anormal, mais Trip devait être là à 9 heures, et comme à 10 h 30 il n'y était toujours pas, j'ai appelé Edna et elle n'avait aucune nouvelle de lui non plus. On a commencé à se demander où il était.

— Qui l'a trouvé ? demande Orville.

Une jeune femme en chemise verte s'avance un peu. Elle semble bouleversée, comme si elle avait déjà beaucoup pleuré.

— Je préparais une commande quand je l'ai découvert, dit-elle. Oui, Trip, dans la travée 9. Il était, comment dire, coincé entre deux sacs d'engrais de façon à ce qu'on ne le voie pas de loin, seulement quand on avait le nez dessus.

— Trip avait des ennemis ?

L'employé âgé et les autres employés font la moue.

— Pas vraiment, dit l'un.

— Tout le monde l'aimait bien, intervient un autre.

— Est-ce qu'il manque quelque chose ? je demande.

Orville pivote sur lui-même.

— Qu'est-ce que vous foutez ici ? s'écrie-t-il.

Je me tais, dans l'espoir que l'on répondra à ma question. Mais le personnel se rend compte de la tension entre le chef et moi et décide qu'il vaut mieux s'abstenir de parler à un inconnu.

Orville me tourne le dos, hésite un instant puis demande :

— Alors ? On a volé quelque chose ?

— Oh, on n'a pas encore tout vérifié, dit l'homme âgé qui, à mon avis, doit être le gérant ou le propriétaire, ou les deux. Nous allons nous en occuper dès que possible. Nous avons tous été passablement choqués.

— De l'engrais a disparu, déclare la femme qui a trouvé Trip.

— De l'engrais ? répète Orville.

— Pas mal. Vingt ou trente sacs, je dirais. Il faut que je contrôle.

Orville griffonne quelques notes.

— Qui voudrait voler de l'engrais, et dans quel but ?

— Quelqu'un qui veut empêcher de remonter jusqu'à lui s'il l'achète, je suggère.

Lâchant un grand soupir, Orville me fait à nouveau face.

— Bon, alors pourquoi quelqu'un voudrait dissimuler qu'il a acheté beaucoup d'engrais ?

— Sans doute à cause de ce qu'il y a dedans.

Papa a clopiné jusqu'à nous et entendu la fin de la conversation.

— Du nitrate d'ammonium, précise-t-il.

Je me souviens que papa était fort en chimie quand il était au lycée.

— Bordel, c'est quoi le nitrate d'ammonium ? s'enquiert Orville.

— Si Timothy McVeigh était encore en vie, je réponds, vous pourriez l'interroger.

14

De retour en ville, je demande à papa :

— Si tu as voulu t'installer à Braynor, c'était pour avoir moins de soucis, n'est-ce pas ?

— Si tu as voulu aménager en banlieue, c'était pour la même raison, n'est-ce pas ? grogne-t-il en réponse.

Au fil des ans, papa et moi n'avons pas beaucoup discuté ensemble, mais il est parfaitement au courant de ce qui est arrivé quand j'ai quitté le centre-ville avec toute ma famille pour la banlieue d'Oakwood où mon amie Trixie habite toujours et exerce son art. L'idée était de trouver un endroit où nous serions plus en sécurité, et le retour de flamme a été spectaculaire.

— Les choses ne se passent pas toujours comme prévu, n'est-ce pas ? je réponds en souriant.

— Je n'ai pas emménagé ici pour échapper à la criminalité ambiante mais pour mener une vie plus simple.

— Je me souviens de l'époque où nous venions ici avec notre caravane en toile. Je t'avais trouvé au bord du lac, assis les pieds dans l'eau, l'air plus reposé que jamais. De retour à la maison, tu étais de nouveau vieux et grincheux, comme à ton habitude.

— Je ne sais pas comment j'ai tenu le coup si longtemps, dit papa avec un sourire. Boulot-boulot, 9 heures-7 heures du lundi au vendredi, trains de banlieue matin et soir, costume-cravate, courbettes et compagnie, jour après jour, semaine après semaine, mois après mois, année après année. Et puis les chiffres, des montagnes de chiffres, des milliards de chiffres.

— Difficile d'y échapper quand on fait de la comptabilité !

— Mais j'aimais les chiffres. Et je les aime toujours. Ils imposent l'ordre. Huilent les rouages. Créent un équilibre dans l'univers. Rien n'est plus satisfaisant que de tomber sur le total qu'on attendait. Un jour pourtant, assis à mon bureau à travailler sur le compte Fiderberg, une chaîne de magasins de fournitures de bureau, j'ai regardé les chiffres comme si c'était la première fois que je les voyais. J'ai contemplé un 3, comme s'il représentait deux cercles incomplets juchés l'un sur l'autre en me posant cette question : pourquoi est-ce un 3 ? Qui a décidé que trois choses seraient représentées par un symbole ayant cette forme ? Pourquoi pas un trait droit tombant dans un demi-cercle ? Ça aurait autant de sens. J'ai commencé à étudier tous les chiffres sous cet angle. Pourquoi un 7 est-il un trait horizontal qui devient une diagonale ? Quel rapport cela a-t-il avec sept choses ?

— Papa, tu me fais peur ! je m'exclame, quand je me rends compte qu'il ne blague pas.

— J'ai alors décidé que j'en avais marre. Ta mère n'était plus là, j'étais prêt pour autre chose, pour laisser cette merde derrière moi. Je me suis souvenu de la paix que je ressentais ici, je savais qu'il me serait possible de me détendre comme jamais auparavant. J'ai trouvé les Chalets de Denny, apprécié qu'il n'y en ait que cinq. Un seul chiffre. Un truc gérable.

Papa me désigne l'épicerie Henry.

— On a quelques achats à faire.

— Parfait. J'ai besoin d'une brosse à dents.

Je m'arrête le long du trottoir, coupe le contact mais reste assis derrière le volant.

— Tu crois que maman aurait aimé vivre ici ?

Papa fait la moue, le temps de réfléchir.

— J'y ai pensé, dit-il, puis, après une pause : Elle me manque encore. Tu sais, Lana est formidable et nous nous amusons bien ensemble, mais ta mère était unique.

Papa se mouche dans un grand carré de lin blanc qu'il remet dans sa poche.

— Elle n'a pas toujours eu la vie rose avec moi, avoue-t-il.

Il regarde par la vitre pour me dissimuler son visage et ajoute :

— Quoi qu'elle ait fait, ce n'est rien en comparaison de ce qu'elle a bavé. C'est pour ça qu'elle aurait aimé habiter ici, car la vie au bord du lac m'a bonifié.

— Nous avons tous nos crises. Tu devrais en parler à Sarah.

Papa continue à ne pas me regarder.

— Je ne sais pas si tu l'as remarqué, mais je peux avoir mauvais caractère parfois.

— Pas possible ! Là où je travaille, c'est le moment où quelqu'un crierait : « Arrêtez les rotatives ! »

Un sourire fatigué éclaire son visage.

— Oui, c'est une grande nouvelle ! J'aime que les choses soient faites d'une certaine façon, mais tout ce que j'ai voulu, comme mari et comme père, était destiné à vous procurer un maximum de sécurité, à ta mère, à Cindy et à toi.

— Oui, je crois comprendre.

— Du coup j'ai pinaillé un peu et ta mère en a souffert.

Sa franchise m'incite à aborder une période de ma jeunesse qui demeure entourée d'un profond mystère, quand maman est partie pendant six mois.

— C'est pour ça que maman a été absente ? Pour ça qu'elle nous a laissés ?

Papa se concentre sur la serrure de la boîte à gants.

— J'ai du mal à en parler.

— Ne crois pas que je t'accuse de quoi que ce soit, mais qu'est-ce qui a poussé maman à s'en aller ?

Perdu dans ses pensées, il continue à contempler le tableau de bord.

— Voici ce dont on a besoin à la maison.

— Pardon ?

— Il nous faut du lait, de la crème pour le café puisque tu le bois ainsi, de quoi dîner. Choisis ce que tu veux. Ça m'est égal. Des côtes de porc, un poulet rôti, débrouille-toi. Je t'attends ici en écoutant la radio. Minute ! Voici de l'argent.

Il cherche son portefeuille dans sa poche-revolver.

— Laisse tomber, lui dis-je.

— Mais si ! Tu es mon invité. Je peux payer ces satanées courses.

— Papa, laisse !

J'ouvre ma portière et traverse la rue avant qu'il puisse protester plus avant.

Calculant que mes achats ne justifieront pas un grand caddie, je prends un petit panier en plastique. Je choisis une brosse à dents, du dentifrice et un peigne simple, puis je me dirige vers la boucherie. J'examine des steaks, un filet de porc, des ailes de poulet avant de me décider pour des côtelettes de porc. Puis je passe au rayon des plats préparés. Je tiens un paquet de riz sauvage Uncle Ben's quand, du coin de l'œil, je remarque quelqu'un de petit près de moi.

Pivotant sur moi-même, je reconnais Jeffrey Wickens qui, accompagné de sa mère, May, pousse un chariot.

— Bonjour ! Vous vous souvenez de moi ? demande le gamin.

— Bien sûr. Mon copain de *Star Wars*. Comment vas-tu, Jeffrey ?

— Bien. J'ai terminé tous mes devoirs de la journée.

— C'est formidable ! dis-je à May qui s'est approchée de moi. La plupart des gosses sont encore à l'école et pour encore au moins deux heures.

— Je sais, répond Jeffrey. Parfois, j'aimerais avoir une récréation pour jouer avec les autres enfants.

J'acquiesce. May, pas encore remise, me sourit.

— Bonjour, monsieur Walker !

— Je vous en prie, appelez-moi Zack ! Ravi de vous revoir. Vous faites vos courses ?

Le fin observateur que je suis !

— Oui, nous avions besoin de quelques petites choses. Jeffrey aime bien m'accompagner dans les magasins. C'est bon pour lui de sortir de la maison. Bon pour nous tous.

Il y a quelque chose dans ses yeux, une sorte de prière. Ils sont tristes et fatigués, ce qui est normal après la perte de son petit ami un peu plus tôt dans la semaine. Mais ce n'est pas seulement de la douleur qui se reflète dans son regard. Je pense à un otage qui doute que la rançon soit jamais versée.

— Une fois encore, je tiens à vous remercier pour le dîner d'hier soir – j'oublie la souris empalée – et à vous dire à quel point je suis désolé pour la mort de M. Dewart.

May baisse les yeux.

— Merci.

Elle est sur le point d'ajouter quelque chose, sa bouche s'entrouvre puis se referme.

— Jeffrey, dit-elle finalement, va donc choisir des céréales et des petits gâteaux.

— OK.

Il s'éloigne en courant.

Je me penche vers May et lui demande :

— Vous vous sentez bien ?

Relevant la tête, elle regarde de côté pour m'éviter.

— Je, juste…

J'attends. J'aurais envie de poser ma main sur son épaule mais je me retiens, n'étant pas certain que ce serait correct, surtout dans un lieu public comme une épicerie.

— Quel est votre métier, monsieur Walk... Zack ?

— Écrivain. Je travaille pour le *Metropolitan*. Comme grand reporter. Mais j'ai écrit des livres.

— Vous travaillez donc dans un journal ?

— Oui.

— Je ne sais pas si je devrais vous parler.

Elle balaye des yeux les allées du magasin.

— Je ne suis pas là pour vous interviewer. On bavarde seulement. Rien de plus.

Elle a droit à mon plus beau sourire.

— Si seulement j'avais quelqu'un à qui parler...

— Bien sûr. Si nous allions prendre un café ? L'établissement de Lana n'est qu'à deux portes d'ici. Le café est excellent et je vous recommande la tarte à la noix de coco.

— Vous croyez ?

— Je vous l'offrirais avec plaisir. J'aimerais également, si ça ne vous contrarie pas trop, vous poser une ou deux questions au sujet de M. Dewart, enfin, Morton. Vous savez, il y a eu beaucoup de va-et-vient sur la propriété, avec ce qui lui est arrivé, mais j'ai l'impression de ne rien savoir de lui.

— Vite fait alors, accepte May Wickens. Mais je dois trouver quoi faire de Jeffrey. Il ne doit pas être au courant sinon il leur dira, enfin...

— Je comprends. Si vous ne voulez pas qu'on vous voie partir avec moi, je vais vous précéder et vous me rejoindrez.

Soudain Jeffrey revient, flanque deux boîtes de céréales sucrées et un paquet d'Oreo dans le panier de May.

— Je peux choisir d'autres trucs ?

— May, ravi de vous avoir revue. Jeffrey, fais attention à toi ! Si tu as de nouveaux jouets Star Wars sympas, tu me les montreras, d'ac ?

— J'ai un Faucon Millenium.

— Et un Yan Solo ?

— Oui.

Je pose ma main sur son épaule en lui recommandant :

— Prends bien soin de ta maman. Elle a eu une semaine pénible.

— D'accord.

À la caisse, j'ajoute un journal local et un magazine à mes emplettes. Pendant que la préposée prépare mon compte, M. Henry, toujours en blouse blanche, apparaît avec son porte-bloc à la main.

— Voudriez-vous signer notre pétition…

Puis il reconnaît en moi l'enfant de salaud qui a refusé d'ajouter son nom à la liste.

— Ah ! C'est vous ! s'exclame-t-il, plissant le nez comme s'il reniflait une mauvaise odeur corporelle.

— Je ne suis toujours pas intéressé.

— Alors ça vous est égal que notre défilé et nos traditions soient détournés par des intérêts particuliers qui font la promotion de leurs propres égoïsmes ?

— De quoi parlez-vous ?

— Ces gays et ces lesbiennes. Ils veulent souiller notre défilé.

— Je vois. Puis-je vous poser une question ?

— Certainement.

— Vous avez entendu parler de ces gosses qui meurent de faim en Afrique ?

Il acquiesce.

— Et du réchauffement de la planète, de la diminution de la couche d'ozone, de la fonte de la calotte glaciaire qui nous engloutira un jour ?

Il acquiesce à nouveau mais il cligne des yeux.

— Des bébés-cocaïne ? De la pénurie d'eau potable dans les prochaines années ? Des États voyous détenteurs de l'arme nucléaire ? Vous avez entendu parler de tout ça ?

Henry acquiesce pour la troisième fois, mais là, il parle :

— Où voulez-vous en venir ?

Je tapote la pétition.

— Et vous recueillez des signatures pour ça ? C'est ça qui vous empêche de dormir ?

Je donne un billet de vingt dollars à la caissière, prends mes achats et annonce à Henry :

— J'aurais été ravi de bavarder plus longtemps, mais mon petit ami pleurniche si le dîner n'est pas prêt à l'heure.

Sortant de là, je longe une cabine téléphonique, traverse la rue, ouvre le hayon.

— Dis-moi combien tu as dépensé et je te rembourserai, promet papa.

— Je ne pourrai plus y retourner ! À vrai dire, toi non plus, tu ne pourras plus y mettre les pieds.

— Comment ça ?

— Papa, tu ne t'ennuies pas, j'espère ? J'ai rencontré quelqu'un à l'épicerie et nous allons prendre un café ensemble. Je reviens très vite.

— Qui est-ce ?

En lui répondant, je risque une volée d'objections ou un tas de questions qui me retarderaient.

— Attends-moi sagement. Tiens, je t'ai apporté le *Braynor Times* et *Newsweek*.

— Je serais heureux d'aller pisser.

— On est toujours heureux de pisser. C'est ce qui fait de nous des hommes.

— Tu en as pour longtemps ?

— Tu peux tenir le coup un quart d'heure ?

— Fais au mieux.

Je fonce jusque chez Lana, où je choisis une table dans le fond. Aucun signe encore de May Wickens. Lana vient jusqu'à moi.

— Où est votre père ?

— Je l'ai largué, je réponds sur le ton de la plaisanterie. Plus sérieusement, pourrais-je avoir deux cafés ? J'ai rendez-vous avec quelqu'un.

— Tout de suite.

La porte s'ouvre. May apparaît, tête basse, col de veste relevé, comme pour se rendre invisible. Je lève la main et elle se glisse en face de moi. Les hauts dossiers l'empêchent d'être vue de la rue, d'autant qu'elle se niche tout au fond de notre box.

— Qu'avez-vous fait de Jeffrey ?

— Mon père me tuerait, mais je lui ai donné des pièces de vingt-cinq cents pour s'amuser aux jeux vidéo dans la salle au coin de la rue. Il ne cesse de me supplier pour que je lui permette d'y aller et je refuse toujours. Il me croit au drugstore.

Lana Gantry nous apporte deux cafés. Si elle nous sourit à tous les deux, elle n'engage pas la conversation. Mais la danse qu'entreprennent ses yeux trahit sa curiosité : qu'est-ce que fabrique cet homme marié avec une jeune femme ?

— Merci, murmure May.

Elle entoure la tasse de ses mains pour que sa chaleur lui donne du courage.

— Vous avez l'air d'avoir peur, dis-je, ne sachant pas très bien par où commencer.

May porte son café à ses lèvres mais il est encore trop chaud.

— Vous n'avez pas idée de ce qui se passe. Il cherche à empoisonner mon fils.

— Pardon ?

— Non, pas physiquement. Mais avec ses idées. Il me dicte ce que je dois lui enseigner.

— Nous parlons bien de Timmy, votre père ? je demande pour être certain.

— Oui. Il décide de ce que Jeffrey doit apprendre. Pas seulement l'arithmétique, l'orthographe ou la géographie, mais l'histoire et ce qu'il appelle les sciences sociales. Comment les homosexuels tentent d'attirer nos enfants de leur côté, comment les juifs mènent le monde, comment tout ce qu'on raconte sur la Shoah est gravement exagéré, que les Nègres appartiennent à une race inférieure, qu'ils sont des obsédés sexuels – elle rougit à ces mots – et que les Noirs ne sont pas aussi avancés que les Blancs. Vous savez, je connais des Nègres, j'ignore s'ils sont des obsédés sexuels, mais vous croyez à tout ça ?

Sa question est aussi innocente que si elle me demandait s'il allait pleuvoir demain.

— Non. Sûrement pas.

— Moi non plus. J'ai écouté ce que disait mon père pendant des années et puis je suis partie et j'ai vécu seule. J'ai appris que beaucoup des choses qu'il répétait étaient fausses. Je déteste avoir à l'avouer, mais je crois que mon père est raciste.

— C'est à considérer.

— En tout cas, il y a eu beaucoup de tristesse dans ma vie, depuis longtemps. Je suis tombée enceinte il y a onze ans, de Jeffrey bien sûr.

— Un gosse épatant.

— Merci de me le dire. À l'époque, j'étais seule, j'ai connu cet homme, ça n'a pas duré longtemps, il n'était pas l'homme idéal. Mais j'ai eu mon bébé et papa était furieux, il a voulu que je rentre à la maison pour vivre avec lui. C'était quelques années après la mort de maman et avant qu'il rencontre Charlene. Mais je n'ai pas voulu revenir et écouter toute cette haine qui l'étouffe.

— Je vous comprends.

— Vous savez, il peut être tyrannique. Pourtant, j'ai essayé de me débrouiller pendant des années, et c'était dur d'élever un petit enfant, de trouver un travail. Dès que quelqu'un m'embauchait, comme par hasard, j'étais tout de suite renvoyée. Il y a trois ans, j'ai rencontré Gary. Gary Wolverton, un type merveilleux. Nous sommes devenus proches. Il voulait devenir écrivain ou journaliste. Comme vous. Il aimait le monde comme il était, désirait écrire sur ce qui allait mal et ce qui pouvait être amélioré. Comme je viens de vous le dire, nous étions proches et il adorait Jeffrey, ce qui était parfait car je voulais tellement un père pour mon fils. Mais papa pensait que c'était lui qui devait jouer ce rôle pour Jeffrey. C'est son grand-père, ce qui est déjà très bien, mais il voulait pouvoir l'influencer. Vous me suivez ?

— Absolument.

— Alors, papa s'est arrangé pour nous rendre la vie difficile quand Gary et moi avons décidé de nous marier. Il avait compris que je ne reviendrais plus jamais à la maison.

— C'était évident. Vous aviez le droit de vivre votre propre vie.

May Wickens se tait. Puis :

— Il est arrivé quelque chose. Il y a eu cet accident. Gary traversait la rue, à quelques centaines de mètres de là où j'habitais en ville. Nous ne vivions pas encore ensemble, mais il venait me voir et il s'était arrêté pour acheter une bouteille de vin, et alors une voiture l'a renversé.

— Oh, mon Dieu !

— Un truc pas croyable. Un délit de fuite. Il est mort sur le coup.

— Quelle horreur ! On a arrêté le type ?

— Non. Personne. La police a pensé que le conducteur était ivre. J'ai eu du mal à m'en remettre, et Jeffrey aussi, il avait une passion pour Gary. J'ai essayé de continuer seule, mais mon père n'a pas cessé de mettre la pression pour que je revienne vivre avec eux. À ce moment-là, il s'était mis avec Charlene et ses fils, Dougie et Wendell. Mes demi-frères en quelque sorte. En tout cas, il a voulu que j'emménage avec sa nouvelle famille. C'était avant de s'installer dans la ferme de votre père. Je ne voulais pas y aller, mais je n'arrêtais pas de perdre mes emplois. Les choses allaient bien, et puis on m'appelait et on me disait que j'étais virée.

— C'est arrivé souvent ?

— Trois fois en une année. On m'accusait de vol, ou alors on me virait sans explication. Je n'ai vraiment pas eu de chance.

— C'est le moins qu'on puisse dire.

— Je n'avais pas d'argent, pas de quoi payer mon loyer, et papa n'arrêtait pas d'insister pour que je rentre à la maison. À la fin, je n'ai pas eu d'autre choix. Il m'a eue à l'usure, comme qui dirait. Jeffrey avait presque huit ans, j'ai dû le sortir de l'école. Quand on a emménagé avec papa, je n'ai pas eu le droit de l'envoyer dans une nouvelle école. Il voulait qu'on s'en occupe nous-mêmes, disant que les écoles étaient tenues par des sociétés secrètes qui lavaient le cerveau des enfants. Je me suis rendu compte, après ma longue absence, que j'avais oublié comment était mon père, les choses auxquelles il croyait, les choses qu'il pensait devoir faire.

Elle goûte son café. Il est désormais buvable.

— À son avis, quelles sont les choses à faire ? je demande.

Malgré la température ambiante agréable, j'ai un frisson au souvenir du portrait de McVeigh accroché chez Timmy Wickens.

— Papa veut la révolution. Toutes les forces de l'ombre, dit-il, doivent être stoppées. Les gens ordinaires doivent se soulever et mettre un terme à la corruption de notre société.

— Qu'est-ce que ça signifie ?

— Il ne m'en parle pas beaucoup à moi. Il en discute avec Dougie et Wendell, ses petits *soldats*. Ils ont cette mission. Ils sont pendus à ses lèvres.

Elle fixe la nappe.

— Jeffrey s'y met aussi. Je vois bien qu'il les admire.

Elle croise les doigts si fort que je crains qu'ils ne se brisent.

— Et Morton ? je demande. Il faisait partie de cette mission ?

— J'ai connu Morton en ville, à peu près au moment où j'ai décidé de retourner chez papa. Il servait dans ce café que je fréquentais et il allait de petit boulot en petit boulot, un peu comme un chien perdu, vous voyez ?

J'acquiesce.

— Il avait quelque chose, je ne sais pas... Il cherchait un but dans la vie, un truc dont s'occuper, auquel croire, à quoi s'attacher. Je voulais être ça pour lui, mais c'était dur, sans argent et avec un petit garçon à élever. Mais quand je suis rentrée à la maison et que Morton m'a rendu visite, il a dû trouver quelques-unes des choses qu'il cherchait. Pour lui, on était une sorte de communauté. Il a appris à connaître mon père, à écouter ses discours, et je crois qu'il marchait dans tout ça. Ces groupements d'intérêts qui prenaient le pays en otage, ces *pédés* et ces *Nègres* et cette *élite libérale* et ces *juifs* et ces *musulmans*. Mais récemment, Morton adhérait moins. J'ai voulu qu'il me parle, mais il était enfermé en lui-même comme s'il se battait contre quelque chose, comme s'il cachait sa honte, ou qu'il avait un horrible secret.

— Quel genre de secret ?

— Je ne sais pas. Je crois qu'il voulait être aimé de papa parce qu'il m'aimait et qu'il aimait Jeffrey aussi. Jeffrey devenait plus proche de lui, je le voyais. Au début, Morton ne venait pas pendant des semaines, mais ces derniers mois, il restait avec nous, disait qu'il voulait trouver du travail par ici. Papa lui disait de ne pas se faire de souci, qu'il pouvait travailler à la ferme, faire des boulots pour lui. Et maintenant…

— À votre avis, qu'est-ce qu'il est arrivé à Morton ?

May cille.

— Comment ça ?

— Cette histoire d'ours.

Elle prend sa tasse à pleines mains.

— Que voulez-vous dire ?

— Je ne sais pas, j'avoue en faisant marche arrière, tout en me demandant quelle tactique suivre.

— Les conclusions du médecin légiste vous ont satisfaite ? Vous croyez qu'il a été tué par un ours ?

— Je ne suis pas sûre.

— Pourquoi ?

— Eh bien, je ne sais pas mais tout le monde insiste tellement pour me faire croire que c'était un ours. Papa et les fils de Charlene… après tout ce qui est arrivé et qu'ils ont trouvé Morton, ils disent que Morton allait chercher cet ours, qu'il ne voulait pas qu'il s'en prenne à Jeffrey, qu'il allait tuer la bête.

— Ça vous a paru bizarre ?

Elle se penche sur sa tasse.

— Pas une seule fois Morton ne m'a parlé d'un ours. Je n'en ai jamais vu, je crois que personne n'en a jamais vu. Si quelqu'un a vu un ours ici, il n'en a jamais parlé. Jusqu'à ce qu'on trouve Morton. Vous savez, je sais qu'il y a des ours, là-haut, mais il y a aussi des loups et des cerfs et des tas d'autres animaux, et on ne les voit pas souvent, hein ?

— Vous désirez autre chose ? propose Lana, surgie de nulle part. Il reste encore une portion de tarte à la crème de noix de coco, si vous voulez. Je ne dirai à personne que vous en avez mangé deux le même jour.

— Non merci, Lana, ça ira.

Elle détache la note de son bloc et la claque sur la table.

— May, pourquoi me racontez-vous tout ça ?

Ses yeux se mouillent.

— Pour mon fils. Vous aimeriez que votre garçon soit élevé ainsi, gavé de racisme et de haine ?

— Vous pourriez partir. Embarquer Jeffrey dans votre voiture et filer.

— Non, parce qu'il nous retrouverait. Lui et Charlene et ses garçons. Ils nous retrouveraient. Et nous forceraient à revenir. Papa m'a prévenue une fois : « Inutile de songer à t'en aller, à moins que ça te plaise d'abandonner Jeffrey. »

Mon cœur bat la chamade.

— Il vous a menacée de retenir votre fils ?

May se mord les lèvres.

— Je ne sais plus quoi faire. J'ai pris un risque en vous parlant, j'espérais que vous auriez une idée.

Sauf que rien ne me vient à l'esprit. Ma meilleure idée ? Rentrer chez moi le plus vite possible en laissant tous ces problèmes derrière moi. Papa s'est fichu dans un sacré merdier en louant sa ferme aux Wickens, à lui de s'en dépêtrer.

Mais en regardant le visage de May, je comprends que je ne succomberai pas à la tentation de fuir.

Je pose deux billets sur la table et lui dis :

— Laissez-moi le temps de réfléchir. Pour le moment, je dois ramener papa…

— Mon Dieu ! Il est quelle heure ?

— Presque midi.

— Il faut que j'y aille ! panique-t-elle.

Quand elle se lève de la banquette, sa manche accroche une ébréchure de la table. Une marque rouge apparaît au-dessus de son poignet.

— Vous vous êtes blessée ?

Elle s'empresse de rabattre sa manche et assure :

— C'est rien !

Quittant le box, elle se dirige vers la porte. Je la suis de près.

— Si nous restons partis trop longtemps, il va nous rechercher. Il faut que je récupère Jeffrey et…

Timmy Wickens, posté devant l'entrée, nous épie. Il tient par la main un Jeffrey docile.

15

— Bonjour, monsieur Wickens ! Timmy, dis-je en lui tendant la main. Heureux de vous revoir. Merci encore pour le dîner d'hier soir.

Ça ne prend pas. Son visage demeure de marbre. Il n'a pas l'air de vouloir me parler, en tout cas pas encore. Il s'adresse à May en la fixant.

— Tu sais où j'ai trouvé ton garçon ?

— J'ai rencontré M. Walker par hasard.

— Tu savais où était Jeffrey ?

— Il fallait que j'aille au drugstore.

Elle baisse la voix et précise dans un murmure :

— Je devais acheter des choses personnelles, féminines.

— Où sont-elles ? s'écrie Timmy Wickens. Je ne vois pas de paquet ! Où se trouvent tes achats ?

— Tu veux que je vide mon sac ? s'indigne-t-elle. Tu veux que je déballe ma boîte de tampons en pleine rue ?

Il accuse le coup mais je le sens prêt à mener une autre attaque. Cherchant un effet dramatique, il tire sur le bras de Jeffrey.

— Il s'amusait à des jeux vidéo ! s'exclame-t-il en affermissant sa prise sur son petit-fils.

Je tente de croiser le regard de Jeffrey mais il a la tête baissée.

— Je lui ai donné quelques pièces, explique May. Pendant que je faisais mes achats. Je ne pensais pas que ça lui ferait du mal.

— Tu le sais, je n'aime pas qu'il traîne dans ce genre d'endroits, dit-il, puis, désignant le café : ça ne ressemble pas à un drugstore !

— J'étais juste entrée prendre un café à emporter pour la route du retour. Et j'ai vu M. Walker.

— C'est exact, Timmy ! May était juste...

Il me fait face.

— Est-ce que je vous parle ?

Je me recule légèrement.

— Hé ! Arrêtez...

— Je parle à May. Quand je vous adresserai la parole, vous le saurez.

On klaxonne un peu plus loin. C'est papa qui se penche vers le pare-brise en tapant sur le volant.

— Papa, arrête d'être aussi grossier avec M. Walker. Il m'a seulement proposé de m'offrir une tasse de café pour me remercier de les avoir reçus à dîner, lui et son père.

— C'était bien long pour des remerciements. J'ai arpenté deux fois la rue à ta recherche. Comme tu ne revenais pas, j'ai regardé partout, et tu peux imaginer ce que j'ai pensé quand j'ai vu mon petit-fils se tenant à l'entrée d'une galerie de jeux vidéo. Tu saisis ?

— Je jouais juste...

— Jeffrey, la ferme ! Ne m'interromps pas quand je parle à ta mère.

— Pour l'amour de Dieu, papa, murmure May, on est en public. Oublie tout ça et rentre à la maison.

Dégageant la main de Jeffrey de l'emprise de Timmy, elle le prend par l'épaule et s'éloigne. Très vite, elle s'arrête et se retourne pour me lancer :

— Merci, monsieur Walker, de votre gentillesse.

Je commence à faire quelques pas quand soudain Timmy Wickens m'empoigne le haut du bras. J'ai l'impression d'être pris dans un étau.

— Lâchez-moi ! je m'exclame, fou de rage.

Mais je n'en mène pas large.

Timmy n'en a que faire. Il ferme le poing et pointe son index sur moi.

— Pour parler à ma fille, vous passez par moi.

— Et pourquoi donc ?

Qu'est-ce qui m'a pris de lui dire ça alors qu'il suffisait de lui répondre : « D'ac ! » ?

— Pardon ?

— C'est une adulte. Elle a un fils. Pourquoi est-ce à vous de décider à qui elle parle et à qui elle ne parle pas ? Si elle ne veut pas me parler, rien ne l'y oblige.

Timmy me serre le biceps encore plus fort. J'ai mal. Il se penche plus près de moi : son haleine est chaude et malodorante. Ses dents sont marron. Pendant un instant, elles me font penser à celles d'Os. Ou de Moelle. Ou à celles d'une créature qui se terre dans la forêt la nuit, attendant votre venue.

— Je veille sur elle. Je prends soin d'elle et de son fils. D'après moi, ça m'en donne le droit.

— Bien sûr. Comme vous voulez.

Je juge plus sage de faire machine arrière, non pour ma sauvegarde mais pour atténuer la punition que Timmy pourrait infliger à sa fille, une fois rentrés à la maison.

Relâchant un peu son étreinte, il hoche lentement la tête.

— Bien. À l'avenir, le mieux serait que vous ne parliez plus à ma fille ni à mon petit-fils. Ainsi, nous pourrons rester en bons termes avec votre père. Je pense que vous allez rentrer chez vous dans pas longtemps, n'est-ce pas ?

— Dès que sa cheville ira mieux, sans doute.

— Excellent. Je parie que vous manquez à votre famille. Vous avez une femme, des enfants ?

Ma bouche devient très sèche quand je réponds :

— Oui.

— Je parie qu'ils veulent vous voir autant que vous voulez les voir. Hé ! Vous savez ce qui pourrait être amusant ? Un jour, j'irai prendre un café avec eux pendant que vous n'êtes pas là. C'est chacun son tour, vous savez.

Libérant mon bras, il m'envoie valser contre la vitrine du café.

— Désolé, parfois je ne mesure pas ma force !

Sur ce, il s'éloigne dans la même direction que May.

Lana apparaît.

— C'est quoi, ce bazar ?

— Rien.

Je continue en direction du pick-up de mon père.

Je suis secoué. J'ai les jambes flageolantes, le cœur battant, le vertige. M'arrêtant devant la cabine téléphonique, je pose ma main sur la vitre, mais c'est comme si j'avais du papier sous la paume. En fait, une affichette pour la foire d'automne est collée sur la paroi. En dessous, une autre est scotchée qui proclame : « Pas de vicieux dans le défilé ! »

En venant ici, je voulais m'assurer que papa allait bien. À part sa foulure à la cheville, il est en pleine forme. Mais voici que je me retrouve scotché ici comme ces affichettes sur la cabine. Des drames ont déjà eu lieu. Un homme a été dévoré par un ours. Un autre poignardé à mort. La maison d'un avocat a été entièrement incendiée.

Il y a une ferme remplie de dingos.

Et une jeune femme et son fils cherchant à fuir.

Je monte dans le pick-up sans même regarder papa, mets le contact, passe la première et décampe comme si Braynor allait exploser d'une seconde à l'autre.

— Seigneur ! Il t'en a fallu, un temps. Où se cache Leonard, le Roi de la Garniture, quand on a besoin de lui ? Je vais faire dans ma culotte.

— Je parie que je te bats au poteau !

16

Lorsque nous arrivons aux Chalets de Denny, ce n'est pas le travail qui manque. Mais vu l'état de mes nerfs, je suis heureux d'avoir à m'occuper. Je vide les poubelles, transporte un seau plein de déchets de poisson dans la fosse de la forêt, coupe un peu d'herbe grâce à la tondeuse de course de papa, prenant soin d'y aller mollo avec l'accélérateur. Assis sur l'engin, je sens que les vibrations du moteur et des trois lames tournant à toute vitesse ont un effet calmant proche d'un massage. Les trépidations du volant remontent le long de mes bras et frictionnent mes épaules tels des doigts magiques.

Sur la route du retour, je n'ai adressé que quelques mots à papa. Parfois, quand j'ai peur – et, pour vous dire les choses franchement, j'ai eu la trouille –, la cause de mon inquiétude s'intensifie quand j'en parle. Serrant les dents jusqu'à notre arrivée, j'ai quitté le pick-up en quatrième vitesse pour m'atteler à mes tâches, oubliant d'aider papa à descendre.

Depuis que j'ai mis les pieds chez mon père, j'ai eu de quoi être paumé. Le cadavre déchiqueté de Morton Dewart. L'étrange dîner chez les Wickens. Les chiens. Le meurtre de Trip à la Coop qui peut ou pas avoir un lien avec les événements de ces derniers jours.

Mais rien ne m'a tourneboulé comme ma rencontre avec Timmy dans Main Street. Il y avait déjà eu des menaces dans l'air, mais désormais je me sens visé personnellement. Et, comme vous vous en doutez, je ne suis pas le chevalier Bayard.

Lors de ma conversation avec Trixie Snelling, je crois même m'être traité de « couille molle ».

C'est terrible d'être froussard et de vouloir se montrer à la hauteur des circonstances. Avoir un grand sens moral et être un dégonflé ne fait pas de vous un gagnant.

— Comment ça va ? demande Bob Spooner en passant sa tête dans la remise où je vérifie le stock de vers.

Betty et Hank Wrigley en ont pris une vingtaine pendant que papa et moi étions en ville, laissant un mot pour dire de les mettre sur leur note.

Je saute au plafond.

— Bon Dieu ! Vous m'avez fait une peur bleue !

— Ça ne tourne pas rond ? Je vous trouve bien nerveux.

— C'est une longue histoire ! je réponds en agitant la main en signe de dépit.

— Vous ne devinerez jamais qui j'ai ferré ce matin.

— Comment ? Qui ?

— Elle m'a encore nargué. Audrey. En la voyant sauter, je l'ai reconnue. Je l'avais presque dans le bateau quand elle a recraché l'hameçon.

— Vous l'aurez un de ces jours.

— Vous savez ce que je pense ? Elle sait. Elle sait que c'est moi. Elle est intelligente, mauvaise et me fait tourner en bourrique. Je le sens.

— Peut-être.

Plongeant les mains dans la terre, j'en soulève une quantité respectable. Oui, ça grouille là-dedans !

— Vous vous êtes déjà fixé un but dans la vie ? Quelque chose que vous poursuivez depuis des années ? C'est ce qu'Audrey représente pour moi. L'amener sur le bateau, voilà mon rêve suprême. Le jour où je l'aurai attrapée, je pourrai abandonner la pêche, elle aura perdu de son charme. Alors on pourra me coucher dans une boîte, m'enfouir six pieds sous terre et refermer le trou.

— Bob, j'ai des buts à plus court terme. Voir papa sur pied et me tirer d'ici.

Bob hoche la tête d'un air intrigué.

— Racontez-moi.

— Non, je ne vais pas vous barber avec tout ça. Vous êtes en vacances. Amusez-vous. Allez pêcher. Poursuivez Audrey. Les problèmes que nous devons résoudre, papa et moi, nous nous en débrouillerons.

— Comme vous voulez. Mais si l'envie vous prend d'en discuter avec moi, vous savez où me trouver. Je crois qu'une petite sieste s'impose si je veux ressortir cet après-midi. Leonard ne cesse de me coller, il veut m'accompagner à la pêche ou se promener avec moi. En fait, il est obsédé par son village de vacances et cherche à en parler. Si jamais il arrive à ses fins, ce lac ne sera plus qu'un tas de boue. Votre père envisage de s'y opposer auprès de la mairie ?

— Pour le moment, papa a d'autres soucis en tête.

— Ma foi, s'il a une minute, il devrait y songer. La seule façon de faire capoter un projet pareil, c'est de s'armer.

— Je vous comprends. Parlez-en donc directement à mon père.

— Oui, bonne idée, conclut Bob après avoir pesé le pour et le contre.

Il s'écarte pour me laisser sortir. J'avance jusqu'au chalet paternel et ouvre la porte si violemment qu'elle heurte le mur :

— Papa !

— Ici !

Assis à son bureau, il raccroche le téléphone.

— J'ai appelé d'autres avocats. J'ai essayé les deux de Braynor en pensant commencer par les plus proches, mais dès l'instant où je prononce le nom du destinataire de la lettre, ils m'annoncent qu'ils sont trop occupés.

— Cette ville a la pétoche des Wickens. Moi aussi.

— Je devrais sans doute arrêter. Si cette famille est mêlée à l'incendie de la maison de l'avocat, est-ce que je dois m'entêter ?

— Je ne sais pas.

— À propos, il s'est passé quoi devant chez Lana ?

Je ne réponds pas. Je n'ai pas envie d'en parler.

— Papa, j'ai une idée. Pourquoi ne mettrais-tu pas tout le domaine sur le marché ? Fous le camp d'ici le plus vite possible. Achète-toi un autre truc de pêche ailleurs.

— Tu plaisantes ? Fuir ? Et qui voudra se mettre cet endroit sur le dos, sachant qu'il va hériter de locataires de cet acabit ?

Je masse doucement ma nuque pour tenter d'éliminer la tension qui ne me quitte plus.

— Il nous faut avoir une autre discussion avec Orville. Sérieuse, cette fois-ci. Je suis prêt à oublier qu'il est un total connard pour voir si on peut avancer. Il y a plus de problèmes que je ne pensais.

— Comme quoi ?

Je lui parle de May et de son fils. De son désir absolu de s'éloigner de son père. De la haine et des préjugés dont son fils est gavé.

— En quoi ça te concerne ? On n'a pas assez de nos ennuis sans nous charger des siens ? Je veux qu'ils se tirent d'ici, ce qui inclut May et son fils. À elle de se débrouiller quand ils crécheront ailleurs.

Je me tais. Bien qu'ils soient pleins de bon sens, il n'y a pas grand-chose de réjouissant dans les propos paternels.

— Tu as un numéro où joindre Orville ?

Papa sort un carnet d'adresses d'un tiroir près de son ordinateur, l'ouvre à une page précise, me le tend.

— C'est son portable ?

Je compose le numéro sur le combiné posé sur le bureau.

— Allô ?

— Orville ? Ici Zack Walker.

— Quoi ?

— Je regrette ce qui s'est passé dans le café. Nous devrions tous les deux oublier ces foutaises car il y a un gros problème ici qui concerne la fille Wickens. May. C'est son prénom. Je crois qu'elle a de vrais ennuis et que nous devons trouver une façon de l'aider. Je suis d'accord pour arrêter d'être casse-pieds si vous acceptez de venir discuter avec moi.

— Je suis occupé par une enquête criminelle. Vous vous rappelez ?

— Je comprends. Vous venez toujours ici demain pour la chasse à l'ours ?

Je cache mon scepticisme sur l'issue de cette poursuite.

— Ça dépend de l'avancée sur le meurtre de Trip. Mais si je peux, je passerai aujourd'hui, plus tard dans l'après-midi, pour votre autre problème.

— D'ac. Merci.

Je raccroche. Puis, sans réfléchir, je compose le numéro de Sarah au *Metropolitan*.

— Salut !

— Comment va ton père ?

— Bien.

— Dis-lui bonjour de ma part.

— Sarah te salue.

— Bonjour ! dit-il très fort.

Papa se lève à l'aide de ses béquilles, me frôle en allant vers la cuisine.

— Je vais préparer du café, murmure-t-il. Tu en veux ?

— Avec plaisir.

Que serait la vie sans café ?

— Les enfants vont bien ? je demande à Sarah.

— Rien de nouveau sous le soleil. Ils se battent pour la voiture, étant donné que, toi parti, ça fait un conducteur de moins. Paul se fiche du couvre-feu, Angie préfère sortir le soir qu'étudier, j'ai envie de me tuer. L'autre jour, les agences de presse ont rapporté qu'une mère a tué toute sa famille. J'ai pensé : j'y suis presque. Et toi, ça boume ?

— Couci-couça... Tu aurais le numéro de Lawrence Jones sous la main ?

Je sens Sarah se raidir à l'autre bout du fil :

— Pour quoi tu en as besoin ?

— Il y a un problème ici dont j'aimerais le charger.

— Il ne t'arrive rien de bon quand tu t'associes à Lawrence, me rappelle Sarah sur le ton qu'elle employait avec les enfants quand ils faisaient des bêtises.

— Ce n'est pas vrai à cent pour cent. Rien de bon n'arrive à Lawrence quand il s'associe à moi.

C'est la vérité. La première fois que nous avons collaboré – il faisait son boulot de détective privé et moi, mon boulot de journaliste –, il a pris un coup de couteau dans le ventre qui a failli l'envoyer ad patres. S'il n'est pas mort, c'est que je suis arrivé au bon endroit au bon moment.

Discuter de ça avec Sarah ne va rien m'apporter.

— Tu n'es pas drôle, décide-t-elle. Qu'est-ce qui peut bien se passer pour que tu aies besoin de Lawrence ? Tu veux qu'il surveille l'ours ?

— Il n'y a pas d'ours.

— Pas d'ours ? Tracy dit le contraire dans l'article qu'elle nous a envoyé. Elle dit que le légiste a établi que le type – comment s'appelle-t-il ?

— Dewart.

— Qu'il a été tué par un ours.

— Sarah, c'est une longue, une très longue histoire. Tu as le numéro de Lawrence ou pas ?

Elle m'en donne deux. Sa « maison-bureau » et son portable.

— Encore deux renseignements à te demander. Je sais que nous avons publié une masse d'articles à ce sujet, mais peux-tu te renseigner sur les services d'assistance pour les femmes ? Comme des refuges ?

— Pour les femmes battues ou violées ?

— Ce genre-là. J'ignore s'il y a eu violences physiques, mais…

— Zack ! Où as-tu fourré ton nez ? Je croyais que tu aidais ton père à gérer son camp ?

— Il y a une femme ici, elle s'appelle May Wickens, elle est sous la domination de son père, qui refuse qu'elle parte de chez lui et la menace de retenir son fils si elle essaye.

— Mon Dieu ! Ça te concerne en quoi ?

— Sarah, je t'en prie.

— Dis-lui de prendre un bon avocat.

J'éclate de rire.

— Dans cette ville ? Tu rêves !

— Bon, je vais voir ce qui existe, mais ces abris sont surtout situés dans les grandes villes. Je doute que Braynor en soit pourvu.

— Une dernière chose.

— Je t'écoute.

— Orville Thorne, ça te dit quelque chose ?

Sarah se tait un moment.

— Non, pourquoi ?

— C'est le chef de la police locale, et depuis que je suis arrivé, ça me trotte dans la tête. Il me rappelle quelqu'un mais je ne sais pas qui. J'ai l'impression de l'avoir déjà rencontré, peut-être lors d'un reportage. Si c'était le cas, tu te souviendrais sans doute de son nom.

— Minute !

Je l'entends taper sur son clavier.

— Je l'entre dans notre système.

Elle parle de nos archives. Si nous avons publié un article où Thorne apparaît, Sarah le saura immédiatement.

— Thorne avec un « e » ?

— Oui.

— Non, il est inconnu au bataillon.

— Et sur Google ? je suggère en regardant l'ordinateur paternel.

Je pourrais vérifier moi-même. Mais Sarah l'interroge déjà.

— Absolument nada.

— Merci en tout cas. Ça valait la peine d'essayer.

— Et si tu m'envoyais une photo de lui ?

— Quoi ?

— Une photo. Je le reconnaîtrais peut-être. Même si son nom ne me dit rien.

Je regarde l'étagère où papa a placé la caméra digitale qu'il utilise pour filmer ses clients quand ils sont fiers de leurs prises et leur envoyer un souvenir de leurs trophées.

— Sarah, je vais me débrouiller. Au fait, pendant que tu y es, j'ai un autre nom à te confier.

— Vas-y !

— Timmy Wickens. Ou Timothy Wickens. Ou Tim Wickens. S'il a déjà été arrêté, ce serait « Timothy ».

— *Arrêté ?*

— Je t'en prie.

— Bon. Attends une seconde. Rien dans nos dossiers. Je vais vérifier sur Google… Voilà… Il y a un écrivain…

— Ça n'est pas lui.

— Un coiffeur à Reno.

— Certainement pas.

— Ah ! Ça remonte à cinq ou six ans. Son nom figure parmi une dizaine d'autres, un groupe de gens arrêtés pour atteinte à l'ordre public à Pittsburgh lors d'une cérémonie en mémoire des victimes de la Shoah.

— Lis-moi quelques autres noms.

Je pique un stylo et le grand bloc-notes de papa. J'écris sous sa dictée :

— À part Wickens, je vois Randall Stilton, Gregory Bent, Michael Decker, Charlene Zundman…

— Arrête ! Charlene ? Charlene comment ?

Sarah répète. Puis elle continue à égrener la liste que je note consciencieusement, mais je ne reconnais aucun nom.

— Ce Timothy apparaît ailleurs ?

— Non, nulle part.

Puis Sarah ajoute d'un ton plus tendre :

— Zack, promets-moi de faire attention.

— Juré.

— Il ne se passe rien de dangereux dans ton secteur, n'est-ce pas ?

— Rien de rien, dis-je en mentant.

— Parce que j'ai eu mon lot.

— Bien sûr. Inutile de me le rappeler.

— Depuis quelque temps, tu as le chic pour te mettre dans le pétrin.

— Je te le répète : j'ai tourné la page.

17

Mon appel suivant est pour Lawrence Jones.

Je tombe sur le répondeur et laisse un message où je lui annonce que je vais essayer son portable.

— Jones à l'appareil.

— C'est Zack.

— Ah ! Salut, pépère ! Comment ça va ?

En arrière-plan, j'entends du piano, sans doute un de ses CD de jazz.

— Pas mal, l'un dans l'autre.

— J'ai l'habitude ! Les gens qui m'appellent ont souvent des ennuis. J'imagine que tu vas me mettre au courant par petites touches.

— Je te dérange ?

— Assis dans ma voiture, j'écoute du Oscar Peterson. Je suis garé dans une rue à quelques pas d'un motel où M. le Directeur tringle sa secrétaire et quand j'aurai apporté les photos à sa dame, il sera beaucoup plus conciliant quant aux termes du divorce.

— J'ignorais que tu t'adonnais à ce genre de plaisirs.

— Zack, je parie que tu crois toujours à la petite souris !

— C'est un boulot à long terme ?

— J'en aurai fini à l'instant où monsieur sortira du motel et embrassera sa chérie en lui disant au revoir. Un instant qui passera à la postérité.

— Tu as d'autres missions en vue ?

— Zack, j'ai toujours du travail. Notre époque est cynique. Sais-tu que les gens ne se font plus confiance ? C'est triste à dire mais ça paye les factures. Qu'est-ce qui te préoccupe ?

— Je suis à Braynor. Tu connais ce bled ?

— Au lycée, les profs m'appelaient « Baignor » parce que j'étais bon en natation. Mais aussi « Brunor », vu la couleur de ma peau.

— Braynor est à une heure et demie de voiture de la ville. Un pays de lacs et de montagnes. Pêche. Faune et flore.

— Charmant ! J'ai justement besoin de vacances.

— J'habite chez mon père. Il a des chalets qu'il loue. Lawrence, il y a un tas de choses pas propres par ici et j'aurais besoin de ton aide.

— Je vois. Quel genre de merdouille ?

— Des gens que tu risques de trouver intéressants. Ils pensent que le monde va à sa ruine à cause des Noirs et des homos.

— Waouh ! Je suis leur pire cauchemar. Le diable à deux têtes. Raconte !

Je m'exécute.

— Je peux venir ce soir, assure-t-il, au plus tard demain.

— Je n'ai pas encore le feu vert paternel, mais il devrait t'engager. Il était prêt à payer un avocat. Et s'il est un peu à court, je pourrais…

— La ferme ! Chaque jour de mon existence, je te le dois.

— OK.

Quand j'en ai terminé avec Lawrence, je trouve papa allongé sur le canapé à lire le *Braynor Times* que je lui ai acheté à l'épicerie.

— Je t'ai servi ton café, m'annonce-t-il sans lever le nez. J'ai déjà mis la crème et le sucre.

Prenant ma tasse sur le comptoir, je m'assieds en face de lui.

— J'ai appelé du renfort.

— Connaissant tes relations de journaliste, Superman va apparaître !

Je lui parle de Lawrence Jones, ancien flic maintenant détective privé de première bourre. En prime, s'il doit se colleter les Wickens, il est noir et gay.

— C'est le bouquet. Nous allons être sauvés par une tapette.

Je décide de ne pas relever. Lawrence est assez grand pour évacuer tous les stéréotypes en usage.

J'avale une gorgée de mon breuvage quand papa ajoute :

— Pendant que tu étais sorti, j'ai fait quelques recherches sur la Toile.

— Ah bon ?

Papa en internaute, voilà qui est difficile à digérer.

— J'ai fait une recherche sur « nitrate d'ammonium, engrais ».

— Et alors ?

— McVeigh a utilisé deux tonnes de ce truc, il l'a mélangé avec du gasoil et des détonateurs puis l'a fourré dans des bidons en plastique de deux cents litres qu'il a chargés dans sa camionnette de location. Après avoir allumé une mèche, il a fui comme un dératé.

— Même avec moins de deux tonnes, tu peux provoquer une satanée explosion.

— Sûrement.

— Hier, tu te refusais à envisager que Norton ait été tué par un autre animal qu'un ours, et regarde à quoi tu penses aujourd'hui !

— Tu n'y as pas songé aussi ?

— Bien sûr que si. Tu sais que je suis un peu parano. Je suis à un cheveu d'accuser les Wickens du kidnapping du bébé Lindbergh. Mais nous n'avons aucun élément liant le meurtre de Trip Riley et les Wickens. Si nous n'avions pas vu le portrait de McVeigh sur le mur, à l'emplacement où les gens accrochent une image du Christ, nous n'aurions pas cette discussion. Tes locataires ne sont pas les seuls dingos au monde, ni les seuls du comté.

— Voilà qui est rassurant.

— Et si on appelait le FBI ? Ils s'occupent de ce genre d'affaires, non ? Ou la Sécurité du territoire ? On est en alerte orange ou rouge quand les voisins ont des pitbulls meurtriers ?

— Donnons encore une chance à Orville. Tu étais presque aimable au téléphone, ce qui a failli te tuer. Nous lui expliquerons tout en détail. Tu sais, tu ne lui as pas laissé sa chance. Depuis que tu as débarqué ici, tu n'as pas arrêté de le titiller.

À propos, qui a rempli le lave-vaisselle hier soir ? Toi ou Lana ?

— Pas moi.

— Elle a mis les couteaux pointes en l'air. En le vidant, j'ai failli m'ouvrir le poignet.

— Nous sommes d'humbles pécheurs !

Papa me balance le journal.

— Lis l'article en première page !

Je saisis le quotidien local sur la table basse.

— Lequel ?

— Le principal.

Si je m'étais donné la peine de parcourir les gros titres, je n'aurais pas eu besoin de poser la question. L'évidence me saute aux yeux. L'article qui domine la une, rédigé par Tracy, est intitulé : « La maire pourrait annuler le défilé ». Elle raconte :

> Alice Holland, la maire de Braynor, a déclaré qu'elle songe à annuler le défilé de la foire d'automne de samedi si la présence d'un groupe d'activistes homosexuels risquait de provoquer des troubles.
>
> « Soit l'Association des gays et lesbiennes de Fifty Lakes participera au défilé, a déclaré la maire, soit le défilé sera annulé. »
>
> Alice Holland a ajouté qu'exclure l'association, ce que désire une partie de la population de Braynor, pourrait entraîner des procès de la part de défenseurs des droits de l'homme et mener la municipalité à la faillite.
>
> « Des citoyens font signer des pétitions pour que le défilé reste "propre", ce qui me convient s'ils ne redoutent pas de voir leurs impôts locaux doubler pour régler les frais d'un procès et défendre une décision imprudente. Mais s'ils refusent à la fois de

payer plus de taxes et de voir l'association défiler dans Main Street, alors on peut tout bonnement supprimer le défilé. »

Charles Henry, directeur de l'*Épicerie Henry*, qui finance un char tous les ans et a été à l'initiative de la pétition « Pas de vicieux dans le défilé », a été furieux des propos de la maire :

« Je ne peux m'empêcher de me demander si la maire n'est pas lesbienne. Cela expliquerait sa réaction. »

Henry a poursuivi en disant que la maire n'avait pas besoin d'annuler le défilé, bien des participants décidant de se retirer : « Elle peut défiler seule dans sa décapotable. »

Il a refusé d'annoncer si l'*Épicerie Henry* serait présente ou pas. Pourtant il a prévu que son char représenterait une grande vache dont le corps serait couvert de pointillés pour montrer les différents morceaux de boucherie.

Stuart Lethbridge, de Red Lake, le président de l'Association des gays et lesbiennes, promet une participation colorée :

« Nous serons nombreux à défiler arborant le drapeau arc-en-ciel et déployant notre numéro de téléphone conseil qui, dans une communauté telle que Braynor, sera des plus utiles aux gays et aux lesbiennes cherchant une oreille bienveillante. »

Lethbridge a enfin affirmé que son association ne se retirerait pas, quitte à ce que le défilé n'ait pas lieu.

Le conseil municipal de Braynor est divisé quant à la marche à suivre. La majorité des membres désire éviter un procès, mais un grand nombre penchent pour annuler le défilé et oublier la tradition.

Même si le défilé n'a pas lieu, toutes les autres activités de la foire, le concours de mangeurs de tartes, la course de tondeuses, le concours de tronçonneuses, le concours de jet de tartes de vache, se dérouleront comme prévu.

— Les tartes de vache, c'est quoi ? je demande.

— De la bouse.

— Et le concours de tronçonneuses ? Ils jonglent avec ?

— Tu commences à me les briser.

— Je vois que la course des tondeuses est toujours à l'honneur. Dommage, mais je ne pourrai pas te remplacer. Je crains le coup du lapin.

— Le jour venu, je serai sans doute remis. Tout à l'heure, je me suis appuyé sur ma cheville et elle a tenu.

— Tu crois que la maire est lesbienne ? Il n'y a pas de photo d'elle dans le journal.

Papa est sur le point de me répondre quand, me regardant, il comprend que je continue à le taquiner.

— Allons, je ne blague plus ! Tu la connais ? Elle est sympa ?

— Oui à tes deux questions. Elle est un peu trop sérieuse pour les gens d'ici. Arrivée de la ville il y a quelques années, elle reste encore trop sophistiquée pour son bien.

— Je me demande si je devrais lui parler, dis-je à voix basse, comme si je pensais tout haut. Si les gays défilent, ça te gêne ?

— Je m'en balance ! Nous sommes déjà assez ridicules avec cette vache bariolée !

— Qu'en pense Lana ? Son café est sur Main Street, à côté de l'*Épicerie Henry*. Elle a signé la pétition ?

— Lana et moi avons l'esprit beaucoup plus large que tu ne le crois.

Pendant le reste de l'après-midi, tandis que je vaque à mes nombreuses occupations, je n'arrive pas à oublier le ton de ses derniers propos. J'ai l'impression que nous sommes en situation d'attente, guettant la venue d'Orville Thorne avant la nuit et celle de Lawrence demain matin.

Je remplace une planche de la jetée qui menace de lâcher quand Bob Spooner revient d'un après-midi passé sur le lac. Dès qu'il arrête le moteur, je lui demande :

— Bonne pêche ?

Il soulève du fond du bateau sa bourriche où sont alignés deux beaux brochets et une perche appétissante.

— Pas mal !

Au-delà du chalet paternel, une voiture apparaît. Me retournant, je vois qu'elle est de la police.

— La loi ! constate Bob d'une voix qui ne présage rien de bon.

— Bob, j'ai une idée. J'aimerais vous photographier avec votre butin.

— Oh ! J'ai déjà fait mieux.

— Allons. Je voudrais prendre quelques clichés avec le numérique de papa pour les envoyer à ma femme, Sarah.

Bob accepte à contrecœur, amarre sa barque à la jetée. Pendant ce temps, je cours chercher l'appareil. Orville est sorti de sa voiture et avance vers le chalet.

— Deux secondes ! je lui crie.

Fonçant dans le bureau de papa, je saisis son appareil puis retourne à toute vitesse au bord du lac.

Thorne, poussé par la curiosité, ce qui ne lui ressemble guère, m'emboîte le pas. Mon père, sur ses béquilles, suit le mouvement.

Cette soudaine agitation attire la foule. Leonard Colebert, qui préparait son dîner, Betty et Hank Wrigley, qui lisaient sur leur véranda, quittent leurs chalets respectifs, comme c'est le cas dans un camp voué à la pêche où chacun veut juger des prises du jour.

Bob, prenant une posture d'athlète, tient à bout de bras sa bourriche suffisamment haut pour que les poissons ne touchent pas le sol. Il sourit fièrement à l'objectif.

— Jolie prise ! s'exclame Leonard.

— Vous les avez attrapés où ? veut savoir Betty.

— Quel genre d'hameçon ? s'enquiert Orville.

Je prends quelques photos puis demande :

— Eh, vous tous ! Approchez-vous !

Je place Betty entre Bob et Hank. Leonard ne voit aucun inconvénient à poser à côté de Bob.

— Demain matin, de bonne heure, on va faire notre promenade, lui dit Leonard.

Bob se résigne à accepter.

— Alors, chef, et vous ? dis-je en faisant avancer Orville.

— Non, non, c'est pas la peine.

— Allons ! allons !

Je l'entraîne tout près de Bob.

— Orville, vous croyez pouvoir vous débarrasser de votre chapeau pour une seconde ? Votre visage est dans l'ombre.

Il obéit sans rechigner. Je réalise quelques clichés avant d'utiliser le zoom pour cadrer la bobine d'Orville en éliminant Bob et ses proies.

— Parfait ! Merci à tous. N'oubliez pas de me laisser vos adresses mail pour me permettre de vous envoyer…

Le fracas d'une chute nous prend par surprise. Le seau sous la table où l'on vide les poissons est renversé. Comme je l'ai vidé quelques heures plus tôt, il ne devait pas contenir grand-chose.

Les deux pitbulls des Wickens, Os et Moelle, ont enfoui leur gueule dedans, leurs aboiements et leurs grognements sont amplifiés par cette chambre d'écho improvisée.

Pivotant vers Bob qui tient toujours ses poissons, je m'exclame :

— Rentrez vite !

Mais il est déjà en train de foncer vers son chalet. Au moment où il pose sa main sur le bouton de la porte, les deux molosses retirent leurs têtes du seau. Leurs radars internes branchés sur « poisson » doivent clignoter dans leurs têtes épaisses.

Pendant une seconde, Os et Moelle scrutent autour d'eux, les intestins de brochet dégoulinant de leurs énormes gueules. Puis, telles des fusées, ils commencent leur course, activant leurs pattes comme des pistons. Bien qu'ils ne dépassent pas la hauteur de mes genoux, je sens le sol vibrer sous leurs pas, comme sous ceux de chevaux au galop.

Betty pousse un cri. Leonard, espérant que les chiens ne le suivront pas dans le lac, se propulse jusqu'au bout de la jetée. Hank se place devant Betty. Orville dégaine son pistolet.

Mais les chiens n'ont que faire de nous. Ils en ont après Bob Spooner qui vient d'entrer chez lui et pèse de tout son poids contre la mince porte en bois de la véranda. Les chiens s'écrasent dessus tels des béliers, tentant de déchiqueter l'obstacle.

— À l'aide ! hurle Bob. Reculez, sales cabots !

— Abattez-les, je crie à Orville.

Pistolet au poing, il court vers le chalet quand nous entendons quelqu'un beugler :

— Os ! Moelle ! Suffit !

Mais les chiens font un tel raffut qu'ils sont comme sourds. Wendell, le beau-fils de Timmy Wickens, tourne le coin du chalet, répète son ordre à pleins poumons. Les chiens cessent immédiatement leur tapage, commencent à haleter, langue pendante. Wendell tient dans sa main deux laisses en cuir.

Il attache les molosses, nous sourit bêtement.

— On dirait qu'ils m'ont échappé.

Il se met à rire.

18

— Vilain chien !

Maigre réprimande que Wendell adresse à Os puis à Moelle.

Vilain ? *Vilain ?* « Terrifiant » serait un terme plus adéquat.

Bien que Wendell les ait attachés au bout des deux laisses qu'il a enroulées fermement autour de son poignet, Bob Spooner reste tapi derrière la porte de sa véranda, tandis que Betty et Hank regagnent leur chalet à petits pas, songeant sans doute que si les chiens ont échappé une fois à Wendell, ils sont capables de recommencer.

Orville n'a pas encore rengainé son arme mais la tient le long de son corps, pointée vers le sol. Ni lui ni moi n'avons bougé depuis trente secondes, désireux de nous assurer que le jeune homme contrôle les deux monstres.

Papa est dans la position la plus risquée. Si aucun de nous ne peut sans doute les battre à la course, lui n'a aucune chance. Je me tourne vers lui : la peur a envahi ses yeux.

— Bon, eh bien, faites excuse, lâche Wendell sans en penser un mot.

Les chiens ne cessent de tirer sur leurs laisses, la gueule tournée vers le chalet de Bob, sachant qu'il contient des tas de douceurs hors de leur portée. Wendell les force à prendre la route menant à la ferme.

Sous le choc, nous restons figés un moment. Papa parle le premier :

— Orville, viens donc chez moi.

Le chef range son pistolet dans son holster et suit papa. Je les accompagne. Entrant directement dans le bureau, je replace l'appareil photo près de l'ordinateur puis vais m'asseoir au salon avec papa et Orville.

S'efforçant de rire, ce dernier prend la parole :

— On l'a échappé belle, non ? Dieu merci, il a réussi à les attacher. Je suis sûr que Wendell ne laissera pas un tel incident se reproduire. Ils ont dû se soustraire à sa vigilance pendant une seconde.

— Bravo ! dis-je. On n'a même pas commencé et vous lui trouvez déjà des excuses.

— Mais pas du tout.

— Zachary ! intervient papa. Je veux que vous soyez gentils l'un avec l'autre.

Gentils ?

— Je crois, poursuit papa, que nous avons de gros problèmes sur les bras.

— De mon côté, je n'en manque pas. Je dois enquêter sur un meurtre, je vous le rappelle.

À l'entendre, on dirait qu'il s'en vante. Comme s'il annonçait qu'il avait eu un 20 sur 20 en rédaction.

— Comment se déroulent vos investigations ? je demande en me retenant de l'appeler Sherlock.

— Pas terrible. Forcément, y a pas de témoins. C'est arrivé après la fermeture de la Coop. Les propriétaires n'ont jamais jugé que les risques de cambriolage justifiaient des caméras de surveillance, on n'a donc rien à regarder. Mais on pose des questions un peu partout, on interroge les amis de Trip, pour voir si l'un d'eux aurait des griefs contre lui.

— Vous croyez que c'est personnel ?

— Il ne faut rien négliger, rétorque Orville de l'air de quelqu'un qui sait où il va. On examine toutes les pistes, même si on n'est pas convaincus que ça donnera quelque chose. C'est comme ça, si on fait bien son boulot, dans la police.

La ferme ! La ferme !

— Et l'engrais qui a disparu ? s'inquiète papa.

— Oui, c'est sûr qu'il a disparu, mais ils savent pas si c'était hier. C'était peut-être avant. On peut même pas affirmer que c'est lié à la mort de Trip.

— Mais vous envisagez cette possibilité, non ? Ça fait partie d'un bon travail de flic.

Orville me lance un regard furibard.

— Bien sûr. Et en quoi ça vous concerne ? Vous ne m'avez pas prévenu que vous vouliez parler du meurtre de Trip. C'est pas vos oignons, vous n'avez pas à me demander comment progresse une enquête qui n'a rien à voir avec vous.

— Orville, écoute-moi ! intervient papa. Je suis le premier à avouer que tu n'as pas beaucoup de pistes ou de preuves, comme tu dis, mais es-tu déjà entré chez les Wickens ?

— Non, répond-il d'un air méfiant.

— Alors tu n'as pas vu qui est en photo sur leur mur ?

— Non.

— Timothy McVeigh.

Orville attend, comme si c'était une grande révélation, puis me fixe :

— Vous avez déjà cité ce nom, ce matin.

— Ça vous dit quelque chose ? Oklahoma City, une grosse, grosse bombe, le criminel en salopette orange ?

— D'ac. Je pige.

Est-ce que Lee Harvey Oswald, l'assassin de J.F. Kennedy, lui ferait plus d'effet ? Ou Charles Manson ? Le fils de Sam ? Je pourrais en faire un quiz !

— Tu ne trouves pas ça bizarre qu'ils aient accroché cette photo, qu'ils le considèrent comme un héros ?

— Vu ! Vous voulez que j'arrête Timmy Wickens et toute sa famille à cause d'une photo sur un mur ?

Il nous dévisage l'un après l'autre.

— C'est quand même étrange, répète papa, sur la défensive.

— Ouais ! je rajoute.

— Il faut que je consulte le règlement. Bizarre. Je devrais peut-être réunir une petite troupe et on mettrait en cellule tous les gens bizarres du comté. J'ai une idée ! On l'appellerait le Commando Antibizarre !

Orville a visé juste. Il a raison. Nous n'avons rien.

— D'accord, j'admets, pour aller de l'avant, mais vous ne pourriez pas jeter un coup d'œil chez eux ?

Voir s'ils ont l'engrais ? Si c'est le cas, il leur faudra fournir des tas d'explications.

— Vous voulez que je fouille leur baraque ? Vous n'avez pas de preuves, pas de témoins, rien. Vous croyez qu'un juge me donnera un mandat de perquisition sur la base de ce que vous me racontez ?

— Tu pourrais lui dire que nous avons cette intuition, suggère papa.

Ne lui donne pas d'os à ronger, je pense.

— De plus, reprend papa, as-tu besoin d'un mandat ? Après tout, je suis propriétaire des lieux. Si je te donne mon feu vert, tu peux entrer, même si ça ne leur plaît pas, non ?

Le malaise d'Orville augmente à vue d'œil. Il doit redouter au dernier degré d'affronter les Wickens.

— J'suis pas sûr, dit-il en hésitant.

Je prends ça pour un oui.

— Mais qu'est-ce que je vais leur dire ? Juste monter chez eux et fureter partout ?

— Vous avez une autre raison d'aller là-bas. Les chiens. Rappelez-leur qu'ils doivent être enfermés, tenus en laisse ou enchaînés, bordel ! Et qu'ils ne viennent plus ici déranger les locataires de papa.

— Sans doute, dit Orville en regardant ses mains.

— Autre chose, j'ajoute. Au sujet de May Wickens et de son fils, Jeffrey.

— Qu'est-ce que vous leur mettez sur le dos ?

— Rien. Mais ce matin, j'ai pris un café avec May qui m'a ouvert son cœur. En courant de gros risques. Elle veut partir de chez son père pour éloigner Jeffrey de lui. Il lui empoisonne le cerveau.

Orville hausse les épaules.

— Et alors ? Elle n'a qu'à se tirer. Elle est libre, blanche et majeure, non ?

— Timmy Wickens la tient. Elle m'a dit que si elle partait, il retiendrait son fils. Il ne la laissera pas l'emmener.

Pour une fois, Orville semble inquiet.

— Il a pas le droit.

— Je sais. Elle m'a assuré que si elle tentait de partir avec Jeffrey, Timmy et ses deux beaux-fils, les enfants de Charlene, la poursuivront où qu'elle aille et la ramèneront de force.

— C'est dingue !

— Monte les voir et parle-leur ! ordonne papa. Fais-toi une idée de ce qui se mijote.

— Mais vous ne devez pas faire état de ce que May m'a confié. Ça barderait pour elle.

Ce pauvre Orville ne sait plus où donner de la tête.

— Bon Dieu, vous voulez quoi de moi ? Je dois aller à la chasse à l'engrais alors que vous n'avez pas le début d'une preuve. Faire sortir la fille et son garçon alors qu'elle n'a pas déposé de plainte. Seigneur ! vous voulez me faire tourner en bourrique ?

Papa et moi nous retenons de rire.

— En plus, il m'a agressé.

— Quoi ?

— En plein Main Street. Quand il m'a vu prendre un café avec May, Timmy Wickens m'a saisi le bras et l'a serré très fort.

C'est le tour d'Orville de s'empêcher de rire.

— Il a serré vraiment fort ? s'inquiète-t-il. Allez ! Prenez mon bras et montrez-moi ! Serrez tant que vous voulez, je tiendrai le coup.

— Et puis merde, laissez tomber ! Montons chez eux et parlons-leur des chiens.

— Les chiens ?

— Il faut qu'ils les attachent. Un point c'est tout. Et quand nous serons là-haut, nous verrons comment agir.

— Nous ?

Papa nous prie de lui pardonner, mais sa cheville l'élance. En fait, il est ravi d'avoir une excuse pour ne pas nous accompagner.

Je me présente avec Orville devant le portail des Wickens. Je sais par expérience que je ne dois pas tenter de l'escalader. Orville crie :

— Monsieur Wickens ! Bonjour !

Il apparaît, suivi de Wendell et de Dougie. Tous trois prennent leur temps pour descendre l'allée jusqu'à nous.

— Ouais ? demande Timmy.

Son ton n'est pas aussi aimable que la veille au dîner.

— Nous aimerions entrer et vous parler un peu, explique le policier. Du moment que vos chiens sont bien enfermés.

— Ils sont dans la grange, précise Wendell en se moquant.

— Vous êtes certain ? je m'inquiète.

— Si les garçons disent qu'ils sont dans la grange, c'est qu'ils y sont, intervient Timmy en enlevant la chaîne du portail et en l'entrouvrant juste assez pour nous laisser passer.

Lentement, nous nous dirigeons vers la ferme en discutant.

— De quoi s'agit-il ? demande Timmy.

— Vos chiens ont été incontrôlables aujourd'hui, répond Orville.

— Wendell m'en a parlé. Il ne s'est pas excusé ?

— Ce n'est pas seulement une question d'excuses, poursuit Orville en y allant mollo.

— Quoi, alors ? demande Dougie.

Charlene, vêtue d'un maillot de football couvert de taches, sort sur le perron pour voir d'où viennent les voix. J'aperçois May à la fenêtre.

— Les chiens sont dangereux, poursuit Orville.

— Ils ont mordu quelqu'un ? s'enquiert Timmy.

— Non, personne.

— Alors ? Tous les chiens ont le droit de mordre une fois, et ça ne leur est même pas arrivé.

— Ils sont vicieux. Si vous n'arrivez pas à les maîtriser, la ville les saisira.

Timmy se hérisse.

— Sans blague ? J'aimerais bien voir un truc pareil.

— Ça ne sera pas nécessaire tant que vous les tiendrez attachés.

May apparaît sur le perron, avance jusqu'à la balustrade. Nos regards se croisent.

— Bonjour, mesdames ! dit Orville. Ravi de vous voir.

Charlene le dévisage. May demeure impassible. Orville la fixe.

— Comment allez-vous, madame Wickens ?

— Très bien, merci, répond-elle d'un ton calme.

— Alors, tout roule ?

Timmy s'assombrit, tandis qu'il regarde alternativement Orville et sa fille.

— Oui, tout roule, répond May.

— C'est parfait, je suis heureux de l'entendre.

Orville se racle la gorge nerveusement.

— Alors, c'est bien. C'est bien quand tout va bien, non ?

— Autre chose ? fait Timmy.

— En fait, ajoute le policier, je me demande si ça vous dérangerait si nous faisions un tour dans la propriété.

Waouh ! Je n'en crois pas mes oreilles. Orville aurait donc des couilles ? Au moins une !

— Comment ? s'indigne Timmy. Vous désirez perquisitionner ma propriété ? Dans quel but ? Vous avez un mandat ?

— Il n'en a pas besoin, dis-je, car cette propriété appartient à…

— Écoutez, plaide Orville, je veux juste jeter un œil. Vous n'avez rien à cacher, n'est-ce pas, Timmy ? Car…

— Ah ! ah ! s'exclame Wendell. Je l'ai eu !

Il s'est approché d'Orville par-derrière et a sorti le pistolet du policier de son holster. Orville a dû oublier de refermer la lanière en cuir après l'incident avec le chien, ce qui a facilité la tâche de Wendell. Fier de son exploit, il danse de joie en brandissant l'arme.

— J'ai ton arme ! J'ai ton arme ! chantonne-t-il comme une comptine.

— Oh ! Rendez-la-moi !

Dougie continuant à rire, Timmy affiche un sourire suffisant.

— Je vais t'abattre ! menace Wendell en pointant le pistolet sur son frère.

— Non ! dis-je.

— *Bang !* crie Wendell.

Dougie se laisse tomber sur l'herbe, fait semblant d'avoir des soubresauts, joue la comédie.

— Tu m'as eu !

— Rendez-la-moi immédiatement ! s'exclame Orville en pourchassant Wendell qui s'éloigne en courant.

Dougie se relève, bondit derrière le policier.

— Tiens ! Attrape ! crie Wendell à son frère.

Miséricorde ! Ils devraient avoir assez de bon sens pour ne pas lancer une arme chargée. Mais non. Elle vole dans les airs, passe au-dessus de la tête d'Orville, qui tente en vain de sauter pour la récupérer. Elle termine sa course dans les mains de Dougie, qui part à toute vitesse dans la direction opposée.

— Allons, les garçons ! intervient Timmy en souriant.

Charlene s'est mise à rire. May est le seul membre de la famille à ne pas trouver ça drôle. Elle semble horrifiée. Jeffrey se glisse dehors et se réfugie contre sa mère.

— À quoi ils jouent ? demande-t-il.

— Rentre tout de suite, ordonne May.

Elle a pressenti ce qui pourrait se passer si l'arme retombait par terre.

Orville court entre Wendell et Dougie qui continuent à jouer en se lançant le pistolet.

— Arrêtez ! Arrêtez !

— Allons, les gars, fait Timmy. Mieux vaut lui rendre son arme.

Mais ils ne l'écoutent pas. Et c'est Charlene qui met fin au petit jeu.

— Les garçons ! s'écrie-t-elle.

Ils pivotent et la regardent.

— Il est temps de cesser, leur dit-elle en souriant.

— On est obligés ? demande Wendell.

Lui et son frère ont l'air affreusement déçus.

— Votre mère a raison, ajoute Timmy. Il faut arrêter. Du moment qu'Orville accepte une condition.

Il se tourne vers le policier, qui a l'air ahuri.

— Chef Thorne, je vais demander aux garçons de vous restituer votre arme, mais vous devez me promettre de nous laisser tranquilles.

Orville se tait. Timmy s'approche de Dougie, l'actuel possesseur de l'arme, et la lui retire en douceur.

— On s'amusait, c'est tout !

Puis Timmy avance lentement vers Orville, mais avant de lui rendre le pistolet, il se penche tout près du policier et lui dit à l'oreille :

— Orville, vous sortez d'ici immédiatement ! Compris ? Allez ! Du vent !

Orville, rouge de honte, glisse son pistolet dans son holster. Puis il commence à se diriger vers le portail.

— Minute ! je m'exclame. Nous devions…

— Vous devriez l'accompagner, me coupe Timmy en faisant mine d'être préoccupé. Emmenez-le en ville et achetez-lui une glace. Il ira mieux après.

19

Orville marche si vite que je suis obligé de courir pour le rattraper.

— Orville, attendez !

Il a dépassé le portail et descend la colline vers la voiture de police quand je hurle :

— Arrêtez-vous une minute !

Il stoppe brutalement et se retourne.

— Vous voulez vous foutre de moi, c'est ça ? Vous payer ma fiole ? Alors allez-y ! Rigolez bien. Et dégagez !

— Écoutez, Orville ! Je ne sais pas quoi dire.

Et c'est vrai. Pas question de me moquer de lui. Et je n'ai pas de commentaires spirituels à lui servir. En fait, je pense qu'un flic de Braynor n'a pas tellement l'occasion de se colleter avec un gars comme Timmy Wickens. Et quand ça arrive, il ne sait pas comment s'y prendre.

Orville Thorne est nul, c'est clair. Mais à mon avis, il ne touche pas de pots-de-vin. Je le sais car j'ai eu l'occasion au moins une fois de fréquenter un flic pourri. Ça n'est pas son truc, tout simplement. En cela et en beaucoup d'autres choses, il est comme moi. Au fond, d'une certaine manière, je compatis avec lui.

— Si on allait parler à mon père ? je suggère aimablement. Ces mecs sont des fous furieux. À votre place, je ne sais pas ce que j'aurais fait. Même si vous aviez envie de les descendre, ça paraissait difficile de passer à l'acte. Il faut juste que nous trouvions une autre façon de…

— Ça va, Walker ! Fermez-la !

Je suis navré pour lui. Ayant été le témoin d'une telle humiliation, je n'ai pas envie d'aggraver les choses. Orville Thorne sait qu'il a merdé : il n'a pas besoin de moi pour le lui rappeler. Là-haut sur la colline, au-delà du portail, on peut entendre Dougie et Wendell se tordre de rire et pousser des cris de joie.

— Orville, un de mes amis arrive. Il a l'habitude de ce genre de situations et…

— Super ! Ouais, ce sera super d'avoir quelqu'un sur place qui connaît son boulot. Quelqu'un qui pourra me montrer ce qu'il faut faire. Vous êtes content, hein ?

Je tends les mains en signe de reddition.

— Loin de moi l'idée de vous enfoncer. Ce que je veux dire, c'est que ce type est peut-être susceptible de nous donner à tous des idées pour une nouvelle approche, c'est tout.

Orville entre dans sa voiture, démarre, fait demi-tour et stoppe devant moi.

— Dites à votre père que demain, on va à la recherche de l'ours.

— Bien sûr ! Je lui dirai…

Il accélère en faisant jaillir les gravillons sous ses pneus.

Je retourne au chalet de mon père.

— Comment ça s'est passé ? me demande-t-il.

Sans répondre, je vais vers son bureau et télécharge sur son ordinateur les photos que j'ai prises avec son appareil.

— Hé ! s'écrie-t-il. Tu vas me dire ce qui se passe ici ou non ? Où est Orville ?

Je trouve deux bonnes photos d'Orville, une de face, l'autre de trois quarts, et je les envoie à l'adresse professionnelle de Sarah avec ce mot : *C'est le chef de la police, Orville Thorne. Sa tête te dit quelque chose ?*

Je ferme l'ordinateur et retourne dans la pièce à vivre.

— Bon sang de bois, pourrais-tu répondre à mes questions ? s'énerve papa. Chaque fois que je t'interroge sur ce qui est arrivé devant chez Lana ou sur les événements d'aujourd'hui, tu te fermes comme une huître.

Je décide qu'il est temps de me mettre au travail. J'extirpe l'annuaire du téléphone d'un tiroir du meuble de cuisine en demandant :

— C'est quoi déjà, le nom du maire ?

— Hein ? Pourquoi tu veux savoir son nom ?

— S'il te plaît !

— Holland. Alice Holland. Elle est maire de Braynor et du comté qui l'entoure. Tu vas l'appeler ? Qu'est-ce que tu veux exactement ?

Je parcours la liste des abonnés de l'annuaire ; qui est plutôt mince. Il y a un seul Holland mais pas de A. Holland.

— Je ne vois qu'un G. Holland. Sur Connor Bay Road.

— C'est son mari, George Holland.

— Donc elle n'est pas lesbienne.

— Pas à ma connaissance, fait papa.

Je lui demande où se trouve Connor Bay Road.

— Au nord du village, à moins d'un kilomètre, en arrivant du nord la route va vers l'est mais toi tu restes à droite. C'est un peu venteux par là. Tu vas te pointer là-bas sans prévenir ? Tu ne crois pas que c'est impoli ? Tu ne devrais pas téléphoner d'abord ?

J'attrape mes clés sur le comptoir et sors.

— Que se passe-t-il ? s'époumone mon père.

Une fois dans la Virtue, je prends la direction du village. L'unique feu de signalisation de Main Street étant au vert, je traverse Braynor en moins d'une minute. Quand les maisons commencent à se faire rares, je cherche Connor Bay Road.

Je tourne à droite. Au bout de quelques centaines de mètres, j'atteins une forêt de grands pins serrés qui avancent jusqu'au bord de la route. J'examine les boîtes aux lettres et dès que je repère le nom de Holland, je mets mon clignotant et m'engage dans l'allée.

Les arbres s'écartent au bout de cinquante mètres pour laisser voir une maison avec des murs en planches de pin, un toit pentu et assez de baies vitrées pour qu'à travers les pièces du rez-de-chaussée on puisse apercevoir la baie située de l'autre côté. Deux 4 × 4 sont rangés devant la maison et je me gare derrière eux.

Un colosse noir et barbu d'un bon mètre quatre-vingt-dix, pesant à vue de nez dans les cent kilos, sort d'un garage à double porte en s'essuyant les mains sur un chiffon. Visiblement, il est plongé dans une sorte de réparation mécanique, bien qu'il ne porte pas la tenue ad hoc : avec son pantalon beige à plis et sa chemise écossaise qui pourrait bien venir du catalogue Eddie Bauer, il n'a pas le look idoine. Il me jette un coup d'œil méfiant et retourne dans le garage pour en ressortir armé d'une batte de base-ball.

Un signe de mauvais augure.

— Je peux vous aider ? demande-t-il en frappant négligemment la paume de sa main gauche avec sa batte.

— Je m'appelle Zack Walker. Je suis reporter au *Metropolitan* et je cherche à voir la maire. Êtes-vous M. Holland ?

— C'est moi. Pourquoi voulez-vous voir la maire ?

La batte qu'il fait tournoyer avec nonchalance est maintenant dirigée vers le sol.

— Je voudrais lui poser quelques questions, c'est tout. Je ne suis pas là pour causer des ennuis à qui que ce soit.

La batte est toujours en mouvement.

— Nous ne recevons pas tellement le *Metropolitan* par ici. Je crois qu'en ville il y a un endroit où on peut l'acheter. Mais dites-moi, pourquoi le journaliste d'un grand quotidien voudrait-il parler au maire d'un petit patelin ?

— Elle est là ?

— Je vais la prévenir.

Il arrête de balancer la batte et entre dans la maison. Un instant plus tard, Alice Holland apparaît à la porte.

— Entrez donc ! m'invite-t-elle avec un signe de la main.

— Merci de me recevoir, dis-je en pénétrant à l'intérieur. Je me suis dit que vous seriez peut-être chez vous. Votre mari ne semble pas ravi que vous ayez des visiteurs.

Un seul coup d'œil suffit pour voir que l'endroit n'a rien d'un chalet rustique. Les meubles suédois sont contemporains, des tableaux abstraits ornent les murs et sur la table basse trônent des livres d'art et des exemplaires du *New Yorker* et de *Harper's Bazaar*.

— Vous en avez fait un long voyage pour me voir ! constate Alice Holland.

C'est une petite femme d'à peine un mètre cinquante, dans les cinquante-cinq ans. Elle doit paraître encore plus petite à côté de son mari, mais ce dernier se tient près de la porte.

— Tu veux que je reste dans les parages, ma puce ? demande-t-il.

— Non, George, pas de problème.

Il s'esquive et elle m'adresse un sourire.

— Il veut être sûr que tout va bien. Mais il va être content de retourner bricoler sur son autoneige. D'ici deux ou trois mois, on aura plus de cinquante centimètres de neige sur le sol.

Elle a un joli visage, même sans maquillage. Pourtant, quand elle repousse sa frange argentée, j'aperçois une expression de découragement dans ses yeux.

— J'étais déjà dans le coin, dis-je. Et je ne sais pas si je m'adresse à vous en tant que journaliste ou en tant que citoyen inquiet.

— Asseyez-vous, propose-t-elle en m'indiquant un des deux canapés en cuir.

— Mon père est le propriétaire des Chalets de Denny, au sud du village. Il s'appelle Arlen Walker.

Le visage d'Alice Holland s'éclaire.

— Oh oui ! Je l'ai rencontré une fois ou deux. Et j'ai sûrement été dans son chalet à un moment donné, quand j'étais en campagne. Je vois très bien où est sa pancarte sur la route.

Elle pose ses mains sur ses genoux et se penche en avant comme si nous partagions un secret.

— Ce n'est pas là qu'un homme a été tué par un ours ? Tracy a écrit un papier là-dessus dans le *Times*.

J'hésite avant d'avouer :

— Oui, c'est là.

Elle hoche la tête pensivement.

— En fait, je crois que Tracy écrit tous les articles du *Braynor Times*. Ça ne m'étonnerait pas qu'on lui ait demandé de faire aussi celui-là. Si j'ai bien compris, votre père va bien. Il n'a pas été attaqué, n'est-ce pas ?

— Non ! Enfin, il s'est foulé la cheville. C'est pour ça que je suis venu à la rescousse. Pour l'aider au camp pendant quelques jours.

Je m'éclaircis la voix avant de reprendre :

— Pour une commune aussi petite que Braynor, il s'en passe, des choses !

— Oui, admet-elle. Un homme tué par un ours et cet horrible assassinat à la coopérative. Vous connaissiez Trip Riley ?

— Non.

— Un homme charmant. Il n'avait pas inventé la poudre, mais très gentil. Au fait, ce que je vous dis là n'est pas à répéter. Ne mettez pas dans ma bouche des commentaires peu flatteurs à son sujet, surtout maintenant qu'il est mort.

— Ne vous inquiétez pas, je ne prends pas de notes. Cela dit, j'ai l'impression qu'il y a de la bagarre dans l'air à Braynor – je me trompe ?

Tout d'un coup, la lassitude enveloppe Alice Holland comme une couverture.

— Oh oui ! La question est : allons-nous accepter ou non les gays dans notre parade ?

Et, faisant semblant d'écrire un gros titre, elle ajoute :

— Le monde entier attend notre décision en retenant son souffle.

— Alors, vous allez dire oui ?

— Bien sûr. Sauf si cette ville veut crouler sous les procès.

— Donc, vous soutenez les associations de gays et de lesbiennes ?

— Pardonnez mon langage, mais ces gens ne sont qu'une bande de fouteurs de merde. Franchement, comment imaginer qu'un de ces groupes homosexuels ait envie de participer au défilé d'une foire d'automne dont le point fort est une course de tondeuses autoportées ? Moi, j'en suis réduite à m'asseoir sur la banquette arrière d'une décapotable du concessionnaire Ford de Braynor. Les gays vont être précédés par la fanfare du lycée qui va jouer *Feelings* avec force trombones et tubas et seront suivis, c'est en tout cas ce qu'on m'a dit, par un ballet chorégraphié de tracteurs à chenilles sponsorisé par le magasin d'appâts et d'hameçons d'Eagleton. Les pêcheurs seront déguisés en asticots. Vous ne pensez pas que la communauté homosexuelle est un peu trop sophistiquée pour ce genre de réjouissances ? S'ils veulent participer, c'est uniquement pour faire la nique à ceux qui *ne veulent pas* qu'ils y soient. Si Charles Henry – qui, à propos, peut aller se faire foutre – abandonne sa pétition et met un écriteau avec : BIENVENUE AUX HOMOS ! devant son épicerie, ils remballeront leur fourbi et retourneront en ville.

— J'ai l'impression que vous n'êtes pas d'ici.

Alice Holland sourit.

— Vous êtes très malin, monsieur Walker.

— Depuis quand vivez-vous à Braynor ?

— Avec George, nous avons quitté la grande ville pour nous installer ici voilà presque quinze ans. Il était décorateur de théâtre et moi, avocate. Puis sa mère est morte et nous avons hérité de pas mal d'argent. C'est à ce moment-là que nous avons décidé de partir. Au début, quand nous sommes arrivés, nous n'avions pas besoin de travailler, mais la région nous intéressait à cause des tentatives d'hyperdéveloppement qu'avaient en tête certaines personnes. Je me suis mise sur la liste des conseillers municipaux et j'ai été élue. Deux suffrages plus tard, j'ai fait campagne pour être maire et j'ai gagné. Qui l'aurait cru, hein ?

— Vous n'avez jamais eu l'intention d'ouvrir un cabinet d'avocat ici ?

— Pas vraiment, marmonne-t-elle.

— Pensez-y ! Certains talents locaux ne sont pas à la hauteur.

— Qu'est-ce qu'on peut y faire ? Il faut que vous rencontriez le chef de notre police.

À mon tour de sourire.

— J'ai eu ce plaisir. En parlant d'hyperdéveloppement, quelle est la position du conseil municipal sur ce projet de village de vacances, au sud de Braynor ? Celui de Leonard Colebert ?

— Ah ! ça ! J'ai encore examiné les plans pas plus tard qu'hier. Chaque fois qu'il m'en soumet de nouveaux, il y a des ajouts. Un étage supplémentaire pour l'hôtel, de nouvelles dépendances ou alors un casino. Plutôt me faire passer dessus par un moteur Evinrude que de laisser faire !

— Donc, le conseil n'approuve pas vraiment ?

— Quelques membres sont tentés par les opportunités de jobs et par une assiette élargie de l'impôt. Mais ils seraient prêts à accepter une décharge nucléaire si ça leur donnait la possibilité de s'acheter un nouveau chasse-neige.

Cette femme me plaît vraiment.

Elle se cale contre le dossier du canapé et me demande :

— Bon, je suis ravie de bavarder avec vous, mais, dites-moi, quel est exactement le motif de votre visite ? Vous préparez un article, c'est ça ?

Je laisse passer un moment avant de répondre en hésitant :

— En fait, j'ai un mauvais pressentiment.

Ses sourcils se soulèvent.

— Vraiment ?

— Oui.

— Et pour quelle raison ?

Je sens qu'elle n'est pas contre l'idée de me taquiner, qu'elle commence à me trouver amusant.

— Il faut d'abord que je vous dise que je suis du genre à me tracasser. Le type pessimiste qui imagine toujours les pires scénarios, c'est moi. Pas un malade des complots qui voit des conspirations partout. Non, pas du tout. Simplement, je pense que quand il y a une chance pour que les événements tournent mal, ils tournent mal.

— On pourrait aussi bien vous qualifier de réaliste, suggère Alice Holland.

— Merci du compliment ! Mais voilà, à mon avis, ce dont j'ai été témoin à Braynor et ce qui s'est passé dans le camp de pêche de mon père, c'est lié. Et ces événements n'annoncent rien de bon.

Alice Holland ne pipe pas.

— Connaissez-vous les gens qui louent la ferme sur la propriété de mon père ?

— Rafraîchissez-moi la mémoire.

— Timmy Wickens et sa famille. Sa femme et ses deux fils à elle, sa fille à lui et son petit-fils.

— Des amis à vous ?

La question me déconcerte.

— Absolument pas.

— Donc, vous ne prendrez pas la mouche si je les place dans la catégorie des dingos racistes persuadés d'une catastrophe nucléaire imminente ?

— Je vois que vous avez entendu parler d'eux.

— Ils se sont fait une sorte de réputation autour du district de Fifty Lakes. Ils ont déménagé plusieurs fois et sont connus de la police. D'après certaines personnes, ils ont mis le feu à la maison d'un avocat à Red Lake, mais il n'y a pas de preuves. Pour quelle raison me parlez-vous d'eux ?

— Savez-vous ce qui a été volé à la Coop ?

— Non.

Alors je lui raconte. Et lui explique à quoi ce vol peut servir.

— Vous avez beaucoup d'informations, constate la maire.

— Merci.

— Avez-vous fait part de vos soupçons à Thorne ? demande-t-elle.

— Oui. De ceux-là et d'autres. Mais il n'a pas paru spécialement réceptif.

De nouveau, un petit sourire.

— Ça ne m'étonne pas. Une chose que j'ai apprise dans mon métier d'avocat et dans ma fonction de maire : les soucis personnels engendrent les plus violents maux de crâne.

— Je ne connais pas la façon de procéder habituelle, mais que diriez-vous si d'autres spécialistes intervenaient ? Une agence de privés, par exemple ? Je n'ai rien contre Orville, vous savez. Simplement, les problèmes à venir dépassent peut-être les capacités de votre chef de la police.

— Tout ce que je peux dire, c'est que…

Le téléphone sonne. Alice Holland fixe l'appareil mural près de la porte et laisse passer une sonnerie sans faire mine de se lever, puis une deuxième. Vu sa tête, on dirait que son cœur vient de s'arrêter.

Qu'Alice Holland réponde ou pas au téléphone ne me concerne pas. Pourtant, je ne peux m'empêcher de l'observer pendant qu'elle le laisse sonner.

Finalement, la porte s'ouvre et George attrape le récepteur.

— Allô ?

Il écoute un moment avant de raccrocher avec violence.

— Mort à la gouine, encore une fois ? fait la maire.

George hoche la tête.

— Que se passe-t-il ? je demande.

— Tout ça, c'est au sujet de ce putain de défilé, répond Alice Holland.

20

— Tu lui as parlé des autres appels ? demande George à sa femme. De ce harcèlement incessant ?

Alice Holland laisse échapper un soupir et se cale dans le canapé.

— George se fait beaucoup de souci, explique-t-elle à mon intention.

— Il y a tellement de cinglés dans le coin. Ça peut être n'importe qui. Mais je vais vous dire qui est responsable. C'est Charles Henry, ce salopard de plouc, qui a mis le feu aux poudres avec sa pétition. C'est la faute de cet empaffé ! Je n'achèterai plus jamais quoi que ce soit dans son magasin. Même pas une brique de lait. Tant pis si nous devons conduire des kilomètres pour faire nos courses. On ne dépensera plus un cent chez lui.

— Je ne peux pas mettre les pieds dans son magasin non plus, j'avoue, sans me donner la peine d'expliquer pourquoi.

— Il a envenimé les choses, concède Alice. Mais ça ne veut pas dire que les appels viennent de lui.

— C'est chaque fois la même personne ou plusieurs différentes ?

— Je crois qu'il y en a deux, sans en être tout à fait certain, dit George. Nous avons pris l'habitude de raccrocher dès que nous comprenons à quel genre d'interlocuteur nous avons affaire. De toute façon, maintenant, c'est toujours moi qui décroche.

— Quel genre de menaces ?

— Quelquefois, ils disent que je mérite la mort, répond Alice Holland d'un ton neutre. D'autres fois, ils me traitent de lesbienne et me demandent le nom de ma copine. Un type a même menacé d'utiliser un bâton de dynamite sur ma personne de manière très intime.

Bouillonnant de colère, George a l'air prêt au meurtre.

— Donc, vous voyez, monsieur Walker, ajoute-t-elle, je partage votre mauvais pressentiment. Il y a quelque chose de pernicieux dans l'air.

— Pourquoi ne pas annuler la parade ?

Alice Holland réfléchit à ma proposition avant de répliquer :

— Je n'aime pas céder. Mais ce serait bien si M. Lethbridge proposait de se retirer. Je ne le lui demanderai pas et pourtant, ça vaudrait la peine d'attirer son attention sur les risques encourus.

Sur le moment, le nom ne me dit rien. Puis je me rappelle. L'article du *Braynor Times*. Stuart Lethbridge, le leader de la Confédération des gays et lesbiennes de Fifty Lakes.

— Plus c'est dangereux, moins il y a de chances pour qu'il se retire, fait remarquer George. C'est comme s'il voulait qu'un incident se produise de façon à faire figure de martyr.

La maire approuve :

— Il y a du vrai dans ce que tu dis, George. D'autres suggestions, monsieur Walker ?

— Un de mes amis arrive demain. Lui aura peut-être des idées. Et, comme je vous l'ai dit tout à l'heure, vous pourriez demander à un autre organisme de donner un coup de main au chef de la police.

Elle hoche la tête et se lève. Elle m'invite à partir.

— Restons en contact, me dit-elle. Mais ne soyez pas surpris si nous ne répondons pas toujours au téléphone.

Au matin de mon quatrième jour passé aux Chalets de Denny, je me lève de bonne heure. Quand j'émerge de mon bungalow pour aller prendre le petit déjeuner chez mon père, j'aperçois Bob Spooner et Leonard Colebert prêts à crapahuter. Je suppose que Bob se trouve à court d'arguments.

— Tu sais, me glisse-t-il pendant que Leonard va chercher une bouteille d'eau supplémentaire à glisser dans son sac à dos, ce n'est pas un mauvais gars, une fois qu'on dépasse l'aspect pénible de sa personnalité.

Quand Leonard revient de son chalet avec deux bouteilles d'Évian, je lui confie que j'ai vu la maire, la veille.

— Elle ne semble pas emballée par votre projet de village. Elle a l'air de penser que c'est un peu excessif.

Ou bien Leonard refuse de se rendre à l'évidence, ou bien il sait quelque chose que j'ignore. Quoi qu'il en soit, il affiche un grand sourire et me lance :

— Oh, elle y viendra ! Elle ne représente qu'une voix au conseil municipal. Si les autres membres sont d'accord, elle ne pourra pas s'y opposer. Cette commune n'a même pas de maison des associations. Mais supposez que quelqu'un accepte de financer un centre culturel en échange de l'approbation d'un projet immobilier : à votre avis, il se passera quoi ? Surtout quand tous les habitants du village découvriront qu'ils n'auront pas à débourser un sou.

Bob intervient :

— Leonard, je crois vraiment que vous devriez revoir vos plans et prendre en compte le caractère de l'environnement, la beauté du site et l'impact que vos constructions auront sur…

Leonard assène une claque dans le dos de Bob et s'écrie :

— Allez ! On y va ! Vous croyez que je n'aime pas la nature ? Mais si, j'adore la nature ! Tenez, on va faire un tour dans la forêt, là où j'ai l'intention de réaliser mon rêve. Je sais que vous changerez d'avis quand je vous montrerai ce que j'ai en tête.

— On prend mon pick-up, alors, dit Bob en levant les yeux au ciel.

Et ils partent.

La voiture de Lana Gantry, que je n'avais pas remarquée l'autre jour, est garée derrière le chalet de mon père. J'annonce donc mon arrivée en frappant à la porte avant d'entrer.

— C'est moi ! je lance, suffisamment fort pour être entendu de la chambre à coucher.

La porte de la salle de bains s'ouvre et Lana sort, habillée, coiffée et maquillée, bref, fin prête. Elle m'embrasse sur la joue.

— Salut ! Votre père est encore au lit. J'adorerais vous préparer un petit déjeuner mais pour ça, vous devrez venir au café. J'y file directement. Une de mes serveuses a pris un jour de congé.

Pas facile de s'habituer au fait que votre père couche avec une femme qui n'est pas votre mère, même si votre mère est morte depuis plusieurs années. Je jette un coup d'œil à mon père qui ronfle paisiblement, vais dans le coin cuisine et sors du frigo du jus d'orange et du lait pour mon café. Lana farfouille dans son sac, à la recherche de ses clés de voiture.

— Avec qui buviez-vous un café hier ? demande-t-elle. Et puis, ce n'était pas Timmy Wickens à qui vous parliez sur le trottoir ?

— Hein ?

— Hier. Au café.

— C'était May, sa fille.

— Elle vit là-bas, dans la même maison qu'eux ?

Je fais oui de la tête.

— Eh bien, si j'étais vous, je n'approcherais pas une femme avec une famille comme la sienne.

— Lana, nous buvions un café, rien de plus.

— Écoutez, je sais que Sarah et vous, vous vous entendez bien. Votre père me l'a dit. Mais je vous avertis, c'est tout : n'essayez pas d'aider un membre de la famille Wickens, vous ne récolterez que des ennuis.

Sur ce, elle secoue son trousseau de clés et quitte le chalet, un grand sourire aux lèvres.

Quelques minutes plus tard, alors que je regarde par la fenêtre au-dessus de l'évier, je vois deux voitures descendre la colline et freiner brusquement dans un crissement de graviers. L'une est celle d'Orville et l'autre, un pick-up bleu inconnu. Orville sort de sa voiture et deux hommes descendent de l'autre véhicule.

Tous les trois portent des fusils.

Je me dirige vers la chambre de mon père et crie :

— Papa ! La cavalerie déboule !

— Quoi ? marmonne mon père en ouvrant un œil.

— Orville et deux mecs. Armés pour la chasse à l'ours.

— Seigneur ! soupire-t-il en ouvrant l'autre œil.

Il rejette les couvertures et demande :

— Où est Lana ?

— Elle est partie en me donnant au passage un petit conseil.

J'observe le désordre de la literie, l'empreinte d'une tête sur l'oreiller tout à côté de celle de mon père.

— Ravi de voir que tes problèmes de cheville ne t'empêchent pas d'être actif, je commente.

Mon père se met en position assise.

— Tu étais où hier soir ? Tu as vraiment rendu visite au maire ?

— Ouais. Chouette bonne femme. Pourquoi tu ne t'habilles pas pendant que je vais dire bonjour à nos sauveteurs ?

Je sors mains dans les poches et m'avance vers Orville Thorne qui bavarde avec les deux autres types. À voir leur tenue de camouflage complète, on dirait qu'une fois notre ours capturé ils vont aller auditionner pour un rôle dans *Délivrance 2*.

— Bonjour ! je lance à la cantonade.

Orville me demande :

— Votre père est là ?

— Il vient de se lever.

— Vous pouvez lui dire qu'on est venus pour attraper l'ours. Et le tuer.

— Super ! Mais inconscient de votre part.

— J'comprends pas ! s'exclame un des chasseurs. Et, s'adressant à son pote : Qui s'qu'on va mettre inconscient ? L'ours ?

Orville s'approche et colle presque son nez au mien :

— Je sais que vous avez des idées bizarres sur la mort de Morton Dewart, mais moi, je suis responsable de la protection des habitants. Et je dois m'occuper de cet ours.

— Absolument. Mais vous n'avez pas des soucis plus importants ?

— Comme quoi ?

— Vous savez que Mme le maire reçoit des menaces de mort ?

Les globes oculaires d'Orville s'agitent l'espace d'une seconde.

— Elle m'en a peut-être parlé, un jour. Mais comment vous êtes au courant ?

— Je suis allé chez elle hier soir. Son mari accueille les visiteurs avec une batte de base-ball. Ils sont sur les dents, c'est évident.

— Je vais lui parler.

— Et l'enquête sur le meurtre de Trip, ça avance ? je demande.

— Nous procédons à des interrogatoires, répond le chef, en prenant la tête du policier sûr de lui. Sa femme. Peut-être bien que c'est le bon ami de sa femme qui l'a fait.

— Vraiment ? Vous avez un suspect ?

— Pas exactement. On ne sait pas si la femme de Trip avait vraiment un bon ami mais quand nous le saurons, et si c'est oui, il sera au centre de nos investigations.

— En particulier si le bon ami en question, à supposer bien sûr qu'il existe, a un jour menacé Trip de le poignarder et qu'il n'a pas d'alibi et que vous le trouvez dans sa maison tenant un couteau plein de sang dont l'ADN correspond à celui du mort. Simple comme bonjour, on dirait.

— Je n'ai pas de leçons à recevoir sur la façon de faire mon boulot, rétorque le chef Thorne.

— À mon avis, les menaces que la maire reçoit sont plus graves que de simples coups de fil de détraqués. Il y a des gens qui s'agitent un maximum à propos de la parade de samedi. Par exemple, ce Charles Henry et sa pétition.

— Et le gars qui veut à tout prix participer au défilé ? Peut-être qu'il rendrait service à tout le monde en allant se faire voir, non ?

— Peut-être. Vous voulez savoir ce que je pense ?

Sans répondre, Orville souffle fort par les narines.

— Je pense que vous êtes un type bien mais que vous préférez chasser l'ours, réel ou imaginaire, plutôt que de vous confronter à certaines personnes de la commune. Vous filez dans la forêt pour éviter les problèmes, pas pour les régler.

— Merci, monsieur-le-docteur-en-psychologie ! Allez, en marche, ordonne Orville aux deux types qui rient bêtement.

Ils s'enfoncent dans la forêt. À ce moment précis, papa entrouvre la porte de son chalet et demande :

— Ils ne veulent pas boire un café avant d'y aller ?

Après le petit déjeuner, je vaque à mes activités. Je ramasse les poubelles, j'enterre les entrailles de poisson, je tonds l'herbe. Aux environs de 11 heures, je rentre pour regarder sur l'ordinateur de mon père si Sarah a réagi au sujet des photos d'Orville Thorne. Pas de réponse. Je surfe sur Internet, lit le *Metropolitan* en ligne pour voir ce qui se passe en ville, vais sur mes sites préférés de science-fiction et découvre que viennent de sortir de nouveaux kits des personnages de la série télé *Perdus dans l'espace*. Ma maquette de *Jupiter II*, le vaisseau spatial dans lequel la famille Robinson voyageait dans la galaxie, a été réduite en miettes il y a deux ans. Je ne l'ai toujours pas remplacée.

À l'extérieur, des voix se font entendre. Par la fenêtre, je vois Thorne et ses deux acolytes sortir des bois, l'air penaud. Je n'ai pas le courage d'aller remuer le couteau dans leurs plaies, alors je reste devant l'ordinateur tandis que mon père va à leur rencontre en sautillant sur ses béquilles. La conversation se passe à voix basse. J'arrive quand même à comprendre qu'ils n'ont pas repéré l'ours mais qu'ils ont l'intention de revenir demain matin.

— Ce n'est pas parce qu'on l'a pas dépisté qu'il est pas dans les parages, explique Orville d'une voix à percer les murs.

Soudain, un bruit de moteur se fait entendre. Par la fenêtre, j'aperçois une Jaguar d'un beau bleu brillant se profiler sur la colline.

Lawrence Jones débarque.

Il sort de sa voiture en prenant le temps d'enregistrer la scène de derrière ses lunettes noires. Il est vêtu d'un blouson d'aviateur en cuir noir et d'un jean qui a l'air de coûter bien plus cher que le Gap que je porte. Il me fait un signe de tête avant de tourner son regard vers les trois hommes armés de fusils.

— Salut ! je dis en lui serrant la main.

Il ferme la porte de sa Jaguar, après quoi nous allons rejoindre mon père qui parle avec Orville et ses deux rabatteurs.

— Papa, Orville et vous autres, j'aimerais vous présenter mon ami Lawrence Jones.

— Bien le bonjour, Larry, fait Orville.

— C'est Lawrence, rectifie mon copain en tendant une main qu'Orville serre avec réticence, tout en se disant sans doute qu'il ne serait pas très diplomatique de refuser.

Pour finir, tout le monde se salue de manière fort civile.

— C'est le type qui va résoudre tous nos problèmes ? demande Orville.

Lawrence ne répond rien.

— L'expérience de Lawrence pourrait nous être utile, oui.

Orville grimace un sourire.

— Quelqu'un qui roule en bagnole de luxe et qui est fringué comme un milord, c'est exactement le type qu'on attendait. Je me sens déjà plus en sécurité.

Ses copains chasseurs pouffent.

— Orville ! le réprimande mon père.

— J'ai compris que vous reveniez demain, je lance.

— On a fait ce qu'on a pu aujourd'hui. Nous n'allons pas abandonner.

— Bien sûr, je réplique. Revenez aussi souvent que…

Avec un bruit de moteur assourdissant, le pick-up de Bob Spooner dévale la colline. Il arrive tellement vite sur les gravillons que je me demande si le chauffeur le contrôle encore. À travers le pare-brise, Bob paraît tout rouge et affolé. Nous reculons, prêts à courir nous mettre à l'abri quand il freine à mort en dérapant dans un nuage de poussière.

Bob ouvre la portière et manque de tomber. Du sang coule sur son visage et couvre ses paumes.

— Appelez une ambulance, hurle-t-il. Suivez-moi. Faut qu'on y retourne ! Prenez vos fusils !

— Qu'est-ce qui se passe ? crie mon père.

— L'ours ! Je crois qu'il a eu Leonard ! Mon Dieu ! Magnez-vous !

— C'est toujours aussi agité dans le coin ? interroge Lawrence Jones en retirant ses lunettes.

21

Avant même qu'on ait pu lui demander des explications ou lui conseiller de ne pas conduire, Bob fait demi-tour et s'engage à toute allure sur la route. Mon père et moi prenons place dans la Jaguar de Lawrence, tandis qu'Orville et ses deux potes s'empilent dans la voiture de police. Tout en manœuvrant, le chef demande par radio à une ambulance de le retrouver en chemin.

En atteignant la route, le pick-up de Bob dérape sur la chaussée avant de faire un bond en avant.

— Bob n'aurait pas dû prendre le volant, remarque mon père. Il a l'air très secoué. Et puis il aurait dû emporter un vaporisateur anti-ours avec lui. Je crois qu'on a encore un exemplaire de ce truc. Il pensait à quoi, bon sang de bois ?

Le moteur de la Jag ronronne quand Lawrence accélère.

— Tu sais à quoi il pensait ? continue papa en répondant à sa propre question. Je parie qu'il pensait qu'il n'y avait pas d'ours. Et tu sais pourquoi il croyait ça ?

Comme mon père est assis derrière moi, je n'ai pas à le regarder.

— À cause de tes théories fumeuses, voilà pourquoi.

— Mes théories fumeuses ? Et les tiennes, elles étaient différentes après notre dîner chez les Wickens ? Tu prétends maintenant que tu ne pensais pas la même chose que moi ?

— Je dis ce que je dis.

— En plus, je n'ai pas parlé à Bob de mes suppositions. C'est une chose de confier mes doutes à Orville et toi, une autre d'emmerder mes locataires avec ça.

— Dites donc, c'est beau par ici, constate Lawrence qui surveille la voiture de police dans le rétroviseur et le pick-up de Bob devant nous.

— Mon fils m'a dit que vous êtes homosexuel, dit mon père.

Lawrence prend une grande inspiration.

— Pourtant on ne dirait pas, continue mon paternel. Sûrement parce que vous êtes noir. La plupart des homosexuels qu'on voit à la télé sont blancs. Pas vrai, Zack ?

Orville a branché sa sirène. En me retournant, je constate qu'il a aussi allumé son gyrophare. Je subodore qu'il va devenir insupportable. Et je subodore que je vais avoir du mal à le supporter.

Devant nous, les feux arrière de Bob indiquent qu'il freine. Le pick-up se range sur le côté. Il est à peine arrêté que Bob saute du véhicule et court vers nous en montrant la forêt du doigt. En raison de son âge, il souffle comme un phoque.

— Je crois que c'est là, halète-t-il au moment où Lawrence gare sa Jaguar.

Nous sortons de la voiture. Papa, qui s'est embarqué dans cette aventure sans ses béquilles, ouvre sa portière mais ne fait pas mine de descendre.

— Bob, dis-je d'un ton aussi apaisant que possible, calmez-vous, sinon vous allez avoir une crise cardiaque.

Quand il pose ses mains sur le capot de la Jaguar pour reprendre son équilibre, il laisse des traces de sang sur la carrosserie. Lawrence ne pipe pas.

Bob reprend difficilement sa respiration.

— Peut-être que c'est déjà trop tard !

Orville et compagnie jaillissent de la voiture de police comme si elle était sur le point d'exploser et se mettent à cavaler, fusils à bout de bras.

— Par où ? glapit Orville.

— Je vais vous montrer le chemin, s'écrie Bob en indiquant une fois encore la forêt. Seigneur, je peux pas le croire !

Je passe un bras autour de ses épaules et lui dis :

— Il faut d'abord voir si vous n'êtes pas blessé.

Son visage maculé de boue affiche plusieurs coupures et écorchures. Idem pour ses mains.

— Je suis tombé, explique-t-il. Deux fois. J'ai couru aussi vite que je pouvais. Je ne voulais pas qu'il m'attrape. Bon Dieu, quelle bête énorme !

— D'accord ! Mais vous n'avez rien de cassé ?

— Non, je ne crois pas.

— Bon.

Je m'adresse à mon père, toujours assis sur la banquette arrière de la Jag :

— Papa, puisque tu ne peux pas marcher, surveille l'arrivée de l'ambulance, d'ac ?

Mon père lève le pouce, tandis qu'Orville reprend un air important.

— C'est moi le responsable, clame-t-il. Et vous avez des tas de choses à vous reprocher.

Nous commençons à suivre Bob à travers les hautes herbes qui longent la route puis à travers les pins.

Orville marche à côté de lui.

— Vous êtes M. Spooner, c'est ça ?

— Oui.

— Que s'est-il passé précisément ?

— Hum… Leonard et moi nous sommes venus ici parce que c'est l'endroit où il veut construire son village de vacances, vous voyez. Il me montrait les lieux. Et puis on a entendu un bruit derrière nous. On s'est retournés et il était là.

— L'ours ?

— Bordel ! Oui, l'ours. Sur ses pattes arrière, comme s'il se cabrait, vous voyez. Il rugissait. Seigneur, j'ai jamais entendu un truc pareil !

— Il vous a attaqués ? Il s'est approché de vous et de Leonard ?

— Je crois qu'on est restés paralysés de surprise pendant une seconde. On était plantés là sans bouger. J'ai remarqué que l'ours avait une oreille coupée, comme arrachée, je dirais.

Je me suis souvenu de ce que Timmy Wickens avait dit. Que l'ours qu'il avait aperçu, celui que Morton Dewart était censé pister, avait une oreille arrachée.

Visiblement, Orville fait également le rapprochement : il me regarde en secouant la tête.

— Et alors, la suite ?

— On a commencé à courir. Moi, je suis allé par là. Leonard a pris un autre chemin. Je criais : « Venez, la route est dans cette direction ! » Ensuite, je me suis dit qu'il avait sûrement raison, que la route était peut-être de l'autre côté. Tout ce que je pouvais faire, c'était courir comme un dératé et prier le Seigneur de ne pas m'être trompé. Je me suis retourné une fois, j'ai trébuché et je me suis étalé en m'esquintant un peu et en pensant que l'ours allait se précipiter sur moi. Car vous savez ce qu'on dit, hein ? Qu'on peut pas courir plus vite qu'un ours. Mais croyez-moi, dans ce cas, on n'est pas capable de faire autre chose.

— Bien sûr, admet Orville en exprimant sa compassion avec force hochements de tête.

Ses deux potes, fusils pointés vers le sol, scrutent les bois. Le fusil de l'un s'accroche à une branche et il manque de perdre l'équilibre.

— L'ours était derrière vous ?

— Non. Je me suis dit qu'il traquait Leonard et j'ai commencé à l'appeler en revenant sur mes pas. J'ai hurlé à en perdre la voix, mais aucun signe de lui ni de l'ours. Mon Dieu, c'est terrible !

— Calmez-vous, monsieur Spooner. Finalement, vous l'avez trouvé ?

— Non. J'ai rejoint la route, à trois cents mètres environ de l'endroit où j'avais laissé mon pick-up, j'ai couru, conduit jusqu'au camp pour chercher de l'aide et revenir sauver Leonard.

Impulsivement, il se met à crier :

— Leonaaard !

Nous reprenons en écho.

— Leonard !

Les deux chasseurs font de même. Même Lawrence, les mains en porte-voix, s'égosille.

Nous crions tous comme un seul homme, puis nous nous arrêtons d'un coup.

Personne ne répond.

Cet endroit, j'en suis certain, est celui que Leonard m'a montré, celui où il voulait bâtir son rêve.

— Il l'a eu, se lamente Bob, il l'a eu, ce salaud a dû l'avoir.

Il jette un coup d'œil autour de lui.

— Je suis certain que c'est là qu'on est tombés sur l'ours.

Il lève le bras pour pointer la droite, mais pas complètement, comme s'il hésitait.

— Moi, j'ai filé par là et Leonard, de ce côté. Nous devrions aller voir.

Nous restons en groupe serré. Nous progressons tous les six à une dizaine de mètres d'intervalle, inspectant les lieux de haut en bas, de gauche à droite. On entend au loin la sirène d'une ambulance.

Lawrence s'approche de moi et murmure :

— Tu m'as dit au téléphone qu'il n'y avait pas d'ours. Que tu pensais que l'autre type avait été tué par des chiens. Que ce mec, Wickens, l'avait fait occire par les chiens.

— Ouais. C'est une des hypothèses à laquelle je réfléchis.

— Parce que pour le moment, j'ai le sentiment que tu m'as attiré ici pour une chasse à l'ours. Mais c'est pas mon truc, mec ! Je suis pas James Adams, tu sais, le trappeur de la série.

— Je croyais qu'il était copain avec l'ours Benjamin !

— J'en sais foutre rien.

— Écoute, il y a d'autres trucs louches en dehors de cette histoire d'ours. Même si Dewart a été tué par un ours, ça ne change rien.

— Tu me mettras au parfum plus tard, fait Lawrence en passant sous une branche de pin. Dis donc, ton père, c'est un marrant.

— Il te voyait plus froufroutant.

— Attends un peu que je fasse mon numéro !

Bob et Orville, qui ont pris de l'avance, s'arrêtent. Bob regarde autour de lui, l'air désorienté. Je me dis que quand l'ambulance sera là, il faudra que l'infirmier l'examine pendant que nous continuerons nos recherches. Il se pourrait qu'il ait subi des traumatismes sans le savoir.

— Ho ! Hé !

L'appel vient du chemin.

Mon cœur s'arrête. Leonard ?

Nous regardons derrière nous. Un infirmier apparaît à une certaine distance.

— Nous ne l'avons pas encore trouvé, répond Orville d'une voix de stentor. Dès qu'on le repère, on crie pour vous prévenir.

Avec Lawrence, nous nous déplaçons vers la droite, là où le terrain grimpe parmi les arbres. Je me souviens de cette montée : elle mène au sommet de la colline qui domine le terrain où Leonard a projeté de placer une fausse baleine pour que les gosses jouent dedans.

Une fois en haut, Lawrence pousse un « ah » sonore. Au-dessous de nous s'étendent une dénivellation prononcée, parsemée de rochers dentelés puis des pins à perte de vue.

Il pointe son doigt vers le bas.

Sur la gauche gît le corps disloqué d'un homme.

— Oh merde ! Par ici ! Par ici !

Précédée par Orville, toute la troupe rapplique au galop. Une fois au bord du précipice, le chef recule comme s'il avait peur de tomber.

— Il faut trouver le moyen de descendre, observe-t-il.

Vers la droite, la pente a l'air moins dangereuse. C'est en tout cas ce qu'il me semble.

— Par là, je propose.

— Par là, hurle Orville en retour.

— On arrive !

Lawrence, en avance sur tout le monde, saute au-dessus de grosses branches qui jonchent le sol et glisse vers le bas de la déclivité en se retenant avec ses bras. Il atteint le corps de Leonard Colebert dix secondes avant nous et s'agenouille auprès de lui au moment où Orville arrive à son tour.

— Ne le touchez pas ! ordonne le chef.

Leonard est étendu à plat sur le dos mais sa tête fait un angle à cent quatre-vingts degrés, comme s'il avait regardé par-dessus son épaule avant de toucher le sol. Ses yeux sont grands ouverts. Dans la chute, sa veste matelassée s'est déchirée et son pantalon a glissé au bas de ses fesses.

De toute évidence, il est mort. Pourtant, il a l'air en bien meilleur état que Dewart Morton quand il a été retrouvé.

— Oh mon Dieu ! s'exclame Bob. Il est mort, hein ?

Nous acquiesçons en silence.

— Pourquoi on n'a pas l'impression que c'est l'ours qui l'a tué ? demande encore Bob.

— À mon avis, il courait en regardant derrière lui pour voir si l'ours le rattrapait, dit Orville, le regard tourné vers le sommet de la colline. Et il a dégringolé sans se rendre compte qu'il était au bord du précipice. Au fond, c'est peut-être préférable.

Je suis d'accord.

Un des deux chasseurs montre à Orville le pantalon à moitié baissé :

— Regardez ! Le gars portait une putain de couche !

Son copain commente en ricanant :

— Si je tombais sur un ours dans la forêt, je serais peut-être bien content d'en porter une !

22

Quelqu'un téléphone au généraliste qui fait aussi office de médecin légiste. J'ai nommé mon cher ami le Dr Heath. Comme il est le plus âgé d'entre nous, nous l'aidons à descendre la pente escarpée afin qu'il examine Leonard Colebert et déclare officiellement son décès. Je lui offre mon bras, mais quand il voit à qui il appartient, il le repousse et s'appuie sur quelqu'un d'autre. Un geste de refus que Lawrence ne manque pas de remarquer.

— Depuis combien de temps es-tu là ? murmure-t-il dans sa barbe. Et combien de gens as-tu déjà réussi à te mettre à dos ?

— Tu n'as pas idée.

Les ambulanciers, eux, ne se gênent pas pour accepter mes bras et l'aide des autres. Nous transportons le brancard où est allongé le corps de Colebert jusqu'à leur véhicule. Il nous faut dix bonnes minutes pour le remonter et l'emmener à travers bois jusqu'à la route. Appuyé à la voiture, papa surveille les opérations.

— Qu'est-ce qui s'est passé ? demande-t-il quand j'atteins le bas-côté de la route.

Je le renseigne rapidement sans omettre la théorie d'Orville qui, hélas, semble assez logique. Leonard regardait derrière lui au lieu de devant et il a basculé dans le précipice. Peut-être l'ours a-t-il décidé que le repas ne valait pas la descente et a-t-il préféré se lancer à la recherche de Bob.

Un des ambulanciers s'approche en tenant un sac à dos.

— C'est celui de M. Colebert ? demande-t-il.

Je le récupère, tandis que papa explique :

— Nous le prenons pour l'ajouter à ses autres affaires que sa famille – s'il en a une – viendra sûrement réclamer.

— M. Spooner doit venir à l'hôpital pour faire soigner ses écorchures, mais il serait préférable qu'il ne fasse pas le trajet avec le mort, ni qu'il conduise son pick-up. L'un de vous peut-il se charger de lui ?

Pendant que, planté à l'arrière de l'ambulance, Bob regarde charger le corps de Leonard Colebert, je lui propose de le ramener à Braynor dans son pick-up. Il a toujours l'air en état de choc.

— Non, je vais bien, affirme-t-il en fixant ses paumes d'un regard absent.

— Il faut que le médecin examine vos blessures. Vous risquez une infection si vous ne vous en occupez pas. Montez dans le pick-up !

— Toujours vous, avec vos remarques de petit malin ? dit le chef Thorne en agitant son index devant mon nez.

Je ne réponds pas.

— Vous venez de la grande ville en amenant vos amis élégants – regard peu amène en direction de Lawrence – parce que nous, les gens d'ici, on est des ignorants, une bande de ploucs, c'est ça ? Vous pensez que le Dr Heath et moi-même sommes à côté de la plaque. Vous avez le culot de mettre en doute ses conclusions, sous-entendant qu'il ne sait pas reconnaître une attaque d'ours quand il en voit une. Vous me donnez des conseils sur la façon d'exercer mon métier. C'est le comble ! Vous réalisez quelles catastrophes vous déclenchez ? C'est probablement parce que vous avez nié l'existence de l'ours que cet homme est mort. S'il ne vous avait pas écouté, il serait toujours vivant.

— Je ne lui ai rien dit, je proteste.

— Ouais ! Ouais ! Peu importe ! riposte Orville.

— Ravi de bavarder avec vous, Orville, mais il faut que je ramène Bob en ville.

Je le fais monter côté passager et m'installe à la place du conducteur. Les clés sont sur le contact. Je nettoie le sang qui macule le volant avec un mouchoir en papier que je sors de ma poche. Une fois en route, Bob m'interroge :

— De quoi parlait-il ?

— De rien. Il me prend pour un connard.

— Mais quand il disait que vous mettiez en cause les conclusions du médecin. Que le légiste se trompait en disant que c'était un ours qui avait tué l'homme dans le camp…

— Aucune importance, Bob. J'ai des doutes à cause de ces sacrés chiens. Et parce que les Wickens sont vraiment bizarres. Et puis à cause de ce que Betty a affirmé.

— Betty ? Elle a dit quoi, Betty ?

— Elle était infirmière autrefois. D'après elle, le corps de Morton n'a pas été déchiqueté par un ours. Elle pensait plutôt que le carnage était l'œuvre de pitbulls. Ensuite, l'autre soir, mon père et moi sommes allés là-haut pour dîner.

— Là-haut ?

— Chez les Wickens.

— Vous avez dîné avec eux ?

— Ben oui, nous n'avons pas eu le choix ! Chacun d'eux a fait de son mieux pour nous convaincre que Dewart, ayant repéré un ours, avait décidé de le traquer et s'était sûrement battu avec lui. Simplement, leur discours avait l'air répété. Comme pour un spectacle.

Dans mon rétroviseur, je vois la Jaguar bleue de Lawrence derrière nous.

— Et maintenant, quelle est votre opinion ? demande Bob en fixant la route devant lui.

— Je crois qu'il y a un ours dans la forêt, Bob. Mais je ne suis pas certain qu'il ait massacré Dewart. De toute façon, je ne vais faire part de mes soupçons à personne, et surtout pas à Orville, qui se fout de ce que je dis comme de son premier slip. Votre description de l'ours avec son oreille déchirée correspond au portrait que les Wickens ont fait de celui que Dewart pistait.

Bob a l'air fatigué.

— Je ne me sens pas bien, dit-il.

— Ce que vous avez vécu est traumatisant, Bob. Faites-vous examiner et ensuite revenez au camp.

— Il faut que je m'allonge.

— Tenez le coup jusqu'à l'hôpital. Ils vont vous remettre sur pied. Après ça, rentrez vous coucher au chalet. Vous serez de retour pour pêcher sur le lac très vite.

— Le lac, fait-il d'un air rêveur.

— Ouais ! Et je viendrai avec vous – qui sait ?

— Leonard, il avait une femme ? Une famille ?

— Je ne sais pas.

Bob se cale contre l'appuie-tête et ferme les yeux jusqu'au moment où nous arrivons sur le parking des urgences.

Après l'avoir confié à une infirmière, je sors parler à Lawrence et à mon père qui est maintenant assis sur le siège avant.

— Comment va-t-il ? demande-t-il en actionnant l'ouverture de la vitre.

— Secoué, mais ça va aller. Je vais rester ici et le ramener. Avec les pansements, il ne pourra pas tenir le volant.

Papa m'annonce qu'il me gardera au chaud un truc à grignoter. Après quoi, Lawrence démarre. Quand je suis de retour aux urgences, Bob se trouve déjà dans la salle de consultation. Rien à voir avec les hôpitaux des grandes villes où on vous fait poireauter des heures.

— Monsieur Walker !

C'est Tracy, carnet de notes et stylo en main.

— Décidément, vous êtes partout ! Je suppose que vous avez appris ce qui est arrivé.

— L'ours a tué quelqu'un d'autre.

— Oui et non. Apparemment, Leonard Colebert est mort en essayant de lui échapper. Mais demandez au chef Thorne. C'est à lui de s'en occuper. Moi, je ne m'en mêle plus.

— Du tirage entre vous ?

Je me contente de grogner sans répondre.

Tracy me tend une enveloppe kraft.

— Pouvez-vous donner ça de ma part à votre femme, monsieur Walker ? Il y a mon curriculum vitae, mon parcours professionnel et quelques-uns de mes articles.

— Pourquoi ne pas lui faxer directement le dossier ? Je risque de rester ici encore quelques jours.

— J'ai entendu dire que la maire recevait des menaces de mort. C'est vrai ? Est-ce pour cela que vous êtes allé la voir ?

— Je vous l'ai dit, Tracy, je ne suis plus concerné. Parlez-en au chef de la police.

Et c'est vrai, ce n'est plus mon problème. Car au fond, mes soupçons ne sont sans doute pas recevables. Après tout, Betty se trompe peut-être en ce qui concerne la cause de la mort de Morton Dewart. Trip, à la coopérative, a pu se faire tuer pour tout un tas de raisons. Quant à l'engrais, ce pourrait être un fermier qui l'a piqué pour économiser quelques sous.

Et si les Wickens ont un portrait encadré de Timothy McVeigh accroché au mur, c'est parce qu'ils sont cinglés, tout simplement. Ça ne signifie pas pour autant qu'ils mijotent un mauvais coup.

Et il n'est pas étonnant que le refus de la maire de virer le groupe gay du défilé ait engendré des coups de fil de menaces. Les gens sont toujours ignobles quand ils agissent de manière anonyme. Ça ne prouve pas qu'Alice Holland soit vraiment en danger.

Avec un peu de chance, l'état de la cheville de mon père va s'améliorer. Dans un jour ou deux, il sera capable de s'occuper du camp tout seul.

J'ai envie de rentrer chez moi.

Je me cale sur un siège de la salle d'attente et commence à feuilleter un magazine de chasse qui ne m'intéresse pas du tout quand Bob réapparaît. Il a des bandes de gaze autour des mains, deux petits pansements sur les joues, un troisième sur le front.

— Prêt ?

— Prêt.

Il reste silencieux pendant le trajet.

À l'arrivée, il me gratifie d'un simple merci avant de se diriger vers son chalet.

— Vous ne voulez pas venir boire un verre ou manger un morceau ? je demande.

Il fait non de la tête et rentre chez lui.

Des sandwichs au thon m'attendent chez mon père.

— Je n'ai rien fait, m'explique papa. C'est Lawrence qui a préparé le déjeuner.

Je me rends compte soudain que je suis affamé. Je m'assieds et gobe pratiquement le premier sandwich.

— Ton père m'a tout raconté, dit Lawrence. Ce que tu m'avais déjà dit et d'autres trucs.

— J'ignore si c'est de ton ressort. Désolé si je t'ai fait venir pour des prunes.

— D'après moi, en tout état de cause, les gens qui louent la ferme à ton père sont infects. On devrait essayer d'en apprendre davantage sur eux.

En fait, à ce stade, je ne sais plus quoi penser. Sauf sur un sujet.

— Un problème demeure, dis-je. C'est May Wickens et son fils, Jeffrey. Il faut qu'ils s'éloignent de Timmy. Il est impossible qu'un garçon grandisse endoctriné par la haine de cet homme.

— Si je comprends bien, ce Timmy déteste les pédés, les Nègres, les juifs et probablement l'Orchestre philharmonique de New York, fait Lawrence pensivement.

— Oui. Et c'est lui qui décide ce que sa fille doit enseigner à son petit-fils.

— Comme programme éclairé, on fait mieux !

Je me sens un peu nerveux.

— Tu vas faire quoi, au juste ? je demande en mordant dans un sandwich.

— On va voir.

Mon déjeuner terminé, je m'installe devant l'ordinateur de mon père pour voir si Sarah m'a répondu.

Je regarde les mails. Voilà ! Elle m'a écrit.

> Quand rentres-tu ? Angie et Paul commencent à me taper sur le système. Non, je retire ce que je viens de dire. Ils me tapent tout le temps sur le système, mais au moins, quand tu es à la maison, tu amortis un peu le choc. J'ai dépensé soixante dollars uniquement pour ne pas avoir à arbitrer toutes leurs bagarres au sujet de la voiture. Je ne veux pas t'embêter, mais le lave-vaisselle fait vraiment un drôle de bruit, un genre de *chouga-chouga* pendant la moitié du cycle. On dirait qu'il y a un chat à l'intérieur. La vaisselle en sort sale, ce qui veut dire qu'on doit la laver à la main, ce qui veut dire que je dois demander à Paul ou Angie de s'en charger, ce qui déclenche une troisième guerre mondiale car chacun soutient mordicus que c'est au tour de l'autre. Et, à propos de chat (voir plus haut), les enfants parlent de prendre un chien. Qui leur a mis cette idée dans la tête ? Pas moi, en tout cas !
>
> Au bureau, tout le monde s'agite au sujet de ton retour. Il y a un congrès « Star Trek » en ville cette

semaine. Le rédac chef pense que tu es le type parfait pour couvrir l'événement. Moi, je ne suis pas d'accord. Je lui ai proposé d'envoyer un reporter qui n'y connaît rien et qui (sans vouloir te vexer) aura un regard impartial sur les toqués de science-fiction. Juste une suggestion en passant…

J'en viens maintenant à ce que tu m'as demandé. J'ai passé quelques coups de fil afin de trouver un refuge pour femmes maltraitées. Un endroit où cette fille et son gosse seraient en sécurité. J'ai un contact au Kelly's Place, nommé ainsi en souvenir de cette femme que son mari a tuée avec une arbalète. Ils ont une place, au cas où elle serait intéressée. En ce qui concerne la photo d'Orville Thorne que tu m'as envoyée – beau poisson, au fait ! –, je suis à peu près sûre de n'avoir jamais vu ce type. Mais puisque tu veux savoir pourquoi il te semble aussi familier, regarde-toi dans une glace. Ça crève les yeux : vous pourriez être frères !

Suite au prochain mail.

Biz,
Sarah.

Je contemple la forêt pendant cinq bonnes minutes.

23

Je m'en souviens comme si c'était hier.

J'ai douze ans.

Ma mère est sur le seuil de l'entrée, deux valises à ses pieds. Elle tourne la tête vers l'intérieur de la maison. Mon père se tient en haut de l'escalier.

— Ne t'en va pas, Evelyn, l'implore-t-il.

Il pleut. Sur une robe bleue à rayures, elle a enfilé son trench beige dont la ceinture sort toujours des passants. Si elle venait d'arriver de l'extérieur, on pourrait jurer que deux gouttes de pluie coulent le long de ses joues.

Ma sœur, Cindy, quatorze ans, est à côté de moi. Maman me regarde en se forçant à sourire. Elle dit :

— Vous allez veiller l'un sur l'autre, hein ? Votre papa va être occupé, il ne pourra pas avoir l'œil sur tout.

Je suis paralysé. Qu'est-ce qui arrive ? Pourquoi maman a-t-elle fait ses valises ? Où va-t-elle ? Elle sera absente pendant combien de temps ? J'ai l'horrible impression que si elle s'en va elle ne reviendra pas. Qu'elle sera partie pour toujours.

Qu'est-ce que papa a fait pour la rendre furieuse au point de quitter la maison ?

— Où vas-tu ? demande Cindy. Tu me rapporteras quelque chose ?

— Ce que t'es bête ! j'aboie. Elle ne va pas revenir.

Cindy me hurle dessus :

— Tais-toi ! Tu dis n'importe quoi !

En fait, elle est tellement en colère qu'elle pense sûrement le contraire.

Maman pleure.

— Je vous enverrai un cadeau, promet-elle. Et je vous téléphonerai souvent.

— Ça n'a pas de sens, intervient papa d'un ton incrédule. Tu ne peux pas partir. Nous devons trouver une solution.

Maman le regarde.

— Arlen, tu sais pourquoi j'ai pris cette décision.

Lui aussi a les larmes aux yeux. Il détourne la tête pour que je ne le voie pas les essuyer.

Ils se sont disputés toute la nuit. En fait, ça fait des semaines qu'ils s'engueulent. Quelquefois, quand je suis au lit, je mets mon oreiller sur ma tête pour ne pas entendre le son étouffé de leurs voix à travers le mur.

Je sais que papa l'énerve de temps à autre, mais je n'aurais jamais pensé que son comportement la pousserait à quitter la maison. Après tout, il nous agace aussi, Cindy et moi, mais on ne s'en va pas. Alors pourquoi elle, elle part ?

L'abominable incident du frein à main a eu lieu récemment. Cinq ou six mois au plus.

Nous avons une Volkswagen blanche. Le modèle avec moteur à l'arrière. Ça exaspère papa que sa femme n'arrive pas à se souvenir de mettre le frein à main quand elle est garée. Elle croit que laisser le changement de vitesse en seconde suffit à empêcher la voiture de bouger. Elle a certainement raison quand le terrain est plat. Mais notre allée est en pente légère et si le levier n'est pas enclenché, notre Coccinelle roule jusqu'à la rue.

Papa lui rappelle sans arrêt qu'elle doit mettre le frein à main. Parfois, elle le fait, mais en général, elle oublie. Maman est facilement tête en l'air. Elle pense souvent à autre chose. Elle explique qu'avec tout ce qu'il y a à faire dans la maison, les vingt et un repas par semaine à préparer, le linge de la famille à laver et les draps des lits à changer, on peut bien lui pardonner de ne pas toujours penser à serrer le frein.

Le problème, c'est que notre autre voiture, une Dodge Polara de 1965, a une boîte automatique. Même papa ne se donne pas la peine de serrer son frein. Maman doit se dire que si elle n'a pas besoin de s'en souvenir dans la Dodge, pourquoi en serait-il autrement dans la Volkswagen ?

Un jour, papa décide de lui donner une leçon.

Elle revient juste du marché et papa sort vérifier si le frein est mis. Il le fait presque chaque fois. Si elle a oublié, il lui fait une réflexion. Si elle l'a mis, il ne dit rien. Il m'arrive de me glisser dehors avant lui pour serrer le frein si elle a négligé de le faire.

J'imagine que ce jour-là, il en a plus qu'assez.

Il s'installe dans la Coccinelle et la fait descendre en roue libre de manière à ce que l'arrière dépasse de trente centimètres dans la rue. Ensuite il enclenche une vitesse et résiste à la tentation de serrer le frein à main avant d'aller dans le garage prendre l'ancien tricycle rouge et blanc de Cindy, qui n'a pas servi depuis au moins six ans. Le garage est plein de vieilleries que nous n'utilisons pas, dont une voiture à pédales turquoise que je conduisais autour du pâté de maisons pour épater mes petites copines de la maternelle.

Papa coince soigneusement le tricycle sous l'arrière de la voiture en le renversant sur le côté. Il place le guidon sur le pare-chocs. Et s'arrange pour que sa mise en scène soit visible depuis notre porte d'entrée.

Il revient dans la cuisine où je suis en train de me confectionner un sandwich au beurre de cacahuètes pendant que maman parcourt le journal du jour.

— Vous avez entendu ? dit-il l'air de rien.

— Quoi ? fait maman.

— Dehors. Je crois avoir entendu un bruit.

Maman décide de jeter un œil dehors. Elle n'imagine certainement pas qu'il y a un problème avec la voiture. Peut-être pense-t-elle que c'est le facteur. Papa attend dans la cuisine, il a un drôle de sourire. Je ne comprends pas pourquoi. En fait, je n'ai appris ce qu'il avait manigancé que bien plus tard.

Je suis donc surpris par le « Oh mon Dieu ! » de maman.

Je me précipite vers la porte avant papa pour la voir filer ventre à terre vers la rue. J'aperçois le tricycle aplati sous l'arrière de la Volkswagen et reconnais celui de Cindy. Et même si je sais qu'elle ne l'utilise plus, ça me fait un choc. Maman éprouve le même choc, je suppose. Qui donc peut bien se trouver sous la voiture en plus du tricycle ? Je frissonne rien qu'à l'idée.

Maman se met à genoux, inspecte le dessous de la voiture, se relève, regarde tout autour d'elle comme si elle cherchait un pauvre gosse blessé en train de se traîner jusque chez lui.

Papa est appuyé à la porte, les bras croisés, l'air incroyablement content de lui. Alors que maman traverse la pelouse en lui disant quelque chose, qu'ils doivent appeler la police et qu'il se pourrait qu'il y ait un enfant blessé dans le voisinage, il répond :

— On dirait que tu as oublié le frein à main.

La phrase coupe le sifflet à maman. Non pas, je devine, parce qu'elle essaye de se souvenir si elle a mis ou non ce frein, mais parce qu'elle se rend compte à ce moment précis de ce qui s'est passé. Elle comprend que son mari a monté l'incident de toutes pièces. Qu'il lui a fait croire, même un instant, qu'elle était responsable d'une horrible tragédie.

Elle monte les marches du perron et, rapide comme l'éclair, balance une gifle à mon père.

C'est la première fois que je vois ma mère frapper mon père. Je n'ai jamais vu non plus mon père taper ma mère. Malgré tous ses défauts, ce n'est pas son genre.

Ce n'est pas une petite tape. Le choc envoie papa bouler dans les buissons qui bordent le perron. Après quoi, ma mère rentre dans la maison et ne lui adresse plus la parole pendant trois jours.

Papa n'arrête pas de s'excuser. Il sent très vite que cette fois, il a dépassé les bornes.

Se rappeler cet incident est douloureux. Pas seulement parce que cela fait de mon père un sale type, alors que fondamentalement c'est un homme bon. Cela montre aussi combien nous tirons peu d'enseignements des erreurs de nos parents, combien, même au stade de l'enfance, nous pouvons deviner que leurs actes sont pernicieux et comment, arrivés à l'âge adulte, nous commettons les mêmes fautes. Je l'ai appris à mes dépens avant de me corriger.

Je regarde par la fenêtre du chalet de mon père et, un souvenir en amenant un autre, voilà qu'arrive Lana Gantry.

Pas en chair et en os, mais dans ma mémoire.

Les Gantry vivaient plus haut dans la même rue. Ce détail m'a échappé quand, au début de la semaine, j'ai été à nouveau présenté à Lana. Mais maintenant, les choses me reviennent. M. et Mme Gantry. Lui s'appelle Walter. Il travaille à l'usine Ford. Il est le premier dans le quartier à rouler en Mustang. Mes parents les fréquentent de temps en temps. Ils font des parties de bridge ou organisent des barbecues. Une fois, en fait, ils jouent aux ambassadeurs.

Après trois jours de silence, maman recommence à parler à papa. C'est l'été. Ils ont invité les Gantry à dîner pendant le week-end. Ils ont signé une sorte de trêve.

Je les revois tous les quatre. Papa et M. Gantry, une bière à la main, rigolent et les femmes sourient aux blagues de leurs maris en secouant la tête. Ils ont l'air bons amis. M. Gantry parle à maman, papa parle à Mme Gantry.

Parfois, son bras s'égare autour de sa taille, mais je me dis que ça ne veut sûrement rien dire.

Et puis ensuite, il y a maman à la porte avec ses valises.

Et peu de temps après, les Gantry déménagent.

Et tous quatre ne se revoient plus.

Dix ans après le décès de ma mère, Lana Gantry est à nouveau là. De retour dans la vie de mon père. Vivant dans la même bourgade qu'un jeune homme qu'elle appelle son neveu : Orville Thorne, qui, je pense, a treize ans de moins que moi. Et qui, je viens de m'en rendre compte, me ressemble énormément.

Il semble impossible que ma mère ait déserté le foyer conjugal pendant six bons mois à cause de l'incident du frein à main. Par contre, que mon père ait fait un enfant à une voisine me paraît un motif valable.

La nuit précédant son départ, j'entends des bribes de discussion entre mon père et ma mère. Ces bouts de phrases, jusqu'à maintenant, n'ont jamais eu de signification pour moi. J'entends le nom « Gantry ». Et j'entends le mot « bébé ».

— Je ne peux plus vivre ici, dit-elle.

Ou encore :

— C'est une honte !

Alors je presse encore plus fort l'oreiller sur ma tête de façon à étouffer tous les sons. Aujourd'hui, je n'ai rien d'autre à me rappeler de cette discussion.

Ma mère tient parole. Elle téléphone tout le temps. Elle parle d'abord à Cindy. Ensuite ma sœur me passe l'appareil et maman me demande comment ça va à l'école, si je fais bien mes devoirs, si je m'amuse avec mes copains et je lui raconte tout ce que je peux : je lui parle de *Star Trek* et de l'épisode où Kirk et Spock retournent sur terre dans les années 1920 pour retrouver le Dr McCoy, lequel vient de rencontrer une femme qui va changer le cours de l'histoire. Je suis prêt à lui donner tous les détails de l'aventure parce que j'ai envie de lui parler le plus longtemps possible, mais finalement papa me pousse sur le côté en murmurant quelque chose sur les communications internationales parce que maman vit maintenant chez sa sœur à Toronto. En fait, la vraie raison, c'est qu'il veut lui parler.

Une fois en possession du téléphone, il nous demande de quitter la cuisine, d'aller regarder la télé ou de jouer ailleurs. Quelquefois, je reste dans le coin et j'entends mon père lui dire : « Je t'aime toujours. C'est ma faute, pas la tienne. Je suis prêt à repartir du bon pied avec toi. Comment tu te sens ? Tu te sens bien ? »

Après six mois, maman revient. Notre famille est à nouveau réunie.

Après ça, les parents sont différents, surtout papa. Il a toujours ses manies et ses obsessions. Il fait vidanger et graisser la Dodge tous les sept mille kilomètres et si jamais il est en retard de deux cents kilomètres, il ne ferme pas l'œil de la nuit de peur que le moteur grippe et que ça lui coûte une fortune en réparations. Il nous énerve toujours, ma sœur et moi, mais s'empêche de critiquer maman. Avec elle, il est plus cool. Il a même échangé sa Volkswagen contre une Ford automatique. Qu'elle utilise ou non le frein à main lui est donc égal. Et puis, après un ou deux ans, il est évident qu'ils sont à nouveau amoureux.

Mais parfois, je remarque que maman a les yeux dans le vague. Je lui demande alors à quoi elle pense.

— Oh ! À rien, dit-elle. À rien du tout.

J'ai toujours dans la tête l'image de ma mère à la porte, deux valises à ses pieds, sur le point de partir. Avec la pluie qui dégringole.

Cindy se précipite pour l'embrasser. Pas moi. Je suis trop furieux qu'elle s'en aille, qu'elle ne puisse pas surmonter les bêtises de papa afin de rester s'occuper de nous.

— Zachary, tu ne m'embrasses pas pour me dire au revoir ?

Je me rue dans ma chambre et de ma fenêtre, j'observe la scène. Papa porte ses bagages à la voiture et les jette sur le siège arrière de la Coccinelle. Elle se met au volant. Lui reste immobile à côté de la voiture, semblant espérer qu'elle baisse la vitre et lui dise quelques mots d'adieu. Elle n'en fait rien.

La Coccinelle démarre avec son rugissement particulier. Ma mère actionne les essuie-glaces et recule dans l'allée.

C'est alors que je constate qu'une extrémité de la ceinture de son trench est prise dans la portière et se balance au-dessus du sol mouillé.

Je sors de ma chambre et descends l'escalier quatre à quatre, ouvre la porte et passe en trombe devant mon père en criant : « Ta ceinture, ta ceinture ! » Mais maman ne regarde pas en arrière. La Volkswagen tourne au coin de la rue et disparaît.

Immobile sous la pluie, je pleure toutes les larmes de mon corps.

24

Je sors du bureau de mon père et passe sans m'arrêter devant lui et Lawrence attablés dans le coin-cuisine. Impossible de regarder papa, en tout cas pas dans les yeux.

— Lawrence était en train de me dire qu'on ne choisit pas d'être gay, explique papa. On naît comme ça.

Sans répondre, je regarde Lawrence qui m'adresse un sourire.

— Tu ne trouves pas que c'est intéressant ? poursuit mon père. Par conséquent, il est sans doute inutile de s'en prendre aux homosexuels puisqu'ils n'y peuvent rien.

— Voilà qui est très charitable de votre part, commente Lawrence.

— Enfin, dit papa, qui a dû percevoir une certaine ironie dans l'air, vous comprenez ce que je veux dire…

Je m'appuie contre le plan de travail.

— Tu ne t'assieds pas avec nous ? s'inquiète papa en me désignant une chaise libre. Qu'est-ce que tu as ?

— Rien, rien.

— C'est la mort de Leonard ? demande-t-il, ravi de trouver une excuse à mon refus de participer à la conversation. Moi aussi, je suis tourneboulé. Et puis merde alors, c'est moi qui vais devoir localiser un membre de sa famille et le faire venir ici pour qu'il récupère sa voiture et son bazar. À propos, où est son sac à dos ?

— Dans la Jaguar, répond Lawrence. Je vais le chercher tout de suite.

— Rien ne presse. Je veux seulement ne pas l'oublier.

— Tu veux quoi ? me demande Lawrence.

Comme je reste sans répondre, les yeux fixés au sol, il complète sa question :

— Allô ! Allô ! Planète Terre à Zack ! Planète Terre à Zack !

Je relève la tête.

— Tu sais, papa, je me souviens de Lana Gantry.

— Hein ?

Il a l'air gêné.

— Du temps où j'étais gosse. Au début, je ne me rappelais rien, mais aujourd'hui ma mémoire s'est rétablie. J'ai toutes sortes de souvenirs.

— Ah, très bien.

— Elle et son mari venaient à la maison, n'est-ce pas ? Vous prépariez des barbecues ensemble, vous jouiez au bridge, regardiez la télé.

Mon père fait un effort pour se souvenir.

— Mais oui, maintenant que tu le mentionnes, ça me revient.

— Vous vous amusiez bien, il me semble. Il y a même une fois où vous avez joué aux ambassadeurs.

— Les ambassadeurs ! rigole Lawrence. Il y a vraiment des gens qui aiment ça ?

— Vous aviez l'air de bien vous entendre. Lana et toi vous étiez copains avant de vous remettre ensemble ici ?

— On s'entendait tous très bien, dit-il, l'air embarrassé.

— Mais alors, que s'est-il passé ? Ils ont déménagé ?

— C'est ce que Lana t'a dit l'autre jour. Tu n'écoutais pas ? Ils ont vendu leur maison et sont partis vivre ailleurs. Des années plus tard, je suis tombé sur Lana en ville et nous avons renoué. Son mari est mort depuis longtemps, tu sais. Et, Zack, ta mère aussi est morte depuis un sacré bout de temps, ajoute-t-il, un peu sur la défensive.

— Mais je n'ai rien dit ! Lawrence, j'ai dit quelque chose ?

— Écoute mec, je ne sais pas où tu veux en venir.

— J'ai le droit d'avoir une vie privée et de voir qui j'ai envie de voir, rétorque papa. Mêle-toi de ce qui te regarde !

— Je suis absolument d'accord : qui tu vois aujourd'hui, ce n'est pas mes oignons. Mais quand j'étais enfant ? Alors que nous vivions sous le même toit ? À cette époque, ça n'était pas mon problème ?

Mon père reste sans voix mais j'insiste :

— Parle-moi d'Orville. J'ai envie d'en savoir un peu plus à son sujet. Parfois, pour prendre sa défense, je trouve que tu vas un peu loin. Tu as remarqué ? Tu me dis que je suis dur avec lui. Pourquoi, hein ? En quoi ça te concerne ? Il est quoi pour toi ?

Sans s'énerver, papa réplique :

— Le chef de la police, Orville Thorne, est le neveu de Lana. J'aimerais que tu lui témoignes davantage de respect, c'est tout.

— C'est vraiment ce qu'il est ? Le neveu de Lana ? Elle est sa tante ?

C'est maintenant au tour de papa de se montrer sarcastique.

— Généralement, c'est comme ça que ça marche. Si tu étais mon neveu, je serais ton oncle. Ou ta tante.

— Aucune possibilité qu'il soit autre chose que le neveu de Lana ?

Mon père me fixe intensément.

— Zachary, je ne sais pas à quoi tu penses ou ce que tu sous-entends. De toute façon, laisse tomber. Ce n'est pas ton problème. Point final. Et ne va pas foutre la merde. Ça ne servira à rien ni à personne.

La bouche sèche, je regarde mon père droit dans les yeux.

— J'ai une autre question. Au sujet d'Orville.

Et là, je prends ma respiration avant de continuer :

— Tu es *quoi* exactement pour Orville ?

— Zachary, bon sang de bois, qu'est-ce que tu insinues ?

— Je m'interroge. Si Lana n'est pas exactement sa tante…

— Je n'ai jamais dit ça !

— ... Donc, je reprends, si Lana n'est pas exactement sa tante, et c'est seulement une supposition, serait-il possible que tu sois davantage qu'un simple citoyen de Braynor qu'Orville a juré de protéger ?

Mon père est sur le point de parler mais s'arrête. Alors je reprends la parole :

— J'ai envoyé une photo d'Orville à Sarah.

— Tu as quoi ?

— Par mail. Je lui ai dit que depuis le début je trouvais qu'Orville avait quelque chose de familier, mais je n'arrivais pas à mettre le doigt dessus.

— Tu n'as pas le droit d'utiliser mon ordinateur ! crie-t-il.

— Papa, je l'utilise depuis mon arrivée. Et je n'ai pas fouillé dans tes dossiers. J'ai simplement téléchargé une photo que j'ai envoyée à Sarah. Et tu sais ce qu'elle a répondu ? Tout à coup, ça m'a paru tellement évident que je me suis senti vraiment bête.

Mon père attend. Il sait ce que je vais sortir sans en être complètement sûr. Quant à Lawrence, il a l'air drôlement intéressé par notre échange.

— Elle m'a répondu que c'était tout mon portrait. Que nous pourrions être frères.

Papa me dévisage puis, subitement, il balaye la table de son bras, envoyant valser sa tasse et celle de Lawrence, les couverts, les assiettes, la salière et le poivrier, les ronds de serviette.

— Bordel ! Tu déconnes ! Occupe-toi de tes oignons !

Au moment où papa pique sa crise, Lawrence se renverse sur sa chaise. Ensuite, il se lève et nous regarde tour à tour avant de se baisser pour commencer à ramasser ce qui est par terre.

— Laissez !

Lawrence se relève. Pendant quelques instants, personne ne bouge ni ne parle.

Mon père a les larmes aux yeux. Il les cache avec ses mains.

— Papa !

Il me fait signe de dégager avant de plaquer sa main sur son visage. Lawrence s'approche de moi et croise mon regard.

— Viens faire une balade, propose-t-il.

Mais je trouve que ce n'est pas le moment. L'instant est crucial, me semble-t-il.

— Papa, je veux juste savoir…

— Sors d'ici !

D'après le ton de sa voix, il n'est vraiment pas d'humeur à discuter.

Lawrence et moi, nous sortons et marchons sans destination précise.

— Bon, fait Lawrence, je ne sais pas si j'ai déjà eu l'occasion de te remercier pour ton invitation à venir ici. Je suis là depuis seulement – quoi ? – trois heures, et nous avons déjà un type disloqué à cause d'un ours et une famille en voie de désintégration. Tu imagines quoi, pour la suite ?

Sur le chemin qui mène à la route principale, je ramasse une pierre et la lance dans les arbres.

— J'ai le droit d'apprendre la vérité.

— Sûr que ce droit est légal, réplique Lawrence.

— Tu ne crois pas que j'ai le droit de savoir si Orville Thorne est mon demi-frère ?

Lawrence tend son visage vers le soleil.

— Franchement, est-ce que j'aurais envie de savoir si je suis apparenté à Orville Thorne ? Dans la mesure où, d'après ce que je vois et ce que tu m'as confié, il est inepte, mollasson et peu sûr de lui, je dirais oui.

Nous arrivons au tournant d'où part le chemin qui mène à la maison des Wickens.

— Excuse-moi ! Je ne t'ai pas fait venir ici pour te coincer au milieu d'une dispute père-fils. Je ne m'attendais pas au mail de Sarah. Mais quand je l'ai lu, toutes les pièces du puzzle se sont mises en place.

— Quel puzzle ?

— Il y a eu toute l'histoire de ma mère qui était tellement en pétard contre mon père qu'elle a quitté la maison quand j'avais douze ans. Et Lana et son mari qui ont déménagé après avoir été des amis proches de mes parents. Maintenant, après le décès de son mari et celui de ma mère, on dirait qu'ils reprennent ce qu'ils avaient interrompu des années auparavant. Et regarde Orville. Il a une douzaine d'années de moins que moi. Le jour où je l'ai rencontré, ça m'a turlupiné. J'avais l'impression qu'il ressemblait à quelqu'un que je connaissais. Il me ressemble, Lawrence ! Ce fils de pute est mon portrait !

Lawrence réfléchit.

— Ouais ! J'admets qu'il y a une vague ressemblance. Elle ne saute pas aux yeux, mais si tu sais qu'il y a un lien de parenté, tu la vois.

— Pas étonnant que depuis notre première rencontre j'aie envie de lui infliger une torture à ma façon. Tu sais, lui coincer la tête et lui frotter le crâne avec mon poing fermé.

Nous sommes à moins de dix mètres du portail des Wickens. Lawrence enregistre les INTERDICTION

DE PÉNÉTRER DANS LA PROPRIÉTÉ, les ATTENTION ! CHIENS MÉCHANTS ! et autres signes d'intimidation.

— Ah ! nous voilà chez tes amis, commente-t-il.

Il regarde la cour, les appareils abandonnés, les piles de bois, la vieille camionnette aux vitres masquées, les deux camions déglingués, l'ancienne Pontiac bas de gamme.

— On dirait qu'ils vont ouvrir un magasin de voitures d'occasion, raille-t-il.

— Papa aura beaucoup de boulot pour tout remettre en état. Si jamais il arrive à se débarrasser d'eux.

Nous sommes repérés. Os et Moelle apparaissent d'un côté de la maison et chargent vers le portail, le poil hérissé. Leurs pattes les propulsent bruyamment tandis qu'ils grognent de concert en produisant le son synchrone de deux changements de vitesses cassés. Ils referment leurs crocs sur un élément du portail qu'ils mâchonnent avec fureur en faisant jaillir des éclats de bois. Les deux molosses ne sont pas loin de croire qu'ils pourraient bouffer la porte et se précipiter sur nous. S'ils avaient suffisamment de temps, je parie qu'ils y arriveraient.

— Mignonnes petites bêtes ! s'exclame Lawrence. Je me demande comment on fait pour les rendre si féroces.

— Viens, rentrons.

Les chiens continuent leur vacarme jusqu'à ce que nous disparaissions dans les bois.

Je demande à Lawrence :

— Tu crois qu'ils sont capables de dévorer quelqu'un ?

— Oui. Mais un ours aussi. En fait, ces chiens peuvent probablement bouffer un ours.

Nous descendons vers le lac et nous nous installons sur un gros rocher qui surplombe l'eau, à bonne distance du seau à poissons.

— Lawrence, qu'est-ce que je dois faire ?

— À propos de ton père ou au sujet des autres problèmes ?

— Non, l'histoire avec mon père ne concerne que moi. Je parle des autres problèmes.

— Écoute, même s'il y a vraiment un ours et que c'est lui qui a tué Morton et pas ces chiens du diable, il te reste quand même une bande d'adorateurs du terroriste McVeigh installée sur la propriété de ton père. À quoi s'ajoutent un deuxième macchabée, une palanquée d'engrais qui se transforme facilement en matière explosive, les menaces de mort au maire et un événement public qui a lieu – quand déjà ? – demain et qui agace pas mal de gens.

— Ouais.

— C'est comme lorsque le bulletin météo annonce un avis de tempête. Ce n'est pas une alerte, il n'y a pas de tempête à l'horizon, mais toutes les conditions sont réunies pour qu'il y en ait une.

— Tu penses qu'une tempête peut se lever ?

— Elle se prépare.

— Alors, on procède comment ?

— Par une petite surveillance pour commencer. Et on parle aux personnes concernées. Il faut que je fasse la connaissance de ces Wickens.

J'entends des clapotis. En me tordant le cou pour inspecter le rivage, j'aperçois le petit Jeffrey

Wickens, dix ans : son jean roulé aux genoux, il se tient dans dix centimètres d'eau et s'amuse à lancer des pierres.

— Eh bien, on peut démarrer immédiatement. Viens ! Je vais te présenter.

Nous descendons de notre rocher et avançons le long du lac. Jeffrey tient à la main des pierres plates pour faire des ricochets. Il enroule son index autour de la pierre, la lance à l'oblique sur l'eau mais elle ne fait qu'un rebond.

— Pour réussir, il faudrait que la surface soit plus calme.

Jeffrey se retourne et se fend d'un sourire chaleureux. Mais dès qu'il aperçoit Lawrence, son expression devient méfiante.

— Bonjour, monsieur Walker !

— J'espère que ta punition pour avoir joué aux jeux vidéo est levée.

— Grand-père a été en colère pendant un moment, mais c'est fini.

Ses yeux transpercent Lawrence.

— Jeffrey, je voudrais te présenter mon ami, Lawrence Jones.

— Salut, dit Lawrence en tendant sa main.

Jeffrey fait deux pas en hésitant. Il serre la main de Lawrence et la lâche promptement, comme s'il allait perdre la sienne en n'agissant pas assez vite. Ce faisant, il jette un coup d'œil furtif à la paume claire de Lawrence.

S'adressant à lui, il demande :

— Vous connaissez Lando Calrissian ?

— Oui, je crois. Il est dans *Star Wars*, c'est ça ?

— Je ne l'ai plus, dit le petit garçon. Et vous connaissez Mace Windu ?

Lawrence est perplexe.

— Là, tu m'en demandes trop, petit, concède-t-il.

J'interviens :

— C'est un nouveau personnage des films de *Star Wars*. Il a fait ses débuts dans *La Menace fantôme*. Samuel L. Jackson interprétait le personnage.

Soudain la lanterne de Lawrence s'éclaire. Le gosse parle du contingent black de *Star Wars*.

— C'était des vrais Nègres ? interroge Jeffrey. Je veux dire, comme c'est une autre galaxie et qu'il n'y a pas de Terre là-bas, si c'est des Nègres, est-ce que c'est les mêmes que sur notre planète ? Parce qu'ils ont des origines différentes, hein ? Pas le même sang non plus. Et l'ADN aussi, il est pas pareil, hein ?

Lawrence croise mon regard. Mais je ne m'en mêle pas. Sans être très versé dans la science-fiction, il est tout à fait à même de gérer le problème.

— Ce sont des acteurs, répond-il. Des acteurs noirs.

Jeffrey lève les yeux au ciel.

— Je *sais* ! Mais puisqu'ils jouent des gens d'une autre planète, j'aimerais savoir si c'est toujours des Nègres dans le film.

— Pourquoi tu demandes ça ?

— Si je peux expliquer à mon grand-père qu'ils ne sont pas vraiment des Noirs parce qu'ils sont d'une autre planète, il me laissera peut-être avoir leurs figurines.

— Figurines ?

— Des personnages miniatures, je traduis. On les collectionne. J'en ai pas mal.

— Très bien. Bon, Jeffrey, pourquoi ton grand-père ne veut pas que tu aies ces personnages, qu'ils soient... nègres ou pas ?

— Parce qu'ils sont de race inférieure, répond le gosse innocemment, en ajoutant avec une extrême civilité : Mais c'est pas moi qui le dis.

— Bien sûr, dit Lawrence.

— Je veux dire que vous êtes sans doute une exception.

— Sait-on jamais.

— Vous savez, j'ai vraiment de la chance, dit Jeffrey en changeant de conversation, je ne suis pas obligé d'aller en classe. Je fais l'école à la maison. Là, en ce moment, j'ai un genre de récréation. Mais je vais retourner à mes leçons dans pas longtemps. J'aime bien faire des ricochets.

— C'est à la maison que tu apprends que certaines races sont inférieures et d'autres, supérieures ? demande Lawrence.

— Oui. Mon grand-père aide maman pour le programme. Elle m'enseigne l'arithmétique et l'orthographe et lui, plein d'autres trucs. Par exemple, il dit que ce qu'on apprend en classe d'histoire dans les écoles est faux ou que ça n'a jamais existé. Ça, ça l'énerve beaucoup. Un jour, quand j'allais encore à l'école, je lui ai parlé du grand-père, ou arrière-grand-père, je ne me rappelle pas, de mon copain Richard qui, quand il était enfant, avait été dans un énorme camp, comme une prison, où on mettait les gens dans des fours pour les brûler. Ça s'appelait Buquenvache, je crois.

— Tu n'es pas loin, acquiesce Lawrence.

— Alors, quand j'ai raconté ça à mon grand-père, il m'a envoyé au lit sans dîner. Et quand je suis allé en cachette dans la cuisine pour me faire un casse-croûte, il m'a flanqué une raclée.

Pas une once de critique ou de tristesse dans la voix de Jeffrey. Le gosse a un ton ordinaire.

— Alors c'est pour ça qu'il m'apprend l'histoire, parce qu'il sait que plein de choses que les gens racontent ne sont pas arrivées pour de vrai.

— Tu en as de la chance qu'il s'intéresse tant à ton éducation. Dis-moi, Jeffrey, tu as beaucoup de copains par ici ?

— Pas tellement. J'en avais avant qu'on déménage, quand j'allais à l'école. Mais ici, on n'a même pas de voisins. Grand-père dit que c'est tant mieux parce que comme ça, j'ai pas de mauvaises fréquentations.

Et puis, se rendant compte qu'il s'adresse peut-être à l'une d'elles, il ajoute :

— C'est qu'il y a des mauvaises fréquentations partout, même à Braynor.

Lawrence plonge sa main dans l'eau et en retire une pierre plate.

— Essaye avec celle-ci, conseille-t-il. Mais quand tu la lances, tâche de la soulever un peu, de manière à la faire ricocher sur les petites vagues.

Jeffrey prend la pierre. Il met un moment pour la tenir comme il faut, se positionne et détend le bras.

La pierre touche l'eau, fait un rebond, puis un second avant de disparaître.

— Pas mal, pas mal du tout !

— Merci.

Ensuite Jeffrey me regarde et dit :

— Je ne savais pas que vous aviez des amis nègres.

— J'ai toutes sortes d'amis, tu sais.

— Bon, il faut que je rentre, nous annonce-t-il en sortant de l'eau et en récupérant les chaussures qu'il a abritées derrière un tronc. Si je suis en retard pour ma leçon, maman va me gronder. Et grand-père risque de nous fouetter tous les deux. J'aime pas quand maman se fait fouetter à cause de moi.

Je pense à la marque rouge sur le bras de May Wickens.

— Tu as bien raison, je dis.

— Content de t'avoir rencontré, petit, déclare Lawrence.

Jeffrey enfile ses chaussures, nous dit au revoir et rejoint en courant le chemin qui mène à la maison des Wickens.

Lawrence l'observe un moment. Quand il tourne les yeux vers moi, ce que j'y vois n'est pas de la colère mais une infinie tristesse.

25

Notre précédent travail de surveillance date de l'époque où je préparais un reportage sur le métier de détective privé pour le *Metropolitan*. On ne peut pas dire que cette planque, destinée à prendre sur le fait des cambrioleurs spécialisés dans les magasins de vêtements masculins, ait été couronnée de succès. Lawrence serait le premier à l'admettre. Cela dit, la surveillance urbaine a ses avantages. Il est bien plus facile d'espionner des gens en ville, où il y a des rues pour se dissimuler et de la circulation dans laquelle se faufiler.

À la campagne, c'est complètement différent.

— Si tu essayes de suivre quelqu'un sur ces chemins, tu es repéré immédiatement, explique Lawrence. Forcément, il n'y a que deux pékins dehors : lui et toi.

Et en ce qui concerne la surveillance des Wickens, je subodore un tas de difficultés. Que ce soit de jour ou de nuit. Impossible de se glisser dans l'enceinte de la propriété sans se faire courser par les chiens. La meilleure solution est probablement de se cacher de l'autre côté des barrières, dans la forêt, où le souci sera évidemment la présence de l'ours.

— On ferait mieux de les guetter pendant la nuit, dit Lawrence. On arrive à travers bois, par-derrière.

— Tu crois ? Moi, je vois tout un tas de problèmes se pointer.

— Tu proposes quoi, alors ?

— Il y a moins de chances de se faire remarquer si on se sépare. Tu avanceras dans la forêt tandis que je resterai ici avec le téléphone portable sur lequel tu m'appelleras si tu as besoin de renfort.

— Venir en renfort c'est ton rôle, alors ?

— Oui. C'est ma vocation.

Lawrence réfléchit à ma suggestion mais pas longtemps.

— Ton idée n'est pas bête, remarque ! T'emmener avec moi, c'est un peu comme avoir à sortir sa petite sœur parce que notre maman a pitié d'elle.

La comparaison ne me plaît pas du tout, mais ce n'est pas le moment de jouer les offusqués. Je suis prêt à accepter l'insulte si ça signifie que je n'aurai pas à m'approcher de la maison des Wickens.

— Tu vois ? Je savais bien que tu serais d'accord.

— Mais comme j'ai accepté cette mission à un tarif très en dessous de mes honoraires habituels – et quand je dis très en dessous, je veux dire que dalle –, je pense avoir droit à un peu d'aide.

— Quel genre ?

— J'aurai peut-être besoin que tu me rembourses à un moment donné.

— On peut te payer le prix fort.

— Pas question. Bon, maintenant que c'est réglé, nous devons déterminer la façon d'utiliser avantageusement notre temps avant qu'il fasse nuit.

— Quel est ton plan ?

— Nous sommes en présence de plusieurs problèmes qui sont, ou ne sont pas, liés. Pourquoi ne pas décider, juste pour s'amuser, qu'ils le sont ? Dans ce cas, les progrès que nous ferons dans un domaine pourront nous aider à avancer dans un autre.

— Je te suis.

— Alors, emmène-moi à la coopérative où Trip Riley a été tué, ensuite chez la maire et, pour finir, allons rendre visite au leader local des associations gays.

— Parfait. On y va dès que j'aurai enterré les entrailles de poisson et que j'aurai fait le plein d'asticots.

Je retourne au chalet avec une certaine nervosité pour annoncer à mon père que Lawrence et moi allons commencer à enquêter sérieusement. Mais il est dans son bureau et parle au téléphone à voix basse. Le bazar sur le sol a été nettoyé, la salière et le poivrier ont retrouvé leur place habituelle sur la table. Je passe la tête pour attirer son attention mais il fait pivoter sa chaise de bureau pour ne pas avoir à me regarder.

— À bientôt ! je lance à son dos avant de partir.

Nous prenons la Jag de Lawrence qui n'est pas exactement la voiture banalisée préconisée pour les filatures. À Braynor, on rencontre un tas de Ford, de Chevrolet et de Dodge, généralement sous forme de pick-up et de 4 × 4, mais pas tellement de Beemer, de Saab ou de Jaguar. Il y a un petit concessionnaire Ford au sud de la bourgade avec un poste de graissage et à peine une demi-douzaine de voitures neuves garées devant. Le concessionnaire GM au nord de la commune n'est pas plus important.

À la Coop, nous rencontrons Grace, la propriétaire. Nous nous présentons. Moi, comme reporter et Lawrence, comme détective privé, en omettant soigneusement de divulguer le nom de la personne qui l'a engagé. Pour elle, nous sommes deux fouineurs, et rien d'autre.

— C'est là que Trip est mort, nous indique-t-elle.

Grace nous emmène dans une dépendance où des sacs de marchandises – terreau, fourrage, engrais – sont entassés sur des palettes. Rien n'indique qu'un meurtre a eu lieu ici pas plus tard qu'avant-hier. Des restes de la sciure utilisée pour absorber le sang de Trip maculent le sol en béton. Il n'y a pas grand-chose à voir.

— La police vous a dit quoi ? je demande à Grace.

— Orville ? Vous voulez rire ? Il trouverait pas son cul dans une tempête de neige ! Alors découvrir l'assassin de Trip…

— Et vous-même, vous avez une petite idée ? s'enquiert Lawrence.

— Je ne sais pas, répond Grace en hochant tristement la tête. Plusieurs sacs d'engrais et un baril en plastique ? Ça mérite fichtrement pas qu'on tue.

— Un baril en plastique ? relève Lawrence.

— Oui. On a vu qu'il en manquait un. Je ne peux pas affirmer qu'il a disparu cette nuit-là, mais on en avait cinq de deux cents litres chacun et il n'en reste que quatre.

— Vous l'avez dit aux flics ?

— Pour quoi faire ? Il nous manque un baril, et puis voilà. Vous croyez que ça pourrait vraiment intéresser Orville ?

De retour dans la voiture, Lawrence me demande de lui indiquer la direction de la maison du maire.

— C'est quoi, cette histoire de baril ? j'interroge.

— Si tu veux fabriquer une bombe avec de l'engrais et du diesel, tu as besoin d'un récipient pour faire le mélange.

Élémentaire, mon cher Jones.

Quelques minutes après, nous sommes assis à l'endroit exact où je me trouvais hier. Alice Holland est sur le canapé, George, son mari, s'appuie contre le mur. Il me semble qu'il a échangé un regard avec Lawrence au moment où nous sommes entrés. Un regard de connivence black, peut-être.

— Si je comprends bien, me dit-elle, le projet de village de vacances n'est plus d'actualité.

— Vous êtes au courant pour Leonard Colebert.

— Encore une attaque de l'ours. On en a parlé à la radio. Quelle terrible tragédie ! Mais je suis quand même étonnée. Depuis que je vis ici, personne n'a été tué par un ours. Et voilà que nous avons deux morts en une semaine.

— Techniquement parlant, je précise, l'ours n'a pas tué Colebert. C'est en courant pour lui échapper qu'il a fait une chute et qu'il est mort.

— Ce complexe immobilier aurait été une catastrophe pour le coin, fait remarquer George Holland.

Au bout d'un moment, le lac se serait vidé de ses poissons. Et plus personne n'aurait fréquenté le village de vacances.

— Je n'ai jamais souhaité que ce type meure, ajoute Alice Holland. On aurait fini par stopper son projet. De toute façon, Braynor se portera mieux sans. Dites-moi, cet ours, c'est censé être quoi ? Un grizzli ?

— Je ne suis pas très calé en ursidés, mais d'après la description du type qui l'a vu – Bob Spooner, un copain de mon père qui vit dans un de ses chalets –, il a l'air plus petit qu'un grizzli. Pour lui, il ressemble à l'ours dont on a déjà entendu parler. Mêmes caractéristiques.

— Je vais devoir parler au chef Thorne pour qu'il organise une battue. Il faut tuer cet ours avant qu'il n'attaque à nouveau.

— Il vous a devancée. Ce matin, il était dans la forêt avec deux hommes qui ont l'air de sortir du casting pour le rôle d'Elmer Fudd, vous savez, l'ennemi juré de Bugs Bunny dans les dessins animés. Ils étaient sur la piste de l'ours quand l'accident s'est produit, mais dans une autre partie de la forêt...

La maire secoue la tête avec lassitude et nous dévisage.

— Mais ce n'est pas la raison de votre visite, n'est-ce pas ? demande-t-elle.

— Non.

— C'est l'ami que vous avez mentionné hier ?

— J'étais policier. Maintenant je suis détective privé, précise Lawrence.

— Intéressant, commente Alice Holland.

— Zack m'a parlé des coups de fil de menace. Ils se produisent toujours ?

— Un appel hier soir, après le départ de M. Walker, et un aujourd'hui. Il y en aura un autre avant la fin de la journée, j'en suis certaine. Surtout avec le défilé qui a lieu demain.

— Nous raccrochons dès que nous comprenons de quoi il s'agit, explique le mari.

— J'ai un petit bazar dans mon coffre qui peut nous aider à retrouver l'origine de l'appel, démasquer le numéro, déterminer s'il est passé d'une cabine. Et, mieux encore, nous pouvons enregistrer la voix du correspondant. En l'écoutant plusieurs fois, vous devriez être à même de l'identifier, si c'est quelqu'un que vous connaissez.

— Vous voulez brancher ce dispositif sur notre téléphone ? s'étonne George. Vous n'avez pas besoin de mandat pour ça ?

— D'abord, je ne fais pas partie des forces de police. Ensuite, c'est votre téléphone et vous êtes prévenus.

Les Holland s'interrogent du regard.

— Tu en penses quoi ? demande finalement Alice à son mari.

— Je suis d'accord si tu penses que c'est le bon système.

— Je ne garantis rien, avertit Lawrence. L'important, c'est de garder l'interlocuteur au téléphone au lieu de couper la communication tout de suite. Le faire parler un moment. George, il serait encore plus efficace de laisser votre femme répondre la prochaine fois, bien que je comprenne que vous vouliez lui épargner ces insultes.

— D'accord, si ça peut faire avancer les choses, déclare Alice Holland.

— Je vais chercher l'engin, annonce Lawrence. Et toi, pendant ce temps, renseigne-toi.

— Madame Holland, savez-vous où je peux trouver le leader de la Confédération des gays et lesbiennes de Fifty Lakes ?

— Stuart Lethbridge ?

— Lui-même.

— Il ne vit pas à Braynor. Il habite Red Lake, à une trentaine de kilomètres à l'ouest. À ma connaissance, il tient une librairie spécialisée en bandes dessinées tout près de la rue principale.

— Des bandes dessinées ?

Je dois avoir l'air à la fois surpris et intéressé car Alice me demande :

— Vous aimez ?

— On peut dire ça, oui.

Lawrence revient avec deux boîtes en plastique genre high-tech. Il les ouvre sur le comptoir de la cuisine et je m'approche pour examiner leur contenu. Il y a des écouteurs, des petits et des grands modèles d'enregistreurs, un objet qui ressemble à un pistolet équipé d'un canon en peluche et des trucs ronds et noirs en forme de boutons.

— C'est quoi ?

— Des micros, annonce Lawrence. Mais dans l'immédiat, je n'en ai pas besoin.

Il sort avec précaution d'autres appareils protégés par de la mousse grise et les pose à côté du téléphone.

S'adressant aux Holland, il dit :

— Je vais monter le dispositif. Après quoi je vous montrerai ce qu'il faut faire. Je vous laisserai mon numéro de portable, celui de Zack et celui de son père, de manière à ce que vous puissiez nous alerter quand vous aurez un appel. Au fait, vous avez un vague soupçon ?

— Je ne pense pas, dit Alice. J'ai l'impression qu'il déguise sa voix pour prendre une intonation vraiment grave.

— Ce que j'aimerais lui casser la figure, à ce salopard ! s'écrie George. Cinq minutes avec lui, ça suffirait.

— Si ça ne tenait qu'à moi, je vous en donnerais dix, répond Lawrence.

Une fois dans la voiture, en chemin vers Red Lake, je demande :

— Pourquoi veux-tu rencontrer Lethbridge ?

— Il est bon de connaître tous les acteurs de la pièce. S'il ne s'était pas imposé dans le défilé, la plupart des emmerdes ne se seraient pas produites.

— Mais quel est le lien avec les Wickens ?

Lawrence prend un tournant à droite en ralentissant à peine.

— Pas la moindre idée. Si on le savait, je pourrais rentrer chez moi.

Red Lake, dont le nom évoque un pavillon de chasse, est en fait une ville d'environ deux mille habitants, légèrement plus importante que Braynor. La rue principale est bordée de petites boutiques indépendantes. Pas de Gap. Pas de American Eagle. Pas de Home Depot. Mais une boutique de vêtements pour hommes Onley, un magasin de laine à l'enseigne Chez Katie et une quincaillerie Red Lake avec une gamme de chasse-neige exposés sur le trottoir.

— C'est là, je dis en pointant le doigt.

Au début de la deuxième rue parallèle à la grande artère, une petite boutique avec une grande pancarte dans la vitrine indiquant BANDES DESSINÉES.

— Tu crois qu'un patelin de cette taille peut faire vivre une librairie de BD ? demande Lawrence.

— C'est très surprenant en effet.

Lawrence se gare. La devanture est en mauvais état, la peinture écaillée, la pancarte de travers. Sur la vitrine et tout autour sont collés des fragments de ce qui ressemble à des coquilles d'œuf ornées d'éclats de jaune.

— Visiblement, il y a des gens qui n'aiment pas ce magasin, commente Lawrence en grattant un débris d'œuf avec son ongle.

Derrière la vitrine sale s'étalent plusieurs albums recouverts de plastique. Un *Guy l'Éclair* qui a dû sortir quand j'étais petit m'attire l'œil.

— Tu préfères les albums édités par DC ou ceux de son concurrent Marvel ? veut savoir Lawrence.

— Je préférais DC quand j'étais gosse. Superman, Batman, La Ligue des Justiciers. En fait, ce sont toujours mes favoris. Et toi ?

— Marvel. Les Quatre Fantastiques, Spider-Man, Hulk.

— Incroyable qu'on soit amis !

Lawrence ouvre la porte et me précède à l'intérieur. Deux couloirs étroits sont encombrés de caisses débordant d'albums. Les murs sont couverts d'affiches de cinéma, de jouets accrochés en grappes sur les murs et d'autres albums.

— Je peux vous aider ?

Il émerge de derrière une caisse pleine de figurines : Wonder Woman, La Lanterne Verte, un personnage de science-fiction plus récent, Hellboy, et les héros du dessin animé *Les Indestructibles*. Il est grand, maigre, proche des trente ans. Petit gabarit. Cheveux noirs tombant sur les épaules et lunettes à large monture noire. C'est lui, le fauteur de troubles ?

— Vous êtes Stuart Lethbridge ?

— Oui.

Nous nous présentons.

— Vous désirez quoi au juste ? demande Stuart.

— Vous bien êtes le leader de la Confédération des gays et lesbiennes de Fifty Lakes ?

— Oui. Et alors ?

— Nous arrivons de chez la maire de Braynor, explique Lawrence. Vous connaissez Alice Holland ?

— Bien sûr. Elle est sympa. Elle nous permet de défiler demain. À moins qu'elle décide d'annuler notre participation à la dernière minute.

— Nous ? C'est-à-dire ? je demande. Combien serez-vous ?

Ce que je voudrais savoir, c'est combien de membres de son groupe risquent d'essuyer des représailles si les choses tournent au vinaigre.

Lethbridge se livre à un calcul mental en roulant des yeux.

— OK. Avec moi, nous serons quatre.

— Quatre ? s'étonne Lawrence.

La réponse de Lethbridge cingle :

— Ben oui ! On n'est pas à San Francisco ici. Quel est le problème ?

— Vous êtes *quatre* ? Est-ce suffisant pour tenir une bannière ?

— Elle fait cinq mètres de long. Je pense que ça ira.

— Quatre, je grommelle tandis que Lawrence m'adresse un regard stupéfait avant de poursuivre :

— Donc, quatre personnes. Répartis comment entre gays et lesbiennes ?

Lethbridge s'éclaircit la voix pour répondre :

— Trois gays et une lesbienne, bien que ma sœur, qui représente la communauté lesbienne, ne le soit pas techniquement.

— Est-ce que ça veut dire qu'il n'y a *pas* de lesbiennes dans ce coin ?

— Oh ! Je suis certain qu'il y en a, mais sans doute à cause de gens comme vous, si méprisants envers les homosexuels, elles ne se mettent pas en avant.

C'est alors que j'interviens, tout en me disant que je me mêle peut-être de ce qui ne me regarde pas.

— Il se trouve que M. Jones ici présent est lui-même…

Le message silencieux que m'adresse Lawrence est éloquent. Il signifie : merci beaucoup, Zack, mais je suis capable de gérer la situation.

— Vous êtes gay ? Vous serez à Braynor demain ? Vous aimeriez participer ? Je peux sûrement vous trouver une place dans notre contingent.

— Je dois refuser.

— Je comprends. Quand il s'agit de défendre vos droits, de soutenir les membres d'une communauté, vous ne voulez pas d'ennuis, c'est ça ?

— Il est possible, rétorque Lawrence, que vous ayez surestimé l'importance de votre présence dans le défilé de la foire de Braynor. D'ailleurs, pourquoi cette volonté enragée de vous mêler à la fanfare de l'école, aux majorettes et au collège agricole ? Ça ne rime à rien. Et puisqu'on en est là, pourquoi tenez-vous ce magasin de bandes dessinées ? Tant qu'à faire, je vous verrais mieux diriger un bed and breakfast.

— Pourquoi pas un magasin de bandes dessinées ?

— Oui, je renchéris, pourquoi pas un magasin de bandes dessinées ?

— Peu importe mon boulot, proteste Stuart. J'ai le droit de sensibiliser les gens aux revendications des communautés homosexuelles.

— Ouais, pour trois personnes, ricane Lawrence. Écoutez, Stuart, je suis désolé. À part moi, y a-t-il d'autres opposants à votre projet ? Je remarque que quelqu'un a essayé d'ajouter une touche décorative à votre vitrine.

— J'ai reçu tellement d'œufs que j'ai renoncé à les nettoyer. Sans compter les pétitions hostiles et les lettres d'injure.

— Des coups de téléphone aussi ? Des menaces de mort ?

— J'en aurais sûrement si le téléphone marchait. Mais comme je n'ai pas pu payer ma dernière facture, la ligne a été coupée. Le magasin ne marche pas très bien. En plus, il faut que je trouve quelqu'un pour me remplacer demain quand je serai au défilé. Samedi est le seul bon jour de la semaine, quand les gosses de la campagne viennent en ville.

— Stuart, vous rendez-vous compte des emmerdes que votre attitude génère ? Et tout ça pour faire partie d'un défilé qui ferait fuir n'importe quelle personne dotée d'une once de bon sens.

Je tente une mise au point :

— Il y aura une course de tondeuses à gazon…

Lawrence m'ignore.

— Allez, on y va, dit-il.

Mais avant de partir, j'ai besoin d'un renseignement important.

— Cet album de *Guy l'Éclair*, dans la vitrine, il coûte combien ?

Pendant que Lethbridge va regarder le prix, quelque chose sous les tables couvertes d'albums attire l'attention de Lawrence.

— Qu'est-ce que c'est ? demande-t-il.

Visiblement, Stuart n'imagine pas qu'une telle ignorance puisse exister.

— Vous plaisantez ? Ce sont les figurines de *Star Wars*.

— Sans déconner ? Celles des films ? OK, vous avez Lando Calrissian ? Et l'autre ? Zack, comment s'appelle l'autre gars ?

— Mace Windu, je lance après un instant de réflexion.

— C'est ça.

— Je n'ai pas les boîtes d'origine, explique Stuart. C'est un gosse qui est venu un jour et qui les a échangés contre des personnages d'*Alien*.

Lawrence se met à fouiller dans la caisse, trie certaines figurines, dont le chasseur de primes Boba Fett et son arme de poing de prédilection et le droïde Z-6PO doré. Mais ces innombrables personnages sont un mystère pour Lawrence, qui abandonne rapidement la discussion.

— Je cherche deux Blacks mais j'ai besoin d'aide !

Lethbridge lui trouve un Lando d'occasion et un Mace neuf, encore dans son coffret.

— Vingt-cinq dollars, annonce-t-il.

Sans discuter, Lawrence lui tend l'argent.

— Un nerd homo, épilogue Lawrence tandis que nous retournons à la voiture. Qui l'eût cru ?

26

En revenant vers Braynor, Lawrence glisse une compilation de Miles Davis dans le lecteur CD.

— Mieux vaut garder ses forces pour une lutte qui en vaut la peine que les éparpiller pour des combats sans importance.

— Je suis d'accord.

— Tu crois que j'aurais dû le gifler ?

Il replie le sac qui contient les deux figurines *Star Wars* sur le tableau de bord.

— Un petit cadeau pour Jeffrey ? je demande.

— Je savais bien que tu étais l'homme de la situation. On ne peut rien te cacher.

— Tu n'as fait aucun commentaire à son sujet, même après ce qu'il t'a dit.

— Pour sa tirade sur les races inférieures ?

— Oui.

— Il n'est pas responsable. On pourrait aussi penser que son grand-père ne l'est pas non plus. Qu'il a peut-être grandi dans un milieu ségrégationniste. Mais Timmy Wickens est maintenant assez âgé pour réfléchir. Son comportement d'abruti raciste est inexcusable. Quel âge a Jeffrey ?

— Dix ans.

— Il est encore temps de le sauver.

— Avec sa mère ?

— Ce serait bien.

— Tu as entendu ce qu'il a dit sur les coups de ceinture et la privation de dîner ?

— J'ai entendu, affirme Lawrence en serrant le volant plus fermement.

Puis, augmentant le volume du lecteur CD :

— Écoute ça ?

Je laisse Miles Davis jouer avant de demander :

— Comment va ?

— Comment va quoi ?

Sur mon estomac, je désigne un emplacement qui correspond à l'endroit où Lawrence a reçu un coup de couteau l'an dernier.

— Ta blessure.

— Ça change la façon de voir les choses, dit-il.

J'attends qu'il développe. Mais il cherche un morceau précis sur le CD puis répète :

— Écoute ça !

Ce que je fais.

Nous prenons le chemin des Chalets de Denny et passons devant le portail des Wickens quand Lawrence repère Jeffrey. Le gamin est assis à califourchon au sommet du portail et fait semblant de trotter sur un cheval.

Lawrence arrête la voiture, baisse la vitre.

— Tu fais quoi, petit ?

— Rien !

— T'as une seconde ?

Jeffrey descend et s'approche, mais reste à trois mètres de la portière :

— Oui ?

Lawrence lui lance le sac du magasin de BD.

— J'ai trouvé ça. C'est pour toi.

Jeffrey regarde à l'intérieur du sac et ses yeux s'écarquillent. Une seconde plus tard, il brandit les deux figurines de *Star Wars*. Un grand sourire illumine son visage.

— Super ! Où vous les avez eues ?

— Au magasin de Red Lake. L'une est d'occasion mais j'ai pensé que ça te serait égal.

— Génial ! s'écrie le gamin en venant plus près. Merci !

— Pas de quoi, répond Lawrence, le pied sur le frein.

Jeffrey le regarde avec circonspection.

— On m'a dit de faire attention aux cadeaux des étrangers.

— C'est un conseil raisonnable. Parfois les gens vous donnent des choses et en attendent d'autres en retour. Il y a de mauvaises personnes.

— Pourquoi vous me faites un cadeau ? Vous voulez quelque chose de mal ?

— La seule chose que je souhaite, c'est que tu te fasses tes jugements toi-même au lieu de te laisser imposer des opinions. Tu comprends ?

— Peut-être, répond Jeffrey après un moment.

— C'est bien, alors ! On doit y aller. Salut !

Lawrence remonte la vitre et accélère. Quand nous arrivons au tournant d'où les chalets sont visibles, j'aperçois la voiture de Lana garée à côté du pick-up de mon père.

— Oh ! oh !

— Quoi ? demande Lawrence qui ne connaît pas la voiture en question.

Je le renseigne en ajoutant :

— Il se peut qu'elle lui rende une simple visite et que papa ne lui dise rien. Ou alors ils mettent au point un scénario commun avant que j'arrive. J'ai l'impression d'avoir déclenché une tempête.

— Venant de toi, c'est difficile à croire, raille Lawrence.

Il gare sa Jaguar à côté de ma Virtue, derrière le chalet n° 3. Au moment de sortir, il remarque le sac à dos de feu Leonard Colebert et le prend.

— Ton père veut le récupérer pour le rendre à sa famille quand elle rappliquera.

Ensuite, il ouvre le coffre et attrape son sac de voyage.

— Je dors où ?

— Dans le même chalet que moi.

Alors que je tiens la porte pour Lawrence, Lana Gantry sort de celui de papa.

— Salut, Zack ! Tu as une minute ?

— Installe-toi, Lawrence, je reviens ! Et puisque je vais chez mon père, je déposerai le sac à dos de Colebert.

Ensuite, en me dirigeant vers le chalet n° 1, je prends un air innocent et demande :

— Comment ça va, Lana ?

— Ton père et moi, on se demandait si tu aurais un moment à nous consacrer pour une petite conversation.

Ma bouche se dessèche sous le coup de l'angoisse.

— Bien sûr ! Avec plaisir ! Quand ?

— On attend qu'Orville arrive.

— Oh ! Très bien !

— Je viens de l'avoir au téléphone. Il pense être là d'ici une demi-heure, une heure au maximum.

Super, une grande réunion de famille.

— OK. Voilà le sac à dos de Colebert. Pouvez-vous le donner à mon père ? Je crois qu'il s'est arrangé pour que les gens de sa famille viennent reprendre ses affaires.

— Oui, il s'est mis en contact avec eux. Ils passent demain après-midi.

Je hoche la tête, fais un sourire et retourne au chalet n° 3 pour trouver Lawrence en train de sortir des chemises de son sac. Il les replie soigneusement, lisse les plis avant de les ranger dans une commode vide.

Je tente une plaisanterie :

— Je vois que tu vis à la dure !

— Quoi de neuf ?

— C'est le moment de vérité, je crois.

— Il vaut mieux que ce soit toi que moi. Si mon père avait engrossé une autre femme que ma mère, je ne l'aurais jamais su et ne le saurais pas. Ce qui m'arrange, en fait.

— Merci, Lawrence ! C'est…

Quelqu'un donne un grand coup dans la porte d'entrée. Je sors de la chambre et vois à travers la moustiquaire que les voisins sont venus nous rendre visite.

Wendell et Dougie.

— Où ce qu'il est, le Noiraud ? demande Wendell.

J'ouvre la moustiquaire.

— Salut, les gars ! Je peux vous aider ?

Wendell prend la parole :

— Je viens de vous dire qu'on veut voir le Noiraud. Çui qu'a donné les jouets à Jeffrey.

Lawrence émerge de la chambre et me rejoint à la porte.

— Ces messieurs sont-ils les riverains dont tu m'as parlé, Zack ?

— Oui, dis-je en ouvrant la porte plus largement pour que nous puissions sortir. Voilà Dougie, et voilà Wendell.

En guise de bonjour, Lawrence fait un signe de tête, mais s'abstient de leur tendre la main.

— Je suis Lawrence Jones.

— Dites donc, fait Dougie, vous allez arrêter de donner des trucs à Jeffrey !

Jeffrey arrive justement en courant sur le chemin, suivi par sa mère. Elle a l'air accablée.

— Ce sont deux personnages de *Star Wars*, explique Lawrence. Jeffrey m'a dit qu'il ne les avait plus. Il se trouve que je suis tombé dessus dans un magasin de BD. Et j'ai pensé qu'ils lui feraient plaisir. C'est tout.

Jeffrey, à peine essoufflé alors qu'il a cavalé tout le long du chemin, implore :

— Allez, rendez-les-moi !

— Jeffrey, tu sais c'que ton grand-père a dit, avertit Wendell. Tu peux pas les garder.

Jeffrey a les yeux rouges. Il est évident qu'il a pleuré.

— Mais pourquoi ? proteste-t-il.

Wendell s'approche de Lawrence.

— On n'aime pas que des étrangers s'mêlent de not' vie. Compris ?

— Je pense comprendre, oui.

— Tout le monde met son nez dans nos affaires en ce moment. Alors du balai, bordel à cul ! Dougie, rends à c'type ses petits joujoux.

— Oh merde ! J'les ai oubliés. J'croyais que tu les prenais, toi.

— Ils étaient sur la table de la cuisine, 'spèce de connard.

— 'Scuse ! J'croyais que tu les avais.

Comprenant que les figurines sont chez lui, Jeffrey semble prêt à piquer un sprint pour arriver à la ferme avant les deux gugusses.

— Va pas cacher ces trucs, p'tit branleur, menace Wendell.

— Ne l'appelez pas comme ça, dit Lawrence.

— Hein ?

— N'appelez pas Jeffrey de cette façon. Il mérite autant de respect que chacun d'entre vous. Peut-être même davantage.

Jeffrey a des yeux comme des soucoupes.

Wendell se met à rigoler.

— T'entends ça, Dougie ? Il nous dit comment qu'on peut appeler les gens de not' famille !

May vient d'arriver. Elle me regarde et secoue la tête avec consternation.

— Désolée, fait-elle.

Et, s'adressant aux fils de Charlene :

— Dougie et Wendell, laissez ces personnes tranquilles !

Ensuite, elle prend Jeffrey par les épaules et lui demande de rentrer à la maison.

— Dans une minute, répond le gamin en s'échappant.

— Tu nous prends au milieu d'un truc, May, ricane Dougie.

— Ouais, renchérit Wendell, en touchant le sternum de Lawrence avec son index. Ce mec-là, il fait le fier et…

Lawrence lève le bras, attrape Wendell par le doigt et, sans effort apparent, le pousse en arrière puis sur le côté avant de l'envoyer bouler par terre.

— Aïe ! Vous me cassez le doigt, bordel !

Dougie contemple le spectacle avec effarement. May s'est reculée, tandis que Jeffrey n'a pas bougé d'un pouce.

En une seconde, tout en gémissant à propos de son doigt, Wendell se retrouve sur le dos, le pied de Lawrence posé sur son cou.

— Faites vos excuses au gamin, ordonne-t-il.

Il respire normalement alors que je suis haletant.

Wendell tousse et tâche de reprendre son souffle.

— Je vous ai demandé quelque chose, répète Lawrence.

— Enlevez vot' pied de mon cou ! Dougie, fais quèque chose, bon Dieu !

Dougie se précipite sur Lawrence. Le détective retire son pied et, profitant de l'élan de son assaillant, lui fait une prise qui l'expédie sur le sol avec un bruit mat. Quand Wendell tourne la tête pour voir où son frère a atterri, il sent le quarante-trois fillette de Lawrence à nouveau sur son cou.

Lawrence presse légèrement plus fort.

— Dites pardon au gamin !

— Pardon, Jeffrey, dit Wendell en toussant.

Le gosse se met à courir.

Dougie se remet péniblement debout en s'époussetant. Lawrence retire son pied. Et Wendell s'assied en se massant le cou avant de se relever lentement.

— Fichez le camp ! leur conseille Lawrence.

Sans attendre leur reste, ils galopent vers la ferme. May a l'air sidérée, mais dans ses yeux éteints, j'aperçois une étincelle.

— Excusez-moi pour eux. Et je vous remercie d'avoir défendu mon fils, dit-elle à Lawrence.

Sur ces paroles, elle prend le chemin du retour.

— C'était génial ! Maintenant, ça va être intéressant de voir la réaction de Timmy. Je pense qu'on a une heure pour décamper.

27

Lawrence me tapote le dos.

— Ne t'inquiète pas, mon pote ! Tu te fais toujours trop de souci.

— Oh ! Tu as remarqué ? Tu crois que ces clowns vont directement aller faire leur rapport à leur beau-père ? Tu crois qu'il y aura des retombées ?

Une autre tape réconfortante.

— Peut-être bien que oui, peut-être bien que non. Et si ça arrive, ce sera une bonne chose. C'est comme secouer les arbres.

J'en suis moins sûr. Épier en douce la famille Wickens ne me dérange pas. En revanche, l'attaquer de front…

Lana sort à nouveau du chalet de papa et m'appelle :

— Zack ? Tu peux venir ? Orville vient d'appeler. Il sera là dans quelques minutes.

— Va t'amuser, mon pote, lance Lawrence. De toute façon, il faut attendre que la nuit tombe pour aller se balader du côté de chez les Wickens.

Je me dirige donc vers le chalet n° 1 dont Lana tient la porte ouverte pour moi et j'entre. Mon père est assis dans la cuisine, le sac à dos de Colebert devant lui.

— Je pense que je te dois des excuses, dit-il.

Bon, au moins, on repart du bon pied.

Papa tient la bombe anti-ours que nous avons achetée en ville mardi.

— Je l'ai proposée à Leonard en pensant qu'il ne l'avait pas prise. Mais le spray était dans son sac à dos. Je t'ai critiqué en disant qu'il était parti sans matériel de défense parce que tu l'avais convaincu qu'il n'y avait pas de risque.

— Oui, j'articule.

— Eh bien, finalement, il l'avait. Peut-être qu'il n'a pas eu le temps de le sortir quand il a été surpris par l'ours.

— Peut-être. Je peux le prendre ?

Je pense déjà aux longues heures que Lawrence et moi allons passer dans la forêt pendant la nuit en me disant que cette bombe serait utile.

Papa me tend le spray et je le pose sur le comptoir de la cuisine près de la porte pour me souvenir de l'emporter.

— Assieds-toi, dit papa.

— Oui, j'ai fait du café, ajoute Lana.

Je m'assieds.

— Euh…, commence papa. C'est un peu difficile pour moi de te dire ce que je vais te dire.

Lana apporte le café, la crème, le sucre et des tasses.

— Si tu n'avais pas envoyé la photo à Sarah et si elle ne t'avait pas fait remarquer la ressemblance, on n'en serait pas là. Mais je ne te blâme pas. C'est l'occasion pour que les choses sortent.

Je verse de la crème dans mon café et ajoute une cuillère de sucre.

— Attendons qu'Orville soit là, dit Lana.

— Bien sûr. Mais, Zack, je veux juste que tu comprennes qu'une partie de tes soupçons est fondée. Toi et Orville, vous êtes apparentés, en quelque sorte.

— « Apparentés, en quelque sorte », je répète.

Lana s'assied.

— Mais je ne suis pas le père d'Orville.

Minute ! C'est quoi cette histoire ? Ils commencent par nier les faits ?

— Attends un peu, je dis…

— Lana, ici présente, n'est pas la mère d'Orville.

Je viens de m'asseoir et j'ai déjà mal à la tête. Quel genre de fable à la noix ces deux-là ont-ils concoctée ? Je les vois en train de se creuser la cervelle dans le chalet de papa en pensant que je vais gober le fait qu'ils n'étaient pas copains-copains il y a des années.

Oui, quelle explication vont-ils me servir ?

On cogne à la porte.

— C'est sûrement Orville, dit Lana.

Elle va à la porte, ouvre et dit bonjour.

Mais ce n'est pas Orville.

C'est Timmy Wickens.

Et voilà, je me dis. C'est la fin. Nous allons tous mourir.

— Vous voulez entrer ?

Il nous adresse à tous les trois un signe de tête poli.

— Bien le bonjour, lance-t-il. L'autre monsieur n'est pas là ?

— Qui ? Lawrence ?

— Oui, euh… le monsieur noir.

— Je vais le chercher.

Je sors et trouve Lawrence dans le chalet en train d'inspecter le reste de ses appareils de surveillance.

— Il y a Timmy qui veut te voir.

— OK, répond Lawrence en fermant la boîte.

— Et ton arme ? Tu ne la prends pas ?

Lawrence passe devant moi sans un mot, marche résolument vers le chalet de mon père et pénètre à l'intérieur. Timmy lui fait un signe de tête sans toutefois lui tendre la main.

— Je crois que mes garçons ont causé un peu de remue-ménage.

Papa et Lana affichent l'expression perplexe des gens qui ont manqué un épisode de feuilleton.

Lawrence et moi restons silencieux mais Timmy poursuit :

— Je suis venu m'excuser de leur part.

Cette fois, nous sommes sans voix.

— Quelquefois, ils se laissent emporter, et je pense que c'est ce qui s'est passé.

Il ajoute en regardant directement Lawrence :

— C'était très attentionné de votre part d'offrir ces jouets à mon petit-fils.

Lawrence hoche la tête.

— Voilà. Pardon de vous avoir dérangés.

Et il s'en va après nous avoir salués.

Lawrence et moi échangeons un regard.

— Qu'est-ce que tu penses de ça ? je demande.

— Ça ne me dit rien qui vaille.

— Attendez ! intervient papa. Je ne comprends pas. Cet homme vient s'excuser, et pour vous c'est mauvais signe ? Qu'est-ce qui s'est passé, d'ailleurs ?

— Oui, pourquoi cette interprétation négative ? j'interroge à mon tour.

— Il ne veut pas faire de pétard, répond Lawrence. Pourquoi ? Parce qu'il mijote un autre coup et qu'il ne veut pas tout faire rater. Il fait son gentil pour ne pas attirer l'attention sur ses autres plans.

— Bon sang de bois ! explose papa. Quelqu'un pourrait me dire de quoi vous parlez ?

Avant que nous puissions répondre, on frappe de nouveau à la porte et Orville Thorne fait son entrée.

Lawrence s'étant retiré, nous nous asseyons tous les quatre autour de la table. Orville boude. Alors qu'aucune révélation n'est encore sortie. C'est peut-être, comme il nous l'a dit, parce que l'enquête sur le meurtre de Trip Riley l'occupe énormément. À mon avis, c'est plutôt parce qu'il est assis à la même table que moi.

Je sais quelque chose que tu ignores, je me dis en moi-même.

Mais qu'est-ce que je sais en réalité ? En affirmant qu'ils n'étaient pas les parents d'Orville, mon père et Lana ont complètement chamboulé mes suppositions. Mais papa a quand même dit que nous étions « apparentés en quelque sorte ». Ça veut dire quoi ?

— Tante Lana, quel que soit le motif de cette réunion, est-ce qu'on peut faire vite ?

Lana sort un paquet de cigarettes. Je ne savais même pas qu'elle fumait. Elle en allume une, aspire une grande bouffée, rejette la fumée avant de se lancer :

— Autant démarrer tout de suite, Orville. Il y a des tas de choses que tu ignores, que je ne t'ai jamais expliquées. Et d'abord, à proprement parler, je ne suis pas ta tante.

— Comment, tu n'es pas ma tante ? C'est une blague ?

Même réaction que moi.

— Ton oncle Walter, mon cher mari, n'était pas ton oncle non plus.

— J'y comprends foutrement rien. Pourquoi tu me parles de ça maintenant ? Et pourquoi devant les Walker ?

— Parce que ça les concerne, répond doucement Lana.

— Répète ce que tu viens de dire ! Que toi et oncle... Que toi et Walter n'avez pas de lien de parenté avec moi ? Que je ne suis pas votre neveu ?

— Pas tout à fait. Je t'aime énormément, Orville. En fait, à mes yeux, tu es bien plus qu'un neveu. Tu es comme un fils pour moi. Mais nous ne sommes pas du même sang.

Elle tire sur sa cigarette avant de poursuivre :

— Par contre, toi et Walter, c'est différent.

Minute, papillon !

Orville en bégaye :

— Bon, alors si Walter, sans être mon oncle, est de ma famille, il était quoi par rapport à moi ?

J'avais à moitié raison, je me dis. Mais pas dans le bon sens.

— Il était ton père, annonce Lana Gantry.

Orville est estomaqué. Quant à moi, si j'avais un miroir, je pourrais observer ma bobine. Personne ne parle.

— Mais, objecte Orville, tu as toujours dit que mon père s'appelait Bert Thorne et ma mère, Katrina Thorne. Qu'ils avaient trouvé la mort dans un accident de voiture immédiatement après ma naissance. Si Walter était mon père, est-ce que Katrina était ma mère ?

Non, j'ai envie de crier.

— Non, dit Lana. Elle n'était pas ta mère. Désolée, Orville, nous avons dû te dire des choses qui n'étaient pas... C'était une époque différente... les gens faisaient beaucoup plus de cachotteries... Je suis navrée, vraiment.

Les oreilles d'Orville sont écarlates.

— Alors qui est ma mère ?

Lana se tourne vers mon père, Arlen Walker, qui, très calmement, en détachant les phrases, dit :

— Ta mère était Evelyn Walker. Ma femme. La mère de Zack.

De l'autre côté de la table, Orville me dévisage intensément. Il est en train d'assimiler la vérité. Tout comme moi, d'ailleurs.

— Ma femme et le mari de Lana ont eu une... liaison, raconte papa à Orville, mais il s'adresse indirectement à moi. Elle est tombée enceinte. Il y avait des gens qui savaient que je ne pouvais pas être le père. Après la naissance de Zack, je m'étais fait stériliser. C'était... Cela aurait été un scandale. Dans notre quartier, tout le monde savait que nous étions très amis.

J'ai l'impression que le chalet tourne sur lui-même.

— Walter te voulait, continue Lana. Il voulait un fils. Nous n'avions pas d'enfants.

— Et Evelyn… elle ne voulait pas d'un autre enfant, complète mon père. Elle est partie pendant six mois vivre avec sa sœur à Toronto. Tu es né. Un avocat a tout arrangé. Et finalement, Walter et Lana ont emmené le bébé. Ils ont déménagé dans un autre quartier où personne ne les connaissait et ils t'ont élevé.

Lana prend alors la relève :

— Mais nous avons continué à voir des gens de notre ancienne vie. Comment expliquer ton arrivée soudaine aux collègues de ton père ? Il a fallu imaginer une histoire. Tu étais notre neveu. Le fils de la sœur de Walter qui avait trouvé la mort avec son mari dans un accident. Et nous avions décidé de te garder.

— Je n'en crois pas un mot, s'écrie Orville.

— Regarde-nous ! je réplique.

— Quoi ?

— Regarde-nous ! Regarde-moi. Ma tête. Quand je suis arrivé ici, j'ai eu le sentiment que je t'avais déjà vu. Tu avais quelque chose de familier. Alors j'ai envoyé ta photo à ma femme, Sarah.

— Ma photo ? Où tu as trouvé ma photo ?

— Je l'ai prise. Quand je photographiais les poissons. Je la lui ai transmise par mail. Et la ressemblance lui a tout de suite sauté aux yeux. Au début, j'ai trouvé ça impossible. Ensuite, en rassemblant des fragments de souvenirs, j'ai compris que j'avais tort.

— Ma vie entière est un mensonge ! s'exclame Orville. Un mensonge !

Personne ne relève. Il a raison.

— Explique-moi comment c'est arrivé, je demande à mon père. Pourquoi et comment maman et toi vous êtes restés ensemble ?

— Je me comportais comme un salaud.

L'utilisation de ce mot me déconcerte.

— Tu veux dire quoi ?

— J'étais un vrai con. Un emmerdeur de la pire espèce. Toujours à lui reprocher quelque chose, à lui trouver des défauts. Je faisais tout pour qu'elle s'éloigne. En fait, je l'ai jetée dans les bras d'un autre homme. Au fond, j'étais aussi coupable qu'elle. Je me suis rendu compte un jour de mon attitude minable. Dieu merci, j'étais suffisamment lucide pour essayer d'agir.

— En fait, tu lui as pardonné ?

— Comme j'ai pardonné à Walter, chuchote Lana. Ça a pris du temps. Mais le gamin, toi, Orville, était une partie de mon mari et je l'aimais toujours. Et, parce que je ne pouvais pas avoir d'enfants, j'ai décidé de faire contre mauvaise fortune bon cœur.

— Je ne te cache pas que nous avons connu des moments difficiles, reprend papa. Mais nous les avons surmontés. C'était sans doute plus facile pour nous car tu ne vivais pas avec nous. Mais tu lui as manqué jusqu'à la fin de sa vie. Une partie d'elle-même est morte quand elle t'a donné, Orville.

Je me souviens des regards dans le vague de maman. De la manière dont elle s'asseyait et contemplait sans le voir le paysage par la fenêtre. Peut-être guettait-elle l'apparition de son autre fils, ce qui, elle le savait, n'arriverait jamais.

À mon tour de demander une précision :

— Et vous deux, aujourd'hui ?

Papa bouge avec gêne sur sa chaise. Lana se penche et lui prend la main :

— Nous ne sommes pas restés en contact. Nos retrouvailles ont été une véritable coïncidence. Quand Walter a pris sa retraite anticipée, nous nous sommes installés ici avec Orville et nous avons acheté le café. Je l'ai gardé après la mort de Walter. C'était mon assurance retraite. Des années plus tard, ton père est devenu propriétaire des Chalets de Denny. Un jour, il est venu prendre son petit déjeuner. C'était incroyable de le voir assis devant moi. J'y ai vu un signe du destin.

— Nous avions beaucoup en commun, explique papa. Nos conjoints avaient eu un enfant ensemble. Ils étaient morts. Nous avions appris à pardonner. Et chacun de nous était à la recherche de quelqu'un pour partager sa vie.

— Mon Dieu ! Trop, c'est vraiment trop ! Je ne sais pas si je vais arriver à avaler tout ça, s'exclame Orville.

— En plus, quand je regarde Orville, je vois ta mère. Et je pense combien je l'aime encore.

Je dois me lever et faire les cent pas dans la pièce. J'ai autant de difficulté qu'Orville à digérer ces informations.

— Orville, dit Lana solennellement, tu as un frère. Et tu as aussi une sœur, Cindy, la sœur de Zack. Toi et Zachary, vous avez la même mère. Vous êtes demi-frères.

Orville est également debout. Il s'éloigne de la table en secouant la tête. Ses yeux vont de Lana à papa pour s'arrêter sur moi.

— Enfant unique pendant toutes ces années ! Et voilà que maintenant j'ai un frère aîné.

J'ai la gorge serrée.

— Imagine. Toute ta vie tu rêves d'avoir un frère. Quand enfin tu découvres que tu en as un, c'est le plus grand connard de la planète.

Sur ces mots il quitte le chalet.

28

Lawrence entre dans le chalet au moment où Orville en sort et fonce à la vitesse de l'éclair vers sa voiture. Lawrence maintient la moustiquaire ouverte avant qu'elle ne se referme en claquant puis me fait signe de le rejoindre. Priant papa et Lana de m'excuser, je quitte la table.

— Qu'est-ce qui se passe, mon pote ?

— Alice Holland m'a joint sur mon portable. La connexion était mauvaise, souvent coupée, mais j'ai compris que son admirateur secret l'avait encore contactée.

— Elle a reconnu sa voix ?

— Elle préfère que nous l'écoutions par nous-mêmes. Elle avait l'air médusée.

— « Médusée » ?

— Oui, totalement.

— Donne-moi une minute !

Papa et Lana sont tranquillement assis à table. Elle allume sa deuxième ou troisième cigarette, papa ouvre une bouteille de vin rouge et remplit à ras bord un verre à moutarde.

— Merci de tes éclaircissements, papa. J'étais complètement à côté de la plaque. Je te demande pardon.

— Je me fiche de ce que tu penses de moi, en bien ou en mal. Par contre, je refuse que tu méprises ta mère. Mais garder un tel secret plus longtemps était au-delà de mes forces.

— Je dois y aller, annonce Lana. J'ai l'impression qu'Orville va passer à la maison plus tard et je veux être là.

— Bien sûr, approuve papa.

— Il faut que je parte moi aussi. Lawrence et moi allons rendre visite à Mme le maire.

— Alice ? dit Lana. Dis-lui bonjour de ma part.

Je prends ma veste et glisse la bombe anti-ours dans ma poche.

Lawrence m'attend dans sa Jag, moteur au ralenti. Il démarre. Nous nous taisons.

— C'est quoi ce bazar avec ton frère ? demande-t-il au bout d'un moment. Il n'avait pas l'air ravi en quittant le chalet de ton père. Comme s'il avait du mal à digérer la nouvelle.

Je souris à moitié :

— Moi aussi je suis un peu sonné.

— Alors ? Tu vas être obligé de lui envoyer des cartes de Noël à partir de maintenant ?

Je mets Lawrence au courant :

— Je croyais avoir tout compris en soupçonnant mon père d'avoir salement trompé ma mère, mais c'était faux. En fait, j'ai du mal à savoir le genre d'homme qu'il est. Mais ce n'est pas le salaud que j'imaginais, et je dois même m'entrer dans le crâne qu'il est un type bien. Bien mieux que je ne le pensais.

Je fais une pause en songeant à ce que papa m'a dit l'autre jour, avant de reprendre :

— Il y a deux jours, il m'a confié que Lana et lui étaient des personnes qui pardonnaient facilement. Je comprends maintenant le message.

— Et Orville ? Sa réaction ?

— Il est sûrement déçu d'apprendre que son frère aîné est un vrai connard.

Lawrence réfléchit au problème.

— Ouais, c'est dur à digérer.

Nous traversons Braynor et virons sur la route qui mène à la maison d'Alice. Au moment où nous nous garons derrière celle-ci, elle ouvre sa porte et, la nuit tombant, allume une lampe extérieure.

— Rebonjour ! Je ne pensais pas vous appeler si vite.

Les poings fermés, George arpente la cuisine. Nous voyant débarquer, il sermonne sa femme :

— Alice, nous n'avons plus besoin de leur aide. Nous savons qui c'est. Je veux ce pourri. Je veux l'étrangler de mes mains.

— Vous l'avez *identifié* ? je demande.

— Votre aide nous a été tellement précieuse que vous seriez sans doute contents d'entendre l'enregistrement. Mais je ne connais rien à cet engin. On peut réécouter la communication ?

— Bien sûr ! affirme Lawrence.

De ses doigts de fée, il manipule l'appareil qu'il a relié au téléphone des Holland puis connecté à un ordinateur portable.

— Je vois que vous avez eu trois coups de téléphone depuis que j'ai installé le dispositif.

— C'est le dernier, précise Alice. Le premier venait d'un adjoint municipal, le deuxième de ma fille en Argentine. Passez le troisième.

— D'accord. On y va.

Tout est digital, sans bande magnétique. Lawrence utilise la souris pour revenir en arrière et écouter.

Alice Holland : Allô ?

Voix masculine : C'est la maire ?

Alice : Oui, je suis la maire.

Voix masculine : Il ne vous reste pas beaucoup de temps pour prendre la bonne décision. Le défilé n'est que dans quelques heures.

Alice : Qui est à l'appareil ?

Voix masculine : La voix de la raison, espèce de salope. Vous allez laisser ces pervers défiler ou vous les annulez ?

Alice : Sinon, vous ferez quoi ?

D'un hochement de tête, Lawrence félicite Alice pour la façon dont elle a incité son interlocuteur à continuer le dialogue.

Voix masculine : Quelque chose d'horrible risque de vous arriver. C'est ça que vous voulez ? Juste pour qu'une bande de pédés participe au défilé ?

Alice : Vous savez quoi ? Je parie que les lesbiennes du défilé ont plus de couilles qu'un type qui téléphone d'une façon anonyme en me menaçant. Vous avez regardé dans votre caleçon dernièrement ? Il était vide ?

Voix masculine : Salope ! Comment osez-vous…

Une autre voix, plus lointaine : Bonjour, monsieur Henry !

Voix masculine : Oh merde !
Il raccroche.

Lawrence me sourit. Alice Holland sourit. Seul George continue à faire la gueule.

— Et voilà le travail ! s'exclame Lawrence.

— C'est le moment d'utiliser tes années d'expérience dans la police et tes dons d'analyste pour tenter d'identifier le correspondant, je dis en me moquant.

Alice commence à rire, suivi de Lawrence. Même George se détend et desserre ses poings.

La voix en arrière-plan nous a semblé être celle d'une adolescente. Alice dit en l'imitant :

— Bonjour, monsieur Henry !

À mon tour d'éclater de rire et bientôt, nous sommes tous en train de nous tenir les côtes en nous appuyant contre le comptoir de la cuisine pour ne pas tomber.

— Mon Dieu ! s'exclame Alice. C'est à mourir de rire !

— Je crois avoir trouvé, annonce Lawrence, le plus sérieusement du monde. Mais je dois l'écouter une fois encore pour être tout à fait certain.

Il manipule son appareil, diffuse le dernier passage entre Alice et son interlocuteur :

« Bonjour, monsieur Henry ! »

— Arrête ! je lui crie, je n'en peux plus !

Peu à peu, nous retrouvons notre sérieux.

— Bon sang ! fait Alice.

— OK ! décrète finalement George qui a recouvré ses esprits. Il est temps de lui faire sa fête.

Nous nous engouffrons dans deux voitures. George Holland prend la tête, nous fait traverser Braynor, longer l'épicerie de Henry et la cabine téléphonique située en face et tourner à gauche dans une rue aux bicoques en briques tristes et carrées, sans doute construites dans les années 1960. Il met son clignotant avant de se garer à l'entrée d'une allée menant à une maison d'un étage en briques rouges, bloquant ainsi une Ford Taurus noire. Lawrence se range sur le bas-côté. Nous sortons tous des voitures.

En remontant l'allée, Lawrence, qui porte une petite mallette, regarde à l'arrière de la Ford.

— Tiens, tiens ! dit-il.

— Quoi ? je m'étonne.

— Tu vas voir ! me promet-il en ouvrant la portière arrière, côté passager.

Se penchant derrière le siège, il retire une boîte d'œufs.

— Drôle d'endroit pour mettre des œufs ! je m'exclame.

Lawrence l'ouvre. Cinq œufs manquent à l'appel.

— Je conçois qu'on oublie des emplettes dans sa voiture en rentrant chez soi, mais pourquoi rapporter un œuf à la fois ?

Il me confie la boîte.

Alice avance et sonne à la porte. Une femme obèse aux cheveux frisés ouvre. Reconnaissant la visiteuse, elle l'accueille d'un :

— Bonjour, madame la maire !

— Nous sommes venus voir Charles.

L'épouse se tourne à l'intérieur :

— Chuck ! T'as du monde !

Nous sommes tous plantés sur le perron à attendre que le roi de l'épicerie de Braynor se manifeste. De quoi l'intimider.

— De quoi s'agit-il ? s'inquiète-t-il en se réfugiant à moitié derrière la porte.

Rien qu'à le voir aussi nerveux et transpirant, on le comprend : il sait que son petit jeu touche à sa fin.

— J'ai pensé que vous auriez envie de parler à la salope en personne, annonce Alice.

— Comment ? Qu'est-ce que ça signifie ? Alice, de quoi voulez-vous parler ?

Lawrence brandit sa mallette :

— Tout est là-dedans. Vous désirer l'écouter ? La dernière partie, quand la gamine crie « Bonjour, monsieur Henry ! ». Si vous vous entendiez ! Vous allez vous éclater !

— Je devrais vous décapiter, espèce de ver malfaisant, gronde George.

Henry tente de refermer la porte, mais George la repousse et entre. Nous l'imitons. Au bout du vestibule, j'aperçois Mme Henry faisant la vaisselle. Deux filles de huit et dix ans sortent de la cuisine en pouffant et foncent au premier étage.

— Nous devrions leur passer l'enregistrement, je suggère en narguant Henry. Qu'elles entendent en quels termes leur père s'adresse à une femme.

— Chut ! dit l'intéressé en se passant une main dans les cheveux. Venez en bas !

Il nous précède dans une salle de jeux qui n'a pas dû changer depuis 1960. Une épaisse moquette marron, des murs recouverts de bois sombre, un billard croulant sous les cartons de décorations de Noël qui attendent là depuis des mois – mais les fêtes revenant dans quelques mois, à quoi bon les ranger ?

— Chuck ? s'angoisse sa femme, qu'est-ce qui se passe ?

— Ferme la porte, bon sang ! lui crie-t-il.

Elle la claque violemment.

— Qu'est-ce que vous me voulez ?

Lawrence pose son portable sur un coin du billard, l'ouvre et fait écouter l'appel se terminant sur : « Bonjour, monsieur Henry ! »

Henry branle du chef.

— Quelle conne, cette Violet !

— Violet ? je demande.

— La caissière ! répond Alice, qui connaît tout le monde en ville. Elle prépare son bac tout en travaillant à mi-temps pour Charles. Elle l'a vu dans la cabine téléphonique après ses heures.

Charles Henry se tait.

— Premièrement, poursuit Alice, je veux que vous reconnaissiez vos méfaits.

Je lui montre la boîte d'œufs.

— On ne parle pas seulement des appels téléphoniques. Vous avez également rendu visite à la boutique de bandes dessinées de Red Lake.

Malgré la fraîcheur de la pièce, Charles Henry continue à transpirer.

— Je ne sais rien de cette boutique.

— Vraiment ? insiste Lawrence. Qu'arrivera-t-il quand je donnerai cette boîte d'œufs à mes amis du laboratoire médico-légal pour qu'ils comparent l'ADN de ces œufs et l'ADN de ceux qui ont été balancés contre la devanture de Stuart Lethbridge ?

Je dévisage Lawrence avec étonnement.

— D'accord ! concède Henry, dépassé par ce que la science peut accomplir. D'accord, j'ai jeté les œufs. Et je suis vraiment désolé pour les coups de téléphone.

George Holland rugit :

— Monsieur est désolé !

— Vous êtes désolé d'avoir été pris ! constate Alice. Alors, voici ce que j'exige de vous. Vous allez appeler Tracy au *Times*. Lui dire que vous retirez votre pétition. Qu'il est temps que les choses se calment. Dites-lui que les gens ont des points de vue différents sur qui peut ou ne peut pas participer au défilé, mais qu'il y a trop d'énervement dans l'air et qu'il faut que les esprits s'apaisent.

— D'accord, acquiesce-t-il d'une toute petite voix.

— La prochaine édition du *Times* ne sort que dans quelques jours, je lui rappelle. Il doit intervenir maintenant.

— Charles, reprend Alice, vous allez donc téléphoner à Andy à FL Radio et lui proposer une interview à diffuser lors du prochain journal parlé. Dites-lui la même chose qu'à Tracy. Vous pouvez lui raconter que vous ne voulez pas de gays et de lesbiennes dans le défilé, ça m'est égal, mais précisez bien que vous souhaitez que celui-ci se déroule dans le calme. D'ailleurs, nous en reparlerons plus tard.

— Vraiment, on pourra en discuter ? fait Henry, plein d'espoir.

Alice le coince contre le billard et réplique :

— Pas avec vous, Charles. Jamais. Dès à présent, vos opinions comptent pour du beurre dans cette ville. Vous me causez le moindre ennui, et je donne cet enregistrement non seulement à la police, mais à la radio locale. Je le brancherai sur le haut-parleur d'une voiture et je parcourrai les rues en mettant le son au maximum. Que les gens sachent qui vous êtes en réalité. Un tout petit monsieur.

Henry paraît rapetisser.

— À mon tour ! J'ai quelques questions, annonce Lawrence.

Alice se recule et le détective prend sa place.

— Qu'est-ce que vous savez à propos de ce qui va se passer pendant le défilé ?

— Hein ? fait Henry, tout surpris. Je ne comprends pas.

— Si vous avez connaissance d'un événement grave qui pourrait se produire demain, vous avez intérêt à nous le dire maintenant.

— J'ignore ce dont vous parlez.

Lawrence se tourne vers George :

— Vous aviez demandé à rester seul avec ce type pendant dix minutes ?

George s'illumine.

— Ouais !

— C'est le moment ou jamais.

— Non ! Non ! gémit Henry. Je vous jure, je ne sais rien !

— Et au sujet des Wickens ? insiste Lawrence. Sur Timmy Wickens et sa bande ?

— Lui ? Vous plaisantez. Il est dingue ! Lui et ses garçons et sa femme numéro deux ? Complètement timbrés !

Un point sur lequel nous pouvons tous être d'accord.

Grand silence pendant quelques instants. Nous n'entendons que le ronronnement d'un lave-vaisselle au-dessus de nos têtes et la respiration précipitée de Henry.

— Je crois qu'il n'est au courant de rien, concède Lawrence.

— C'est vrai ! Franchement !

— Il n'a pas assez de couilles pour ça, ajoute Lawrence. Un petit monsieur comme vous n'est bon qu'à passer des coups de fil dégueulasses et à jeter des œufs, mais rien de plus.

— Vous avez raison, approuve Alice.

— Ça veut dire que je ne peux pas rester seul avec lui un moment ? implore George.

— Désolée, mon trésor, dit Alice en tapotant le bras de son mari.

En retournant à notre voiture, je demande à Lawrence :

— Comparer l'ADN des œufs jetés sur la boutique de bandes dessinées à celui des œufs restés dans la boîte, c'est possible ?

Lawrence ouvre sa portière.

— Je m'étonne encore d'avoir sorti ça. Parfois, je me laisse quelque peu emporter.

29

Il fait nuit quand nous retrouvons notre chalet.

Lawrence regagne sa chambre, ouvre le premier tiroir de sa commode contenant les affaires qu'il a soigneusement pliées un peu plus tôt et en retire un chandail noir à col roulé.

— Qu'est-ce que tu fous ?

— Je me change. Et tu devrais en faire autant.

— Pourquoi ? Faut se mettre sur son trente et un pour espionner les Wickens ?

Lawrence enlève son pantalon qu'il remplace par un jean noir. Il rentre sa chemise et en lisse les plis.

— En quelque sorte !

Je remarque que les vêtements qu'il porte pour ses activités de surveillance sont plus chers que ce que je mets pour aller au journal.

— Des fringues sombres. Pour passer inaperçu. Tu es un peu novice, pépère !

— Je n'avais pas prévu de me cacher dans les bois et je n'ai rien apporté d'adéquat. À vrai dire, je n'ai même pas eu le temps de préparer un sac de voyage.

Il fronce le nez.

— Tu portes les mêmes trucs depuis longtemps ?

Je hausse les épaules.

En soupirant, Lawrence me lance un de ses hauts sombres.

— Ton jean est OK et ce pull ira, mais quoi faire pour ton visage pâle ?

J'enlève ma chemise, enfile le pull de Lawrence, qui sent l'adoucissant ou un produit de ce genre.

— Quel parfum ! Tu fais ta lessive toi-même ?

— Et alors ?

— Bon, dis-moi juste : tu sais repasser ?

— Tu te prépares à me balancer une vanne sur les gays ?

— Non, non ! Je voulais seulement savoir si je devais ajouter le repassage à la liste de tes compétences qui m'échappent. Ficher une raclée serait en numéro 1, le blanchissage en dernier. Avec un nombre impressionnant d'aptitudes entre les deux !

— Parle-moi des chiens, demande Lawrence en bouclant sa ceinture.

— Tu les as admirés tout à l'heure. Ils sont deux : Os et Moelle. D'un point de vue technique, j'ignore si ce sont des chiens. Je pencherais plutôt pour de petits vélociraptors. Tout en muscles et en crocs. Et, d'après ce que j'en ai vu, aussi fous que dangereux. L'autre jour, ils ont essayé de défoncer la porte d'un chalet. Si tu as l'intention de pénétrer chez les Wickens pour dissimuler un de tes engins, tu as perdu la tête !

L'idée même me hérisse le poil, mais cette réaction épidermique vient peut-être du col roulé que m'a prêté Lawrence.

— Réfléchis bien, je poursuis. Si les chiens sont en liberté et patrouillent dans la propriété, tu n'arriveras pas à franchir la distance qui va de la haie à la ferme. S'ils sont enfermés dans la cuisine où ils mangent et dorment, tu n'entreras pas dans la maison.

Lawrence restant muet, je continue :

— Quant à les empoisonner, bien que je ne sois pas le genre de personne à approuver le meurtre des animaux domestiques, je ferais une exception. Mais cela éveillerait les soupçons, non ? Si leurs chiens sont retrouvés morts, les Wickens vont poser des questions, en premier à mon père et à moi, et bien sûr à toi qui les as tellement impressionnés. Et Timmy Wickens n'est pas du genre à y aller en douceur quand il pose des questions, bien qu'il n'ait pas fait trop d'histoires sur ta façon de rosser ses garçons. Tu m'entends ? Tu ne réponds rien. Tu comprends ce que je te dis ? Je parle chinois ?

Lawrence acquiesce et je lui fais promettre de ne pas empoisonner les chiens.

Après d'amples considérations muettes, il s'exprime enfin :

— Je n'y toucherai pas. S'il le faut, je les abattrai. Mais pour le moment, je n'ai rien décidé de tel.

— Alors, quels sont tes plans ?

Lawrence m'entraîne dans le salon où il déballe ses engins de surveillance, dont un gadget que j'ai remarqué chez la maire. Ça ressemble à un pistolet mais le barillet est recouvert d'un tissu éponge noir.

— Un micro directionnel. Tu le pointes à distance et il détecte les sons. J'ignore s'il va être efficace. Tout dépendra si les fenêtres sont ouvertes et si les Wickens sortent de la maison.

Puis Lawrence sélectionne des micros-boutons que j'avais déjà remarqués. Ils ont l'épaisseur de trois pièces de monnaie, un côté lisse, l'autre finement quadrillé.

— Des bugs ?

— Ouais. Dernier cri. D'après la pub, ils résistent à l'humidité et captent les sons à travers les murs mais, d'après ma propre expérience, pour que ça fonctionne, les cloisons doivent être relativement fines.

— On va les planter en dehors de la maison et entendre ce qu'ils se disent ?

— Non, ils ne sont pas assez puissants pour traverser les murs extérieurs. Mais je me demande...

— Quoi ?

— Si on en place un ou deux dans la cuisine...

— Lawrence ! je m'écrie, exaspéré. Tu as imprimé ce que je t'ai dit il y a deux secondes ? Les chiens campent dans cette pièce. Tu n'entreras pas dans la cuisine s'ils y sont. Et n'oublie pas que six personnes vivent dans la ferme. Si jamais j'arrivais à mieux connaître May Wickens... Non ! Même si elle veut s'en aller avec Jeffrey, ça ne signifie pas qu'elle accepterait de poser des bugs chez son père. De toutes les façons, elle est tellement surveillée qu'il est difficile de l'approcher.

— Et si on utilisait les chiens ? propose Lawrence.

— Tu débloques ?

— Les chiens sont notre plus gros problème. Et s'ils faisaient partie de la solution ?

— Je ne pige toujours pas. Tu veux leur accrocher ces micros-boutons autour du cou comme à la télé ? Fastoche ! Je suis sûr qu'ils se tiendront tranquilles pendant que tu les équiperas !

— Mais non. Rien d'aussi visible.

Il prend un de ces gadgets entre le pouce et l'index.

— Si on les introduisait à l'intérieur des chiens ?

— Tu te fiches de moi ?

— C'est un coup que je n'ai jamais tenté, mais ça vaut la peine d'essayer. On dissimule les micros dans une pâtée, on leur file à bouffer en espérant qu'ils avaleront le tout. Ensuite ils se couchent dans la cuisine avec leurs bugs et nous, nous écoutons.

— Tu m'as l'air sérieux.

— Oui, à cent pour cent, affirme-t-il, le sourire aux lèvres.

Impossible de lui cacher mon admiration.

— J't'adore quand t'es comme ça, mon pote !

Lawrence inspecte le micro qu'il tient et réplique :

— Je t'ai déjà dit que tu n'étais pas mon type.

— Il en faut combien ? Tu en as apporté beaucoup ?

— Une demi-douzaine. On va se procurer des croquettes, les mettre avec les micros dans des bols que nous glisserons de l'autre côté de la haie. Sûr qu'ils vont les renifler. Avec un peu de chance, ça va marcher.

— Tu sais, je peux leur donner quelque chose de bien plus savoureux que des croquettes.

Dans la pénombre, il me faut un moment pour retrouver l'emplacement où sont enterrées les entrailles de poisson. Mais quand les arbres s'espacent, quand ma torche éclaire le volet de la fosse, le tas de terre et la pelle, je murmure à Lawrence :

— Je te présente le théâtre de mes exploits !

Dans le hangar adjacent à la remise, nous avons pris deux seaux métalliques que nous avons transportés sur la tondeuse autoportée paternelle. Je retire le volet et la dernière couche de terre que j'ai jetée dans le trou. Je me souviens d'avoir vidé le seau plein d'entrailles dans la matinée puis renouvelé l'opération un peu plus tard, n'enterrant que les intestins gluants d'un seul brochet. La pêche a été maigre aujourd'hui aux Chalets de Denny. Facile à comprendre quand on sait que nous avons perdu un locataire victime d'un ours et que Bob est tellement traumatisé qu'il est probablement resté prostré dans son chalet. Betty et Hank Wrigley n'ont pas relevé le niveau.

J'arrache la pelle du tas de terre et l'enfonce dans le trou. Un bruit flasque se fait entendre. Je remonte deux pelletées de terre puis l'objet principal.

— Mon Dieu ! s'exclame Lawrence quand je lui montre l'étalage de viscères, d'arêtes, d'écailles et d'yeux. Je n'ai jamais vu une horreur aussi horrible, à l'exception peut-être de *Eyes Wide Shut*. Tu as aimé ce film ?

— Tiens bien les seaux !

— Pas question ! Je les pose là, tu les remplis. Je vais m'éloigner pour vomir.

Les entrailles glissent dans le premier récipient.

— Tu es sûr que les chiens adorent cette bouffe ?

— De vraies friandises !

Je replonge ma pelle dans le trou et en ressors de quoi remplir le second seau.

— Les croquettes auraient bien suffi. Et elles ne puent pas autant.

— Ils vont avaler ce festin comme du pâté de foie. Sans avoir à mâcher.

— Je ne me sens pas bien, gémit Lawrence.

— Laisse tomber les micros dans les seaux.

Lawrence en jette un dans chaque.

— C'est cher, ces engins ?

— Ne me pose même pas la question.

— Ils ne craignent pas l'humidité ?

— Paraît-il. Mais j'imagine que les prototypes n'ont pas été soumis à ce genre de test.

— S'ils fonctionnent, combien de temps sont-ils autonomes ?

À la lueur de la lune, je vois Lawrence hausser les épaules.

— La digestion dure combien de temps chez les chiens ?

— Douze heures, peut-être ? Mais je dois t'avouer que les Wickens ne sont pas connus pour ramasser les crottes de leurs chiens. Tu ne récupéreras pas tes micros.

— Tant pis pour toi. J'allais te les offrir.

Après avoir rempli le quart des seaux avec les entrailles, je replace la pelle. Lawrence paraît tellement dégoûté que je ne lui demande pas de m'aider à les porter.

— Allons nourrir nos gentils chiots ! Auras-tu le courage de jeter de la terre sur la poiscaille et de remettre le volet sur la fosse ?

— Non merci ! J'accepte de te faire cadeau de mes honoraires de détective privé, mais il ne faut pas charrier.

Ayant décidé de recouvrir la fosse plus tard, je guide Lawrence à travers bois jusqu'à la clôture métallique qui entoure la ferme. Le bâtiment, éclairé au rez-de-chaussée et au premier étage, s'élève à une trentaine de mètres de nous, à la fois paisible et inquiétant. Malgré la distance, des bribes de conversation nous parviennent depuis l'intérieur. La grange, sur notre droite, nous apparaît comme un carré noir sur fond noir, à la fois vaste et hostile. Une seule lampe est allumée au-dessus du perron de la ferme, sur notre gauche.

— On fait quoi si les chiens ne sortent pas pour bouffer cette merde ? je m'inquiète.

— Il va bien falloir qu'ils pissent avant d'aller se coucher, espère Lawrence.

Nous avons également apporté un cintre en métal que je déplie afin de disposer d'un long crochet pour déposer les seaux de l'autre côté de la clôture. Avec moult précautions, je les mets en place sans qu'ils se renversent. Puis nous reculons de quelques pas et demeurons immobiles, à épier la maison.

— Allez, prie Lawrence dans sa barbe, faites sortir ces maudits clébards !

Une légère brise nous souffle dans le nez la délicieuse odeur de poisson pourri.

Au bout de cinq minutes à fixer la ferme, je confie :

— Il me faudra du temps pour accepter ce que j'ai appris sur papa et Orville. On croit tout savoir, et soudain on se rend compte qu'on ne sait que dalle. Ma mère était quelqu'un de bien.

— Je n'en doute pas.

— Mais elle a gardé des secrets toute sa vie.

— Comme tout le monde.

J'y réfléchis puis l'interroge :

— Toi aussi ?

La lune éclaire la moue triste de Lawrence.

— Surtout moi. Mon père n'a jamais rien su de ma véritable existence.

Je me souviens de ma visite à l'hôpital, quand Lawrence était en soins intensifs et que j'avais bavardé avec sa sœur Laetitia.

— Ta sœur m'en a parlé. Elle m'a laissé entendre que tu avais tout caché à ton père, non pour te protéger mais pour l'épargner.

— C'était un type bien. Mais il n'aurait pas compris. Je suis qui je suis. Je ne m'attends pas à ce que le monde change pour me faire plaisir.

Tout d'un coup, Lawrence plisse les yeux.

— Ça bouge !

Je me concentre sur la ferme. La porte du perron s'ouvre en grand, une voix de femme, Charlene sans doute, crie :

— Allez ! Ouste !

Os et Moelle bondissent dehors. Soufflant et grognant en descendant les marches, ils commencent par se diriger chacun vers un endroit différent quand, presque en même temps, ils se figent.

— Mon Dieu, murmure Lawrence. Ils ont déjà humé l'odeur.

La lampe du perron éclaire les deux créatures infernales qui, tête dressée, reniflent l'air. Os regarde Moelle (ou est-ce le contraire ? Je ne peux rien affirmer) et soudain, comme s'ils allaient faire la course, ils démarrent ensemble.

Droit vers nous. Ou, je l'espère, vers les deux seaux qui sont entre eux et nous, de l'autre côté du grillage.

Dès qu'ils sont partis, on ne les voit presque plus. Ce ne sont plus que deux ombres se ruant sur leur proie, qui se rapprochent à toute vitesse. En quelques secondes, ils arrivent aux seaux, tous deux se précipitant sur celui de gauche, cherchant à y enfoncer leurs gueules en même temps. Puis Os abandonne, repère le second seau à quelques mètres de là et plonge.

Ils mettent moins d'une minute pour avaler boyaux, os et arêtes, ces éboueurs canins. Moelle renverse son seau, le pousse de la gueule afin d'en extraire le dernier morceau.

— Merde ! murmure Lawrence. S'il l'emporte trop loin, nous ne pourrons plus le récupérer. Et pas question que quelqu'un le découvre demain matin.

Quand Os en a terminé, il court vers la grange, suivi de son copain. Grâce au cintre, je récupère les seaux en les faisant passer au-dessus de la clôture. Prenant soin de ne pas être vu de la ferme, je les inspecte à la lumière de ma torche.

— Ils n'ont rien laissé, constate Lawrence en se frottant les mains. Pas une miette, pas une arête, pas un micro. Je vais déployer mes joujoux et voir ce que ça donne.

— C'est peut-être fou, mais j'ai un tout petit peu faim. Nous n'avons pas dîné, si ?

30

Je monte la garde sans bouger tandis que Lawrence court au chalet chercher ses appareils. Dix minutes plus tard, il revient avec deux mallettes. De la plus grande, il sort son ordinateur portable. Avant de l'allumer, il s'assure que l'écran n'est pas visible de la ferme.

— Je ne voudrais pas qu'ils aperçoivent une lueur.

De la même mallette, il extrait deux paires d'écouteurs et un autre gadget. Il me tend un des casques que je glisse autour de mon cou. Il en fait autant avec le sien. Dans la seconde mallette, il prend le micro directionnel qu'il me donne.

— Pointe-le vers la maison en le tenant fermement. Je ne suis pas encore prêt mais ça m'aidera pour la suite.

— Certainement, j'affirme en l'agrippant des deux mains. Ce genre de tâche fait partie de mes compétences.

Lawrence commence à taper sur le clavier, à déplacer le curseur, à ouvrir des fenêtres. Je n'ai pas la moindre idée de ce qu'il fabrique.

— Ai-je besoin de recevoir quelques explications ?

— Non, répond-il sans lever la tête.

Il place les écouteurs sur ses oreilles, comme pour les tester, puis les enlève.

— En premier lieu, il nous faut déterminer si les chiens ont avalé les micros sans les abîmer.

Je surveille la ferme. Il en émane des bruits paisibles. Une ombre passe devant une fenêtre. Les molosses émergent de la nuit, escaladent le perron, grattent à la porte en se bousculant. Quelqu'un, j'ignore qui, l'entrouvre suffisamment pour les laisser passer.

— Ils sont rentrés, j'annonce.

— Un seul émet, constate Lawrence en écartant un des écouteurs de son oreille. Je ne reçois qu'un micro. L'autre a dû être mâché.

— Je peux écouter ?

Lawrence me dit d'ajuster mes écouteurs. Voici ce que j'entends :

« *Pa-boum, pa-boum, pa-boum.* »

— C'est quoi, ce boucan ?

En arrière-plan, un autre bruit se superpose, plus difficile à identifier, un peu comme un sifflet.

— C'est un SOC. Système opérationnel canin. Les battements de cœur, la respiration. Je vais essayer d'en filtrer le plus possible.

Je tends à nouveau l'oreille.

« *Pa-boum, pa-boum, pa-boum* devoirs de classe, *pa-boum*, la vaisselle, de la bière par ici, *pa-boum, pa-boum.* »

— C'est de la folie, je râle. Impossible de distinguer quoi que ce soit à cause de ces satanés battements de cœur. J'ai l'impression que le chien qui a le micro traîne d'une pièce à l'autre.

— Zack, cesse de t'agiter ! tempête Lawrence en tapant sur son portable. Ton micro directionnel fonctionne, maintenant, alors vise bien la maison. Je vais coordonner les différents micros pour qu'ils soient braqués sur le même objectif mais sous des angles différents. Les chiens se sont offert une belle balade. Ils devraient s'écrouler d'un moment à l'autre et s'endormir. Si l'un donne l'exemple, l'autre suivra.

— Ils ont une cervelle pour deux !

Dans les écouteurs :

« Hé, mon clebs, ça boume ? Merde, où t'as été te fourrer ? »

Un son légèrement assourdi, mais enfin une phrase complète. De Timmy ou de l'un des fils de Charlene, qui s'interroge sur l'haleine d'un des chiens. Après un festin d'entrailles de poisson, il faut toujours sucer un bonbon à la menthe !

— Il y a une couverture sur le sol de la cuisine, je murmure. Ils vont se coucher dessus.

Lawrence demeure concentré sur son écran où s'affiche un graphisme aux colonnes qui grandissent ou rapetissent selon l'intensité des sons parvenant dans les écouteurs. Il manipule à nouveau le curseur. Les battements de cœur ne disparaissent pas mais sont atténués.

Avec mon casque sur la tête, mes mains serrant fermement le micro directionnel, les yeux rivés sur la ferme, je saute au plafond quand Lawrence me tapote le genou :

— Merde ! J'ai failli avoir une crise cardiaque.

— Vise l'arrière de la maison. D'après moi, c'est là que se trouve la cuisine.

— Tu as raison, dis-je en me souvenant du plan du rez-de-chaussée tel que je l'ai reconstitué pendant le dîner.

Je tourne légèrement le micro. Lawrence me fait signe d'arrêter.

« Jeffrey ! » entend-on.

Pas de doute, c'est la voix de Timmy. Des sons divers, puis des bruits de pas.

« Ouais ?

— … Que… fais-tu… en dehors de ta chambre ?

— … Chercher de l'eau…

— … Tu seras puni… allez, terminé, rends-moi ces figurines. »

Lawrence hoche la tête.

— Oh, malheur ! Je ne voulais pas causer des ennuis à ce gamin. Il aurait dû les cacher tout de suite.

Jeffrey à nouveau :

« Mais je les adore.

— Eh bien, tu es à l'eau et privé de dessert, rien pour toi jusqu'à ce que tu me les remettes.

— Oh, papa ! »

Une voix différente, moins grave, plus douce. Ce doit être celle de May, à moins que Charlene n'appelle son mari « papa » dans l'intimité ! Je murmure à Lawrence :

— La fille… la mère de Jeffrey.

May continue :

« Pourquoi tout ce foin pour deux figurines ? Parce qu'elles sont noires ? Juste des…

— Tant qu'il est… mon toit… il suivra mes règles et quant… à toi. Est-ce que je vais devoir prendre… et te fouetter ?

— C'est… la faute de ce putain de Négro. »

Wendell ou Dougie ?

« … Y retourner et y botter son cul de Nègre… »

Lawrence ne bronche pas et continue d'écouter.

« Non, dit Timmy. Nous avons des choses plus importantes à faire.

— Pas juste, qu'il s'en tire sans rien. J'ai l'cou en compote.

— Ouais, dit le frère. Et moi, c'est l'dos. J'crois que j'ai un truc de cassé.

— Si tu avais quelque chose de cassé, tu ne serais pas ici, rétorque Timmy.

— Tu aurais dû le voir, dit Jeffrey. Il les a fait tomber tous les deux en quelques secondes. »

J'ai l'impression de déceler une nuance d'admiration dans sa voix.

Il y a des cris.

« Pardon ! s'excuse Jeffrey.

— C'est pas bien ce qu'il a fait. »

Une femme a parlé mais pas May. C'est donc Charlene, et elle poursuit :

« Tu peux pas interdire à mes garçons de se venger. Ils ont la rage.

— Pas maintenant ! » crie Timmy.

Pan ! On a donné un coup de poing sur la table.

Je murmure à Lawrence :

— Tu causes toujours des problèmes. Moi qui croyais être le seul.

Il me fait signe de me taire.

« Couche-le ! ordonne Timmy. Ce petit con va apprendre… pour… tout… »

Lawrence trifouille ses réglages. Nous perdons le son.

— Le chien se déplace, constate Lawrence. Allez, mon toutou, retourne à la cuisine !

Les voix s'évanouissent. Le peu que nous captions provenait, j'imagine, de mon micro.

Pendant les cinq minutes suivantes, nous n'entendons plus que des halètements canins, voire une voix vague qui disparaît très vite. Nous ne gardons qu'un écouteur en place pour pouvoir nous parler plus facilement.

— C'est foutu, s'attriste Lawrence. On devra recourir à un autre stratagème.

— Genre quoi ? Livrer aux gars une cargaison de Big Mac ? Avec les micros glissés dans la sauce spéciale ?

Lawrence est furieux et dépité. Soudain, les voix reviennent, aussi claires qu'un carillon.

« J'vais à la grange, annonce Wendell. Un coup de main serait pas de refus.

— Ouais », dit Timmy.

Le chien est revenu à la cuisine, où il a dû se coucher sur le tapis. Je resserre le micro dans ma main, m'apprête à rajuster mon casque quand j'entends un bruissement d'herbe derrière moi.

— Lawrence ! je m'exclame pour le prévenir.

À un mètre de moi, un bruit de branches se fait entendre. Je dépose le micro par terre, glisse lentement ma main dans la poche intérieure de mon blouson où j'ai rangé la bombe anti-ours que papa a trouvée dans le sac de Leonard Colebert.

— Il y a quelque chose par là, je murmure.

Je retiens ma respiration, et parie que Lawrence fait de même. Nouveaux craquements de branches, à environ cinq mètres sur ma gauche. L'idée de rencontrer un ours en plein jour a quelque chose d'effrayant. Mais de nuit, c'est carrément terrifiant.

Lawrence, lui aussi, fouille dans sa poche. S'il a apporté un autre vaporisateur, je ne l'ai pas remarqué. Et puis je vois un reflet métallique briller sous la lune : un pistolet. Il est évident qu'il s'est équipé plus sérieusement.

Je sais qu'il n'a pas envie de l'utiliser. Une détonation attirerait l'attention des Wickens qui rappliqueraient sans nous laisser le temps de remballer notre matériel. D'un autre côté, en cas de rencontre avec un ours, ce serait le cadet de nos soucis.

Encore des froissements d'herbe. Plus proches.

— D'abord le spray, ensuite je tire, chuchote Lawrence.

Je comprends sa tactique, mais je n'apprécie pas l'idée d'être en première ligne. Après tout, l'homme d'action, c'est lui. Et puis, ne vaut-il pas mieux être tout près de sa proie pour vaporiser ?

Levant le bras, je place mon index sur le bouton qui relâche le gaz nocif.

Nouveau grincement de branches. Un bruit sourd retentit. Celui d'une chute ?

— Oh merde !

Nous nous regardons, mon coéquipier et moi. J'ai souvent vu des ours s'exhiber dans des cirques, mais je ne les ai jamais entendus dire de gros mots.

— Bon sang de bois !

— Bon Dieu de bon Dieu, je murmure, mon père !

Je remets ma bombe dans ma poche, remarque que Lawrence range son arme et m'avance dans la direction du tapage.

— Papa ?

— Zachary ?

Il est agenouillé, tâtonne le sol, à la recherche des béquilles qu'il a perdues en tombant.

— Qu'est-ce que tu fous, papa ? Putain, on t'a pris pour un plantigrade. J'ai failli t'asperger de bombe anti-ours. Si ça n'avait pas été suffisant, Lawrence était prêt à t'abattre.

— Je vous ai vus partir par ici et je me suis demandé ce qui se passait.

— Tu es devenu fou ? Tu as grimpé cette colline ?

— Comme ma cheville va de mieux en mieux, j'ai pensé que je n'aurais aucun mal à y arriver.

— Tu l'as tordue à nouveau ?

— Je ne crois pas. J'ai juste pris une branche dans la figure et j'ai perdu l'équilibre.

— Papa, retourne au chalet.

Je lui tends la main pour l'aider à se relever.

— Je voulais te parler, me confie-t-il en attrapant ma main.

— Écoute, papa…

— Je n'ai pas eu l'occasion de bavarder avec toi depuis que Lana et moi… depuis que nous avons essayé de t'expliquer, enfin tu vois. Je me demandais si ça allait.

— Très bien, merci.

— Je ne voudrais pas que… Enfin, je veux te dire que c'était sympa.

— « Sympa » ? Qu'est-ce qui était sympa ?

— T'avoir ici avec moi. Cette semaine. Bien sûr, ç'a été mouvementé, mais sympa. C'est tout.

Nous nous taisons, écoutant les bruits de la nuit. Un criquet lointain, la brise dans les branches.

— J'ai bien aimé aussi. Mais je dois retourner aider Lawrence.

— Je comprends. Que faites-vous ?

— Nous écoutons les Wickens.

— Ah bon ?

Intrigué et surpris, le paternel.

— Chut ! Baisse la voix.

— Tu peux faire ça ? Les écouter sans leur permission ?

— Si on avait leur autorisation, ça gâcherait tout, non ?

— Hum, sans doute.

— Je t'en prie, retourne chez toi. Nous parlerons plus tard.

— Zack ! m'appelle Lawrence en murmurant aussi fort que possible. Zack ! Reviens ici !

— Bon, j'y vais, dit mon père. Mais il faudra qu'on discute.

— Ouais. Évite de te faire bouffer en chemin, hein ?

Je lui tends la bombe.

— Non, j'ai les mains occupées par mes béquilles. Je m'en tirerai.

Il part en boitillant. Je le suis des yeux jusqu'à ce que les arbres et l'obscurité le happent.

Quelques instants plus tard, j'ai regagné mon poste auprès de Lawrence, casque sur la tête, micro pointant vers la maison.

— J'ai raté des trucs ?

— La ferme !

Je perçois les battements de cœur du chien dans le lointain et sa respiration. Mais les voix m'arrivent clairement.

« Timmy, j'peux y arriver. »

Sans doute Dougie.

« Je ne sais pas.

— J't'assure. Je vais te montrer. J'oublierai que pouic. J'trouverai un bon endroit pour garer la camionnette, et un bon endroit pour surveiller. »

Une chaise raclée par terre me prive de la réponse de Timmy. Je n'entends que :

« … Défilé qui marquera…

— Ouais, sûr (Wendell), sur la commande à distance, y a l'bouton qui colle un peu.

— Il fonctionne, dit Timmy. Je veux encore vérifier le…

— Je dois prendre la commande (Dougie).

— Ouais, si t'oublies rien, trouduc.

— J't'emmerde.

— Vous voulez des sandwichs à quoi (Charlene) ?

— Jambon.

— Et frometon.

— Pas de moutarde pour le mien. »

Sans doute Timmy.

Quoi qu'ils aient l'intention d'accomplir lors du défilé de demain, ils ne veulent pas avoir le ventre vide !

« Bon, au boulot. »

Ils déplacent des chaises, quittent la table. Quelques secondes plus tard, la porte de derrière s'ouvre et trois silhouettes traversent la cour pour gagner la grange. Ils ouvrent une grande porte, assez large pour permettre le passage d'un véhicule. Quelqu'un allume une lampe. Dès qu'ils sont entrés tous les trois, ils repoussent la porte, ne laissant qu'un étroit passage pour une personne.

— Tu as entendu ? je demande. Une commande à distance ? Le défilé ?

Lawrence prend un air solennel pour me dire :

— On doit jeter un coup d'œil à l'intérieur de la grange. Ce qu'ils assemblent est là-dedans.

— À ton avis, on y arrive comment ?

Il sourit.

— Nous nous glissons au-dessus de la clôture.

— Traverser la cour ? Tu plaisantes !

— Les chiens sont enfermés dans la maison. Ils dorment à l'heure qu'il est. Il est tard. Je ne vois aucun problème.

— Il existe sûrement un autre moyen…

— Il faut qu'on sache ce qu'il y a dans cette grange. Nous n'avons pas de micros cachés à l'intérieur, les chiens ne nous sont d'aucun secours. Le micro directionnel est inutilisable, nous sommes trop loin. Il faut pourtant qu'on entende ce qui se dit.

Je tâte mon blouson, sens la bombe dans ma poche.

— Si ce produit peut ralentir un ours, il devrait marcher sur un chien.

— Peut-être… Ces bêtes, elles sont tellement demeurées qu'elles doivent ne se rendre compte de rien.

Enlevant son casque, Lawrence referme son portable, range son matériel dans ses mallettes. Puis il pose un pied sur un des fils de la clôture, qui plie sous son poids et, de son autre pied, élargit un autre espace. Il grimpe, et l'instant suivant, il est passé de l'autre côté.

De là, il me dévisage :

— Alors, tu viens ?

En soupirant, je l'imite.

31

Nous longeons la clôture qui court le long de la forêt. Si on prenait à droite, on serait plus près de la grange avec moins de terrain à découvert à franchir. Éclairés par la pleine lune, nous pouvons cependant être repérés par quelqu'un qui regarderait d'une fenêtre de la ferme. Un risque à prendre.

Nous avançons en nous faisant tout petits, levant haut les pieds à chaque pas. De cette façon, si nous rencontrons une petite branche ou un caillou, nous l'écrasons au lieu de buter dessus. Je résiste à la tentation de parler à Lawrence qui me précède de deux mètres.

Le bruit d'une porte nous paralyse. Instinctivement, nous tendons le cou de concert pour regarder vers la ferme. La moustiquaire s'ouvre et Charlene apparaît, sa silhouette se détachant sur le fond lumineux de la cuisine. Elle tient une sorte de bassine dont elle jette le contenu du haut des marches. Puis elle rentre.

D'après ce qu'on a vu, aucune créature n'en a profité pour s'échapper.

Je consulte Lawrence du regard et il m'incite à continuer.

En quelques minutes, nous atteignons le côté de la grange d'où l'on ne voit plus la ferme. Si elle est invisible pour nous, nous sommes invisibles pour ses habitants. De minuscules rais de lumière filtrent entre les planches du mur, nous offrant la possibilité de jeter un œil à l'intérieur. Nous nous approchons encore plus près, en faisant attention à la moindre herbe, à la moindre brindille, au moindre caillou. Notre hantise est de faire du bruit. Timidement, tel un alpiniste fatigué posant sa main sur le rebord d'une falaise, je touche la paroi du bout des doigts. Nous nous collons au mur et tentons de distinguer l'intérieur.

Le fruit de mes efforts est maigre : je découvre un tiers de l'arrière de la vieille camionnette blanche aperçue dans la cour le premier jour. Le hayon est ouvert. Wendell, Dougie et Timmy passent et repassent devant. Lawrence, à un mètre de moi, doit profiter du même spectacle.

Grande amélioration par rapport à la situation précédente : si nous ne voyons pas grand-chose, nous les entendons dix fois mieux qu'avec les micros.

— Et le château d'eau ? demande Wendell. On serait bien, perchés là-haut.

— Trop à l'écart, c'est l'endroit idéal pour se faire prendre, objecte Timmy. Si tu es repéré là-haut, comment tu vas t'en sortir ? Non, Dougie, mieux vaut s'en tenir au plan original. À une centaine de mètres de Main Street, il y a le bâtiment pour les seniors, tu montes sur le toit, t'auras une belle vue de là, tu appuies sur le bouton quand tu veux. Et *bang !*

— C'est bien mieux qu'une mèche, reprend Dougie. Une mèche, y faut courir, espérer qu'elle marchera à temps.

— Tu as apporté les plans de câblage ? s'inquiète Timmy.

— Oh merde ! J'les ai oubliés à la maison !

— Bon Dieu, Dougie ! râle Timmy.

— J'peux aller les chercher.

— Laisse tomber. Je crois pouvoir m'en passer.

Timmy longe la camionnette, monte par l'arrière. De l'intérieur, sa voix est plus assourdie.

— Bon boulot. C'est toi, Wendell ?

— Ouais.

— Ça va marcher.

— C'putain de truc va exploser salement, commente Dougie. Ça va être quèque chose !

— Les gens sauront pourquoi on a fait ça ? demande Wendell à Timmy, resté dans la camionnette.

— Ils devineront. Surtout si on fait tout sauter au passage du char des gays.

Un char ? Pour quatre personnes et une banderole ?

— Hé, Timmy ! demande Dougie. Comment j'vais savoir exactement quand ils passent devant la mairie, pour appuyer sur le bouton ?

— Je te l'ai dit, ils seront derrière la fanfare du lycée et devant le char de l'épicerie qui est surmonté d'une vache énorme.

— D'ac. Ça s'ra fastoche.

— En fait, intervient Wendell, le défilé sera si court que ça fait rien quand tu appuies sur le bouton, tout sautera. Ce n'est pas seulement pour les pédés. C't'une déclaration de principe plus large, pour l'administration de la ville et de sa maire, pas vrai Timmy ?

— Dougie, déclare Timmy, je devrais confier ça à Wendell.

— Nan ! Maman, elle dit que j'y arriverai. Elle a dit que t'avais *promis*.

— Je sais, mais…

— Elle dit qu'il faut que tu m'fasses plus de confiance. Tu sais, pour ma confiance à moi.

— Seigneur ! jure Timmy en sautant à bas de la camionnette. Bon. Mais souviens-toi, fais très attention à la commande à distance. Tu appuies sur le bouton, et la camionnette saute. *Bang !* C'est pour ça que j'ai fabriqué une petite boîte pour la mettre avec de la mousse tout autour. Alors, si elle tombe du tableau de bord quand tu entres en ville, tu ne sauteras pas. Mais une fois qu'elle n'est plus dans sa boîte, un rien la déclenche.

— J'suis pas un crétin, rétorque Dougie. J'oublie des trucs, mais ça fait pas de moi un débile. J'ai même écrit certains de ces trucs pour pas les oublier. Une idée de maman.

— Il va s'en tirer, assure Wendell. Je serai juste derrière lui en voiture. S'il a un problème, je l'aiderai.

Sans voir Timmy, je sens qu'il réfléchit. Du coin de l'œil, j'aperçois Lawrence qui me fait signe de me rapprocher de lui.

Il me murmure à l'oreille :

— Un loup solitaire.

Regardant autour de moi, je m'attends à voir une grosse bête, proche du chien, se glisser vers moi.

— Non ! Non ! C'est une expression du FBI. Un terroriste qui agit seul. Timmy a l'intention de se distinguer seul. Il n'appartient pas à un groupe plus important.

— Un loup solitaire chargé de famille.

— Il nous faut du renfort pour intervenir immédiatement. Nous avons besoin de tout le monde possible. Laisse tomber Orville. Je vais appeler les Feds. Maintenant.

J'acquiesce. Puis Lawrence gesticule, pointant un doigt vers lui, vers la grange, vers moi, et finalement vers le sol. Je crois avoir compris le message. Il a l'intention de contourner le bâtiment pour avoir une autre vue de l'intérieur tandis que je ne bougerai pas de place.

Quand il s'est éloigné en silence, je plaque mon œil contre une fente et j'entends Wendell qui dit :

— J'crève la dalle !

— Maman arrive bientôt avec les sandwichs ?

Catastrophe ! Charlene va se pointer d'un moment à l'autre. Et Lawrence n'a sûrement pas entendu.

— Elle sera là bien assez tôt, décide Timmy.

— Pourvu qu'elle mette pas de fromage dans le mien, dit Dougie. J'ai oublié de lui demander.

Wendell s'insurge :

— Bordel ! Ça fait seulement vingt ans qu'elle te prépare des sandwichs. Elle doit savoir que t'aimes pas le frometon avec le jambon, même si le reste du monde il aime ça.

Je suis prêt à aller prévenir Lawrence quand je me rappelle qu'il est loin d'être bête. Il doit s'attendre à ce genre de contretemps. Un des hommes dans la grange peut à tout instant décider de retourner à la ferme, les chiens risquent d'être lâchés. Un tas d'incidents peuvent se produire. Il pourrait…

Par la fente, j'aperçois des fusils.

De gros fusils. Aux canons longs.

Wendell se tient à côté de Dougie, à l'arrière de la camionnette, chacun armé d'une carabine différente. Je ne suis pas un expert en armes – je ne l'ai jamais été –, bien que j'en aie utilisé au cours des deux dernières années. J'ai même tiré dans la jambe d'un type récemment – mais les armes ne font pas partie de mon univers. Je ne les aime pas, je n'en possède pas. Une arme à la maison ? Avec mon niveau de maladresse, les risques pour ma famille auraient grimpé en flèche. Sans posséder de grandes connaissances dans le domaine, je crois reconnaître les armes qui se trouvent entre les mains de ces jeunes gens. Des fusils à pompe. À double barillet.

Des armes dangereuses, très dangereuses.

Lawrence a sans doute eu le temps de se mettre en position de l'autre côté de la grange, et donc de les voir.

Une image de Dick Tracy me traverse l'esprit. Si seulement Lawrence et moi étions munis de bracelets talkies-walkies ! Des portables pour envoyer des SMS feraient également l'affaire.

Impossible de rester à mon poste. Je dois rejoindre mon coéquipier.

Je gagne le coin de la grange où il a tourné, jette un œil le long de la façade qu'il a dû suivre en passant devant la porte presque fermée. Aucun signe de Lawrence. Il a probablement obliqué et surveille l'intérieur depuis le côté le plus étroit.

De mon nouveau point de vue, j'aperçois distinctement la ferme. Je m'apprête à avancer quand la porte de derrière s'ouvre, laissant apparaître Charlene chargée d'un plateau.

Les sandwichs de ces messieurs sont avancés !

Dans l'impossibilité de contourner la grange sans être aperçu par Charlene, je recule jusqu'au coin précédent, tout en entendant Timmy, Wendell et Dougie continuer à discuter. Je me penche, mais toujours aucun signe de Lawrence. Il ne reste donc qu'un seul côté où il peut être.

Avançant sur la pointe des pieds à travers de hautes herbes, évitant un soc de charrue rouillé depuis sans doute des décennies, j'atteins l'extrémité de la façade. Et j'inspecte le coin suivant.

Pas l'ombre d'un privé.

Restant le plus près possible du bâtiment, je longe le mur tout en me demandant ce qu'il lui est arrivé. Il n'a emprunté aucune autre voie. Sinon, il aurait été visible de la ferme, et donc de Charlene, Notre-Dame-des-Sandwichs.

Le sol monte légèrement : très vite, je me rends compte qu'il s'agit d'une pente menant au premier étage de la grange. Elle se termine par une porte étroite, entrouverte.

Lawrence est sûrement à l'intérieur. Qu'est-ce qu'il fiche dans…

— Personne ne bouge !

Oh merde !

Je grimpe au sommet de la rampe, me glisse par la porte, mes chaussures envoyant promener des brins de foin sec et des cailloux. Une fois entré, je remarque que cette sorte de mezzanine offre une vue plongeante sur les Wickens qui s'affairent autour de la camionnette blanche. J'aperçois également Lawrence dans la position du parfait flic, bras tendus, les deux mains sur son pistolet, donnant des ordres à Timmy, Wendell et Dougie :

— Baissez vos armes.

— Va te faire mettre !

— Bon Dieu, c'est *lui* ! s'écrie Dougie. Timmy, c'est le mec. Ç'ui qu'a été si méchant avec moi.

— Je sais, Dougie. Je lui ai parlé. Tu te rappelles ?

Ainsi Lawrence s'est faufilé à l'intérieur de la grange et les a surpris. J'espère qu'il a un plan pour les maîtriser tous les trois. Est-ce qu'il a apporté suffisamment de menottes ? Sinon, où est ma copine Trixie ? Pour une fois qu'on a besoin d'elle !

À propos, où est Charlene ?

Elle devrait être là à l'heure qu'il est. Elle n'a pas eu loin à marcher. Ce qui signifie qu'arrivée à la grange avec ses sandwichs elle a entendu la voix de Lawrence et compris qu'il y avait un problème. Où est-elle allée ? À la ferme ? Chercher de l'aide ?

Que faire ? Avertir Lawrence en criant ? Mais cela pourrait le distraire et donner aux autres une chance de lui sauter dessus. Mais si…

— Jette ton arme !

À la gauche de Lawrence, plantée dans l'étroite ouverture de la grande porte, se tient Charlene, un gros fusil à la main. Un satané six-coups, me semble-t-il, qu'elle pointe vers la tête de Lawrence.

Putain de Ma Barker[1] !

---

1. Criminelle américaine (1871-1935) à la tête d'un gang composé de ses fils.

32

Personne ne bouge.

Ni Wendell ni Dougie. Ni Lawrence. Ni Charlene. Lawrence pointe son arme vers les trois hommes, agglutinés à l'arrière de la camionnette. Depuis ma cachette, j'ai l'impression qu'ils ont déposé leurs armes. Seule Charlene Wickens tient d'une main ferme son fusil qu'elle braque sur Lawrence.

— Jetez votre arme, madame Wickens, ordonne-t-il sans élever la voix. Allez !

— Je ne crois pas, mec.

Elle a presque craché le dernier mot.

— Madame Wickens, continue Lawrence, en surveillant sans cesse Charlene et les trois hommes lui faisant face, je suis certain que vous ne désirez pas voir un de vos fils ou votre mari souffrir.

— Moi, je suis sûre que t'aimerais pas que je te fasse sauter la cervelle.

Elle tient son arme avec une telle confiance que je ne doute pas qu'elle mette sa menace à exécution.

Lawrence persiste :

— Madame, si vous ne déposez pas votre fusil, si vous n'allez pas vous placer à côté du reste de votre famille, je n'aurai pas d'autre choix que d'utiliser mon arme. Qui voulez-vous voir mourir en premier ? Un de vos garçons ou votre mari ?

— Eh bien, hésite Charlene en paraissant réfléchir, si tu dois en abattre un, mieux vaut choisir mon mari. Je m'en voudrais si tu descendais ma chair et mon sang.

Dommage que je ne puisse pas voir la tête que fait Timmy, mais Wendell me le cache.

Charlene poursuit calmement :

— D'après moi, tu peux au mieux abattre un seul des trois avant que je te mette une balle dans le corps. Si tu penses plus malin de me tuer en premier parce que je tiens le fusil, je te souhaite bonne chance. À l'instant où tes muscles bougeront pour me viser, je te réglerai ton compte.

Lawrence dispose d'un atout que les Wickens ignorent : moi. Il doit penser que je l'observe, sans doute pas de l'intérieur de la grange, mais du moins depuis l'emplacement où il m'a laissé. Ainsi, même s'il me manque les facultés héroïques pour renverser la situation, il peut espérer que je vais courir comme un dératé chercher de l'aide.

Si seulement ma bombe anti-ours avait une portée de quinze mètres !

— Possible ! estime Lawrence. Je suis prêt à voir combien d'entre vous je peux démolir avant que vous m'éliminiez. Je parierais sur au moins deux. Ça devrait suffire à perturber vos plans pour le défilé de demain.

Tout le monde y réfléchit pendant quelques secondes. Puis Charlene déclare :

— OK, mais ensuite, le survivant descendra au camp et se débarrassera de tous les témoins qui pourraient renseigner la police sur ce qui se passe ici. Walker et son fouineur de fils, et les gens qui se trouvent dans les parages. On s'occupera de tout le monde. Ensuite on fera nos paquets et on partira.

Pas vraiment folichon ! Et d'après l'expression de Lawrence, il ne trouve pas ça plaisant non plus.

Aussi, lentement, sans mouvements brusques, il se penche et pose son arme sur le sol. À ce moment là, Dougie s'avance vers lui et lui donne un coup de pied dans les parties.

Lawrence tombe comme un sac de ciment. Il se tord de douleur.

Hochant la tête, Timmy s'approche de Charlene.

— Bien joué, ma poule !

Elle sourit et lui donne un bisou sur la joue.

— T'as compris que ça voulait rien dire quand je lui ai dit de t'abattre en premier. Tu sais que je t'aime, même si c'est pas autant que j'aime mes garçons.

— Je sais. Tu as fait ce que tu devais faire.

— Tu as préparé les sandwichs, mam ? réclame Wendell.

— Oh ! J'ai presque oublié. J'apportais le plateau quand j'ai entendu le boucan. Je l'ai posé dehors, j'ai couru à la maison et pris mon fusil. Une seconde !

Elle se glisse dehors et revient dix secondes plus tard avec le plateau intact, épargné par les créatures de la nuit.

Wendell et Dougie l'entourent.

— Lequel sans frometon ? demande Dougie, qui soulève déjà les tranches supérieures pour vérifier.

— Ç'ui-ci, dit Charlene.

Dougie s'en empare, en fourre un quart dans sa bouche, ses joues sur le point d'exploser. Wendell l'imite.

— Tu ne veux rien ? demande Charlene à son mari. J'en ai préparé un sans moutarde, comme tu voulais.

Timmy secoue la tête en regardant Lawrence qui se tord sur le sol.

— Ça me turlupine. Il ne doit pas travailler seul. C'est le fils Walker qui l'a fait venir de la ville.

Les garçons, qui ressemblent à des écureuils cachant des noisettes à rapporter au nid, s'arrêtent de mastiquer pour mesurer les conséquences des propos de Timmy.

— Tu crois qu'il pourrait se trouver dans les parages ? demande Charlene.

— Et si on lui demandait ? propose Timmy en se rapprochant de Lawrence.

Il se penche vers lui :

— Tu as qui d'autre avec toi ?

Je commence à me glisser vers la porte ouverte, ce qui signifie que je ne vois plus rien mais que je peux continuer à entendre.

— Je t'ai demandé qui t'accompagne !

— Personne.

— Je ne te crois pas. Dougie, viens ici et botte-le un bon coup.

De là où je suis, près de la porte du haut, j'entends le coup de pied.

— Aïeeeeeeeeeeee !

— Je te pose la question encore une fois. Tu es venu seul ou y a quelqu'un avec toi ?

En fait, Lawrence n'a pas besoin de répondre. Je m'en charge quand, en sortant, je marche sur une brindille et l'écrase.

Ce n'est pas une détonation, seulement un bruit à peine audible, mais cela suffit pour leur faire dresser l'oreille.

— Là-haut ! s'écrie Charlene. Y a quelqu'un là-haut !

— Wendell ! crie Timmy. Dougie ! Allez !

Je passe au stade « fuite éperdue » de mon plan. Je pivote, mes jambes s'activent, me propulsant vers la clôture. Je cherche à retrouver l'endroit où je l'ai franchie, car de là, je connais assez bien le chemin qui mène aux chalets.

Jetant un coup d'œil en arrière, j'aperçois les ombres des deux frères dans la lumière de la grange. Je me couche aussitôt par terre, m'aplatissant autant que je peux. Chacun d'eux est armé d'un fusil et, pendant un instant, tous deux se tiennent à l'affût, me rappelant les pitbulls à l'arrêt quand ils cherchaient à déterminer d'où venait l'odeur de poisson. Les garçons ne m'ont pas vu, ignorent où je peux être, se demandent dans quelle direction chercher. Sous ce ciel étoilé, les options ne manquent pas.

L'un d'eux, j'ignore lequel, désigne un point à son frère :

— Par là !

Celui-ci disparaît derrière le côté le plus éloigné de la grange. L'autre, sans doute Wendell, encore dans mon champ de vision, se retourne et avance lentement dans ma direction.

Tant que je reste couché, j'imagine qu'il ne peut pas me repérer. Sauf s'il se dirige droit sur moi.

Charlene sort de la grange, le plateau vide à la main, se dirige d'un pas vif vers la ferme.

Ne sortez pas les chiens, je prie. Par tous les saints, *ne laissez pas sortir ces chiens*. Si Wendell ne me trouve pas dans l'obscurité, les molosses n'auront aucun mal à me flairer, même à distance.

Elle entre dans la maison, claque la porte derrière elle. Une lampe s'allume au premier.

Wendell avance vers moi.

Sentant un petit caillou sous ma paume droite, je le saisis. Me tournant sur le dos, je le lance de mon mieux vers la grange. Quand il atterrit, Wendell s'arrête et regarde derrière lui. Tout comme moi, il retient sa respiration pour mieux entendre. Décidant de tirer au clair l'origine de ce bruit suspect, il retourne lentement vers la grange.

Je me lève, prends la position d'un coureur de cent mètres sur la ligne de départ puis fonce, m'efforçant de rester courbé. J'arrive à l'endroit où j'ai franchi la clôture, écarte les fils métalliques et me projette de l'autre côté.

Mes pieds fermement plantés, je pivote pour découvrir Wendell qui fonce vers moi. Il court vite, toujours agrippé à son fusil.

Je cours donc dans les bois un peu au hasard, pas très sûr de la direction à prendre. Ce qui ne change pas grand-chose à mon problème. Je ne sais pas où aller ! Je pourrais me précipiter chez mon père, mais il serait incapable de me protéger d'un type armé. Nous pourrions bien sûr téléphoner à Orville, mais il lui faudrait combien de temps pour arriver ? Et une fois sur place, est-ce qu'il nous serait bien utile ? Les Wickens lui fichent une peur bleue. Comment espérer qu'il nous sauve la vie quand il ne peut même pas garder son chapeau ? Ou son arme. Si Timmy Wickens lui disait de foutre le camp, il y a toutes les chances qu'il obéisse.

Quelle aide m'apporteraient Betty ou Hank Wrigley, ou Bob Spooner, qui est…

Minute !

Bob ne m'a-t-il pas dit qu'il gardait un revolver dans sa boîte à hameçons, en précisant que c'était un Smith & Wesson ? Ai-je le temps d'arriver à son bateau avant d'être rattrapé par Wendell ? Et si je trouve l'arme, saurai-je m'en servir ? D'ailleurs, Bob n'a-t-il pas l'habitude de rapatrier sa boîte d'hameçons le soir à son chalet ? Vaut-il mieux foncer chez lui ?

Ai-je des chances de retourner à la grange avant que les Wickens n'éliminent Lawrence ?

Je continue à courir. Les branches couvertes d'épines de pin m'égratignent le visage, me font perdre mon sens de l'orientation. Je crois percevoir un bruit de pas derrière moi. Sans tourner la tête, je prends la bombe anti-ours dans ma poche et en vaporise par-dessus mon épaule, dans l'espoir que Wendell en prendra plein la figure.

Arrivé dans une clairière, je débouche sur la fosse aux entrailles de poisson que Lawrence n'a pas eu le courage de refermer avec le volet. À la dernière seconde, je saute par-dessus, manquant de peu de tomber au fond. Recouvrant l'équilibre, je reprends ma course effrénée.

Tout en continuant à vaporiser, je coupe à gauche, puis à droite, guettant les lumières des chalets. Soudain, j'entends :

— Oh merde !

Le cri venant d'assez loin, je ralentis.

— Merde ! C'est quoi ça ?

Wendell, c'est certain, n'a pas réussi à contourner la fosse. M'offrant le luxe d'un petit sourire, je poursuis mon chemin vers les chalets, ne songeant qu'à mettre la main sur le Smith & Wesson et…

— Bougez plus !

Le ciel me tombe sur la tête. Dans la pénombre, j'aperçois Dougie. Droit devant moi, son fusil pointé vers mon front.

Je m'arrête.

— Wendell ! hurle-t-il. Je l'ai eu ! Ramène-toi !

La bombe anti-ours toujours dans la main, je pose mon index sur la valve et le maintiens là.

Dougie s'approche. Il a un rictus d'attardé, ses dents noires luisent sous la lune.

— Mains en l'air !

J'obéis. J'en profite pour diriger le vaporisateur vers le visage de Dougie et j'appuie.

La bombe siffle un instant et meurt.

— C'est quoi ?

Je laisse choir la bombe.

— Mon dernier espoir ! dis-je.

33

— J'l'ai trouvé ! se vante Dougie auprès de sa mère et de Timmy après m'avoir amené à l'arrière de la grange avec l'aide de Wendell.

— Je te l'ai envoyé ! rectifie ce dernier. Je l'ai débusqué, c't'enfant de salaud.

— Ouais, mais c'est moi qui lui ai tombé d'ssus, c'est c'que je veux dire. J'dis pas que tu y es pour rien.

— Les garçons, intervient Charlene Wickens de retour dans la grange, vous avez fait tous les deux du très bon boulot et vous avez droit tous les deux à des félicitations.

Les deux frères sont aux anges.

— Quelqu'un veut de la glace ? propose-t-elle.

— Oh ouais ! De la glace ! s'exclame Wendell.

— Y a de la sauce au chocolat ? demande Dougie.

— J'en suis presque sûre. Et toi, Timmy ?

Timmy, qui vient de refermer la porte d'un box où il nous a enfermés, Lawrence et moi, acquiesce.

— Juste un peu. Pas de sauce. Nature.

Ils sont d'humeur festive. Forcément. Ils m'ont attrapé, ils ont eu Lawrence. Ils détiennent son arme, nos portables – pour ce qu'ils valent par ici –, nos clés. Après un léger contretemps, ils sont en position de mettre à exécution leur projet.

Je songe à demander un bol de glace, sauf que j'ai tellement la trouille que je suis incapable de plaisanter.

Lawrence, assis dans un coin, les jambes allongées devant lui, le dos calé contre le mur, se tourne vers moi.

— Alors, je suppose que tu es venu à mon secours ?

Il est clair qu'il n'est pas dans les mêmes dispositions d'esprit que moi.

— Ils t'ont fait mal ?

— Bof ! Au moment où je te parle, je serais incapable de monter à cheval, mais ça va. Ça pourrait être pire. Mon ego en a pris un coup, c'est sûr.

— T'aventurer ici tout seul ? À quoi pensais-tu ?

Il ferme les yeux, hoche la tête tristement.

— Zack, il y a un bordel de bombe énorme dans cette camionnette. Pas question donc d'attendre les renforts. À cause de cette Charlene qui joue les Bonnie Parker…

— Dis plutôt Ma Barker !

— Oui, encore mieux dans le genre criminelle-mère-d'assassins. Sans sa soudaine irruption, tout se serait déroulé autrement. Et toi ? Ça va ?

J'acquiesce.

— Mec, tu pues ! dit Dougie à son frère.

— J'suis tombé dans un truc dégueulasse.

— Bon, je vais préparer les glaces, annonce Charlene en quittant la grange.

Timmy se tient de l'autre côté de la porte de notre box qui, à une certaine époque, a dû abriter un cheval ou une vache. Nous ne sommes pas vraiment prisonniers – le box n'est pas fermé à clé et il ne faudrait qu'une seconde pour sauter par-dessus la porte. Mais impossible d'y parvenir sans attirer l'attention.

— Alors les gars, constate Timmy, vous nous avez causé un petit souci.

Je m'avance vers lui. Quand je ne suis plus qu'à un mètre, il brandit son fusil au-dessus de la porte :

— Vous ne bougez plus !

Je me fige.

De ma nouvelle position, je vois l'intérieur de la camionnette. Pas de sièges, sauf celui du conducteur et de son passager, mais un énorme bidon en plastique bleu occupe tout l'arrière. Sur le couvercle, un appareil en plastique noir de la taille d'une boîte à chaussures et des fils. À côté du véhicule, sur le sol, plusieurs sacs d'engrais vides et trois bombes de gaz également en plastique.

Timmy sourit.

— Je vois que vous admirez mon travail.

— Je ne m'y connais pas en explosifs, mais ç'a l'air puissant.

— Oui, pas autant que certains. On ne cherche pas à détruire un immeuble, comme à Oklahoma City, mais ça ira.

Lawrence se lève avec précaution et s'approche.

— Un vrai petit chef-d'œuvre ! Propre et simple, commente-t-il.

— Merci beaucoup.

— Combien de personnes comptez-vous tuer ?

Timmy fronce les lèvres en réfléchissant.

— Je n'ai pas calculé. Mais ce n'est pas le plus important. L'essentiel, c'est le message.

— Ah bon ? s'étonne Lawrence. Quel message ?

— Le pays doit retrouver le droit chemin. Éliminer l'immoralité. Nous devons en finir avec les interférences de l'État. Garder ce pays pur, le préserver des intérêts particuliers, voilà le putain de message, mon pote !

— Je vois. Pendant un instant, j'ai cru que vous étiez une bande de dingues. Maintenant, je pige.

— Lawrence ! je murmure.

— Je ne m'attendais pas à ce que tu comprennes. Tu fais partie du problème, comme tout le monde. Pourquoi ceux de ton espèce ne se dépêchent pas de s'entretuer à coups de revolver, de drogue et d'en finir ? Si de braves gens honnêtes n'étaient pas pris entre deux feux, ça n'aurait pas d'importance, mais parfois vous vous bagarrez en dehors de vos quartiers et des innocents meurent.

— Ouais, concède Lawrence. Nous sommes un peu étourdis.

— Alors, je demande, faire sauter un défilé véhiculera votre message ?

— Le défilé, la mairie, le char des pédés.

Lawrence sourit de toutes ses dents puis commence à ricaner.

— Qu'est-ce qu'il y a de drôle ?

— Vous n'êtes pas au courant, hein ?

— De quoi ?

— Le char de vos soi-disant pédés, c'est une blague. Quatre personnes portant une banderole. Trois mecs et une fille qui n'est même pas une lesbienne. Elle fait semblant.

— Vous êtes sérieux ? s'inquiète Timmy.

— Ouais. Quand on y réfléchit, ils ne valent pas tout le mal que vous vous donnez.

— Je suis certain que vous vous trompez. Sûr qu'ils sont plus que ça. C'est écrit dans le journal. Au moins une dizaine.

— Sauf que vous ne pouvez pas croire ce que vous lisez dans les journaux, je lance, étant le mieux placé pour le savoir.

Lawrence reprend :

— Nous avons vu Lethbridge aujourd'hui. Stuart Lethbridge. Il voulait obtenir le droit de participer au défilé, et il l'a eu, mais il n'a pas grand monde à engager.

— Y a un problème, Timmy ? demande Dougie en s'approchant.

— T'occupe ! s'exclame Timmy en lui faisant signe de s'éloigner.

Puis, s'adressant à Lawrence :

— Et puis merde ! Quelle importance ? Ça ne fait aucune différence.

— Je ne comprends pas, je dis.

— La maire leur a donné le feu vert, et c'est ce qui compte dans notre message. Et puis il y a tout ce qui concerne son mode de vie, qu'elle se soit mariée en dehors de sa race, qu'elle laisse les gens agir à leur guise. Voilà ce qui ne va pas dans le monde. La vie est une grande fête. Faites ce que vous voulez, couchez avec qui vous voulez, rien n'a d'importance.

— Alors, conclut Lawrence, faire sauter qui on veut, c'est la solution ?

Timmy lui adresse un sourire, comme si le privé était un petit enfant :

— Impossible de changer le monde du jour au lendemain, mais chaque action y contribue. On éveille la conscience des gens, on leur apporte la lumière, une personne à la fois.

— Et Morton Dewart ? je demande. Il a apprécié votre type de conscience et de lumière ?

— Quel dommage !

— Que voulez-vous dire ?

— C'était dommage, voilà tout.

— Il n'y a jamais eu d'ours, n'est-ce pas, Timmy ? C'était de la couillonnade !

Timmy ricane.

— C'est ce que j'ai pensé. Jusqu'à ce qu'un ours tue un des locataires de votre père.

— Mais Morton n'a jamais rencontré d'ours ? Il a eu affaire à Os et à Moelle ?

— Timmy, intervient Wendell, d'une voix prudente. Je ne sais pas si Mam aimerait qu'on parle de ça.

— T'en fais pas, Wendell. Ça n'a plus d'importance.

Je frissonne.

— Alors, c'était bien les chiens.

Pendant une fraction de seconde, je ressens une certaine fierté. Puis ma situation présente me fait redevenir subitement humble.

— Morton, commence Timmy lentement, était devenu un problème. Quand May nous l'a présenté, les garçons et moi avons pensé qu'il était sur notre longueur d'onde. Peu à peu, on l'a mis dans la confidence, on lui a parlé de notre projet, car il était intelligent. Il avait étudié l'électronique à l'université, connaissait des tas de choses qui pouvaient nous être utiles. Mais ça n'a pas marché.

— Deux sur deux, hein, Timmy ? dit Dougie avant d'éclater de rire.

— Qu'est-ce que ça veut dire ? je demande.

Sans laisser à Timmy le temps de répondre, Dougie explique :

— May, elle a pas de chance avec les hommes.

— Je vois. May a eu un petit ami qui est mort dans un accident.

— Elle vous en a parlé ? s'enquiert Timmy.

— Oui.

— J'ai pensé, nous avons pensé, que pour son bien elle devait revenir à la maison. Vivre avec sa famille. Avec moi et Charlene et les garçons. Le monde extérieur est mauvais et la maison, il n'y a rien de mieux.

Timmy, songeur, se tait une seconde puis reprend :

— Il nous a fallu établir les conditions adéquates pour amener May à revenir dans notre giron.

J'hésite à comprendre ce que j'entends.

— Timmy, j'ai du mal à vous suivre. Que voulez-vous dire par « établir les conditions adéquates » ?

— J'étais au volant, se gausse Dougie.

— Hé, les mecs, vous devriez la fermer, répète Wendell.

— Tu l'as écrasé ? je demande à Dougie. Tu as écrabouillé l'autre petit ami de May ? Et tu as pris la fuite ?

— Timmy et Mam se sont occupés des coups de téléphone. Ils font ça mieux que moi. Mais vous me mettez derrière un volant, et j'sais c'que j'vaux.

— Ainsi, vous avez passé des coups de téléphone anonymes aux patrons de May pour qu'elle soit renvoyée job après job, qu'elle n'ait plus d'argent, qu'elle soit obligée de revenir ici et de vivre avec vous ?

— Je n'ai pas eu le choix. Je songeais au garçon. À Jeffrey. Ce n'était pas bien qu'il grandisse dans un monde comme celui-là. Il est bien mieux avec nous. C'est un petit gars merveilleux. Un coup de fil par-ci par-là insinuant qu'elle avait volé dans son boulot précédent ou qu'elle fournissait des secrets à des boîtes concurrentes. C'était pour aider Jeffrey. Et elle aussi.

— Vous aidez Jeffrey en l'envoyant dans sa chambre sans dîner ? Et en le fouettant à coups de ceinture ? Vous pensez vraiment l'aider ? Et quand il voit sa propre mère se faire fouetter ? Ça contribuera à faire de lui l'homme que vous souhaitez ?

Les yeux pleins de rage, Timmy me fixe.

— C'est tout le problème avec la société actuelle. Tout le monde a peur de la discipline ! Les enfants ont besoin d'être tenus. Ils *veulent* sentir qu'ils sont tenus d'une main ferme. Ça ne s'arrête pas quand ils grandissent. Tant qu'ils vous appartiennent, vous avez le droit de les corriger. Je parie que votre père n'a jamais porté la main sur vous. Que vous n'avez jamais reçu la moindre tape sur les fesses. Ce qui explique que vous soyez maintenant une fiotte qui doit appeler un Nègre à son secours. Quelle mauviette !

Sans baisser les yeux, je lance :

— J'espère seulement qu'en grandissant Jeffrey deviendra grand et fort et qu'il pourra venger sa mère en vous réglant votre compte.

Timmy me crache dessus. Sa salive vole au-dessus de la porte à la vitesse d'une balle de revolver et me frappe la joue droite, juste au-dessous de l'œil. Je cille, regarde de côté, m'essuie avec ma manche.

Me retournant, je ferme les poings si fort que mes ongles laissent leur empreinte dans mes paumes.

Lawrence, soit pour détendre l'atmosphère, soit pour obtenir plus de renseignements – ou les deux –, demande :

— Morton, alors ? Que lui est-il arrivé ?

— On pressentait d'après certains signes qu'il n'était plus en phase. Il n'était pas prêt à faire ce qui était nécessaire. Il parlait de retourner en ville, juste le temps de rendre visite à ses parents. Mais il était évident qu'il allait nous dénoncer aux autorités. Il allait leur parler de notre révolution.

Une révolution ! Une bande de dingos avec une bombe et une camionnette !

— Alors vous avez décidé de réagir.

— Un soir tard, les garçons et moi avons invité Morton à nous accompagner pour promener les chiens. Il a dû se douter de quelque chose, mais il est quand même venu avec nous. Nous avons parlé de différents sujets, c'était sans importance car de toute façon, on n'avait plus confiance en lui. Il allait partir. Probablement avec May et Jeffrey.

Timmy soupire et poursuit :

— Pas question pour moi de le laisser faire.

— Bien sûr que non, commente Lawrence.

— Alors vous l'avez emmené dans les bois et vous l'avez livré aux chiens.

Timmy hausse les épaules.

— Et cette histoire d'ours ? D'où elle vient ?

— Quand les chiens en ont eu terminé, on s'est mis à réfléchir. Quelqu'un allait le trouver. C'est ce qui est arrivé le lendemain matin. Alors on a pensé à la première chose à laquelle tout le monde songe. Un ours.

— Vous avez inventé cette histoire de Morton qui a vu un ours et décidé de le chasser.

— Si on commençait à nous poser des questions, ce serait la version à laquelle on se tiendrait. C'est ce que nous avons raconté à May et à Jeffrey.

Je me colle contre un mur de notre cellule, donne un coup de pied dans un reste de paille.

— Timmy, vous avez déjà vu un ours dans les parages ? Parce que vous l'avez décrit en détail à Orville et à tous les autres.

— Non. Il y en a certainement dans les collines, mais je n'en ai jamais aperçu. C'est ironique, non, vu ce qui s'est passé ?

— Quels sont vos projets en ce qui nous concerne ? demande Lawrence.

Je n'ai pas très envie d'entendre la réponse.

— Vous allez lâcher les chiens sur nous et prétendre que l'ours est responsable ?

Timmy réfléchit à cette solution avant de répondre :

— Non, je ne crois pas. Nous allons vous abattre.

34

Charlene revient avec les glaces. Trois bols à la vanille, deux agrémentés de sirop de chocolat. Elle les distribue à Wendell, Dougie et Timmy.

Dougie plonge sa cuillère, semble hésiter, demande à sa mère :

— Y a pas des granulés de couleur à mettre dessus ?

— Je crois que si. Tu veux que j'aille en chercher ?

— Arrête de forcer ta mère à faire toutes ces allées et venues, intervient Timmy. Si tu en veux, tu y vas.

Dougie pose son bol sur le plancher de la camionnette.

— OK.

— Finalement, j'ai envie de sauce au chocolat. Rapporte-moi la bouteille.

Dougie hoche la tête et sort à toute allure.

— Et pour Trip Riley ?

— Quoi ?

— Le type de la Coop, vous vous souvenez ? Celui que vous avez tué à coups de couteau.

Les yeux de Timmy brillent dangereusement.
— Et alors ?
— Vous l'avez assassiné, lui aussi ? Après la fermeture de la Coop, vos garçons et vous êtes entrés par effraction pour voler de l'engrais et un baril sans penser qu'il y aurait quelqu'un sur place. Comme il vous a gênés, vous l'avez éliminé. C'est à peu près ça, non ?
— Wendell s'en est occupé. Il faut faire confiance aux garçons. C'est ce que leur mère désire. Pourtant je dois vous dire – il se penche vers la porte d'un air de conspirateur – que je ne suis pas très chaud au sujet de Dougie. Lui donner un peu plus de responsabilités ? D'accord. Mais je ne suis pas convaincu qu'il soit capable de mener à bien de grosses opérations. Impossible d'en discuter avec sa mère, vous me comprenez ?
— Vous parlez de moi ? s'inquiète Wendell en s'appuyant contre la camionnette.
Je l'entends gratouiller le fond de son bol avec sa cuillère pour récupérer les dernières gouttes de sirop.
J'ai dû m'en apercevoir auparavant d'une manière plus ou moins inconsciente, mais voici que soudain le doute n'est plus possible : nous sommes en présence d'une famille entière de psychopathes !
Dougie a écrasé l'ancien petit ami de May. Lui et son frère ainsi que Timmy ont lâché les chiens sur Morton, son nouveau petit ami. Wendell a poignardé Trip Riley. Ils ont mis le feu à la maison d'un avocat. Timmy nous a annoncé qu'il allait nous exécuter, Lawrence et moi. Ils se préparent à faire exploser une bombe au milieu du défilé d'une

petite ville, tuant ainsi un nombre important d'innocents. Quant à Charlene, son principal souci est de bien nourrir ses hommes pour qu'ils ne partent pas le ventre vide dans leurs expéditions meurtrières. Chez eux, pas une once de sens moral.

À l'exception de May et, si ce n'est pas trop tard, de son fils.

Dougie réapparaît muni d'une petite bouteille en verre de la taille d'une salière, remplie de granulés multicolores. Il en asperge sa glace.

— Où est ma sauce au chocolat ? demande Timmy.

— Oh, merde, je l'ai oubliée !

— Dougie ! T'es pas possible !

— J'peux y retourner.

— Laisse tomber.

— Vraiment, j'peux.

— Ma glace est complètement fondue maintenant, alors ça n'en vaut plus la peine, râle Timmy.

— Je vais te chercher du sirop, propose Charlene.

— J'ai dit que ça n'en valait plus la peine ! crie Timmy. Si ton idiot de fils ne peut pas se souvenir d'un simple truc…

— Je t'interdis de parler de Dougie de cette façon.

Dans la voix de Charlene plane une réelle menace à l'encontre de son mari.

— S'il oublie des choses, c'est que tu n'arrêtes pas de le harceler et ça le rend nerveux.

— Ouais, tout est ma faute !

Dougie regarde alternativement Timmy et sa mère. Il a de la sauce au chocolat sur le menton.

— Je crois que je vais aller me changer, annonce Wendell.

Il quitte la grange mais revient quelques secondes plus tard :

— Y a un type près du portail, annonce-t-il, inquiet.

— À cette heure ? demande Timmy. Il est minuit passé, non ?

— C'est qui ? se préoccupe Charlene.

— On dirait qu'il a des béquilles.

Oh non !

— Des béquilles ? répète Timmy en me dévisageant. Ça doit être M. Walker.

— Je suis sûr qu'il ne fait que prendre l'air, je déclare. Il aime bien se promener la nuit.

Timmy hoche la tête lentement.

— Un homme sur des béquilles ne se balade pas à minuit. Il vous cherche.

— Je ne vous raconte pas de bobards. Je parie qu'il regarde les étoiles.

Timmy fait signe à Wendell et lui ordonne :

— Amène-le-moi.

Le garçon prend son fusil et se glisse dehors.

— Non ! je plaide. Écoutez, Timmy, laissez-le tranquille. C'est juste un vieux bonhomme.

— S'il ne vous trouve pas, il va rentrer chez lui et commencera à passer des coups de fil. C'est mauvais pour nous. Impossible de le laisser faire.

Le visage de Timmy s'assombrit, comme s'il cogitait.

— Hein ? Vous avez quoi en tête ?

— Voilà... Vous disparaissez et votre père part à votre recherche. Ensuite, c'est au tour de votre père de se volatiliser. Et qui va battre la campagne pour le retrouver ?

— Personne !

— Et les gens du camp de pêche ? Combien sont-ils à occuper les chalets ?

Le moment est venu pour moi de sortir un gros mensonge.

— Tout le monde est parti. Quand notre locataire s'est tué en essayant d'échapper à l'ours, ils ont tous eu la frousse et sont rentrés chez eux.

— Je ne vous crois pas, dit Timmy après réflexion.

— C'est vrai, insiste Lawrence. J'ai essayé d'en retenir un ou deux mais ils ne m'ont pas écouté.

Dehors, dans le lointain, j'entends des vociférations. Peu à peu, les voix s'amplifient et deviennent plus distinctes à mesure qu'elles se rapprochent.

— Bon Dieu, le vieux, vous pouvez pas accélérer, sur vos trucs ?

— Bon sang de bois, je fais au plus vite !

Lawrence me murmure :

— Nous allons trouver un moyen de nous en sortir.

— Tu as un plan ?

Il ne répond pas.

Papa apparaît le premier dans l'embrasure de la porte. Mais une de ses béquilles se prend dans le loquet et il tombe par terre.

— Papa !

— Zachary ?

Il se relève et m'observe à travers les lattes de notre porte.

— Papa, ça va ?

— Oui, oui, pas de problème.

Wendell entre à son tour, son fusil pointé sur mon père.

— Monsieur Walker, commence Timmy, vous avez eu une sacrée semaine. Un cadavre trouvé sur votre propriété il y a trois jours, un locataire tué par un ours aujourd'hui. Pas étonnant que tous vos hôtes aient bouclé leurs bagages avant de décamper.

— Comment ? s'étonne papa. Qui vous a raconté ça ?

Je fixe le sol. Lawrence pose sa main sur mon épaule pour me réconforter.

Timmy, s'approchant de notre porte, s'adresse à moi :

— La situation est en train de se compliquer, on dirait. Il va pas falloir attendre longtemps avant qu'on vienne vous chercher, vous, votre ami ou votre père !

— Il est tard. Les gens dorment. Personne ne va s'inquiéter, dis-je.

C'est hélas la triste vérité. Les Wrigley ont plus de soixante ans et se couchent de bonne heure, Bob également. Lana est retournée à Braynor pour discuter avec Orville. Quant aux plus proches voisins, ils se trouvent à près d'un kilomètre.

— Le risque est trop gros, décide Timmy. Wendell !

— Ouais ?

— Il faut que tu descendes aux chalets. Rassemble tous les gens que tu trouves et ramène-les ici.

— Ils seront combien ?

— Je ne sais pas. Trois ou quatre, à peu près.

Trois. Bob, Betty et Hank.

— D'ac !

— T'as besoin de ton frère ?

Dougie, s'essuyant le menton avec son pan de chemise, lève les yeux.

— Non, j'peux me démerder. Tant que j'ai ça.

Il brandit son fusil.

— J'reviens rapidos.

Il disparaît dans la nuit.

Ainsi, Timmy se prépare à m'exécuter. Ensuite, ce sera au tour de Lawrence, puis de mon père, de Bob Spooner, Betty et Hank Wrigley. Pas question pour lui de laisser qui que ce soit après avoir fait exploser sa pochette-surprise.

Timmy s'approche de mon père, le prend par le bras et le pousse vers le box.

— Reculez-vous ! nous ordonne-t-il, à Lawrence et moi.

Et, s'adressant à Dougie :

— Surveille-les.

Le garçon prend un fusil et nous tient en respect pendant que Timmy ouvre notre porte et pousse papa à l'intérieur. Ses béquilles étant restées là où il est tombé, il boitille jusqu'à nous.

Je le serre contre moi.

— J'étais inquiet, Zachary. Tu étais parti depuis longtemps.

— Oui, enfin... nous sommes dans le pétrin. Tu es blessé ?

— Je ne crois pas.

— Et ta cheville ?

— Pas trop mal.

Il observe la grange, la camionnette, le gros bidon bleu à l'arrière, l'engin sur le couvercle.

— C'est bien ce que je pense ?

Lawrence et moi acquiesçons.

— Timmy, demande Lawrence, où serez-vous dans vingt-quatre heures ?

— Comment ça ?

— Demain soir. Vous comptez coucher ici ? À la ferme ?

Charlene le regarde d'un air narquois, inquisiteur, alors que Dougie, tout comme Timmy d'ailleurs, se contente de dévisager le détective sans chercher plus loin.

— Voilà ce que je veux dire, poursuit Lawrence. Vous allez vous débarrasser de nous et tuer des dizaines, voire des centaines de spectateurs. Vous croyez qu'on ne va pas vous rechercher ? Un truc aussi énorme n'est pas de la compétence d'Orville Thorne.

Lawrence me regarde en fronçant les sourcils comme pour me dire : Ne crois pas que je méprise ton nouveau demi-frère.

Il continue à voix haute :

— Ce comté, cette ville vont grouiller de toutes sortes de flics, depuis la sécurité intérieure jusqu'à la police montée. Qu'est-ce qui arrivera quand ils ne trouveront personne aux Chalets de Denny ? Personne, pas même le propriétaire, hein ? Vous allez prétendre que vous ne savez pas ce que nous sommes devenus en espérant être crus ! Mais nous ne sommes que de l'autre côté de la colline, bon Dieu !

— Je devrais peut-être faire une valise ? propose Charlene sans se démonter.

— Ouais, approuve Timmy. On va sans doute devoir partir pour quelque temps.

— Quelque temps ? Vous plaisantez, se moque Lawrence. Pour toujours, oui ! Vous n'avez pas des frères en dinguerie qui pourraient vous cacher ?

— Timmy ! s'écrie Dougie. On va quand même pas s'faire piquer pour si peu ?

— Écoutez, répond Timmy en prenant son courage à deux mains, nous ferons ce que nous devons faire. Nous nous battons au nom d'idéaux qui nous dépassent, vu ? On ne change rien, on ne recule pas maintenant. Mais ouais, Charlene, rassemble donc quelques affaires.

— J'veux emporter ma collection de p'tites bagnoles Hot Wheels.

— Qu'est-ce qui se passe ?

Nous regardons tous vers la porte. Jeffrey se tient là, en pantoufles et en pyjama, le cheveu hirsute.

— Pourquoi tout le monde est là ? Vous faites quoi ?

— Retourne au lit ! aboie Timmy.

Cette sortie incite Jeffrey à regarder dans la direction de son grand-père puis vers moi, Lawrence et papa.

— Qu'est-ce qu'ils font ici ?

Il sourit à Lawrence et lui adresse un petit signe de la main.

— Salut, Jeffrey ! répond Lawrence. Ça boume ?

— Tout est OK.

Mais on devine qu'il se rend compte de quelque chose. De quelque chose qui ne va pas.

— Pourquoi ils sont enfermés ? demande-t-il à son grand-père.

— Jeffrey, retourne à la maison. Charlene, ramène-le.

— Je ne comprends pas. Pourquoi ils sont là ? Ils ont volé un truc ?

Timmy considère cette hypothèse et la reprend :

— Tu as deviné. Ils ont essayé de voler des outils. Ils sont très méchants.

— Jeffrey, ce n'est pas vrai ! je m'écrie.

— Jeffrey ? appelle May de l'extérieur. Jeffrey, tu es là ?

Le gamin se tourne vers sa mère, vêtue d'un long peignoir rose. Elle entre. Il ne lui faut qu'une seconde pour se rendre compte de la situation : Dougie, Charlene, Timmy dans la grange, nous trois dans le box, la camionnette blanche au milieu.

— Qu'est-ce qui se passe, bon Dieu ?

— May, déclare Timmy, prends ton fils et va le recoucher. Tu sais qu'il n'a pas le droit de venir ici. Toi non plus d'ailleurs.

— Grandpa, ils ne sont pas méchants ! Ils sont gentils ! Même lui ! précise-t-il en désignant Lawrence.

— Jeffrey, j'en ai plus que marre..., s'emporte Timmy, rouge de colère.

— Il a été vraiment gentil avec moi. Il n'est pas méchant comme toi !

Timmy empoigne le gosse et le secoue.

— Espèce de petit merdeux, je devrais...

— Papa ! crie May. Laisse-le tranquille !

Jeffrey se courbe en arrière pour tenter de se libérer de l'étreinte de Timmy qui le maintient d'une main tout en essayant de le gifler de l'autre. De son bras libre, Jeffrey cherche à parer les coups.

May fonce sur son père, ce qui permet à Jeffrey de se libérer. Timmy s'en prend maintenant à sa fille, qu'il saisit par les épaules et jette à terre.

— Je te déteste ! lui crie Jeffrey en sanglotant.

Les yeux baissés, Timmy reste figé, se demandant s'il doit aider May à se relever. May le regarde puis tourne les yeux vers son fils et ensuite vers moi. Cette crise familiale la secoue. Mais j'ai l'impression qu'elle veut aussi comprendre pourquoi je suis enfermé dans ce box avec mon père et Lawrence.

— Monsieur Walker ?

S'adresse-t-elle à papa ou à moi ? Elle se lève, dédaigne la main tendue de son père et s'avance de trois pas vers moi.

— Monsieur Walker, qu'est-ce qui se passe ? me demande-t-elle.

Vu l'évolution de la situation, May représente sans doute notre dernier espoir. Mais elle ne nous viendra en aide qu'à condition d'apprendre toute la vérité et de saisir l'ignominie diabolique dont est capable son père. Si elle le confronte aux faits, il sera peut-être susceptible de reconsidérer ses projets.

Sans hausser le ton, je l'avertis :

— Votre père va nous tuer ainsi qu'un grand nombre de gens, voilà ce qui se passe.

— Fermez-la ! me crie Timmy. May, sors d'ici !

Il l'attrape par les épaules en la forçant à faire demi-tour.

— La touche pas ! hurle Jeffrey qui sanglote toujours.

— Interrogez-le sur vos petits amis ! je crie. Demandez-lui ce qui est arrivé à Morton et à Gary !

May se libère, me dévisage.

— Quoi ?

— Je vous ai dit de la fermer ! répète Timmy.

— De quoi parle-t-il ? insiste May.

— Ce n'est pas une coïncidence. Le premier a été renversé par une voiture, le second a été attaqué dans les bois.

— Gary ? demande-t-elle, faisant face à son père. La voiture qui ne s'est pas arrêtée ?

Timmy cherche à se montrer conciliant, tente de prendre sa fille par la taille, mais elle se recule.

— Chérie, Jeffrey et toi, rentrez à la maison. Nous en parlerons plus tard. Nous avons tous prononcé des mots que nous allons regretter. Et puis, nous sommes très occupés, ici, au cas où tu ne l'aurais pas remarqué.

— Occupés par quoi ? Qu'est-ce que vous mijotez ? Vous passez des jours entiers dans cette grange à travailler sur quelque chose...

Elle jette un coup d'œil à l'intérieur de la camionnette et demande :

— C'est quoi tout ça ? Et qu'est-ce qu'il voulait dire à propos de mes petits amis ?

— Il les a tués tous les deux, j'assène. Avec l'aide de Wendell et de Dougie. Et il a saboté vos boulots en passant des coups de fil anonymes. Pour vous obliger à rentrer à la maison.

May, stupéfaite, n'en croit pas ses oreilles. Jeffrey, qui vient d'arrêter de pleurer, est également étonné.

— C'est faux, lui assure Timmy d'une voix douce. Tu sais que je n'agirais jamais ainsi.

May considère son père comme si elle le voyait pour la première fois.

— Tu es monstrueux ! murmure-t-elle. Je le savais depuis longtemps, mais j'ignorais à quel point.

Prenant la main de son fils, elle s'avance vers la porte quand Charlene lui barre le chemin.

— Quoi encore ? Écarte-toi !

Charlene, les yeux durs, froids et sans vie, interroge Timmy du regard.

— Salaud ! me lance le patriarche des Wickens.

Sans proférer un mot, Charlene et son mari se consultent. Conscients de la situation, ils sont sur le point de prendre de cruelles décisions.

— Charlene, enferme-les à clé tous les deux dans le garde-manger à l'arrière de la maison. On verra plus tard.

— Tu vas boucler ta propre fille ? s'étonne May. Et ton petit-fils ? Mais quel homme es-tu ? Qui es-tu ?

Charlene, le fusil à la main, donne des petits coups de crosse à May pour la faire avancer :

— Allez ouste ! Ton fils et toi n'êtes pas de mon sang. Alors vous abattre ne sera pas trop dur.

Timmy va pour intervenir, mais s'arrête.

Charlene fait signe à ses deux prisonniers de franchir la porte les premiers et pousse May dans le dos quand celle-ci passe devant elle.

Timmy semble soudain résigné. Quelle chance avons-nous de nous en sortir s'il est prêt à tuer sa propre fille et son petit-fils ?

— C'était vraiment stupide de lui dire tout ça, me reproche-t-il.

— Elle devait connaître la vérité. Savoir quel père aimant elle a.

Il respire à fond plusieurs fois. Dieu sait ce qu'il mijote.

— Ce sera plus facile quand Wendell sera de retour avec les autres, marmonne-t-il comme pour lui-même. Je me débarrasserai de tout le monde d'un coup.

35

Retournant dans un coin au fond du box, j'approche ma tête de celle de Lawrence pour lui chuchoter :

— Wendell va revenir d'une minute à l'autre avec Bob, Betty et Hank. Après quoi il va tous nous descendre.

— Merci, j'ai suivi la conversation.

— Et si nous sautions par-dessus la porte et foncions sur Timmy ? L'un de nous réussirait peut-être à s'emparer de son arme avant que Dougie réagisse ?

— Et ta bombe anti-ours ? suggère Lawrence.

— Vide ! J'ai tout utilisé.

— Nous ruer sur Timmy est notre seule option. Mais nous ne survivrons pas tous les deux. Il abattra l'un de nous avant que nous réussissions à le maîtriser. Et encore, à condition que Dougie soit lent à la détente.

— J'irai en premier, décide papa qui s'est suffisamment rapproché pour nous entendre.

— Pas question !

— Je suis vieux, j'ai bien vécu. Laissez-moi vous précéder, et pendant que je l'occuperai, vous le maîtriserez.

Même si son idée me plaisait, ce qui n'est pas le cas, il lui faudrait tellement de temps pour franchir la porte que l'effet de surprise ne jouerait plus en notre faveur.

— Quelque chose que vous aimeriez partager avec le reste de la classe ? demande Timmy. Un peu de silence dans les rangs, je vous prie.

Nous nous taisons. Timmy appelle Dougie à l'arrière de la camionnette :

— Écoute bien ! Même si le défilé n'a lieu que demain matin, je veux que tu sois en position avant le lever du soleil. Il faut que tu te postes près de la rue qu'emprunte la parade et près de la mairie, parce que je veux que les deux soient détruits. Tu piges ?

— Sûr, Timmy.

— Bon. Avant que tu partes, je réglerai la bombe pour qu'elle soit prête à recevoir le signal du détonateur à distance. Comme ça, tu n'auras pas à t'en occuper.

— Très bien. Parce que t'es meilleur que moi pour la technique.

— Sans blague !

Dougie fronce les sourcils comme si son radar à sarcasmes avait détecté une pique.

— Tiens, reprend Timmy, voici ton détonateur.

Il lui montre une sorte de talkie-walkie surmonté d'une courte antenne et comprenant plusieurs boutons.

— Écoute bien. Rien de plus simple. Tu vois ce bouton rouge ?

Dougie l'examine et acquiesce.

— Tu appuies dessus et la bombe explose.

— J'peux le faire, affirme-t-il en prenant l'appareil dans sa main. Mais j'vais pas appuyer maintenant.

— Ça n'aurait pas d'importance, car la bombe n'est pas amorcée. Mais quand elle le sera, tu devras faire attention.

— Et si j'la laisse tomber ?

— Tu te rappelles pas ? Je t'ai parlé de la boîte.

Timmy le conduit à un établi tout proche et lui montre un petit boîtier en plastique de la taille d'un étui à fer à souder. L'intérieur est garni d'une mousse semblable à celle qui capitonnait l'appareil de surveillance de Lawrence. Une gorge, de la même forme que le détonateur, est découpée dans la mousse.

— Tu transportes le détonateur dans cet étui et tu l'en sors quand tu en as besoin. Comme ça, même si tu le laisses tomber ou si tu l'écrases contre un mur, le bouton rouge ne se déclenchera pas.

— Ouf ! s'exclame Dougie. J'me sens mieux !

— Tu es *certain* de pouvoir y arriver ?

— Ouais, fastoche !

— Je veux être franc avec toi, Dougie : normalement, je l'aurais fait moi-même ou je l'aurais confié à Wendell, mais ta mère pense qu'il est temps que tu prennes des responsabilités. Et elle veut que tu entreprennes quelque chose de vraiment important, comme ceci.

— J'sais. Pour que je prenne confiance. J'crois même que j'ai commencé.

— Formidable ! s'écrie Timmy.

Lawrence les observe : je sais qu'il se livre à un exercice de calcul mental. Temps et distance. Distance et temps.

— On va le mettre dedans maintenant ? demande Dougie en désignant le détonateur et l'étui rempli de mousse.

— Seulement en temps utile. Pas avant.

— Je suis revenu !

C'est la voix de Wendell, mais il n'est pas le premier à apparaître sur le seuil. Bob Spooner entre, en caleçon, veste et boots. Sans chaussettes. Betty et Hank non plus n'ont pas eu le temps de s'habiller. Elle porte une longue chemise de nuit bleue en flanelle et des pantoufles, son mari n'a qu'un pyjama bleu. Il est pieds nus. Wendell pénètre le dernier dans la grange, pointant son fusil dans leurs dos.

— La catastrophe ! murmure Lawrence.

— Par ici, messieurs dames, et bienvenue, déclare Timmy en les dirigeant vers notre box.

Il tire le loquet, ouvre la porte en grand pour faire entrer ses nouveaux prisonniers. Hank est blanc de terreur. Betty semble aussi effrayée, mais il émane d'elle un certain calme. Bob est ahuri, comme si tout ça n'était qu'un rêve dont il allait se réveiller dans quelques heures.

Je suis à court de mots. Timmy ferme la porte.

— Les choses commencent à se mettre en place, commente-t-il.

— J'les ai bien ramenés, hein ? fait Wendell.

— Oui, tu as bien travaillé.

Wendell fouille dans ses poches, en sort quelques trousseaux de clés de voiture.

— Je les ai piqués, au cas où l'un d'eux chercherait à s'enfuir. Sûr qu'il n'irait pas loin. J'ai même arraché la ligne téléphonique du premier chalet. C'est le seul à en avoir, j'ai vérifié.

Timmy arbore un beau sourire et le félicite :

— Wendell, t'as bien gambergé. Vraiment bien. Je n'y avais pas pensé.

— Pas de quoi en faire un plat, répond l'autre en rougissant.

— Moi aussi, j'y aurais pensé, dit Dougie. Si tu me l'avais dit.

Tournant le dos à Dougie pour n'être vu que de son frère, Timmy lève les yeux au ciel. Il tire ce dernier de côté, assez près de notre porte pour que je l'entende.

— Dougie me cause un peu de souci, dit-il. Tu crois qu'il y arrivera ?

— Sans doute.

— Voilà mon plan. Ce serait malin si tu allais en voiture en ville un peu après Dougie. Ensuite tu restes avec lui jusqu'au lever du soleil au cas où il deviendrait nerveux. Après qu'il aura fait sauter la camionnette, tu pourras le ramener ici.

— Ouais, je comprends. Mais ça risque de rendre Mam furieuse. Elle veut qu'il se débrouille seul.

— Bon, d'accord. J'ai un autre petit problème.

— Quoi donc ?

Timmy baisse la voix pour lui expliquer :

— Je vais avoir besoin d'un endroit pour mettre tous ces cadavres.

— Combien ?

Reculant de quelques pas, il s'approche du box. Pour nous compter ! Puis il disparaît de notre vue.

— Au moins six, possiblement deux de plus. Je ne sais pas. Je déciderai plus tard.

— Oh ! Où est-ce qu'on va faire ça ? Il faut pas que je creuse un trou, si ? Pour deux, d'accord, mais pour autant de gens, ça va prendre des plombes !

Je sais combien il est difficile de demander à ses enfants de participer aux corvées domestiques, mais celle-là dépasse mon domaine de compétence.

— Tu as d'autres idées ? demande Timmy.

— Si on les fourrait dans le lac ? On met les corps dans une barque et on la coule ?

— Peut-être... Mais s'ils remontent à la surface ?

— Si le bateau a une cabine et qu'on les empile dedans ?

— Il y a des bateaux de ce genre chez Walker ?

— J'sais pas ! J'ai jamais regardé.

— Va donc vérifier. Et vois si tu as d'autres idées.

— D'ac.

— N'oublie pas de souhaiter bonne chance à Dougie. Quand tu reviendras, il sera sans doute parti.

Wendell s'approche de son frère, lui tapote le dos.

— Bonne chance, mec ! Je te vois plus tard, hein ?

Dougie lève le pouce, tandis que Wendell disparaît.

— Vous avez saisi quelque chose ? me demande Bob à l'oreille.

— J'ai tout entendu.

— Ils parlaient de la manière de se débarrasser de nos corps !

— Chut ! Pas si fort !

— Dougie ! appelle Timmy. J'en ai un peu marre de surveiller nos invités tout le temps. Comme tu t'en vas bientôt, tu pourrais d'abord me rendre un service.

— Ouais ?

— Va donc chercher les chiens et amène-les ici.

— Pas de souci, Timmy.

Comme si notre situation n'était pas assez désastreuse, on va avoir Os et Moelle pour baby-sitters !

— Tu crois en ta bonne étoile ? me murmure Lawrence.

— Pourquoi ?

— Parce qu'on en aurait bien besoin.

36

Pendant que Dougie va chercher les chiens, Timmy choisit un fusil qu'il braque sur nous, le canon passé entre les lattes du box.

Nous somme six. Contre un.

Lawrence croise mon regard. Je devine ce qu'il a en tête : voici notre unique chance de n'avoir que Timmy à affronter. Notre ultime occasion d'entreprendre quelque chose avant le retour des autres. Et avant l'arrivée des chiens.

Au cas où le doute subsisterait dans nos esprits, nous avons eu un avant-goût des prouesses dont ces molosses sont capables.

Lawrence se tient au fond du box. De là, s'il fonce jusqu'à la porte, vu la forme qu'il tient, il pourrait la franchir d'un seul saut en ciseaux. Mais, quelle que soit sa vitesse d'exécution, Timmy le verrait se déplacer et aurait le temps d'ajuster son tir.

Et si nous tentions le coup tous les deux ensemble ? Le box ne mesure que deux mètres de large, et si nous sautions en même temps, nous présenterions une cible plus difficile. Sauf que nous risquons de nous emmêler les jambes !

Bon, si...

— Espèce de saloperie vivante ! crie Hank Wrigley en chargeant, tel un taureau de corrida.

Il glisse un pied entre deux lattes inférieures, fait un immense effort pour passer sa jambe par-dessus la porte. Mais Hank n'est pas Lawrence. Sans doute aussi âgé que mon père, il n'a pas la souplesse requise pour sauter de l'autre côté.

— Hank ! crie Betty. *Hank !*

Comme à l'entraînement, en prenant son temps, Timmy relève son fusil, l'arme, appuie sur la détente. La détonation est assourdissante.

Hank dégringole de tout son poids, atterrissant dans les bras de Lawrence qui s'est précipité pour amortir sa chute et le reposer doucement sur le sol. La manche gauche de son pyjama est déchirée et ensanglantée.

— Mon Dieu, Hank ! Pauvre idiot ! s'exclame Betty en s'agenouillant pour évaluer la gravité de la blessure.

Au lieu de l'embrasser, ce à quoi je m'attendais, Betty retrouve malgré le choc ses vieux réflexes professionnels. Après tout, elle n'a pas pris sa retraite depuis bien longtemps et elle n'a sans doute rien oublié de son ancien métier. Elle commence par ouvrir sa manche.

— Aïe ! gémit Hank.

— Qu'est-ce qu'il a fumé, le gus ? demande Timmy avec un haussement d'épaules.

Bob s'inquiète :

— Comment va-t-il ? Il va s'en tirer ?

— C'est son bras, répond Betty.

Elle transforme le tissu de la manche en garrot.

— Si on peut le conduire dans un hôpital, il récupérera.

— Ohoooooh ! reprend Hank. Je suis désolé. Désolé. Je voulais juste…

— Espèce de vieil idiot ! le gronde Betty.

— Il faut l'emmener à l'hôpital, je dis à Timmy.

Il me dévisage, sourit, hoche la tête.

— Elle est bien bonne ! ironise-t-il.

— Timmy, j'aimerais vous poser une question. Que va-t-il arriver à May ? Et à Jeffrey ?

Il se tait.

— Vous allez les tuer, eux aussi ?

— Fermez-la !

— Si ce n'est pas vous, ce sera Charlene qui s'en chargera. May et Jeffrey ne sont pas de *son sang*. Elle s'en fiche bien qu'ils meurent !

Timmy fronce les sourcils, s'avance vers moi.

— Vous n'avez pas assez de soucis personnels, pour vous préoccuper des miens comme ça ?

Dehors, les chiens aboient et grondent avant de faire leur entrée. Os et Moelle foncent dans le hangar, galopent en tous sens, se heurtent, plongent leurs gueules dans des bottes de foin, se glissent sous la camionnette, sous l'établi, s'arrêtent devant notre porte.

Si seulement ils pouvaient la défoncer ! À les voir la ronger de leurs crocs acérés et se ruer dessus, on dirait qu'ils sont shootés.

— Couchés ! Couchés ! crie Timmy.

Les chiens l'ignorent. Bob, Lawrence, papa et moi, nous nous sommes réfugiés dans le fond du box. Soignant son mari, Betty ne bouge pas.

— Couchés ! hurle Timmy.

Les chiens cessent de gronder.

— Voilà qui est mieux. Ne bougez plus !

Ils obéissent, se tenant assis côte à côte, tels des ornements de jardin haletants, nous épiant de leurs sombres yeux de pitbulls à travers les lattes.

Timmy nous avertit :

— Si vous faites le moindre geste brusque, les chiens vont devenir fous. Compris ?

Notre silence général équivaut à un oui.

— Parfait. Je dois m'occuper d'une ou deux bricoles.

Il retourne à l'intérieur de la camionnette.

Dougie entre dans la grange.

— Y m'ont échappé, dit-il.

— Pas d'importance, le rassure Timmy. Je leur ai confié un travail de surveillance.

Pendant le quart d'heure suivant, il ne se passe pas grand-chose. Nous prenons notre mal en patience, tandis que Timmy apporte une touche finale à son œuvre. Enfin, il saute de l'arrière du véhicule, ferme le hayon, s'assure qu'il est bien clos et enfin, annonce :

— Tout est prêt. Le dispositif est en place. Tu appuies sur le bouton, et *boum !*

Dougie lui sourit.

— J't'avoue que j'suis un peu nerveux.

— C'est compréhensible. Tu pars pour entreprendre une importante mission. Une très grande mission.

Gêné, Dougie baisse les yeux.

— Tu es d'attaque ?

— Ouais.

— Tu te souviens de tout ce que tu auras à faire ? Tu as tout ce qu'il te faut ?

— Oui. Absolument. J'gare la camionnette près de la mairie, le long de l'itinéraire du défilé. J'trouve un endroit en hauteur d'où j'aurai une bonne vue. J'retrouve Wendell plus tard, il me ramène à la maison.

— Ensuite, nous serons obligés de décamper, déclare Timmy. De quitter cet endroit.

— Ça me manquera, dit Dougie avec un hochement de tête. J'ai bien aimé être ici. C'est vraiment joli.

Puis il appelle dans notre direction :

— Hé, monsieur Walker ? Le vieux ?

— Oui ? répond papa.

— Merci de nous avoir permis de louer votre ferme. On s'y est beaucoup plu.

Muet de surprise, papa me regarde.

— Bon, voilà, conclut Timmy. C'est bouclé.

— J'te suis vraiment reconnaissant de me confier c'boulot, déclame Dougie en prenant son beau-père dans ses bras.

Pas très emballé, Timmy lui tapote le dos une ou deux fois et s'écarte.

Dougie ouvre la portière de la camionnette, se glisse derrière le volant, boucle sa ceinture, tourne la clé de contact. Le moteur rugit, une fumée épaisse se dégage du tuyau d'échappement en direction du box.

— Timmy ? La porte ?

Timmy contourne la camionnette pour ouvrir en grand la porte de la grange qui jusqu'à maintenant n'était qu'entrouverte.

Pour la première fois, depuis notre box, nous découvrons la cour, la ferme un peu plus loin à gauche, le portail de l'allée vers la droite. Est-ce Wendell qui avance vers la grange, de retour des chalets après avoir concocté un plan pour se débarrasser de nos cadavres ?

Dougie passe la première, s'engouffre sous la porte au moment où son frère arrive.

Au cas où Dougie le verrait dans le rétroviseur, Timmy lui adresse un petit signe d'adieu. Faisant demi-tour alors que la camionnette s'éloigne, il découvre le détonateur en forme de walkie-talkie posé sur son étui, sur l'établi !

— Bordel de merde ! Ce garçon ne peut donc se souvenir de rien !

Il se rue vers l'établi sous les yeux de Wendell qui s'écrie gaiement :

— Alors, Dougie est en route !

Os et Moelle lèvent le nez à l'unisson.

Timmy se retourne, détonateur en main.

— Ce stupide crétin l'a oublié, s'écrie-t-il. Apporte-le-lui vite !

Wendell prend le détonateur, sans son étui, et court après la camionnette.

La suite se déroule vite, très vite, en un éclair !

37

Vu du fond du box, on dirait un ballet bien réglé. Au moment où Dougie freine en traversant la cour pleine de trous et de bosses, ses feux arrière s'éclairent et Charlene sort de la ferme pour lui souhaiter bonne route.

En fait, en regardant plus attentivement, elle ne se contente pas de lui dire au revoir. Elle tient un sac brun dans sa main : sûrement son pique-nique !

Wendell, chargé du précieux détonateur, s'est lancé à la poursuite de son frère.

— Ne touche pas au bouton rouge ! l'avertit Timmy.

— Ne t'en fais pas ! hurle Wendell sans se retourner. Je connais le mode d'emploi.

Os et Moelle reniflent à nouveau en l'air. Quelque chose retient leur attention, les distrait, leur fait oublier leur mission de gardiens de prison. L'arrière-train levé, ils pivotent sur eux-mêmes pour déterminer la source de l'odeur qui envahit leurs narines.

Après avoir fixé Wendell des yeux, ils ne le lâchent plus, suivent ses évolutions dans la cour.

Je devine ce qui a éveillé leur intérêt. C'est le parfum des entrailles de poisson dont le pantalon et le devant de la chemise de Wendell sont imprégnés, conséquence de sa chute dans la fosse.

Les deux molosses ne sont plus désormais que des missiles en rase-mottes.

— Ici ! crie Timmy. Retournez à votre poste !

Ils ne l'écoutent pas. Rien ne compte plus pour eux que d'assouvir leur faim dévorante. Dès le début de la poursuite, ils ont ouvert leurs gueules, découvrant leurs mâchoires béantes.

Wendell ne s'aperçoit de rien. Un instant il court, l'instant suivant il stoppe net, chaque chien accroché à l'une de ses jambes, tels des lions s'attaquant à une gazelle.

Il pousse un hurlement.

— Arrêtez ! crie Timmy à ses chiens.

— Bougeons-nous ! murmure Lawrence.

Timmy ne surveille plus le box, bien trop occupé par ses chiens et le danger qu'ils font courir à Wendell. Lawrence saute par-dessus la porte, soulève le loquet, nous libère tous.

— Appelez une ambulance, dit Betty, toujours agenouillée auprès de son mari. Nous avons besoin d'une ambulance.

Les cris, les plaintes, les beuglements de Wendell ne ressemblent à rien de ce que j'ai pu entendre auparavant. Les clameurs d'un type piégé dans un coffre de voiture avec un python étaient de la gnognotte en comparaison de ce que subit le garçon.

Après avoir cloué Wendell sur place, ils déchiquettent ses cuisses avec une rage insensée. Pourtant, même immobilisé, il agrippe toujours le détonateur dans sa main droite.

Devant la ferme, Charlene tourne la tête en direction du boucan, curieuse d'en connaître la cause.

La camionnette ralentit en longeant le bâtiment.

Dougie sort le bras pour prendre le pique-nique que Charlene lui tend.

Les chiens enragés arrachent des morceaux de jean. Mais pas seulement. À voir le sang jaillir, ils ont dû enfoncer leurs crocs dans la chair.

La main de Wendell, qui tient toujours le détonateur, heurte violemment le sol.

La camionnette saute.

L'explosion est si intense, la boule de feu si énorme que des morceaux de tôle, des éclats de verre volent à travers les airs. Disparus, le véhicule et sa mortelle cargaison ! À sa place, un globe orange.

Timmy, qui se tenait à une dizaine de mètres des chiens et de Wendell, est soufflé en arrière par l'explosion. Nous, à l'intérieur de la grange, sommes balayés par l'onde de choc brûlante.

Par pur réflexe, pour éviter d'être heurté par des débris volants, je me tourne, baisse la tête, ferme les yeux. Quand je les rouvre, la ferme a disparu ! Je crois d'abord qu'elle est masquée par les flammes et la fumée. Mais non ! Elle est bel et bien détruite.

En fait, pas totalement. Un morceau de la partie arrière demeure debout. Quant au reste, ce n'est qu'un amas de ruines en feu dont émergent quelques poutres et quelques morceaux de charpente.

— Maaam ! hurle Wendell ! Aïe ! Aïe !

Mais la mère qui aurait pu entendre les cris de son fils s'est volatilisée.

— Hank peut bouger ? demande Lawrence à Betty.

Elle observe son mari dont les yeux ont du mal à rester ouverts et déclare :

— Certainement pas.

Lawrence se précipite vers l'établi où reposent les deux fusils. Il en saisit un, retourne dans le box et le donne à Betty.

— Au cas où Timmy reviendrait, dit-il. Il est le seul à pouvoir encore nous causer des soucis.

Prenant papa par le bras, je l'aide à sortir. Il boitille et sautille à qui mieux mieux.

— Nous avons besoin d'aide ! dis-je.

— Ils nous ont pris nos clés de voiture et coupé le téléphone, me rappelle papa.

Les clés des véhicules des Wickens ? Ils ont dû les laisser dans la ferme… qui n'existe plus.

— Papa, tu pourras te débrouiller pour rentrer seul à ton chalet ?

— Sans doute.

— Ensuite, prend ta tondeuse de course. La clé est dessus, hein ?

— Oui.

— Va jusqu'à Braynor ou jusqu'à la maison la plus proche disposant d'un téléphone.

Papa est près de disparaître dans la nuit quand Bob lui tapote l'épaule.

— Je peux y arriver plus vite, assure-t-il.

Papa me regarde pour demander mon approbation et je souris à Bob.

— Bonne idée. Appelez une ambulance, appelez Orville, rameutez les pompiers, rameutez tout le monde.

— Compris !

— Demain, vous m'emmènerez à la pêche.

— Avec plaisir !

Tandis que Bob s'éclipse, je me tourne vers Lawrence pour lui rappeler :

— Il faut s'occuper de May et Jeffrey.

Il jette un coup d'œil à la ferme, ou plutôt au peu qu'il en reste, c'est-à-dire la cuisine, encore debout. Mais les flammes la prennent d'assaut.

Nous traversons la cour côte à côte, évitons les chiens qui ont réussi à allonger Wendell sur le dos pour lui dévorer le ventre.

Il ne crie plus. Timmy le remplace :

— Lâchez-le, putains de chiens ! hurle-t-il.

Il lève à peine les yeux vers nous quand nous passons près de lui. Mais en me retournant, je le vois foncer vers la grange. Il va sûrement chercher le fusil.

Lawrence et moi atteignons ensemble la porte de la cuisine. Il bondit en haut des marches pour l'ouvrir. La fumée a commencé à envahir la pièce, mais elle n'est pas trop gênante. En revanche, l'absence de lumière est plus ennuyeuse, l'explosion ayant coupé l'électricité.

— May ! Jeffrey ! je hurle de toutes mes forces.

— Où êtes-vous ? s'écrie Lawrence.

Nous retenons notre respiration dans l'attente d'une réponse. Mais seuls nous parviennent les craquements de l'incendie.

— Par ici ! appelle enfin May.

— Au secours ! s'égosille Jeffrey.

Les voix viennent de notre gauche. Nous avançons dans cette direction, nous heurtant à des chaises, renversant de la vaisselle. Peu à peu, nos yeux s'habituent à la pénombre qu'éclairent vaguement les rayons de la lune. Je tombe sur une porte cadenassée.

La chaleur devient insupportable.

— C'est fermé à clé, je préviens Lawrence.

— À l'aide ! hurle May.

Ils ont dû entendre l'explosion et sont terrorisés par l'incendie tout proche.

— Tenez bon ! je réponds pour les encourager.

Dehors, un coup de feu retentit. Par la fenêtre, j'aperçois Timmy au-dessus de Wendell. Il réarme son fusil et tire un coup, puis un deuxième, puis un troisième.

Lawrence s'empare d'un ustensile sur le comptoir, sans doute un ouvre-boîtes. Il en assène de grands coups sur le cadenas. En vain. Au bout d'une dizaine d'essais, c'est l'ouvre-boîtes qui cède.

— Ça va aller ! fait-il.

Il ouvre les tiroirs les uns après les autres, les fouillant à l'aveugle.

— Merde !

Il retire sa main, la secoue comme pour la sécher. Quelque chose de sombre s'écoule. Du sang !

Il attaque un autre tiroir, en sort un attendrisseur à viande.

Muni de cet engin, il s'acharne sur le cadenas. Finalement, il réussit à entrouvrir la porte et à glisser ses doigts dans l'interstice. Rassemblant ses forces, il arrache la porte de ses gonds.

May pousse Jeffrey hors du garde-manger et sort à son tour.

— Qu'est-ce qui est arrivé ? demande-t-elle C'était quoi, ce bruit ?

— Plus tard, je vous expliquerai. Pour le moment, nous allons chez mon père.

Nous venons de passer la porte de la cuisine quand le plafond s'effondre. Fumée et étincelles nous entourent.

Éclairé par l'incendie, dominant les corps de Wendell et des chiens, se tient Timmy.

— Par ici !

Lawrence pousse May et Jeffrey vers le portail et le chemin qui nous mènera aux chalets. Le gamin tient serrées contre lui les deux figurines de *Star Wars* que Lawrence lui a achetées plus tôt dans l'après-midi.

Il s'aperçoit que je les ai remarquées et me dit :

— Je les avais cachées dans le garde-manger.

Nous nous mettons à courir. Franchissant le portail, nous percevons une sorte de tonnerre qui provient du bas de l'allée. Soudain, ayant pris le virage sur les chapeaux de roues, Bob apparaît sur la tondeuse bricolée par papa. Il nous fait un salut en fonçant vers la route principale.

Bouleversée, May inspecte le devant de la ferme. Des débris de la camionnette mélangés sans doute à des morceaux du corps de Dougie sont éparpillés aussi loin qu'il est possible de voir sous le clair de lune.

Où se trouvent les restes de Charlene ? Personne n'en a la moindre idée.

Sans nous en préoccuper, nous continuons à courir. Lorsque je vois enfin la lampe au-dessus de la porte de chez papa, c'est comme une lueur d'espoir, le signe qu'il est possible, possible seulement, de nous en sortir vivants.

Nous nous entassons dans son chalet, Lawrence en premier, puis May et Jeffrey. J'attends l'arrivée de papa pour qui je tiens la porte.

— Betty et Hank ?

— Bob est parti chercher de l'aide. Tu peux compter sur lui.

— Papa, Timmy est toujours dehors, armé d'un fusil.

— Nous devons cacher tout le monde en attendant de l'aide, décide Lawrence.

— Dans un bateau, propose papa. On devrait se réfugier dans un bateau.

Une suggestion que Lawrence et moi approuvons. Aussi, nous pressons tout notre monde vers le lac.

Au loin, une sirène rugit.

Nous embarquons May et Jeffrey dans le petit bateau de pêche de papa, semblable à celui de Bob. Péniblement, il s'assied sur le banc arrière d'où il démarre le moteur hors-bord. J'aide Lawrence à larguer les amarres.

— Papa, va au large et attends mon signal. J'allumerai et j'éteindrai la lampe extérieure de ton chalet quand il n'y aura plus de danger.

Il lève son pouce, met doucement les gaz et le bateau s'éloigne sur les eaux sombres.

— Je remonte jusqu'à la grange pour voir comment Betty et Hank s'en sortent, m'avertit

Lawrence. Reste donc ici en attendant l'arrivée des renforts.

— D'accord.

Pour la première fois depuis plusieurs heures, me voici seul. Me tenant à l'extrémité du ponton, j'écoute le bruit du moteur s'estomper. Je fais confiance à papa pour veiller sur la sécurité de May et de son fils.

Les sirènes se rapprochent. Bob a fait du bon boulot.

Pénétrant dans le chalet paternel, j'éteins toutes les lumières. Inutile de faciliter la tâche à Timmy en lui indiquant ma présence. Dans l'obscurité, j'ouvre le robinet, remplis un verre d'eau que j'avale à toute vitesse. Puis un second.

J'aimerais appeler Sarah, mais, le téléphone étant coupé, c'est un vœu irréalisable. Nos portables, nos clés sont avec Wendell. Dans sa veste. Au lever du soleil, nous pourrons sans doute les récupérer, à condition que les chiens ne les aient pas dévorés.

Je ressors, retourne au bord de l'eau, contemple les étoiles. Au-delà de la cime des arbres, le ciel rougeoie. Ce qu'il reste de la ferme continue à se consumer.

Tant de chaos, tant de morts, et maintenant c'est presque le grand calme.

Ma chemise – celle de Lawrence à dire vrai – empeste la fumée. Je crois pouvoir me rendre au chalet n° 3, l'enlever et en trouver une propre sans être obligé d'éclairer. J'entre par la porte qui donne sur le lac.

Au moment où je pénètre dans la pièce principale, les lampes s'éclairent.

Je cligne des yeux pour m'habituer à cette lumière subite.

Près de l'autre porte, son fusil pointé sur ma poitrine, se tient Timmy Wickens !

38

— Où se trouve ma fille ? Où se trouve mon petit-fils ? demande Timmy, son regard et le canon de son arme dirigés droit sur moi.

— Ils vont bien. Nous les avons sortis de la ferme juste avant que cette partie-là s'écroule. Je ne sais pas si c'est une bonne ou une mauvaise nouvelle pour vous.

Il ignore ma remarque et dit :

— Les autres… Ils sont tous morts.

— Oui, sans doute. Dougie n'a pas pu survivre à l'explosion. Tout comme Charlene. Et les chiens ont dû achever Wendell.

Timmy demeure impassible.

— Les chiens sont morts également.

J'acquiesce. Comme il me semble difficile de lui présenter mes condoléances, je me tais.

— Ma fille et Jeffrey, où se trouvent-ils ?

— En sécurité.

— Je vous ai demandé *où*.

— À des kilomètres d'ici. Aussi loin que possible de vous. En train de fuir aussi vite que possible.

— Je n'ai pas vu de voiture partir. Et Wendell avait pris les clés.

— Il a sûrement oublié un trousseau.

Les sirènes se rapprochent et je continue à parler :

— Ils ont décampé et je ne pourrais rien y faire même si je le voulais. Wendell a pris nos téléphones portables. Je ne peux pas les appeler, et dans le cas contraire, eux ne répondraient pas.

Timmy Wickens réfléchit, passe sa langue entre ses lèvres. Puis il aspire l'air entre ses dents et découvre ses gencives à la manière de ses défunts pitbulls.

Ou d'un loup.

— C'est votre faute !

Il tire.

La balle frôle mon oreille gauche et perce un trou dans le mur. Un coup de semonce ! Il est trop près de moi pour m'avoir raté. Donc il n'a pas cherché à m'atteindre.

— Tout va mal depuis votre arrivée. Vous avez commencé à fouiner partout. À parler à May derrière mon dos.

Il tire à nouveau. Cette fois-ci, la balle passe à côté de mon oreille droite et brise une vitre. Je suis mort de peur.

Mais je réussis à réunir les mots qu'il faut dans ma tête. Je dois gagner du temps pour permettre aux secours d'arriver, et parler à Timmy peut faire l'affaire.

— Les choses ont commencé à aller mal quand vous avez laissé vos chiens tuer Morton Dewart. Du coup, les gens se sont posé des questions. Et puis, liquider Trip Riley, voler l'engrais, ç'a fait beaucoup.

J'entends le crissement du gravier : une voiture descend vers les chalets.

Timmy me fait signe de me déplacer vers le centre de la pièce. Lui avance d'un mètre en s'éloignant de la porte.

— J'allais devenir quelqu'un, affirme-t-il.

— Pardon ?

— Oui, on aurait parlé de moi. Je serais entré dans les livres d'histoire.

— C'est sans doute vrai. Comme McVeigh.

Il acquiesce.

— Mais pour que les gens apprennent la vérité sur ce que vous avez accompli, il aurait fallu que la police vous arrête.

Timmy se fait songeur.

— Oui, tôt ou tard, conclut-il. Ça m'aurait plu d'attendre un peu. De regarder les nouvelles à la télé, voir que les gens me cherchaient. Savoir que d'autres m'acclamaient.

S'avançant vers moi, il colle le canon de son fusil contre mon cou.

— Mais pas des gens comme vous. Des gens qui se fichent que ce pays parte en couille.

Pour lui parler, pour avaler ma salive, je dois reculer. Je bats en retraite de quelques centimètres, mais Timmy ne me lâche pas. Avant de m'en rendre compte, me voici plaqué contre le mur.

— Et si vous tentiez de prendre la fuite ? je suggère en relevant la tête. Partez ! Disparaissez dans les bois !

Il grimace une sorte de sourire en disant :

— Il y a toujours un vilain ours dans la forêt.

Mais non, je me dis. Il n'existe pas.

Timmy appuie encore plus fort son fusil contre mon cou.

— Mais avec ce fusil, j'aurais ma chance, non ?

— Alors, du vent !

Je tourne le cou pour éviter d'étouffer.

Timmy me dévisage et déclare :

— Je n'en ai pas encore fini. Il me reste à m'occuper de vous.

Vais-je arriver à fuir ? À le pousser à fuir ? Que faire pour empêcher Timmy Wickens de m'abattre alors qu'il me tient en joue ?

Je songe à Sarah. Et à Paul. Et à Angie.

— Vous entendez ces sirènes ? On dirait qu'elles sont chez vous. Les pompiers, l'ambulance. La police. Ils vont débarquer ici dans pas longtemps. Il faut vous grouiller.

La porte contre laquelle il se tenait s'ouvre violemment. Orville Thorne entre, pistolet au poing.

Bien que le chef de la police soit armé et pas moi, Timmy continue à me menacer.

— Monsieur Wickens, jetez votre fusil !

Mon agresseur, prenant ça à la blague, sourit de toutes ses dents.

— Regardez donc le grand sauveur qui se pointe ! Monsieur Walker, ça vous réconforte ? Vous attendiez de l'aide, et qui débarque ?

— Salut, Orville ! dis-je en dissimulant ma peur.

Le chef ne me regarde pas. Tenant son pistolet des deux mains, il vise Timmy.

— Allons, monsieur Wickens, plaide-t-il, jetez votre arme.

— Orville, allez vous faire foutre ! jure Timmy sans se démonter.

Après tout, il connaît la musique !

— Allez, rentrez chez vous avant que je vous pique votre chapeau *et* votre pistolet.

Orville ne bouge pas d'un pouce. Mais il ne cesse de ciller, comme s'il avait de la sueur ou des larmes dans les yeux.

— Me suis-je mal fait comprendre ? insiste Timmy. Orville, si vous déguerpissez, vous ne serez pas le témoin de ce que je me vois obligé de faire. Vous pourrez raconter que vous êtes arrivé une minute trop tard, que M. Walker était déjà mort, que j'avais quitté les lieux. Vous vous êtes toujours montré raisonnable. Ce n'est pas le moment de faire une bêtise.

Timmy scrute Orville suffisamment longtemps pour s'apercevoir qu'il n'en mène pas large. Pas moins que moi, mais quand même !

— Orville, allez jouer ailleurs !

Je fixe le canon de Timmy. Le comportement idiot d'Orville le fait sourire. Il hoche la tête et resserre son doigt sur la détente.

Orville Thorne tire une balle dans le cou de Timmy Wickens.

Le fusil s'écarte de moi.

De la bouche ouverte de Timmy nous parvient une sorte de gargouillis. Il entoure la plaie de sa main ; le sang jaillit entre ses doigts. Mais de l'autre main, il tient toujours le fusil qu'il dirige maintenant vers Orville. Sans lui laisser le temps de tirer, Orville l'abat d'une balle dans la poitrine. Timmy s'écroule.

Orville s'avance d'un pas. Avant que Timmy ne ferme les yeux, il lui annonce :

— Zack est mon frère !

39

Dès l'aube, Hank Wrigley, qui a été rafistolé, est veillé par Betty à l'hôpital régional de Braynor. Ce qui était une ferme n'est plus qu'un amas de braises. Un pompier continue à arroser les ruines grâce à de l'eau pompée dans le lac.

Après la mort de Timmy, j'ai prévenu papa que la voie était libre en allumant et en éteignant plusieurs fois la lampe extérieure de son chalet. Il ramène May et Jeffrey. Lawrence a quitté le chevet de Hank à l'arrivée de l'ambulance et il est revenu parmi nous. Nous parvenons à ne pas laisser May et son fils pénétrer dans le chalet n° 3, où Timmy gît dans une mare de sang.

On réveille le Dr Heath pour qu'il signe le certificat de décès de Timmy Wickens et de Wendell. Mais il ne peut procéder ainsi pour Dougie et Charlene dont personne ne trouve de restes en quantité suffisante.

Le médecin légiste a la bonté de récupérer nos clés de voiture dans les vestiges de la veste et du pantalon de Wendell copieusement déchiquetés par les chiens.

L'opérateur téléphonique envoie une équipe dans des délais hors du commun pour rebrancher la ligne fixe de papa. Il faut dire que la police – tous grades et toutes spécialités confondus – a transformé son chalet en poste de commandement et qu'elle a besoin de communications en état de marche.

J'en profite pour appeler Sarah, lui résumer les derniers événements, lui faire part de mes plans :

— Je serai de retour en fin d'après-midi et j'écrirai un papier pour l'édition de demain du *Metropolitan* : l'histoire d'une famille de tueurs psychopathes qui avait l'intention de faire exploser une bombe au passage d'un défilé.

— Tu as toujours besoin des renseignements que tu m'as demandés l'autre jour ? Au sujet d'un refuge pour une femme et un enfant en fuite ?

— Elle n'est plus en fuite. Mais elle aura besoin d'aide. Tout ce qu'elle possédait a disparu. Elle n'a plus de vêtements, plus rien.

— Je vais passer quelques coups de fil, propose Sarah.

— Vérifie si de vieilles affaires de Paul iraient à un gamin de dix ans.

Lawrence, qui est entré dans le bureau de papa au milieu de ma conversation, intervient :

— Ils peuvent dormir chez moi le temps de s'organiser.

— Parfait !

Je répète sa proposition à Sarah et j'ajoute :

— C'est une chic fille qui en a bavé. Désormais, elle est seule au monde avec son fils, Jeffrey.

Quand on a eu une famille pareille, c'est plutôt un avantage, mais elle va rester traumatisée un certain temps.

— Je comprends. Et toi, ça va ?

— Je suis au bout du rouleau.

— Conduis prudemment.

Ayant raccroché, je trouve papa assis à la table de la cuisine, l'air groggy et fatigué.

— Comment va ta cheville ?

— Elle a enflé de nouveau. Mais je n'ai plus besoin de toi ici. Je vais fermer le camp de pêche pour le reste de la saison. Dès que Hank sortira de l'hôpital, Betty et lui rentreront chez eux. Bob s'en va en fin de journée. La famille de Leonard Colebert doit arriver bientôt pour récupérer ses affaires. J'ai du pain sur la planche. M'occuper des assurances, en premier lieu.

— Tu as un souci de moins, dis-je pour le réconforter. Plus besoin de chercher un moyen de virer les Wickens !

Il me gratifie d'un sourire fatigué.

— Plus de Wickens. Plus de ferme. Plus de problème, conclut-il.

Je trouve Bob Spooner assis dans son bateau à contempler le lac.

— Comment était le bolide paternel ? je demande.

— Rapide.

— Ce que je vous ai dit hier soir, c'était sérieux.

— À propos de quoi ?

— D'aller à la pêche. Vous remballez déjà le matériel ?

— Pas avant la fin de la journée. Je vais peut-être rester jusqu'à demain. Vous êtes sérieux,

Zack ? Après tout ce qui est arrivé ? Vous voulez quand même taquiner le goujon ? Sortir une dernière fois ?

— Et comment ! Si ça ne vous dérange pas. Un peu de tranquillité me changera les idées.

— D'accord.

— Dans une heure.

— Ça marche.

Le défilé, nous l'avons appris plus tard, s'est déroulé sans anicroche. Ni Stuart Lethbridge ni les membres de l'Association des homosexuels et des lesbiennes de Fifty Lakes n'y ont participé. La raison officielle ? Stuart n'a trouvé personne pour le remplacer et, le samedi étant son meilleur jour de vente, il n'a pu se permettre de fermer boutique.

May et Jeffrey, après avoir été interrogés par la police, prennent place dans la Jaguar de Lawrence. Celui-ci leur a appris qu'ils habiteront chez lui, du moins pour un moment.

Il vient de terminer ses bagages, qu'il a placés dans le coffre. Jeffrey, toujours agrippé à sa collection de figurines *Star Wars*, composée de Mace Windu et de Lando Calrissian, s'installe sur la banquette arrière.

— Ne t'en fais pas, mon gars, je dis. Lawrence va veiller sur toi.

Le petit bonhomme a l'air fatigué et sonné.

— Je sais. Je l'aime beaucoup.

— Moi aussi. Je suis d'accord avec toi.

Je lui serre la main et vais dire au revoir à May.

— Merci pour tout ! dit-elle en m'embrassant.

— Je regrette, pour votre père.

En réalité, ce n'est pas Timmy qui me manquera, mais je suis désolé pour le chagrin que May peut en concevoir.

— Je ne me doutais de rien. À propos du meurtre des deux hommes de ma vie. Et du sabotage de mes boulots. Quand je pense qu'il nous a fait enfermer. Vous croyez qu'il nous aurait tués ? Mon propre père... Il nous aurait assassinés, son petit-fils et moi ?

— Je n'en sais rien. Si ce n'avait pas été lui, Charlene s'en serait chargée.

Au bord des larmes, elle me remercie à nouveau et s'installe dans la Jag.

— Merci à toi, mon pote ! je dis à Lawrence qui me tapote le dos en me murmurant à l'oreille :

— Tu te fous toujours dans une merde pas croyable !

Tandis que la voiture disparaît en haut de la colline, j'aperçois Orville planté non loin de moi.

— Je te dois une fière chandelle !

J'ai droit à un sourire timide.

— Je ne suis sans doute pas fait pour ce métier, déclare-t-il. Je devrais songer à autre chose.

— En tout cas, tu as répondu présent quand j'ai eu vraiment besoin de toi. Encore merci. Le jour où tu viens en ville, fais-moi signe. Ma femme, Sarah, mes enfants, Paul et Angie, seraient heureux et fiers de faire ta connaissance.

— Avec plaisir.

— Comment ça va avec Lana ?

Orville pousse un profond soupir.

— Nous avons beaucoup parlé hier soir. Elle n'est pas ma tante, elle n'est pas ma mère, mais elle m'aime comme si elle l'était.

— C'est le plus important.

— Je regrette, continue-t-il avec difficulté, de ne pas avoir eu l'occasion de connaître ta mère.

— Notre mère, je rectifie.

Il acquiesce, les yeux pleins de larmes.

— Je m'efforcerai de te dire tout ce que je sais d'elle.

— J'en serais heureux. Et je suis désolé.

— Désolé ?

— À propos de ce que je t'ai dit quand j'ai appris la vérité, que tu étais mon demi-frère. La façon dont je t'ai traité.

— Ah, tu n'es pas le premier de la famille à m'avoir traité de connard !

— Prêt à embarquer ? lance Bob Spooner.

Quand j'arrive sur le ponton, il est à son poste dans le bateau, inspectant les appâts dans sa boîte d'hameçons.

— Fin prêt !

Je largue une amarre, grimpe à bord, m'installe sur le banc central. Bob libère l'arrière. Il repousse le bateau avec une rame, baisse le moteur dans l'eau, le démarre.

Criant par-dessus le *teuf-teuf*, il m'annonce :

— Je pensais aller dans le coin de l'autre jour.

Plutôt que d'avoir à hurler, je lève mon pouce en signe d'assentiment. Il n'y a pas de vent, pas de vagues, peu d'autres barques. La fin de la saison est proche. Si le ciel est couvert, il ne devrait pas pleuvoir. Le bruit de l'eau contre la coque métallique est apaisant.

Nous arrivons dans notre secteur au bout de cinq minutes. Bob coupe le moteur et me tend une canne avec son appât.

— Tu peux choisir une autre mouche, si tu veux.

— Non, c'est parfait. D'ailleurs, la pêche n'est pas l'essentiel. J'apprécie d'être sur le lac.

— Tu as raison. C'est le plus bel endroit au monde.

— Depuis combien de temps traînes-tu tes cannes par ici ?

— Trente-deux ans. Jamais manqué un été.

— Quel record ! Mais dis-moi, est-ce que le lac a gardé sa beauté ? Il est tel que tu l'as connu au début ?

— Plus ou moins. J'espère seulement qu'il ne changera pas tant que je continuerai à venir.

Bob lance sa ligne, mouline lentement, recommence l'opération.

— Une chose est sûre, dis-je, nous ne verrons pas s'installer ici un grand village de loisirs et de pêche. En tout cas, ce ne sera pas l'œuvre de Leonard. Enfin, qui sait ? Un autre promoteur pourrait flairer la bonne affaire.

Bob acquiesce sans me regarder.

— C'est toujours possible. Mais ce qui est arrivé à Leonard est vraiment affreux. Tant que je vivrai, je ne l'oublierai jamais, je te le dis tout net.

Je mouline et lance une fois encore. La question que je veux lui poser depuis la veille me démange.

— Bob, qu'est-ce qui s'est passé réellement quand tu es allé te balader avec Leonard ?

— Hein ?

Il fait semblant de ne pas m'avoir entendu, trop concentré qu'il est sur sa boîte à appâts.

— Quand tu t'es promené avec Leonard Colebert. J'aimerais bien que tu me racontes ce qui s'est passé *vraiment*.

Bob cesse de mouliner et m'observe.

— Zack, où veux-tu en venir ? Tu sais ce qui s'est passé. Bon Dieu ! Tu étais là. Tu as vu ce qui lui est arrivé.

Nous nous taisons pendant quelques instants, attentifs aux vagues clapotant contre la coque.

— Il n'y a pas eu d'ours ! je reprends. En tout cas en ce qui concerne Morton Dewart. Timmy Wickens me l'a avoué. Idem pour Colebert !

Bob ne me quitte plus des yeux.

— Zack, je te le jure, je ne sais pas de quoi tu parles !

— D'abord, pourquoi l'ours n'a-t-il pas dévoré Leonard ?

— Seigneur ! Tu veux que je prenne la défense de l'ours ! En s'enfuyant, Leonard est tombé du haut de la falaise. L'ours a dû penser que c'était trop compliqué de descendre à sa recherche.

— Possible. Si c'était le seul truc bizarre, je ne chercherais pas plus loin.

Bob attend la suite.

— Voilà. Papa a trouvé une bombe anti-ours dans le sac à dos de Leonard. Il l'avait placée à portée de main, dans la poche du haut.

— Colebert a sans doute laissé tomber son sac à dos.

— On l'a trouvé à côté de son corps, je réplique. Mais pourquoi n'a-t-il pas utilisé le spray ? Pendant qu'il courait, il aurait pu le sortir de son sac. Autre possibilité : sans s'arrêter ni faire face à l'ours, il aurait vaporisé le produit par-dessus son épaule. Hier soir, quand Wendell m'a pourchassé dans la forêt, c'est ce que j'ai fait. Je n'ai pas réussi à l'atteindre mais j'ai eu le réflexe d'essayer.

— Je n'ai qu'une explication, propose Bob. Il n'en a jamais eu l'occasion. L'ours se rapprochait de lui. Ça s'est sûrement passé comme ça.

— Sans doute.

Je remonte l'appât et lance ma ligne à nouveau avant de reprendre :

— D'abord, l'ours ne dévore pas Leonard, ensuite, le roi de la couche n'utilise pas sa bombe, ça fait beaucoup. Mais s'il n'y avait eu que ça, j'aurais pu laisser tomber.

Bob me scrute attentivement. Il doit se demander ce que je vais dire.

— Tu te souviens, quand tu es revenu et que tu as décrit l'ours ?

— Oui, je crois.

— Tu as affirmé qu'il lui manquait une oreille, comme si on la lui avait coupée.

— Oui, je crois me le rappeler.

— Le jour où j'ai rencontré Timmy Wickens pour la première fois, quand tout le monde cherchait à déterminer l'identité du cadavre trouvé dans les bois derrière les chalets, il nous a affirmé que Morton Dewart était parti à la recherche d'un ours, un ours à qui il manquait une oreille. Alors, quand tu nous as parlé de l'ours qui vous a poursuivis, Leonard et toi, l'ours qui l'a acculé au bord de la falaise, nous avons tous pensé que c'était celui qui avait tué Dewart.

Bob fait mine de dire quelque chose mais s'abstient.

— Voici le hic ! Timmy Wickens a inventé l'histoire de l'ours. Inventé qu'un ours avait tué Dewart, inventé que le jeune homme était parti chasser cet animal. Il a même imaginé sa description, car, comme il me l'a confié hier soir, il n'avait jamais vu d'ours dans les parages auparavant. Il y en a peut-être, mais il n'en a jamais croisé.

— Je comprends.

— Ainsi, tu as mis la mort de Leonard sur le compte d'un animal qui n'existe pas. Tu as construit un mensonge sur un autre mensonge. Quand le premier s'est écroulé, le tien a suivi.

— C'est ton point de vue.

— Alors, je te pose la question une fois de plus : que s'est-il passé réellement ?

De sa main droite qui a lâché la canne, il gratte sa barbe grisonnante. Il ne s'est pas rasé ce matin. Qui de nous s'en est donné la peine, d'ailleurs ?

— Nous nous sommes disputés, avoue Bob. On marchait dans la campagne. Il ne cessait de parler de son projet, de son stupide village de vacances. Je lui répétais que c'était de la folie, que ça ruinerait l'endroit, qu'il ne devait plus y penser, qu'amener des centaines de touristes viderait le lac de ses poissons en moins de deux ans. Je lui ai dit qu'il était raide dingue.

— Il l'a pris comment ?

— Ça ne lui a pas plu. Il s'est vanté d'avoir des avocats influents. Il a affirmé qu'ils trouveraient une façon de faire approuver son projet par le conseil municipal. Soit Alice Holland donnerait son accord, soit il lui faudrait dépenser des millions pour le combattre.

— De mieux en mieux !

— On a continué à marcher, à se quereller. Sur la falaise, il a voulu que je regarde en bas. C'était là qu'il allait construire son village, abattre tous les arbres, tout raser, édifier une immense baleine pour les enfants. Il a ajouté que je ne devais pas me faire de souci pour les poissons, qu'il se chargerait d'approvisionner le lac, quitte à en apporter d'ailleurs. Puis il a déclaré qu'il importerait de l'espadon ! N'importe quoi ! Ce n'est pas un poisson d'eau douce ! Tu ne peux pas le mélanger au brochet ou à la truite. Je lui ai demandé s'il n'avait pas perdu la tête pour suggérer un truc aussi stupide.

— C'est vrai que c'est dingue.

Bob devient rouge comme un homard.

— Je te le jure ! Il allait détruire le lac, c'était sûr et certain. Zachary, regarde autour de toi, ce pays est béni des dieux. Nous sommes au paradis !

Pour le moment, après la nuit d'enfer que je viens de vivre, j'ai du mal à me croire au paradis. Pourtant Bob a raison, ce coin est idyllique.

— Je lui ai sorti alors une chose pas possible.

— Quoi donc ?

— Je l'ai traité de connard de merde. Oui, tel quel. Je lui ai dit : « Leonard, vous n'êtes qu'un connard de merde ! »

— Il a pris ça comment ?

— Il m'a frappé. En fait, il m'a bousculé. Il m'a dit que j'étais un vieil imbécile qui refusait le progrès. Alors, je l'ai poussé à mon tour.

— Et il est tombé.

— Oui, il a perdu pied et il a basculé dans le vide. Il a roulé en bas, cul par-dessus tête. Quand, dans sa chute, il a heurté un rocher de la falaise, j'ai entendu un craquement. Sa nuque, sans doute. Lorsqu'il a atterri au fond du ravin, je l'ai appelé. Au moins dix fois de suite. Sans obtenir de réponse. J'ai trouvé un sentier pour descendre, le même que celui que vous avez emprunté. Et je l'ai examiné.

— Il était mort !

Bob contemple la surface de l'eau, cherchant quelque chose qui n'y est pas. Une sorte de bouée de secours ?

— Non !

Sa réponse me laisse bouche bée. Je ne m'y attendais pas.

— Il vivait encore ?

— Tout juste. Il respirait mais son corps avait pris une position complètement biscornue. Dans un murmure, il m'a dit qu'il ne sentait plus rien.

Une brise légère s'élève, le bateau tourne sur lui-même. Je frissonne.

— Et ensuite ?

— Je… – les mots s'accrochent dans sa gorge –, … j'ai pensé à ce qui lui était arrivé. Que sa colonne vertébrale était bousillée, que son avenir était foutu, qu'il ne marcherait plus jamais. Je me suis souvenu de ma femme dont l'agonie s'était éternisée, en me disant que Leonard ne méritait pas un tel calvaire.

— Tu ne pensais à rien d'autre ?

Bob se tait un moment.

— Si, bien sûr. J'ai imaginé la suite. J'irais chercher de l'aide, Leonard serait conduit à l'hôpital, il raconterait à la police que je l'avais poussé dans le vide. Alors, même si je réussissais à convaincre les flics qu'il avait glissé, même si je n'étais pas condamné, ses satanés avocats me ruineraient, me détruiraient.

— Une éventualité réelle.

— Alors j'ai mis... ma main sur sa bouche, je lui ai pincé le nez, j'ai appuyé fort. Il n'a pas pu bouger ses bras, ni se retourner. Ç'a pris une minute environ. J'ai laissé ma main en place plus longtemps que nécessaire. J'avais peur de la retirer trop tôt.

— Quel sang-froid ! je remarque après une minute de silence. Te bagarrer avec Leonard, le bousculer, le pousser dans le vide accidentellement, je peux comprendre. Mais l'achever en l'étouffant ? C'est horrible !

Bob détourne les yeux.

— Oui. Je n'en suis pas fier.

— Alors ?

— Après m'être assuré qu'il était mort, je me suis mis à réfléchir. J'ai repensé à l'ours qui rôdait dans la forêt. Et j'ai inventé toute l'histoire. Mais après être remonté en haut de la falaise, j'ai vraiment couru en faisant exprès de tomber sur des cailloux, de me laisser égratigner par les branchages pour rendre ma version des faits aussi convaincante que possible.

— Bob, tu nous as bien eus ! Tu as bien réussi ton numéro.

— En fait, j'étais terrorisé par ce qui était arrivé. Mais j'ai fait mine d'être effrayé par autre chose.

Je hoche la tête tristement.

— Zachary, tu enregistres notre conversation ? s'inquiète Bob.

— Non, je n'ai pas de micro sur moi. Je voulais seulement connaître la vérité.

Gardant sa canne dans la main gauche, il ouvre sa boîte d'appâts de la main droite et farfouille à l'intérieur. Quand il la ressort, elle tient un revolver. Son Smith & Wesson.

Pointé sur moi.

— Allons, Bob, tu ne vas pas me tuer !

— Tu ne me laisses pas beaucoup de choix. Et je n'en ai nulle envie. Je t'aime bien. Tu es sympa. Et j'adore ton père.

— Ce n'est pas tout. Quand un type tombe et se brise le cou, tu peux appeler ça la faute à pas de chance. Mais si tu l'abats, comment expliquer qu'il a une balle dans le cœur ?

— Je ne sais pas bien. Je dirai que tu t'es noyé, que tu es passé par-dessus bord. J'accrocherai un poids à tes pieds pour que tu coules au fond. Je pourrais retourner le bateau, prétendre que c'était un accident.

— On retrouverait mon corps. Le lac n'est pas si profond. Même le Dr Heath serait capable de retrouver la balle. De plus, tu n'es pas un salaud. Ce que tu as fait à Leonard m'a surpris, mais tu étais un homme désespéré, dans des circonstances désespérées. Tu as mal agi, mais je peux deviner à quoi tu pensais à ce moment-là. Et ce que tu ressens maintenant.

Son revolver n'a pas dévié d'un centimètre.

— Franchement, Bob, je ne sais pas quoi faire. Je pourrais leur rapporter ce que je sais et tu ne passerais pas une nuit en taule. Tu nierais m'avoir raconté cette histoire. Tu t'en tiendrais à ta version originale. Après tout, il y a peut-être dans les parages un ours à qui il manque une oreille. Comment prouver le contraire ? Il n'y a aucun témoin. Timmy Wickens étant mort, qui me croira ? Avec un peu de chance, tu ne seras même pas inculpé. L'accusation ne tiendrait pas la route.

— Dans ce cas, pourquoi leur dire quoi que ce soit ?

Il pose le bras qui tient le revolver sur son genou, mais ne me quitte pas des yeux pour autant.

— Parce ce que tu n'as pas bien agi.

— Tu ne peux pas t'en empêcher, hein ?

Je soupire. La question n'est pourtant pas compliquée. Bob a tué un homme. Mais au début, c'était un accident. Bob n'est pas un mauvais type. C'est en fait un brave type qui sera bientôt un vieux bonhomme. De mon côté, je ne suis pas un moraliste rigide. Mon monde est peuplé d'un tas de nuances.

Et pourtant…

— Bob, je ne sais pas, j'avoue, en cherchant à être honnête. Si tu as peur que je parle, alors tu dois me tuer. Maintenant.

Il réfléchit. À fond.

Sa ligne se dévide.

— Qu'est-ce que…

Bob inspecte son moulinet, le fil se déroule à toute vitesse.

À une dizaine de mètres sous bâbord, un poisson bondit de l'eau. Un brochet, un très gros brochet. Qui plonge, réapparaît, tient sa tête hors de l'eau, cherche à se débarrasser de l'hameçon. Il nous épie de son regard froid avant de disparaître à nouveau.

— Oh non ! s'exclame Bob en contemplant les ondulations qu'il a laissées.

— Quoi ?

— Audrey… J'ai reconnu sa cicatrice.

La cicatrice sous l'œil. Le signe distinctif du poisson qui joue avec les nerfs de Bob depuis des années.

Mais, tenant son revolver d'une main, il lui est impossible de mouliner pour la ramener à bord.

— Tu as besoin de tes deux mains. Et de moi pour tenir l'épuisette, au cas où.

Il laisse filer de plus en plus sa ligne. Audrey s'éloigne, s'éloigne.

Tempête sous un crâne pour Bob ! Tenter sa chance en attrapant enfin son Audrey chérie et passer le reste de son existence en prison ou me clouer le bec pour l'éternité et laisser Audrey lui échapper ?

— Tiens !

Il me tend son Smith & Wesson.

Avec précaution, je le pose au fond du bateau.

Dès qu'il a les mains libres, Bob entre en action. Il mouline, ramène sa canne en arrière, fatigue Audrey.

Épuisette en main, je me prépare pour l'assaut final.

— Elle a vraiment avalé l'hameçon, dis-je. Bien plus profondément que lorsque je l'ai ferrée.

Bob me dévisage et m'assure :

— Je n'aurais pas tiré.

— Je le sais.

Il mouline encore un peu.

— Tu vas me dénoncer ? demande-t-il en fixant le bouchon.

— Je l'ignore.

— Si tu parles et que je suis condamné, on me laissera peut-être accrocher Audrey dans ma cellule.

Plaisante perspective ! La poignée métallique de l'épuisette est froide. Une forme mouvante apparaît dans l'eau, bondissant à droite et à gauche. Je me penche, plonge mes mains dans l'eau et enfonce l'épuisette sous la surface.

— Prêt ? demande Bob.

— Oui, dirige-la vers moi.

Audrey presque vaincue, Bob se croit obligé de me rassurer :

— Zack, je ne suis pas un mauvais type.

— Vrai. Des mauvais garçons, j'en ai connu, et tu n'en fais pas partie.

40

Une longue route m'attend.

Je prends le volant après avoir fait mes adieux à mon père.

— Merci pour tout, dit-il, appuyé contre le pare-chocs de ma Virtue.

Sa cheville, qui le gêne encore un peu, l'oblige à utiliser ses béquilles.

— Il n'y a pas de quoi.

— Bob est tout excité d'avoir attrapé Audrey. Je vais prendre des photos.

— Envoie-m'en une !

— Il m'a semblé un peu perturbé.

— Il a plein de soucis. Normal, avec tout ce qu'il a enduré cette semaine. Mais, surtout, dis-lui de ne pas se faire de souci. Il n'a aucune raison de s'inquiéter.

— Bon. Mais promets-moi de ne pas avoir une mauvaise opinion de ta mère.

— Bien sûr.

— On fait souvent des erreurs et souvent, on y est poussé. Je suis en partie responsable. Souviens-t'en avec Sarah. Sois très gentil avec elle.

Je l'embrasse et lui assure :

— On se reparle bientôt.

Papa, jetant un coup d'œil sur la banquette arrière, repère quelque chose d'enveloppé dans une couverture.

— C'est quoi ? demande-t-il.

Le Smith & Wesson de Bob. Je l'ai gardé, songeant à m'en débarrasser une fois en ville. En réalité, je ne l'ai pas emporté pour me défendre mais pour me tranquilliser car Bob aurait pu en faire le pire des usages, l'utiliser pour mettre fin à ses problèmes.

— Au revoir, papa !

— Au revoir, fiston.

Je démarre. Remontant l'allée, je ralentis pour jeter un ultime coup d'œil aux ruines fumantes de la ferme des Wickens. Il ne reste que les fondations, et quelques poutres noircies de la charpente.

Soudain, quelque chose m'intrigue. Quelque chose de gros et noir, qui se déplace parmi les débris.

Un ours !

Je m'arrête, sors de la voiture, tout en gardant une main sur le toit et un pied sur le pare-chocs, au cas où je devrais me réfugier à l'intérieur.

L'ours fouille au hasard, cherchant quelque nourriture. Conscient de ma présence, il se lève sur son arrière-train, renifle l'air, regarde dans ma direction. Il se livre à une longue inspection puis se désintéresse de moi. Retombant sur ses quatre pattes, il disparaît dans les bois.

Sur le chemin du retour, j'ai la tête farcie de choses et d'autres. Papa, le couple qu'il forme avec

Lana. Les révélations au sujet de ma mère et du mari de Lana. Orville. Bob et ce qu'il a fait.

Le mal.

Sarah m'accueille à la porte. Enlacés, nous nous embrassons pendant une minute.

— C'est partout à la télévision, m'annonce-t-elle. Même CNN en parle. Mais ce qu'ils disent est très incomplet. Le journal a appelé trois fois.

— J'ai déjà rédigé mon article. Du moins dans ma tête. Ils veulent combien de feuillets ?

— Au moins dix. Tu feras la une, avec la suite dans les pages intérieures. Ils ont loué un hélicoptère pour prendre des photos de la ferme. Et Lawrence a téléphoné. May et Jeffrey sont bien installés. Lundi matin, ils verront des assistantes sociales qui s'occuperont d'eux. J'ai des vêtements que nous pourrons leur déposer. Et des affaires pour May, sauf que je ne connais pas sa taille.

— À peu près comme toi. J'ai également des vieux jouets de *Star Wars* à donner à Jeffrey.

— Tu as l'air fatigué.

— Oui.

Je passe mon bras autour de sa taille et, pendant un instant, je pleure sur son épaule.

Elle me prépare un sandwich au bacon. À peine suis-je assis à la table de la cuisine pour le déguster qu'apparaît Paul, mon fils de dix-sept ans, venu piquer un Coca.

— Bonjour, papa !

Fin de la conversation, faute de combattant.

Comme le téléphone sonne pendant que Sarah est sortie de la pièce, je réponds. C'est Angie, qui appelle de la bibliothèque de Mackenzie University où elle est en deuxième année de psychologie.

— Bonjour, papa. Je ne savais pas que tu étais rentré. Tout va bien chez grand-père ? Maman ne m'a rien dit.

— En gros, oui.

— Maman est là ? Il faut que je lui demande quel cadeau acheter à une amie qui va se fiancer.

— Attends une seconde.

— Papa ? Tu serais d'accord pour que nous ayons un chien ? J'en ai parlé avec Paul. On trouve ça sympa.

J'appelle Sarah, emporte mon sandwich dans mon bureau où j'allume mon ordinateur. Je commence à écrire. Une heure et demie plus tard, j'en ai terminé. Dans les grandes lignes. J'ai parlé des Wickens, de ce qu'ils comptaient accomplir, de ce qui a mal tourné.

Rien à propos de Bob Spooner.

J'appelle la rédaction en chef et je leur annonce que je leur envoie l'article par mail.

Soudain, je me souviens que tout a commencé par un coup de fil alors que je déjeunais avec mon amie Trixie Snelling et qu'elle en avait gros sur le cœur. Mais comme on m'avait annoncé au téléphone qu'il y avait de fortes chances pour que mon père ait été dévoré par un ours, elle n'a pas eu l'occasion de me dire ce qui la préoccupait.

Mon article envoyé, je dois faire amende honorable. Retournant dans la cuisine, je me verse une tasse de café. Sarah vient m'enlacer, pose sa tête sur mon épaule.

— C'est parti ?

— Oui. Je dispose d'une demi-heure avant d'être bombardé de questions idiotes.

— Au mieux.

— Je vais profiter de l'accalmie pour téléphoner à Trixie.

— À propos, elle a appelé en ton absence pour demander des nouvelles de ton père. Savoir s'il avait été vraiment mangé par un ours. Je l'ai rassurée.

— Parfait.

— Zack ?

— Oui, chérie ?

— Promets-moi. Fini ce genre d'histoire. On ne peut pas vivre ainsi.

— D'ac.

— Promis ?

— Juré.

Je consulte la pendule accrochée au mur. 20 heures, un samedi. Normalement, Trixie est avec un client, mais si elle ne répond pas, je laisserai un message.

De retour à mon bureau, j'appelle son numéro perso. Elle décroche à la deuxième sonnerie.

— Salut !

— Zack ! Comment va ton père ?

— Bien.

— C'est ce que Sarah m'a dit. Mais apparemment, il y a eu d'autres problèmes. Tout s'est arrangé ?

— Oui… dans l'ensemble. Si j'étais moins fatigué, je t'en parlerais, mais comme on dit dans les journaux, tu liras ça dans l'édition de demain.

— OK.

— Quand nous avons déjeuné ensemble mardi, j'ai été obligé de partir en vitesse. Je me suis peut-être trompé, mais j'ai eu l'impression que tu voulais me parler de quelque chose.

Silence à l'autre bout de la ligne.

— Trixie ?

— Ouais ?

— Dis-moi si je me mêle de ce qui ne me regarde pas. Mais j'ai vraiment eu le sentiment que tu voulais te confier à moi.

Après un long moment de silence, Trixie avoue :

— J'ai des ennuis.